LES VENTCHANTEUSES

Du même auteur
aux Éditions J'ai lu

L'assassin royal :
1 - L'apprenti assassin, *J'ai lu* 5632
2 - L'assassin du roi, *J'ai lu* 6036
3 - La nef du crépuscule, *J'ai lu* 6117
4 - Le poison de la vengeance, *J'ai lu* 6268
5 - La voie magique, *J'ai lu* 6363
6 - La reine solitaire, *J'ai lu* 6489
7 - Le prophète blanc, *J'ai lu* 7361
8 - La secte maudite, *J'ai lu* 7513
9 - Les secrets de Castelcerf, *J'ai lu* 7629
10 - Serments et deuils, *J'ai lu* 7875
11 - Le dragon des glaces, *J'ai lu* 8173
12 - L'homme noir, *J'ai lu* 8397

Les aventuriers de la mer :
1 - Le vaisseau magique, *J'ai lu* 6736
2 - Le navire aux esclaves, *J'ai lu* 6863
3 - La conquête de la liberté, *J'ai lu* 6975
4 - Brumes et tempêtes, *J'ai lu* 7749
5 - Prisons d'eau et de bois, *J'ai lu* 8090
6 - L'éveil des eaux dormantes, *J'ai lu* 8334

Le cycle de Ki et Vandien :
1 - Le vol des harpies, *J'ai lu* 8203

MEGAN LINDHOLM
alias ROBIN HOBB

LES VENTCHANTEUSES

LE CYCLE DE KI ET VANDIEN - 2

TRADUIT DE L'AMÉRICAIN
PAR GUILLAUME LE PENNEC

J'AI LU

Titre original :
THE WINDSINGERS

CHAPITRE 1

— Excusez-moi, s'il vous plaît ?

Les bras aux longs doigts du kerugi évoquaient pour Ki un long châle à franges. Il tourna solennellement vers elle de minuscules yeux d'un blanc grisâtre. Le cou et la tête de l'olo symbiotique enroulé autour des épaules du kerugi se relevèrent en ondulant. Les lèvres mobiles de sa petite bouche de singe se contorsionnèrent tandis qu'il articulait :

— Auriez-vous quelque chose à nous demander ?

— Oui.

Ki choisissait ses mots en essayant de décider quelle paire d'yeux elle devait fixer en parlant.

— Je cherche une auberge kerugi, construite juste à côté d'une ruche à tisser.

Le kerugi trapu resta immobile tandis que l'olo fronçait ses sourcils minuscules d'un air concentré. Ki attendit patiemment.

— Prenez n'importe quelle rue de Dyal. Nous construisons toujours nos auberges près des ruches. C'est bon pour les affaires, finit par traduire l'olo.

— Je m'en suis rendu compte. Je cherche un humain au visage balafré, mâle, avec des yeux et des cheveux sombres. Il m'a dit de le retrouver à Dyal dans l'auberge kerugi construite juste à côté d'une ruche à tisser.

Il y eut une nouvelle pause tandis que l'olo plissait son visage simiesque. Ses anneaux de fourrure se mirent à onduler comme il transmettait les paroles de Ki et recevait la réponse du kerugi

— Nous ne pouvons guère vous apporter d'aide. Il y a de nombreuses ruches et de nombreuses auberges à Dyal. Le mâle humain aurait dû vous donner des instructions plus précises.

— Je suis du même avis. Je vous remercie de m'avoir accordé un peu de votre temps et d'avoir échangé ces paroles avec moi.

Ki attendit poliment que sa réponse ait été transmise au kerugi. L'olo la salua pour prendre congé. Le kerugi s'éloigna avec son olo.

Ki examina la rue sur toute sa longueur. Elle avait perdu le compte du nombre d'auberges qu'elle avait visitées mais elle vit une autre de ces hautes structures pointues qui accueillaient dans son ombre une auberge kerugi. Elle s'en approcha en traînant les pieds et en essayant de ne pas inhaler la poussière sèche qui semblait avoir envahi les rues de la ville à la manière d'un brouillard. La chaleur de l'été se tassait au fond de la vallée de Dyal, comme si l'hiver ne devait jamais arriver. Pourtant, elle savait qu'à la prochaine lune, les rues de la cité ne seraient que flots de boue et vents hurlants.

Une foule disparate arpentait la rue en ce début de soirée. Il s'agissait principalement de kerugi, mais le rythme du trafic était rompu de temps à autre par un tchéria filant à toute allure ou par un humain marchant à grands pas. Un large brurjan vêtu d'un harnachement de garde dépassa pesamment Ki et elle sentit les muscles de son ventre se contracter lorsque son ombre la recouvrit. Si Dyal avait pris l'habitude de recruter des gardes brurjan, les rues devaient être sûres à la nuit tombée. Ki ne connaissait aucune créature qui se mettrait volontairement en travers du chemin d'un brurjan. Elle grimpa avec hâte sur la véranda en bois qui s'ouvrait devant l'auberge. Elle s'accroupit et repoussa l'une des lattes de la porte sur le côté pour jeter un regard à l'intérieur. Qu'il soit maudit ! Il n'était pas non plus dans celle-là.

Son nez se plissa au contact des odeurs de la salle commune. Un romanichel ivre et ses compagnons de beuverie étaient les seuls humains présents. Les kerugi étaient rassemblés en petits groupes autour des cuves à nourriture au ras du sol. Des olo perchés sur leurs épaules babillaient entre eux dans leur langue. Ki observa avec dégoût l'un des kerugi se déplacer vers une cuve disponible et, avec un grognement, expulser ses vrilles digestives hors d'une fente située sur son ventre. Un serveur tchéria s'avança précipitamment pour déverser un pichet dans la cuve, répandant un épais porridge brunâtre sur les vrilles digestives du kerugi. L'odeur de flatulence se fit plus forte dans la pièce.

Ki poussa un soupir avant d'entrer dans l'auberge, les lattes de la porte claquant derrière elle. Elle allait manger un morceau et boire quelque chose de frais avant d'aller vérifier les autres auberges de Dyal. Si elle avait réalisé à quel point la ville avait changé depuis la dernière fois qu'elle y avait délivré une cargaison, elle aurait demandé des instructions plus détaillées à Vandien ; « Cette auberge kerugi à Dyal » avait semblé constituer une description suffisante. Qui aurait pu prédire qu'une horde de tisseurs aux doigts minuscules s'était depuis installée à Dyal ?

— Ce ne sont que des charognardes et de vieilles biques lubriques ! s'exclama soudainement le romanichel.

Ki lui jeta un regard circonspect. Il n'inspirait guère confiance. Son visage était bruni par le soleil, ses yeux pâles et ses cheveux aussi poussiéreux que s'il venait tout juste de déposer sa cargaison de poteries en ville. Il appuyait contre la table une bedaine graisseuse mais ses mains, sous leur saleté, semblaient habiles et puissantes. Il avait pu avoir belle allure, autrefois, mais l'âge et les méfaits de la boisson avaient doté son visage aux traits tirés de lèvres tombantes et de bajoues flasques tout en ternissant l'éclat de ses yeux.

Son regard parcourut la pièce et s'arrêta sur celui de Ki. Elle détourna les yeux, gênée d'avoir été surprise en train de le dévisager comme une enfant mal élevée. Elle traversa la pièce en hâte, ses jupes poussiéreuses frappant contre ses bottes salies par le voyage. Elle regarda nerveusement autour d'elle à la recherche d'une table aussi éloignée que possible des ivrognes et des kerugi avec leurs olo gazouillant. Mais plutôt que par une table, son regard fut attiré par un seuil de faible hauteur. Elle s'en approcha pour se pencher et jeter un regard dans la pénombre qui régnait à l'intérieur.

Le sol en bois était couvert de joncs et d'herbes odoriférantes. Des tables creuses formées de sable chaud étaient réparties à travers la pièce. Les dîneurs tchéria étaient accroupis tout autour. Plusieurs de leurs yeux pédonculés se tournèrent dans sa direction avant de reprendre poliment leur place. Leurs doigts semblables à des pinces à l'extrémité de membres articulés se remirent à transporter la nourriture vers leurs mandibules.

Ki se baissa pour entrer puis se releva en savourant la lumière diffuse, la propreté et le calme relatif de la pièce. Depuis la pièce commune, derrière elle, elle entendit le romanichel hurler « Vampires de Ventchanteuses ! », suivi de jurons étouffés. Mais là où elle se trouvait, on n'entendait guère que le claquement des pinces contre le fond des bols de nourriture nichés dans les auges de sable.

Le seul humain présent dans la pièce était assis le dos au mur et les jambes étendues sous une table de sable. L'un de ses pieds bottés était confortablement appuyé sur la cheville de l'autre jambe. Sa tête était inclinée en arrière et ses yeux levés vers le plafond tandis que, d'une main, il tâtait l'étagère au-dessus de lui.

Du bout des doigts, il finit par pousser une bouteille au bord avant de la rattraper au moment où elle s'inclinait, prête à tomber. Elle fut suivie d'une fine pluie de sable qui saupoudra ses cheveux. D'un habile mouvement du poignet, il déposa la bouteille au cul arrondi sur la table devant lui. Deux verres en demi-lune l'y attendaient, l'un propre, l'autre ayant déjà servi.

L'homme retroussa les manches de sa tunique couleur crème jusqu'aux coudes en exposant des avant-bras finement musclés. Puis il se pencha sur la bouteille pour en retirer le bouchon scellé. Des mèches de cheveux sombres et bouclés tombèrent sur son front, dissimulant partiellement la cicatrice qui lui barrait le visage.

Ki s'avança doucement dans la pièce avec tellement de précautions qu'elle se tint devant lui avant qu'il ne s'en soit rendu compte. Les yeux sombres de l'homme se relevèrent pour rencontrer le vert des siens. Elle donna un léger coup de pied dans ses bottes.

— J'aurais dû m'en douter, marmonna-t-elle. Il fallait que ce soit l'auberge kerugi avec une salle réservée aux repas des tchéria.

Elle se laissa tomber au sol et s'installa à ses côtés, ses chevilles bottées confortablement posées sur celles de l'homme.

— C'était tellement évident que je n'ai jamais songé à le mentionner, admit Vandien. Comment s'est passé ton transport ?

Ki se laissa aller contre le mur derrière eux et se détendit.

— Routes en mauvais état, temps chaud, villes inamicales et des destinataires ingrats une fois arrivée ici. Ils ont prétendu que les sacs de haricots du dessus étaient gâtés par le mauvais temps. J'avais pensé que c'était leur odeur habituelle. Nous nous sommes un peu disputés, j'ai diminué mon cachet, légèrement, et puis on s'est séparés en bons termes. En tout cas, le olo du kerugi semblait plutôt amical lorsque je suis partie. Qui peut savoir ce que les kerugi pensent vraiment de quoi que ce soit ? Tout ce qu'on entend, c'est la réponse soigneusement reformulée de leurs olo...

— Mm mm, acquiesça Vandien.

Il s'était remis au travail sur le sceau de la bouteille, arrachant de petits morceaux de cire verte jusqu'à exposer un bouchon fibreux. Il passa une main sous la table pour tirer un petit couteau d'un fourreau passé à sa ceinture et le planta dans le bouchon.

— J'espère que tu n'es pas trop fatiguée, lança-t-il d'un air décontracté.

Sa bouche arborait une expression légèrement amusée. Il caressa sa petite moustache pour la dissimuler mais Ki fut immédiatement alertée.

— Rien qu'une bonne nuit de repos ne saurait réparer.

— Tu crois qu'on pourrait être à Faux-Havre dans dix nuits ?

— Faux-Havre ?

— À peu près à une journée après Bitters, à cheval. Peut-être deux avec le chariot. La route est étroite et pleine d'ornières.

— Mais pourquoi voudrais-je me trouver à Faux-Havre d'ici là ?

Vandien leva les yeux vers la serveuse tchéria qui s'avançait avec deux bols fumants. Il attendit le bon moment pour répondre, versant d'abord une liqueur d'un violet profond dans leurs verres. La tchéria déposa les bols sur le sable devant eux.

— Je nous ai obtenu un contrat là-bas.

Ki se retrouva sans voix. Elle était doublement stupéfaite de voir Vandien chercher un vrai travail rémunéré et d'entendre qu'il avait osé engager son chariot et son attelage sans sa permission.

Il releva les yeux de sa liqueur et se mit à rire en découvrant les yeux écarquillés et la bouche grande ouverte de la jeune femme. Tandis que ses yeux s'étrécissaient et qu'elle prenait une inspiration pour lui répondre, il leva ses deux mains d'un air suppliant.

— Avant que tu ne me fasses connaître ton opinion actuelle sur ton ami le plus cher, laisse-moi te donner les détails du contrat. Tu décideras alors si même une charretière romni et têtue dans ton genre aurait décliné cette offre.

Ki souleva son verre et reprit sa position dos au mur en lui lançant un regard sceptique. Elle but une lente gorgée de la liqueur. Il lui fit un large sourire engageant, déjà très sûr de lui, et se décala de façon à sentir l'agréable chaleur de son épaule et de sa hanche contre les siennes.

— Il y a trois nuits de cela, j'étais assis ici, juste à cette table, lorsque est entrée la femme la plus étrange que j'aie jamais vue.

Tandis que Vandien commençait à raconter son histoire, une cordelette blanche était sortie de sa bourse comme par magie. Elle s'était nouée entre ses doigts et, tout en parlant, il s'était mis à former avec ses doigts les symboles d'histoires de son peuple. Les yeux de Ki faisaient l'aller-retour entre ses doigts et son visage.

— Elle se tenait sur le seuil et regardait lentement tout autour d'elle. Elle portait des pantalons et une blouse brune d'allure rugueuse, comme une paysanne travaillant aux champs. À en juger par son corps et son visage, elle pouvait sans nul doute être la grand-mère d'une douzaine d'enfants. Nos yeux se sont croisés. Elle a souri. Elle avait une bouteille à la main et des fleurs jaunes tissées dans ses cheveux plus noirs que noir. Une bien étrange vision. Pourtant, personne d'autre que moi n'avait tourné son regard vers elle. Elle est venue directement jusqu'à ma table et a déposé sa bouteille dans le sable. Elle s'est assise en face de moi comme si nous étions de vieux amis. Et, bizarrement, j'avais le sentiment que c'était bien le cas.

Vandien fit une pause pour boire une gorgée et prit le risque de jeter un regard vers Ki. Il savait bien qu'elle ne pouvait résister à une bonne histoire, surtout lorsque c'était lui qui la racontait. Mais il ne l'avait pas encore gagnée à sa cause. Pas encore. Il se racla la gorge et continua.

— Elle est restée assise là en me souriant et en retirant le bouchon de sa bouteille. Après qu'elle l'a ouverte, elle a sorti un verre d'une de ses manches, puis un autre, et elle les a déposés sur le sable entre nous, comme si c'était là la chose la plus naturelle du monde. Lorsqu'elle a eu fini de remplir les verres, j'ai vu que c'était de l'Alys ! Ki, ce jour-là, j'avais déjà essayé d'acheter de l'Alys dans quatre tavernes différentes de cette ville. Personne à Dyal n'avait entendu ce mot, sans parler d'en avoir en stock. Mais voilà qu'elle arrivait et m'en servait un verre. Et elle n'avait toujours pas dit un mot. Je me demandais à moitié si je n'étais pas en train de rêver tout ça.

Et puis elle a levé son verre en mon honneur et a lancé d'une voix aussi mélodieuse qu'un chant d'oiseau : « Je bois à ton bras fort et à la cicatrice entre tes yeux. » Et elle a vidé son verre.

— Alors, bien sûr, tu t'es senti obligé de faire la même chose, murmura Ki.

Elle était prise par l'histoire à présent et prenait autant de plaisir à l'entendre que Vandien à la raconter.

Elle reprit une gorgée de sa liqueur sombre. Du bout d'un doigt, il suivit le contour de la balafre qui prenait naissance au coin intérieur d'un œil et courait le long de son nez et de sa joue jusqu'à atteindre la commissure de ses lèvres. Il eut un hochement de tête empreint de gravité et reprit son histoire.

— Après que nous avons bu, elle m'a donné son nom : Srolan. Je lui ai donné le mien. Elle n'était pas du genre à parler pour ne rien dire. Elle m'a confié qu'elle cherchait un humain fort et doté d'un attelage fiable pour une tâche très spéciale. Elle n'a pas voulu me dire qui l'avait dirigée jusqu'à moi. Je lui ai expliqué que je connaissais un attelage des plus fiables mais qu'il ne me revenait pas d'accepter en son nom...

Ki se releva légèrement et ses muscles se raidirent tandis qu'elle ouvrait la bouche pour intervenir mais Vandien fut plus rapide.

— Elle m'a dit ce qu'elle voulait voir accompli et cela m'a semblé plutôt simple, et intrigant. Mais à nouveau je lui ai dit que je ne pouvais m'avancer au nom d'un équipage ne m'appartenant pas. Elle a cru que je demandais une plus grosse somme. Elle m'a fait une offre supérieure. Je lui ai répété que je devais d'abord t'en parler. Elle a de nouveau augmenté son offre ! Ki, le prix était devenu élevé au point d'en être embarrassant. Mais, une fois encore, j'ai refusé en lui disant qu'elle devait attendre que tu arrives et te le proposer directement. Alors Srolan s'est reculée et ses épaules se sont affaissées. Ses yeux ont perdu de leur brillant et son grand âge m'est apparu brusquement.

Vandien mimait les mouvements, prenant pendant un instant l'apparence d'une vieille femme dépitée.

— Elle ne pouvait pas rester à Dyal. Sa fille à Bitters était sur le point d'accoucher et elle devait partir pour lui servir de sage-femme. Personne d'autre ne pouvait le faire : sa fille avait fait trois accouchements par le siège et aucun des bébés n'avait survécu. Cette fois, Srolan était déterminée à être là en personne et à ne pas se fier à une quelconque sage-femme hésitante. Elle était convaincue qu'elle seule pourrait faire en sorte que l'enfant de sa fille soit vivant.

— Comment aurais-tu pu nier l'urgence d'une telle mission ? murmura Ki.

Vandien lui lança un froncement de sourcils plein de vertu offensée.

— Comment aurais-je pu, en effet, Ki ? Surtout lorsque son offre finale s'avérait si ridiculement élevée pour une tâche aussi simple. Rien qu'en argent, elle offrait, pour un travail qui ne prendrait pas plus d'une journée, en fait qui devait ne pas prendre plus d'une journée, la somme extravagante de six décomptes. Six ! répéta-t-il avec fierté.

Ki n'y prêta pas attention. Son visage s'ornait d'une large grimace tandis qu'elle se tournait pour faire face à Vandien.

— Tu n'as pas fait ça ?

Il eut un petit haussement d'épaules, surpris par son humour inattendu.

— Mais si. J'ai pensé que, juste pour cette fois, tu serais d'accord pour que j'engage ton attelage à ta place, particulièrement pour un aussi bon prix. Et, en plus de l'argent, il y avait...

— Vandien. (Ki s'étouffa en réprimant un rire et tenta de se composer un visage normal.) Laisse-moi deviner de quel travail il s'agit, et des termes du contrat. Elle ne te paiera qu'après que tu auras accompli la tâche avec succès, n'est-ce pas ? Ça doit être fait en une journée et cela se passe à Faux-Havre ?

À chaque hochement de tête prudent de Vandien, Ki laissait filer un petit gloussement.

— Vandien, as-tu donné ton accord pour emmener l'attelage à l'intérieur de ce temple englouti des Ventchanteuses et en retirer un coffre secret perdu depuis des lustres ?

Le visage de Vandien parut s'allonger lorsque Ki s'appuya sur son épaule dans un éclat de rire irrésistible. Plusieurs des dîneurs tchéria firent pivoter leurs yeux dans leur direction et les toisèrent avec dégoût. Des humains grossiers et tapageurs qui profanaient l'art de se nourrir avec leurs babillages bruyants tandis que la bonne nourriture refroidissait dans le sable devant eux.

— Qu'y a-t-il de si drôle ? demanda-t-il tandis que son visage se contorsionnait pour ne pas rejoindre Ki dans son rire. Ki, tu devrais entendre l'histoire qu'elle m'a racontée. Comment, depuis que la terre sous le temple a coulé, les gens peuvent entendre l'immense cloche de bronze du temple sous la mer, déclenchée par la marée. Les jours de tempête, elle sonne si fort que même les animaux bien à l'abri dans les granges sont pris de panique.

— Dans les profondeurs de ce temple englouti, renchérit Ki en reprenant la parole d'une voix grave et solennelle, se trouve un grand coffre de métal qui contient l'un des douze secrets des Ventchanteuses. Si on pouvait le ramener à la lumière entre les mains des honnêtes gens, ils pourraient prouver comment les Ventchanteuses ont trahi leur confiance sacrée, comment les servantes altruistes du monde sont devenues tyranniques et cupides. Pensez aux honneurs qui seraient accordés au héros qui pourrait offrir au monde une telle restitution. On se souviendrait longtemps du nom de ce charretier, annoncé comme le sauveur de...

— C'est bon, c'est bon, concéda Vandien en souriant tristement.

Il passa une main sur sa bouche et son menton avant de lisser sa moustache.

— Donc je me suis retrouvé pris dans quelque jeu. Mais qu'a-t-elle à y gagner ? Ou bien est-ce juste une vieille folle qui interpelle les étrangers ?

— Oh, non.

Ki but une gorgée de liqueur et posa un doigt sur le bord du bol devant elle. Elle l'enleva précipitamment.

— Encore bouillant. Ça prendra du temps avant que nous puissions manger. Autant en profiter pour te raconter toute l'histoire. Il ne s'agit pas entièrement d'une plaisanterie. Il y a bien un ancien temple des Ventchanteuses et durant un tremblement de terre, cette partie de la côte a été engloutie en emportant le temple avec elle. La Lune seule sait il y a combien de temps cela a eu lieu. Le temple avait peut-être une cloche et certains affirment l'avoir entendue sonner pendant une tempête. Si ça se trouve, il y a aussi un coffre caché dans le temple. Les gens de Faux-Havre ont l'air de croire sincèrement à son existence. Et tous les quatre ou cinq ans vient un mois qui offre une marée exceptionnellement basse. Ils peuvent en prédire l'arrivée et ils font de leur mieux pour engager un charretier. Pendant une nuit de ce mois-ci, le temple sera partiellement exposé par la mer. En tout cas ce qu'il en reste. Et un charretier dupé sera là, jusqu'aux fesses dans l'eau glacée, à essayer de récupérer ce coffre en métal.

Ki prit une gorgée de liqueur. Celle-ci était suave et fruitée, avec un arrière-goût qui lui picotait les narines, ce qui n'était pas désagréable.

— Qu'est-ce que tu nous fais boire, au fait ?

— Du burgoon.

Vandien se pencha en avant pour se resservir.

— En tout cas, c'est ce que j'ai compris que disait la serveuse tchéria. Elle voulait me la faire bouillir mais je lui ai dit que j'allais l'essayer froid. Depuis elle me traite en barbare.

— Je me demande quel genre de chaleur intense il faudrait pour qu'un tchéria se brûle le palais.

— Pourquoi personne n'a jamais réussi à tirer le coffre hors de l'eau ? demanda soudainement Vandien.

— Je n'en ai pas la moindre idée (Ki haussa les épaules). J'ai entendu plusieurs versions de cette partie de l'histoire. Premièrement, qu'il n'y a pas de coffre du tout. Deuxièmement, que le coffre est là mais soigneusement dissimulé. Troisièmement, que même si on le trouve, il est bien trop lourd pour être tracté jusqu'au rivage. Quatrièmement, et c'est ce qui me paraît le plus probable, que les Ventchanteuses ne veulent pas qu'on le trouve ni qu'on le tire à sec. À peu près au moment où la marée est au plus bas, une grosse tempête se déclenche, accompagnée d'un vent glacé. Cela rend le travail sur place particulièrement pénible mais il y a toujours un idiot pour s'y essayer. J'ai cru comprendre que Faux-Havre a fait de cet événement une sorte de festival. Le charretier ne gagne jamais la moindre pièce, évidemment, mais s'il fait de son mieux, le village le traite plutôt bien. Une belle chambre et de bons repas, ce genre de choses.

Vandien testa sa nourriture du doigt.

— Alors au moins ce ne sera pas en pure perte. Nous devrions être capables de nous en tirer avec un ou deux jours nourris et logés.

Ki renifla bruyamment.

— Vandien, je ne vais pas conduire mon chariot aussi loin que Faux-Havre pour profiter d'une chambre et d'un repas. Et je ne vais certainement pas me ridiculiser en crapahutant dans l'eau froide jusqu'à la taille un jour de tempête. Je ne comprends toujours pas pourquoi ils sont venus te faire cette offre. À moins que... depuis que tu es ici, as-tu vu d'autres Romni ?

— J'ai vu Rifa, et cet ours dansant avec lequel elle s'est associée... Ki, continua-t-il avec d'une voix différente. Ce n'était pas seulement l'argent qu'elle offrait. Il y avait autre chose.

— Rifa. Évidemment. Elle aura trouvé ça drôle. Je parie qu'ils lui ont demandé d'utiliser son équipage et elle a refusé. Alors elle les a envoyés vers toi, pour te mettre dans l'embarras. Elle se sera douté que tu ne savais rien à propos de Faux-Havre.

— Ce n'était pas que pour l'argent.

Cette fois, Vandien avait marmonné, avec un coup d'œil rapide vers Ki. Mais elle ne l'écoutait pas. Le romanichel ivre de l'autre pièce avait dû changer de table car sa voix, tempêtant des obscénités, leur parvenait directement d'au-delà le seuil. Ki jeta un regard dégoûté vers l'embrasure.

Elle était entrée ici pour échapper au romanichel et à ses diatribes contre les Ventchanteuses ; elle n'avait aucune envie de l'entendre. Ce serait les histoires habituelles : les taxes de pluie étaient trop élevées pour un petit marchand comme lui ; les taxes devenaient si lourdes que les fermiers ne pouvaient plus se payer ses humbles marchandises ; les Ventchanteuses exploitaient à l'excès les récoltes déjà difficiles des paysans. C'était une complainte aussi ancienne que familière. Ki ne pouvait se rappeler un seul endroit visité durant ses voyages où elle n'avait pas déjà entendu ces mêmes geignements. Mais d'habitude, le geignard avait le bon sens de les susurrer à l'oreille d'amis proches, pas de les beugler en public comme un bœuf affligé.

Elle reporta son regard sur un Vandien silencieux. Il avait tiré son couteau et s'en servait pour remuer lentement sa nourriture. Les tchéria n'utilisaient pas de couverts et n'en proposaient aucun dans leurs tavernes. Ki dégaina sa propre lame avec laquelle elle embrocha un morceau de nourriture dans son bol. De la vapeur s'élevait du cube verdâtre et elle souffla précautionneusement dessus avant de le mettre dans sa bouche. Elle regretta instantanément de l'avoir fait. Quoi que ce fut, cela avait un goût correspondant à l'odeur de la marée basse. Elle l'avala en entier pour ne plus l'avoir en bouche. Même une large lampée de burgoon ne suffit pas à la débarrasser du goût. Elle se tourna avec à la bouche un commentaire acerbe sur les choix culinaires de Vandien pour le découvrir les yeux perdus dans son bol, remuant le gruau avec sa lame d'un air sombre.

— Qui remue avec un poignard risque des ennuis.

— Superstition romni, grogna-t-il.

— Qu'a-t-elle offert d'autre, Vandien, en plus de l'argent ?

Une rougeur fit lentement son apparition sur son visage puis disparut. Il caressa sans s'en rendre compte la cicatrice qui barrait son visage.

— Rien de très important, j'imagine.

Il poignarda un morceau de nourriture verte et le déposa dans sa bouche. Ki le regarda attentivement mais il le mâcha et l'avala sans changer d'expression.

— Mais qu'est-ce que c'était ? insista Ki.

Il n'était guère amusé par la plaisanterie stupide de Rifa. Habituellement, Vandien prenait très bien la plaisanterie lorsqu'il ne trouvait pas un moyen de la renvoyer à l'expéditeur et Ki ne comprenait pas son attitude blessée. Elle continua de le fixer de ses grands yeux verts tandis qu'il avalait trois bouchées de plus. Enfin, il parla :

— Je lui ai donné ma parole, tu sais. Nos mains se sont touchées sur cette promesse.

— Et quoi d'autre ? demanda Ki qui était certaine qu'il y avait quelque chose de plus.

— Quoi, ça ne te suffit pas ? Je t'ai vue risquer ta vie pour ne pas avoir à briser une promesse.

— Mais Rifa voyait cela comme une plaisanterie, Vandien. J'en suis certaine.

— Peut-être. Mais ce n'était pas une plaisanterie pour la femme qui m'a fait cette offre, ni pour moi lorsque j'ai donné ma parole. Ki, quel mal pourrait-il y avoir à ce que nous acceptions cette offre ? Même si nous échouions comme tous les autres, nous pourrions...

— Passer pour de parfaits imbéciles, termina Ki à sa place. Écoute, j'ai un attelage à nourrir et un chariot dont je dois prendre soin. Je ne peux pas y arriver en me contentant d'être payée par un lit au chaud et un bon repas.

Ki fit une pause.

— Et ce n'est pas tout. Je n'accepte pas ce genre de travail Vandien. Je transporte des cargaisons. Parfois, j'achète, je transporte et je revends des marchandises qui valent le coup. Mais je ne fais pas dans la récupération, surtout lorsque l'appartenance des choses à récupérer fait l'objet d'un désaccord. Penses-tu que les Ventchanteuses se réjouiraient de voir ce coffre en métal ramené à la surface pour être examiné ? Penses-tu qu'elles apprécient l'idée même que quelqu'un s'y attelle ? Un charretier se doit de rester dans les bonnes grâces de ceux qui ont le pouvoir ; ou en tout cas de passer inaperçu à leurs yeux. Je suis douée pour passer inaperçue, Vandien. Je n'ai pas envie que cela change parce que j'aurai récupéré quelques reliques des Ventchanteuses et les aurai remises à une vieille bique à demi-folle qui veut prouver que les Ventchanteuses sont un blasphème contre la nature. Par la Lune, Vandien !

Tu sais bien que je suis une Romni. Ça attire déjà assez d'attention comme ça.

Ki s'arrêta pour reprendre sa respiration. Mais Vandien ne la regardait pas. Il avait pris un air renfrogné qui formait des pattes d'oie aux coins de ses yeux sombres. Ki savait que lorsqu'il se détendrait, ces mêmes rides prendraient une teinte claire sur sa peau halée. Mais cela ne risquait pas d'arriver tout de suite. Il écoutait la litanie du romanichel ivre dans la pièce à côté.

Ki aurait préféré ne pas en arriver là. Mais elle ne pouvait abandonner la partie et le laisser ainsi accepter un travail en son nom sans même la consulter. Elle ne pouvait pas se laisser entraîner dans un pétrin dont il ne connaissait pas l'étendue. Maudite soit son impulsivité. Sa façon à elle de planifier soigneusement chaque jour de voyage tapait sur les nerfs de Vandien. Il voulait toujours pousser l'attelage jusqu'à la limite de la nuit tombée dans l'espoir de trouver « un meilleur endroit pour installer le campement ». Combien de fois l'avait-il taquinée en l'incitant à emprunter un raccourci inconnu, pour se heurter à son refus catégorique ? Eh bien, qu'il soupire devant sa prudence. Qu'il continue à rire et à se moquer de sa méfiance en parlant de « peurs irraisonnées ». Lui n'était pas né Romni, à se déplacer de place en place en ne comptant que sur la chance et la tolérance des autres pour vivre. Elle reprit doucement la parole.

— Vandien, mon ami, la colère des Ventchanteuses pourrait nous poursuivre où que nous allions. Ce ne serait pas une simple erreur qu'on pourrait effacer en quittant leur territoire avec un « excusez-nous, s'il vous plaît ». Leur influence est sans limite. Une fois qu'elles nous auraient marqués, nous ne connaîtrions plus jamais un jour de beau temps. Personne ne m'embaucherait ni ne m'achèterait de marchandises.

Vandien avait fini par se tourner vers elle et ses yeux rencontrèrent ceux de Ki. Mais ce maudit romanichel faisait tellement de bruit qu'elle dut élever la voix pour être entendue. Autour d'elle, les tchéria commençaient à quitter la pièce. Ils considéraient comme une insulte le fait d'être dérangés durant un repas. Ki n'avait que faire de ce qu'ils pensaient. Elle voulait que Vandien la comprenne. Le voir ainsi prêter à moitié attention aux beuglements de l'ivrogne l'ennuyait. Elle lui prit les mains et haussa à nouveau le ton. Mais la voix du romanichel était toujours plus forte que la sienne.

— Et je dis : qu'on les brûle ! Brûlez vos récoltes dans les champs et éparpillez la laine de vos troupeaux. Qu'elles sifflent pour avoir leur part ! Elles veulent le meilleur de votre dur labeur et que vous donnent-elles en échange ? Seulement la pluie et les vents tranquilles auxquels n'importe quelle créature a droit sur cette terre ! Qu'on les brûle dans les champs, et qu'elles respirent la fumée et tissent de la cendre en guise d'offrande ! Ne gardez que ce dont vous avez besoin pour vos familles. Qu'elles souffrent d'un hiver de privation, tout comme vous l'avez souvent fait. Alors peut-être...

Vandien semblait bouche bée devant les propos hypocrites de l'ivrogne hystérique. Ki lui serra les mains et se leva à moitié en criant à son tour pour se faire entendre.

— Seul un imbécile s'opposerait aux Ventchanteuses. Et je ne suis pas une imbécile. Que quelqu'un d'autre joue aux héros. Je veux simplement que nous reprenions tranquillement notre chemin sans nous faire remarquer d'elles. Vandien, à part toi, moi et l'attelage, il n'y a pas grand-chose auquel je tienne. Mais à cela, j'y tiens beaucoup et je ferai tout pour le protéger. Laissons-les Ventchanteuses tranquilles, lui cria-t-elle, et elles nous laisseront vivre en paix.

À son grand dam, Ki se retrouva soudain à hurler dans une pièce devenue totalement silencieuse. Les convives tchéria étaient partis. Des visages en colère d'humains, d'olo et de kerugi se pressaient dans l'encadrement de la porte basse, les yeux fixés sur elle. Ses paroles tonitruantes n'avaient pas seulement capté l'attention de Vandien, mais également celle de toute la population de l'auberge.

Le romanichel la fusillait de ses yeux pâles encadrés par des mèches de cheveux graisseux.

Sa bouche humide s'agitait, postillonnante, tandis qu'il cherchait ses mots. L'estomac de Ki fit un tour sur lui-même. L'homme, ainsi que tous ceux qui se tenaient près de lui, pensait qu'elle s'était levée en haussant la voix pour s'opposer à lui. Un olo drapé sur les épaules d'un kerugi brisa le silence de son pépiement.

Dans un coin de la pièce, une tchéria laissa tomber son plateau et s'enfuit par une porte basse donnant sur la cuisine. Ki la regarda partir en se demandant la raison d'une telle précipitation. À ses côtés, Vandien se relevait tant bien que mal. Il la poussa brusquement tandis qu'il s'accroupissait et se saisissait du coin de la table de sable. Il la fit basculer d'une forte poussée, renversant sable et nourriture sur le sol. Ses doigts puissants se refermèrent sur l'épaule de la chemise de Ki qui se déchira tandis qu'il la tirait vers le sol derrière la table. Le premier projectile frappa la table avec un bruit mat tandis que des morceaux de poterie et des giclées de ragoût volaient par-dessus.

La main de Vandien se porta à sa hanche sans rien y trouver. Même si la rapière s'était trouvée à son côté plutôt que sur son crochet dans le chariot de Ki, elle ne leur aurait guère offert de protection contre les poteries qui fendaient l'air.

Quant à leurs couteaux à lames courtes, ils ne servaient pas à grand-chose de plus qu'à couper le pain et le fromage. Tandis que trois chopes et un plat frappaient la table, Ki et Vandien s'accroupirent au même moment, leurs deux têtes se heurtant l'une à l'autre.

— Malédiction, marmonna Ki en s'asseyant sur ses talons, à moitié aveuglée par des étincelles de lumière.

Des cris de victoire s'échappèrent de l'embrasure de la porte. Ceux qui avaient lancé les chopes pensaient avoir touché leur cible. Ki jeta un œil par-dessus la table. Personne ne s'était encore aventuré dans la salle des tchéria. Ils préféraient lancer leurs projectiles depuis la protection de l'entrée. Un pichet en métal décrivit un arc dans sa direction. Ki rentra les épaules tandis qu'ils frappaient lourdement la table. Ses yeux accrochèrent ceux de Vandien.

— Qu'est-ce qu'on va faire ? demanda-t-elle d'un ton colérique en voyant son grand sourire. Ils sont devenus fous !

C'était bien lui d'être guilleret dans un moment pareil.

— Je ne sais pas, mais je promets de ne plus jamais remuer quoi que ce soit avec un couteau. Qu'est-ce que toi tu avais prévu en remuant si habilement le couteau dans leur plaie ?

— C'est à toi que je parlais !

Malgré elle, elle sentit naître sur ses lèvres un sourire identique à celui de Vandien.

— Si tu avais été attentif, je n'aurais pas eu besoin de crier.

— Le romanichel avait capté mon attention.

Vandien passa rapidement la main derrière l'extrémité de la table et réussit à agripper son assiette de nourriture. Il l'envoya tourbillonner à travers la pièce. Elle explosa contre le chambranle de la porte et leurs adversaires firent momentanément retraite.

— Il m'a semblé que ce qu'il disait s'appliquait autant à nous qu'aux fermiers et aux tisserands. Mais, ajouta-t-il rapidement tandis que le visage de Ki s'empourprait et qu'elle fronçait les sourcils, ce n'est pas le moment de reprendre cette discussion.

Ki tâtonna de son côté de la table et récupéra son verre. Elle prit un instant pour viser avant de le lancer. Des bruits de pas se firent entendre de l'autre côté de la pièce tandis qu'on rassemblait des munitions. Vandien reprit calmement la parole.

— Dans cette situation, tes mots ont été de parfaits catalyseurs. Aucun d'entre eux n'avait envie d'exprimer son accord avec le romanichel car dans leurs cœurs, ils savent bien que c'est folie de s'opposer aux Ventchanteuses. Mais il les faisait se sentir honteux et lâches d'avoir de telles pensées. Juste au moment où ils allaient devoir choisir entre se rallier à lui ou s'en aller la queue entre les jambes surgit Ki qui se lève et clame à leur place leur opinion de couards. Ce qui leur offre la possibilité de passer leur frustration sur nous plutôt que sur eux-mêmes ou sur les Ventchanteuses.

Tout en parlant, Vandien testait la résistance de chacun des pieds de la table. Courts et trapus, ils étaient solidement fixés au plateau, peut-être en prévision de situations comme celle-ci.

— Ce n'est pas une opinion de couard, siffla Ki. Juste du bon sens !

— Si tu le dis...

Vandien haussa les épaules tout en plongeant à l'abri. Une chope frôla le rebord de la table et rebondit sur le mur avant de tomber sans heurt à ses pieds. Il la renvoya en hâte.

— Tu veux en débattre avant ou après qu'ils auront rassemblé assez de courage pour nous rentrer dedans ?

— Tout voyage commence là où tu te trouves ! rétorqua Ki en grognant le vieil adage romni tandis qu'elle se relevait et saisissait deux cruches sur une étagère derrière elle avant de se remettre à couvert.

— Ce qui veut dire que les solutions sont à trouver dans l'instant et pas en cherchant quelqu'un à blâmer, répondit Vandien avec hauteur tandis qu'il récupérait lui aussi des munitions. Ki, c'est là un breuvage très acceptable, une vraie rareté à Dyal. Je le sais car j'ai passé du temps à en goûter de toutes sortes aux alentours. Tu n'as pas l'intention de balancer des cruches pleines ?

— Et comment ! rétorqua Ki en osant se relever pour en lancer une.

Elle eut la satisfaction de la voir exploser contre le chambranle de la porte en éclaboussant largement au moins deux de leurs assaillants. Des éclats de poteries volèrent à travers toute la pièce. L'odeur piquante du burgoon répandu commença à emplir l'endroit.

Vandien la tira à lui de justesse ; la vasque qui frappa le mur derrière elle les éclaboussa tous deux d'une bouillie brunâtre : des haricots Kessler fermentés. La puanteur leur arracha un hoquet. Les hésitations de Vandien à l'idée de lancer des cruches pleines avaient disparu. Agrippant les siennes, il se releva et les lança d'un large mouvement des deux bras. Ki profita du fait qu'il la couvrait pour se saisir de deux pichets supplémentaires. Tandis qu'ils se mettaient tous deux à couvert derrière la table, plusieurs cris retentirent depuis la pièce adjacente.

— On en a eu un ! lança Ki avec un sourire sauvage.

Elle plongea les yeux dans le regard de Vandien et quelque chose passa entre eux. Tout cela était dangereux, imprudent et qui plus est un gâchis certain de boisson... mais c'était aussi diablement amusant ! La tension entre eux s'évanouit. La cicatrice de Vandien se plissa sur son visage tandis qu'il partait d'un grand rire au moment où sa cruche frappait l'estomac du romanichel et l'envoyait bouler loin de la porte.

Ki entendit un ululement de consternation. Depuis la porte basse qui menait à la cuisine, une grappe d'yeux pédonculés les dévisageait. L'aubergiste. Ki envoya une bouteille s'écraser contre la porte de la cuisine et la tchéria battit en retraite. À présent qu'il ne s'agissait plus simplement de coupes en métal et de chopes fendant l'air mais de son stock en train d'être dilapidé, peut-être allait-elle intervenir.

Ki avait vu juste. Juste au moment où Vandien soulevait la dernière cruche qu'ils pouvaient atteindre sans quitter la protection de la table, elle entendit les cris d'alerte des gardes de la ville à l'extérieur de l'auberge. Le désordre s'évanouit aussi vite qu'il était apparu.

Ki entendit les bruits de pieds bottés et le chuintement caractéristique des kerugi qui s'esquivaient. Le silence retomba. Elle décocha à Vandien un sourire ravi qui se transforma en rire consterné tandis qu'elle tentait de nettoyer ses vêtements de la purée de haricots qui l'avait éclaboussée. Mais le visage de Vandien se raidit soudain en une expression impassible. Elle se tourna pour suivre la direction de son regard. L'aubergiste tchéria se tenait dans l'encadrement de la porte, escortée par deux énormes brurjan. Ils portaient les colliers de chaînes et les harnais de la garde de la ville. Leurs visages gargantuesques se fendirent de sourires grimaçants tandis que l'aubergiste s'exclamait d'une voix aiguë en langue commune.

— Ce sont ces deux-là ! Ils ont déclenché la pagaille et ils doivent payer pour tous les dégâts !

Le soir était tombé lorsque Ki et Vandien émergèrent enfin dans la rue poussiéreuse.

— Où as-tu laissé le chariot ?

— Dans une clairière hors de la ville. Je pense qu'une maison a dû y brûler et que ses habitants ont abandonné le terrain. Ça fait encore un bon pâturage.

Ils descendirent la rue à grandes enjambées. La nuit serait bientôt aussi froide que la journée avait été chaude. Chacun de leurs pas soulevait des nuages de poussière grise.

— Combien ils nous ont laissé ?

— Cinq dru. (La voix de Ki était empreinte d'un profond dégoût). Après que tu as payé pour ta chambre et ton repas...

— Pour une somme raisonnable, intervint Vandien.

— Après que tu es monté chercher tes affaires, l'aubergiste a fait le compte des dégâts. Pas seulement de ceux que nous avons commis mais aussi ceux des autres. Elle a dit que si je n'étais pas intervenue, le romanichel aurait pris sa petite cuite et n'aurait causé de tort à personne. Et elle a raconté que les cruches de burgoon que nous avons lancées contenaient de l'eau-de-vie de Sheffish.

— Quoi ?

Vandien s'arrêta pour la dévisager, l'air consterné.

— C'est ce qu'elle a dit, confirma Ki d'un air sombre. C'est ce qui nous a coûté le plus cher. Je n'avais aucun moyen de prouver que c'était du burgoon. Et je ne ressentais aucune envie de me lancer dans une dispute avec un brurjan.

— Je doute qu'il y ait une seule goutte d'eau-de-vie de Sheffish dans la ville tout entière, et encore moins des cruches pleines.

— Quoi qu'il en soit, répondit Ki, puisqu'elle devait se faire rembourser la liqueur renversée en train d'imprégner les lattes du plancher, pourquoi ne pas faire payer le prix de la bonne eau-de-vie de Sheffish plutôt que du burgoon bon marché ? Les brurjan partageaient son point de vue.

— Par le sang de la Lune !

Vandien cracha par terre. Ils reprirent leur marche rapide. Les rues étaient pratiquement désertes et seules quelques lumières brillaient encore derrière les fenêtres closes.

Les tentures de portes avaient été déroulées et attachées par-dessus les lattes. Des chiens errants arpentaient les rues à la recherche de tout ce qu'ils pouvaient dénicher. Un calme étrange se répandait dans la ville close.

— Bon. On pourrait tout aussi bien se mettre en route pour Bitters demain, non ? proposa Vandien.

Ki lui jeta un rapide coup d'œil.

— Pourquoi Bitters ? J'ai prévu d'amener mon attelage et mon chariot jusqu'au marché des recrutements demain et de prendre ce qu'on pourra m'offrir. On ne nourrira pas l'attelage très longtemps avec cinq dru. Et je n'ai presque plus de réserve pour moi. Je ne peux pas aller à Bitters en espérant y trouver du travail et me retrouver là-bas sans le sou.

— Mais Faux-Havre se trouve juste au-delà de Bitters. Là-bas, nous serions logés et nourris pendant quelques jours, avec une bonne chance de trouver du travail ensuite.

Elle leva les yeux au ciel.

— Tu ne veux pas te sortir ça de l'esprit ? Ça ne nous a pas déjà valu assez de problèmes ?

— À toi peut-être. Pas à moi. J'ai donné ma parole et j'ai l'intention de la tenir.

— Pas avec mon attelage, annonça-t-elle d'un ton catégorique.

— Ça, j'en ai bien conscience mon amie. Il m'en faut donc un autre. Ce qui signifie que je ferais mieux de me mettre en route pour Faux-Havre immédiatement afin d'avoir le temps de louer ou d'emprunter un attelage à Bitters.

— Louer ? demanda Ki, l'air incrédule.

— Un paiement conditionné par l'argent que j'obtiendrai, lança nonchalamment Vandien.

— Eh bien, si quelqu'un peut convaincre le propriétaire d'accepter un tel contrat, c'est bien toi.

— À moins que je n'essaie de convaincre mon amie.

Cette phrase la fit tressaillir.

— Mon refus te met en colère, Vandien ?

— Non !

Il émit soudain un petit ricanement. Son bras musclé s'enroula brusquement autour de sa taille. Ils continuèrent d'avancer, hanche contre hanche.

— Juste un peu nerveux à l'idée de faire ça tout seul. Ce que tu as dit m'apparaît tout à fait sensé. Arriver là-bas avec un attelage affamé ne ferait que réduire nos chances déjà minces d'accomplir l'impossible. Non, Ki, c'est juste qu'il y a des choses que je fais mieux lorsque je suis avec toi... comme de me ridiculiser totalement.

— C'est un talent que nous partageons, admit-elle avec un petit rire.

Puis elle soupira.

— Que dis-tu de ceci, Vandien : je vais prendre le premier travail que je pourrai trouver ici mais dès que j'aurai de nouveau de l'argent en poche, je te rejoindrai à Faux-Havre ? Si j'arrive à temps pour leur marée basse, je te regarderai te ridiculiser. Mais que je sois maudite si je te donne un coup de main. Et que Rifa soit maudite elle aussi !

— Elle ne t'a toujours pas pardonné de t'être associée à un chien errant dans mon genre ; surtout que je ne t'ai pas donné d'enfants.

— Mes enfants, je les ai eus, répondit immédiatement Ki.

Vandien changea de sujet.

— Je ferais mieux de partir tout de suite pour Bitters, dans ce cas.

Pour toute réponse, Ki passa le bras autour de la taille de Vandien en agrippant sa ceinture. La force de son accolade le fit trébucher. Elle sentit son odeur douceâtre de fougère, comme un pâturage au crépuscule dont l'herbe vient d'être coupée et qui rayonne encore de la chaleur du jour. Pendant un instant, elle se sentit à l'écart de tout. Elle ne voyait que ses yeux sombres et dansants, ne sentait que la masse bouclée de ses mèches noires en désordre sur sa nuque, ne touchait que ses lèvres fermes sous sa fine moustache.

— Pas tout de suite, dit-elle d'une voix râpeuse. Demain matin.

Le chariot fit son apparition dans les ténèbres devant eux et Sigurd leva sa large tête grise avec un hennissement de bienvenue.

CHAPITRE 2

Le garçon se frayait un chemin au milieu des étals entassés les uns contre les autres. Ses pieds nus soulevaient des nuages de poussière brûlante. Les cris des colporteurs et les joutes verbales des négociants ne faisaient que rendre la journée plus étouffante. Comment les gens pouvaient-ils faire affaire par un temps pareil ? Et pourtant ils le faisaient. Et lui s'adonnait à son métier, c'est-à-dire transporter des messages à travers la ville surpeuplée. Il savait que les brusques tempêtes d'automne viendraient bien assez tôt. Alors il se prenait à souhaiter le retour des journées chaudes et sèches comme celle-ci tandis qu'il se retrouverait à patauger dans la boue, sous la pluie. Il humecta ses lèvres poussiéreuses et s'extirpa en se tortillant d'un attroupement de fermiers.

Il se trouvait à présent dans la partie du marché réservée aux embauches. Des ouvriers agricoles se tenaient là, faux et pelles à leurs côtés, dans l'espoir qu'un moissonneur tardif vienne faire appel à eux. Mais c'était une année de sécheresse, conformément à ce que les Ventchanteuses avaient annoncé. La plupart des fermiers n'avaient pas eu à passer beaucoup de temps à moissonner les récoltes dérisoires que la terre leur avait données. Le garçon n'était pas là pour les ouvriers.

Au-delà se trouvaient les attelages à louer. Les charretiers se tenaient debout sous le soleil cuisant en essayant d'empêcher les mouches vertes de piquer leurs animaux qui frappaient nerveusement le sol de leur sabot. Le garçon évita de justesse les cornes d'un attelage de bœufs et s'écarta d'un bond d'un canasson aux dents jaunies qui tentait de le mordre. Le conducteur se mit à rire en exposant des dents aussi tâchées que celles de son animal.

Il ne fut pas difficile de repérer celle qu'il cherchait.

Son haut chariot coloré surplombait largement les carrioles et les charrettes des autres charretiers. L'arrière, par contre, était vide et plat dans l'attente d'une cargaison à transporter. Son attelage n'était pas debout, suant dans son harnais. Les chevaux étaient attachés dans l'ombre étroite projetée par le chariot. La charretière elle-même somnolait sur le siège surélevé. Le garçon perdit tout respect pour elle. Il fallait être imprudent et stupide pour somnoler ainsi au milieu du marché alors qu'un passant sur deux dans les rues s'avérait être un voleur. Il se tint au milieu de la route et leva les yeux vers elle. Ses grandes jupes bleues donnaient l'impression qu'elle était plus menue qu'en réalité. Son chemisier brodé était trempé de sueur. Les cheveux bruns qui tombaient jusqu'à ses épaules formaient des vrilles humides sur son front.

Les pieds nus du garçon ne faisaient aucun bruit dans l'épaisse poussière de la rue. Il leva une main pour tirer sur le bord de sa jupe. Les yeux verts de la jeune femme s'ouvrirent et se braquèrent sur lui avant même que sa main n'eût touché le tissu.

— Des yeux de chats ! siffla le garçon en retirant brusquement son bras.

— Tu désirais quelque chose ? demanda Ki, ignorant cette étrange entrée en matière.

— Pas moi, charretière. Mais on m'a envoyé pour vous dire ceci : « si vous souhaitez travailler pour une somme honnête et un bon client, amenez votre chariot au bâtiment de pierre noire au bout de la route qui se prolonge après les forges et les tonneliers ». Avez-vous des questions ?

— Qui habite dans ce bâtiment noir, garçon ?

Le garçon s'agita sur place.

— Je ne sais pas.

— Et que devrai-je transporter ?

— Ça non plus je ne le sais pas.

Ki baissa les yeux sur le visage bronzé tourné vers elle et sur la tunique usée et dangereusement courte du gamin en pleine croissance.

— Pourquoi me demandes-tu si j'ai des questions, si tu n'as aucune réponse ?

Le garçon haussa les épaules.

— C'est ce qu'on dit après avoir délivré un message. Au cas où vous n'auriez pas compris ce qu'on a dit.

— Je vois.

Ki plongea la main dans la bourse plate passée à sa ceinture et en sortit un copeau de cuivre qu'elle avait reçu comme monnaie pour son dernier dru. Elle l'avait dépensé dans la matinée pour acheter des céréales pour elle et ses chevaux. Elle doutait que ce soit suffisant comme pourboire mais c'était tout ce qui lui restait. Elle le fit tournoyer dans les airs et le garçon s'en empara habilement. Il entreprit de le glisser dans sa bourse puis fut pris d'une hésitation.

— Celle qui m'a envoyé a tout payé d'avance, y compris le pourboire du destinataire. Elle a dit qu'elle doutait que vous ayez assez d'argent.

Il renvoya le petit morceau de métal vers Ki mais elle le lui retourna d'un petit geste de la main.

— Garde-le, garçon. Moi aussi je suis affligée d'une nature honnête et je sais combien il est rare de s'en trouver remercié.

Surpris, l'adolescent lui décocha un sourire éclatant. Il déguerpit à toute vitesse, dévoilant un instant ses fesses blanches, avant que Ki n'ait eu le temps de changer d'avis.

Elle s'étira et essuya la couche de poussière mêlée de sueur qui couvrait son front. Descendant de son siège, elle entreprit de convaincre les grands chevaux gris de se glisser dans leur harnais.

Elle aurait aimé en savoir plus au sujet de sa mystérieuse cliente, notamment sur la façon dont elle avait appris que Ki n'avait plus un sou en poche. Elle ne pouvait pas se permettre de chipoter au sujet de ses employeurs et elle n'aimait guère l'idée que ceux-ci le sachent. Cela attirait les affaires difficiles et les cargaisons tout juste légales.

Sigmund restait stoïque mais Sigurd commençait à s'agiter tandis qu'elle se hâtait d'arranger les boucles et les sangles de cuir. Trois longs jours passés debout dans le marché dans l'attente d'un travail l'avaient rendu hargneux. Ki finit par tirer à plat la dernière sangle.

— D'ici à la nuit, je t'aurai trop fatigué pour que tu me joues ce genre de tours, lança-t-elle au grand cheval.

Il émit un reniflement sceptique.

Elle remonta sur son siège et donna un petit coup sur les rênes pour démarrer doucement le chariot. Elle le fit avancer jusqu'au centre de la rue et se mit debout sur son siège pour réclamer qu'on lui cède le passage. Les marchands et leurs clients la laissèrent passer à contrecœur. Le chariot cahota lentement à travers le marché, soulevant autant de poussière que de protestations dans son sillage. Ki serra la mâchoire et secoua légèrement les rênes pour encourager son attelage. La transpiration donnait à leur robe une couleur plus sombre.

Trouver la rue abritant les forges fut facile. Le tintement des marteaux sur le métal chauffé au rouge portait loin dans la chaleur du jour. Ki eut pitié des apprentis qui activaient les soufflets pour attiser les flammes. Des vagues de chaleur étouffantes roulaient hors des baraques pour les agresser, elle et ses animaux. Elle fut soulagée lorsque les forges laissèrent place aux boutiques des tonneliers. Mais lorsqu'elle eut passé le dernier d'entre eux, elle ne vit aucun bâtiment noir. Son chariot ne dépassait en grinçant que des bâtisses de bois tenant à peine debout – pauvres ruines désertées par les mendiants. Cette section fantôme d'une ville par ailleurs très active l'inquiéta jusqu'à ce qu'elle découvre un puits à sec. Dans un climat de saisons extrêmes, elle aussi aurait préféré s'installer près d'une source d'eau accessible.

Le bois de charpente des vieux bâtiments s'était racorni. Des échardes argentées dépassaient des encadrements de portes et de fenêtres. Il s'agissait sans doute d'un des plus anciens quartiers de Dyal. En lieu et place des portes en lattes actuellement populaires, des dalles grises branlantes occupaient les seuils fendus des bâtisses. Ces portes, ainsi que la hauteur des archaïques fenêtres rectangulaires, lui indiquaient que cette partie de Dyal avait été construite par une population humaine. Les rues larges et tortueuses étaient d'un style typiquement humain. Les kerugi traçaient des rues droites et étroites avant de s'y entasser comme des insectes dans une ruche.

La route fit une nouvelle embardée et elle aperçut le bâtiment. Des murs de pierre noire surgissaient au-dessus des bâtisses grises et délabrées, comme s'ils craignaient que des yeux inquisiteurs ne les pénètrent pour leur dérober leurs secrets. Les immenses pierres noires qui composaient l'enceinte avaient été finement taillées par des artisans. Les cubes de pierre s'emboîtaient les uns dans les autres sans l'aide de mortier et sans fournir aucune prise à la mousse ou à un voleur désireux de les escalader.

Les murs luisaient légèrement, intacts, mais l'arbre mort massif qui se tordait près d'eux avait vu ses branches déformées par leur inaltérabilité. L'arbre avait germé, grandi et était mort à l'ombre des murs. La foudre l'avait noirci avant que ses branches montantes aient atteint la même hauteur que l'enceinte.

Les deux battants d'un large portail, dont le bois était aussi noir que la pierre, étaient ouverts en grand. L'attelage ralentit avant de les atteindre. Sigurd s'ébroua et serra les mâchoires sur son mors. Ki fit claquer les rênes sur le dos gris de ses chevaux et le chariot s'avança en grinçant dans la cour, accompagné d'un nouvel ébrouement de Sigurd.

La cour intérieure semblait aussi abandonnée que les bâtiments de bois grisâtres. Des buissons déracinés avaient roulé en tous sens jusqu'à venir s'échouer contre les murs. Des arbres morts maintenaient en vie le souvenir de ce qui avait autrefois été un jardin soigneusement planté. Le manoir de pierre noire semblait insensible à la décrépitude de la cour dans laquelle il se tenait.

Ki arrêta son attelage et laissa son regard grimper le long des hauts murs. Des fenêtres rectangulaires de style humain s'ouvraient sur des pièces obscures, loin au-dessus d'elle. Le rez-de-chaussée n'offrait aucune fenêtre ni aucune ouverture, à l'exception d'une porte en bois massif. Toute la hauteur du mur au-dessus des hautes fenêtres était aussi lisse que le reste. Quelles que soient les pièces abritées derrière, elles devaient se passer de la lumière du soleil.

— Un endroit bien gai, fit remarquer Ki à ses chevaux.

— Hum. Dois-je me tenir ainsi en gardant la porte ouverte dans l'attente que cette dame veuille bien se donner la peine, tandis que tout ce que l'endroit compte d'insectes volants et piquants s'engouffre à l'intérieur ?

Ki sursauta et se tourna vers l'endroit d'où provenait la voix hargneuse. Ses yeux se posèrent sur la porte maintenue entrouverte par une femme vêtue de noir. Son apparence était aussi revêche que ses propos. Elle faisait penser à un oiseau charognard avec son cou boursouflé et ses yeux noirs et mobiles.

— Avez-vous besoin d'un charretier ? demanda Ki en espérant qu'il s'agissait d'une erreur.

— Oui, mais je suppose que je devrai me contenter de vous. Est-ce que votre derrière peut se détacher de cette planche ou bien est-ce que votre peuple a l'habitude de faire affaire dehors sous le soleil ?

Ki cala le frein sans répondre. D'un ton bourru, elle ordonna à ses animaux de rester tranquilles et descendit du chariot. Tout cela allait être désagréable. Et sans un dru en poche, il allait falloir qu'elle ravale sa fierté. La matrone ne l'attendit pas mais s'en fut dans le hall dès que Ki s'approcha de la porte. Elle ferma derrière elle, avec sans doute un peu plus de bruit que nécessaire. Elle dut se hâter le long du haut corridor pour suivre le bruissement des jupes noires. La lumière du soleil ne les avait pas accompagnées. Les quelques appliques présentes étaient très espacées et mal entretenues. L'ombre de Ki s'allongeait et s'agitait autour d'elle tandis que ses bottes émettaient un bruit sourd au rythme de ses pas rapides. La matrone prit brusquement un virage. Ki se mit presque à courir pour ne pas la perdre de vue.

Mais lorsqu'elle prit le même virage, elle se retrouva soudain dans une pièce immense. Il n'y avait pas le moindre signe de présence de serviteurs ou d'employés de maison. Le plafond était incroyablement haut ; l'écho de ses pas lui revenait depuis les hauteurs. Une lumière du jour grisâtre pénétrait dans la pièce depuis l'une des fenêtres qu'elle avait aperçues à l'extérieur. Les rayons délavés éclairaient faiblement une petite table sculptée au centre de la pièce. C'était le seul meuble de toute la gigantesque pièce. La matrone se tenait à côté et des nuages de poussière dansaient au-dessus d'elle.

Ki s'arrêta, regardant autour d'elle d'un air incertain. Comment pouvait-on conclure une affaire dans un tel endroit ? Il n'y avait pas de siège où s'installer en prenant l'air désintéressé, pas de vin ou de bière à siroter pour couvrir un instant de réflexion. Ki se serait sentie plus à l'aise à marchander en restant assise sur son chariot, sous le soleil. Œil-d'Oiseau ne lui laissa pas le temps de réfléchir.

— Vous allez emmener la cargaison de Dyal jusqu'à Bitters. Sept cageots. Ils doivent être délivrés avant que se soient écoulés quatre jours à partir de demain. Vous devez être d'accord, ou en payer les conséquences. Quatre jours donneront aux serviteurs le temps d'arranger la nouvelle maison avant que les possessions n'arrivent. Mais nous ne saurions nous en passer pendant plus longtemps que cela.

— Je n'ai pas dit que j'allais travailler pour vous, indiqua Ki à voix basse.

— Je n'ai jamais dit que je le souhaitais ! Et je ne le dirai pas, si c'était à moi de choisir. Mais le Maître vous a choisie et rien ne le fera changer d'avis.

Pour la première fois, Ki réalisa que cette vieille femme impérieuse n'était pas la propriétaire du manoir mais seulement la gouvernante en chef. Son attitude était profondément agaçante mais Ki la mit sur le compte de son âge et de son poste. Elle devait sans doute s'attendre à un certain relâchement chez les serviteurs subalternes. Cependant, Ki sentait la colère la gagner, et ne supportait pas le ton qu'elle employait, sans parler de l'avis qu'elle venait d'émettre.

— Je vous le répète, je n'ai pas dit que j'accepterais votre cargaison.

Ki prenait à présent un certain plaisir à se montrer retorse.

— Je conduis mes affaires assez différemment des autres charretiers auxquels vous avez pu avoir affaire. Je limite le poids à ce que mon attelage peut tirer et je me fais payer la moitié d'avance, quel que soit le trajet.

Elle gardait un ton détaché mais elle était déjà en train de songer à la route vallonnée qu'elle emprunterait pour faire le chemin jusqu'à Bitters en trois jours tout au plus.

— Je connais vos termes, ma fille ! répliqua Œil-d'Oiseau. Ai-je l'air d'une petite idiote de servante qui embaucherait un charretier sans l'avoir rencontré et sans connaître ses tarifs et ses habitudes ? Non, charretière Ki, vous avez été choisie, même si maintenant que je vous vois, je serais bien en peine de dire pourquoi ! La cargaison ne sera pas plus lourde que ce que vous avez l'habitude de transporter et elle sera arrimée pour vous de manière sûre et en avance. La famille souhaite que vous preniez le plus grand soin de ce chargement, pour éviter tout dommage. Ils vous précéderont jusqu'à Bitters afin de pouvoir vous y recevoir et inspecter les sceaux pour s'assurer qu'aucun n'aura été brisé.

— Que dois-je transporter qui mérite autant de précautions et de méfiance ? Je vous préviens que mes tarifs augmentent lorsqu'il s'agit d'un chargement illégal.

— Ça, je n'en doute pas, et ça arrive probablement souvent. Même si cela ne vous regarde pas, petite pie, la cargaison contient des biens familiaux ; des objets anciens qui n'ont de la valeur qu'aux yeux des membres de la famille. Vous n'avez pas à vous en faire. Tout sera empaqueté de manière sûre. On ne vous arrêtera pas aux portes de la ville. Votre tâche consiste seulement à les transporter jusqu'à leur destination et, une fois arrivé, à recevoir le reste de votre paiement. Bon, combien demandez-vous pour un voyage jusqu'à Bitters ?

— À cette époque de l'année, trente dru. En hiver, ce serait deux décomptes complets. Mais le temps est encore clément et les routes en bon état. Donc cela fera trente dru, et c'est une bonne affaire pour vous.

Ki croisa les bras sur sa poitrine d'un air sévère et se prépara à la contre-offre.

— Ah, une affaire, qu'elle dit ! J'avais prévenu le vieux Maître mais non, il voulait que ce soit vous, basé sur les dires de l'un de ses mendiants d'amis. Que deviendra son nom avec de telles relations, je n'en sais rien. Eh bien, il m'a dit de payer le prix demandé. Vous aurez vos trente dru d'avance mais, soyons clairs, s'il n'y a ne serait-ce qu'une égratignure sur un seul des sceaux, vous ne toucherez pas un copeau de cuivre supplémentaire en arrivant à Bitters...

— Je serai là demain à l'aube pour ma cargaison, l'interrompit Ki.

Elle s'était attendue à quinze dru d'avance et quinze autres au terme de la mission. Mais en recevoir trente tout de suite et trente autres à Bitters... eh bien, comme l'avait dit la matrone, ce n'était qu'une peccadille pour eux mais Ki, elle, ne cracherait pas sur une telle somme.

— Stop ! dit Œil-d'Oiseau.

Ki avait utilisé le même ton auparavant lorsqu'elle avait ordonné à son attelage de rester en place.

La matrone se détourna dans un chuintement de jupes et sortit par la porte avant que Ki n'ait pu prononcer un mot. Elle tendit l'oreille pour percevoir le bruit de ses pas dans le corridor mais elle n'entendit rien. La tentation fut grande pour elle d'aller jusqu'à la porte pour jeter un œil à l'extérieur, mais elle y résista. Elle fit le tour de la pièce sans découvrir rien de plus que ce qu'elle avait vu au premier coup d'œil. La hauteur ridicule des fenêtres restait une énigme.

Le tintement de pièces de monnaie la fit se retourner. La vieille femme se tenait près de la table. Deux piles de quinze dru s'y trouvaient, posées sur un large carré de parchemin couleur crème. Œil-d'Oiseau fit courir un ongle jauni sur le bord de la table puis désigna du doigt les objets qui s'y trouvaient.

— Votre avance. Et le contrat que le vieux Maître a fait établir pour la livraison, en parfaite condition, dans quatre nuits. Je vais vous le lire et vous devrez y apposer votre marque pour montrer que vous comprenez et que vous êtes d'accord.

Ki s'avança, ses bottes cliquetant sur le dallage. Sans rien dire, elle posa une main à plat sur le parchemin. De l'autre, elle recueillit les pièces empilées et les fit passer dans la bourse usée attachée à sa ceinture. Elle déplaça ensuite sa main de façon à pouvoir lire le parchemin tout en le maintenant sur la table et se pencha dessus.

La lumière grise était incertaine. Le contrat avait été rédigé d'une main assurée, avec des lignes fermes et sombres sur la surface lissée, dans l'alphabet tchéria. C'était court mais écrit de manière carrée. Ki devait délivrer sa cargaison à la porte du Manoir de Karn, à Bitters, dans quatre jours. La cargaison devait être parfaitement intacte, sans aucun sceau brisé et avec le compte exact d'éléments. Elle acceptait de tout mettre en œuvre pour en assurer l'arrivée en parfait état. Si elle n'y parvenait pas, elle ne recevrait pas le reste de la somme et devrait rendre six dru du premier paiement. Elle fit la moue. Si elle jouait de malchance, elle pourrait terminer ce voyage pour Bitters avec seulement vingt-quatre dru. C'était possible mais peu probable, se dit-elle. Et vingt-quatre dru constituaient de toute façon un ample paiement pour le voyage agréable qui l'attendait dans les collines.

Ki tira le parchemin vers elle et chercha des yeux de quoi écrire. La gouvernante répondit froidement à son geste en sortant une petite boîte de l'une de ses larges poches. À l'intérieur se trouvaient des pinceaux et un petit flacon d'encre. Ki les accepta avec la même froideur, trempa l'un des pinceaux dans l'encre et traça son nom en caractères tchéria. Observant la matrone du coin de l'œil, elle y ajouta le caractère désignant un individu né libre et un autre pour ceux n'ayant aucune allégeance politique. La gouvernante cacha bien son étonnement. De fait, elle sembla même traiter Ki avec plus de condescendance qu'auparavant.

— Vous devriez vous mettre en route, à présent.

— J'ai d'abord l'intention de faire des provisions, l'informa Ki.

— Comme vous voudrez. Mais souvenez-vous que vous ne disposez que de quatre jours pour ce voyage.

— Écoutez : vous avez fait votre part du travail. Maintenant, laissez-moi m'occuper de la mienne. Je reviendrai à l'aube pour charger la cargaison mais j'aimerais la voir à présent pour juger de son poids. Où se trouve-t-elle ?

— Sur votre chariot.

La matrone se détourna et sortit à grandes enjambées de la pièce sans regarder en arrière. Ses pas ne firent pas plus de bruit qu'auparavant. Ki eut un reniflement en direction de la porte. Elle attendit quelques instants près de la table puis fit deux fois le tour de la pièce. Avec colère, elle réalisa enfin que la matrone n'avait pas l'intention de revenir pour l'escorter vers la sortie. Elle n'était pas non plus allée chercher la bière qui parachevait traditionnellement un contrat. Ki n'avait jamais été traitée avec autant de grossièreté.

Elle retrouva son chemin à travers les corridors froids et dénudés et ressortit à la lumière du jour en clignant des yeux. Œil-d'Oiseau avait dit vrai. Sept caisses (Ki les compta soigneusement) avaient été installées sur son chariot. Elles étaient de tailles variées et faites d'un bois brut de couleur claire. Les sceaux n'étaient guère plus que des masses de plombs coincés sous les nœuds de corde rude qui les entouraient. Un tel empaquetage convenait plus à du poisson salé qu'à des trésors de famille. Ki jeta un coup d'œil circulaire sur la cour poussiéreuse mais il n'y avait pas le moindre signe de celui qui avait chargé la cargaison. Son regard acéré ne rencontra que les murs noirs festonnés de lierre mort.

Elle monta d'un bond sur le chariot et grimpa sur les caisses pour tenter de mettre en défaut la façon dont elles avaient été arrimées. Mais tout était stable et bien équilibré. L'inspection des cordages maintenant la cargaison révéla des nœuds qu'elle aurait juré faits de sa propre main. C'était vraiment mystérieux. À cela s'ajoutait le fait étonnant de savoir que quelqu'un s'était permis de toucher à son chariot sans qu'elle n'entende la moindre protestation de la part de ses chevaux. Cela la troublait. Elle se tint debout sur les caisses, les fixant, les sourcils froncés. Puis, avec un haussement d'épaules, elle descendit et s'installa sur le siège du chariot. Elle avait trente dru à dépenser avant de quitter Dyal.

Le soir venu, il lui en restait moins de deux. Les placards de la petite cabine de son chariot étaient largement réapprovisionnés. Ki prit une profonde inspiration en savourant l'odeur de ses réserves enfin renouvelées. Des racines de cara séchées et des saucisses épicées pendaient depuis la solive centrale. Des huches recelaient du sel rose, de la farine brune et des haricots rouges. Des tranches de viande séchée et de poisson étaient stockées sur une étagère, enveloppées dans de la toile à sac propre. Le petit pot de miel et le cinmeth rosé dans sa flasque constituaient un certain luxe mais elle avait préservé sa bonne conscience en s'achetant des carrés de cuir pour se faire elle-même de nouvelles bottes. Sa dernière folie avait été l'achat d'un minuscule flacon d'huile de vanilly.

Ki entoura le flacon d'un morceau de tissu et s'accroupit pour le ranger dans un tiroir. Elle se releva pour regarder l'intérieur de sa cabine. C'était un endroit étroit et bien tenu qui n'occupait que la partie avant du chariot. Il n'y avait pas un seul espace inexploité dans la pièce. Le lit plat situé à l'une des extrémités était supporté par des placards. Étagères, coffres, crochets et tiroirs s'alignaient partout à l'intérieur, à l'exception d'une petite fenêtre à présent fermée pour préserver l'endroit de la poussière. Une couverture en peaux de daim avait été jetée par-dessus les couvertures en laine du lit. Dans un coin de la pièce, la garde usée de la rapière de Vandien faisait de l'œil à Ki.

Il devait être à Bitters à présent. Ki se demanda s'il avait déjà trouvé un attelage et quel type de contrat il allait réussir à conclure. Elle ne doutait pas du fait qu'il obtiendrait un attelage. Il avait suffisamment de bagout pour convaincre un dené de manger de la viande. Et si ses cajoleries ne parvenaient pas à l'emporter, il n'hésiterait pas à mettre ses affaires personnelles en gages. Si cela ne fonctionnait pas... Ki n'alla pas plus loin. Vandien prenait soin de lui-même. Son existence se mêlait à celle de Ki de manière aléatoire. Il ne craignait pas de s'engager ; il n'en voyait simplement pas l'utilité. C'était un ami impulsif, risque-tout et totalement loyal et elle refusait de se chagriner à son sujet. Il reviendrait bien assez tôt, en amenant désordre et auto-complaisance dans sa vie bien réglée. Tout était tellement plus simple lorsqu'il n'était pas là. Le pire, dans tout ça, était qu'elle commençait à prendre l'habitude de sa présence. Malédiction !

Elle s'extirpa hors de la cabine et referma la porte coulissante derrière elle. Elle se rassit sur le siège central et reprit les rênes. Un coup de pied libéra le frein et un petit coup de rênes remit l'attelage en branle. Le crépuscule s'installait, accompagné d'une certaine fraîcheur. La lune avait déjà commencé à conquérir le ciel lorsqu'elle quitta les portes de la ville en dépassant des gardes singulièrement peu intéressés par sa cargaison. Ce soir, elle dormirait sur l'herbe verte près de son chariot et laisserait l'attelage brouter librement. Elle en avait assez de s'enfermer à l'étroit dans la cabine pour écouter les animaux s'ébrouer et gratter le sol de leurs sabots toute la nuit durant. Cela faisait du bien de travailler à nouveau.

CHAPITRE 3

Le marché de Bitters n'était guère différent de celui de Dyal. Excepté la puanteur du poisson. Vandien était persuadé que les expéditions de poissons frais ne pouvaient pas rester comestibles après les deux jours de transports depuis Faux-Havre. Pourtant, les habitants de Bitters achetaient à qui mieux mieux et souriaient au poissonnier tandis qu'il emballait pour eux ses marchandises infectes. Vandien se pencha par-dessus l'épaule d'un client pour tâter d'un doigt ferme un poisson argenté. La marque de son doigt resta. Vandien lança au poissonnier un sourire d'un genre différent et s'éloigna de son étal en s'essuyant le doigt sur ses braies.

L'odeur du pain frais arriva jusqu'à lui. Il déglutit en dépassant l'étal où un dené inexpressif proposait de manière indolente des pains et des pâtisseries. D'épaisses miches d'un brun sombre s'entassaient près des gâteaux brillants aux reflets verts qui avaient la faveur des tchéria. La main de Vandien se porta sur la bourse plate passée à sa ceinture. Le cuir mince dissimulait les petites pierres qui y tenaient compagnie à deux piécettes. Une charretière l'avait transporté depuis Dyal jusqu'à Bitters. Elle l'avait nourri et lui avait remis les piécettes en échange de son aide pour décharger ses paquets de peaux non tannées. Ce n'était pas grand-chose mais cela restait néanmoins un paiement généreux pour le peu de travail que Vandien avait réellement dû accomplir. Il suspectait qu'elle l'avait payé plus pour les histoires qu'il lui avait narrées durant le long trajet que pour un quelconque travail.

Il dépassa l'étal de pain d'un air résolu. Il avait faim mais cela pouvait attendre. Il avait une affaire à mener. Il hâta le pas devant les étals des fermiers, poulets, cochons de lait et glib pépiants et continua sa route sans s'arrêter devant les étals de tchéria débordant de légumes verts à la robe brillante. Un brurjan à l'air hostile se tenait devant un stand de viande chaude, avec une chambre isolée à l'arrière pour dévorer les proies. Le couinement d'agonie brusquement interrompu d'un glib indiqua à Vandien qu'un repas avait lieu. Pour les brurjan, la « viande chaude » était celle d'un corps qui vient juste de perdre la vie.

Il ralentit en passant devant les étals des artisans. Perles, bottes, armures et philtres d'amour réclamaient son attention. Un marchand tchéria s'enquit poliment de ce visiteur humain qui regardait mais n'achetait pas. Vandien lui sourit et désigna un cristal jaune pâle.

— Deux décomptes, zozota le marchand en langue commune.

Vandien toucha sa bourse et eut un haussement d'épaules résigné. Mais son sourire ne disparut pas tandis qu'il s'éloignait. Il se dirigea vers la partie réservée aux locations. Il ne s'arrêta pas pour observer d'autres étals.

Il n'y avait que trois équipages attendant d'être loués. Un brurjan se tenait devant deux monstrueux chevaux. Leurs sabots impatients étaient écarlates. Leur harnais était alourdi de clous et de pointes. Leurs crinières étaient taillées, de même que leurs queues raccourcies. Ceux-là n'étaient pas des chevaux de ferme mais des coursiers entraînés à tirer le chariot d'un chasseur au milieu de la végétation des plaines. Ces chevaux suivraient la clameur des chiens de chasse sans avoir besoin d'être guidés par le conducteur. Vandien s'écarta de leur chemin pour éviter les sabots qui aidaient à abattre les proies pour leurs maîtres.

Un humain somnolent était assis à l'ombre de son grand cheval de trait. Vandien ne jeta qu'un coup d'œil à la bête avant de l'écarter de sa sélection. Il était très grand mais son museau grisonnant et sa queue élimée accusaient son âge. Sa robe était terne et l'une de ses chevilles enflée.

Deux mules harnachées venaient ensuite. Un jeune garçon humain se tenait à leur tête. Il avait huilé leurs sabots et tressé leurs crinières comme pour un festival. Les bêtes godiches dodelinaient de la tête et leurs oreilles tournaient en tous sens au moindre cri provenant du marché. Vandien baissa les yeux sur le visage méticuleusement nettoyé qui levait vers lui des yeux pleins d'espoir.

— Je suis désolé mon garçon, dit-il avec regret. Elles ne sont tout simplement pas assez grandes pour ce que j'ai à faire.

— Pour moi elles tireront de toutes leurs forces et plus encore, rétorqua le garçon.

Ses yeux suppliaient Vandien.

— J'en suis convaincu, répliqua Vandien d'un air grave. Peut-être une prochaine fois, mon garçon. Ton attelage a fière allure.

C'était tout. Il avait fait le tour des équipages à louer. Vandien s'éloigna un peu plus loin en réfléchissant à son problème. Il devait trouver son attelage ici et le conduire jusqu'à Faux-Havre comme s'il s'agissait du sien depuis toujours. La première impression était cruciale. Faux-Havre attendait un charretier doué et déterminé. Il ne pouvait se permettre d'être perçu comme un filou venu profiter de leur hospitalité et tourner leurs coutumes en dérision. Ki avait dit que la tâche à accomplir était quasiment impossible. S'ils doutaient de lui, il était certain d'échouer. Or Vandien avait l'intention de réussir.

Il y avait un autre attelage. Ces derniers animaux étaient allongés dans la rue, leurs pieds plats profondément enfoncés dans la poussière réchauffée par le soleil. Leurs queues étaient enroulées autour de leurs croupes comme autant de gros serpents gris prêts à frapper. De petits yeux fermés surmontaient leurs museaux porcins. Leur respiration régulière soulevait de petits nuages de poussière. Ils étaient quatre et leur cuir épais gris était moucheté de noir. Chacun d'entre eux était aussi long qu'un cheval mais toute ressemblance s'arrêtait là.

— Êtes-vous des cochons ou des lézards ? leur demanda Vandien.

Ils l'ignorèrent. Leurs pattes étaient courtes mais épaisses et musculeuses. Les quatre harnais s'étalaient en éventail depuis un unique et large anneau placé sur un piquet planté dans le sol. Vandien chercha le propriétaire du regard et s'aperçut qu'il se tenait juste à côté de l'équipage.

Le tchéria avait décidé de suivre l'exemple de son attelage. Il s'était presque entièrement retiré à l'intérieur de sa carapace. Quelque chariot passant par là l'avait recouvert d'une épaisse couche de la fine poussière de la rue. Sans la présence de ses yeux pédonculés, on aurait pu le prendre pour un rocher. Vandien s'éclaircit la gorge et les yeux se mirent à bouger. L'attelage n'était sans doute pas exactement ce qu'il espérait mais le propriétaire était parfait.

Les yeux rouge sombre du tchéria examinèrent solennellement Vandien pendant quelques instants. Puis, par respect pour les coutumes humaines, il déplia ses longues jambes articulées jusqu'à ce que son « visage » soit à la même hauteur que celui de Vandien. Il abaissa précautionneusement ses yeux pédonculés jusqu'à ce qu'ils soient presque au même niveau que ses mandibules. Vandien inclina gravement la tête en direction du tchéria, immédiatement impressionné par ses manières. Il ne connaissait aucune autre race au monde qui se donnait autant de peine pour mettre les autres peuples à l'aise. Les tchéria étaient des négociants rusés, aussi durs en affaires que les brurjan, mais leur inflexibilité se dissimulait sous l'apparence de la courtoisie la plus veloutée.

— Je désire louer un attelage pour tirer une lourde charge, furent les premiers mots de Vandien.

— Mes bêtes le feront. Les humains utilisent rarement les skeel. Ils pourraient vous sembler bien tristes à voir, habitué comme vous l'êtes à vos chevaux aux longues jambes. Vous pensez certainement que mes skeel sont laids.

Le tchéria marqua une pause dans son discours commercial, zozotant pour permettre à Vandien de protester. Vandien n'ignorait pas que de nombreux humains hésitaient à faire affaire avec les tchéria, arguant du fait que leur Commun était à peine intelligible. Mais l'oreille de Vandien s'était habituée à la manière dont ils aiguisaient les consonnes du Commun et il n'avait guère de difficulté à négocier avec eux. Il cherchait à présent à se montrer aussi courtois que la créature.

— Je ne prétendrais pas juger un animal sur son apparence. Si vous dites qu'ils peuvent tirer, alors je suis sûr qu'ils le peuvent, aussi étranges qu'ils puissent paraître à mes yeux. Pourrais-je savoir si on les conduit de la même manière que des chevaux ou s'il faut avoir quelque talent particulier ?

— Un talent spécial pour conduire des animaux tels que ceux-ci ? Vous honorez et flattez le pauvre fermier que je suis. Non, ce sont des créatures des plus dociles, si facile à contrôler que même l'un de vos petits tout juste sorti de l'œuf n'y trouverait aucune difficulté. Avec un conducteur de mon expérience derrière eux, vous constaterez qu'il n'y a pas grand-chose que nous ne puissions accomplir. Même la plus lourde des cargaisons pliera devant notre ténacité. Souhaitez-vous voir un champ débarrassé de rochers ? Descendre des rondins depuis le sommet d'une colline ? La tâche leur est égale. Et on ne saurait souhaiter un équipage plus économe. Ayant été nourris il y a trois jours, ils n'auront pas faim avant que deux périodes entières ne se soient encore écoulées.

Vandien fit rapidement le calcul. Les animaux pouvaient subsister dix-neuf jours entre deux repas, une caractéristique particulièrement utile dans sa situation. Il aborda délicatement la partie la plus sensible de la négociation.

— Je ne doute pas que vos années d'expérience participent de la qualité de votre attelage. Mais pour la tâche qui m'attend, je serai le conducteur et je dois m'assurer qu'ils obéiraient à un inconnu. Pendant dix jours, vous devrez me les confier. Accepterez-vous un tel accord ?

Les yeux du tchéria oscillèrent lentement de gauche à droite en une imitation soigneusement répétée du mouvement humain pour dire « non ».

— Je regrette de devoir refuser. Mes animaux sont comme des enfants pour moi et mon seul moyen de subsistance en ces jours de sécheresse et d'animosité des Ventchanteuses. Je n'ose les confier à un inconnu, quelle que soit la sincérité de sa contenance ou la noblesse de sa carapace. Mais je serais certes heureux de me joindre à vous dans n'importe quelle tâche que vous souhaiterez effectuer. Vous aussi serez heureux de constater comme la difficulté de n'importe quel labeur sera immédiatement atténuée par mon expérience de la manœuvre de l'attelage. Les bêtes donnent toujours plus au maître qu'elles connaissent et en qui elles ont confiance. Ne pourrions-nous pas trouver un accord de cette manière ?

Vandien émit un profond soupir. Il leva les bras jusqu'à la hauteur de ses épaules puis les laissa retomber à la manière dont les tchéria laissaient leurs yeux s'affaisser lorsqu'ils étaient attristés.

— Je me dois de respecter vos réserves. J'honore de mon respect celui qui ressent les responsabilités que la possession d'un attelage a placées sur lui. Je comprends l'intérêt protecteur que le maître sage a pour ses animaux. Je suis certain qu'aucune monnaie ne vous ferait changer d'avis. Quelle que soit la somme offerte, jamais vous ne confierez ces précieuses créatures à un inconnu.

— Aucune monnaie ne saurait acheter mon honneur, répéta le tchéria.

Tous deux savaient que le terrain de négociation était en train de s'installer. Le tchéria attendit.

— Et je n'insulterai pas votre sensibilité en offrant la moindre pièce. Que savez-vous de moi ? Comment pourrais-je gagner votre confiance et, ainsi, le service que je vous demande ? Je me suis posé ces questions tandis que nous étions debout ici, dans cet endroit déplaisamment bruyant, à tenter de faire affaire comme des êtres civilisés au milieu de ce tapage non civilisé, dans ce tourbillon de mouvements dérangeants et de bruits dissonants. Au milieu de ces beuglements d'animaux, cette chaleur, cette couche de poussière sur nos personnes, dans l'odeur de la sueur de ceux qui passent irrespectueusement près de nous, comment puis-je faire mes preuves auprès de vous ? Comment vous montrer que, bien que je sois un humain ne possédant pas les sens supérieurement affinés qui constituent le trésor de la race tchéria, je ne suis pas non plus totalement dénué de sensibilité ?

Tandis que Vandien faisait la liste des désagréments dont il savait qu'ils gênaient les tchéria à un point qu'il ne pouvait pas imaginer, il eut presque l'impression de voir la créature se recroqueviller à l'intérieur de sa carapace. Il partageait la préférence des tchéria pour la fraîcheur, les lumières tamisées et les sons étouffés. Mais dans une ville dominée par une population humaine et brurjan, ce tchéria devait braver tous ces désagréments pour gagner chaque jour les algues dont il se nourrissait. Son inconfort allait aider Vandien dans son marchandage.

— Pas la moindre pièce ? marmonna le tchéria.

Marmonner, pour un tchéria, consistait à aspirer les mots sans pratiquement les vocaliser. Mais Vandien avait su les entendre. C'était l'ouverture qu'il attendait.

Une écharpe brune ceinturait la tunique de Vandien et supportait sa bourse. Vandien y porta la main, mais sans toucher à la bourse elle-même. Ce qu'il cherchait ne pouvait pas être mêlé à de la monnaie sonnante et trébuchante. Il écarta précautionneusement le tissu enroulé de l'écharpe jusqu'à ce qu'un petit objet enroulé dans une pièce de tissu gris et doux lui tombe dans la main. Le tchéria suivait le moindre de ses gestes. Au départ, ses pédoncules s'étaient allongés afin de suivre les mouvements de la main de Vandien, jusqu'à ce qu'il se rappelle des règles de courtoisie humaines et les rétracte. Mais Vandien était certain d'avoir éveillé son intérêt et profitait au mieux de ce moment.

Il rajusta lentement l'écharpe qui avait servi d'écrin à l'objet fragile. Ceci fait, il prit le temps de lisser sa tunique et de frotter ses mains, l'une après l'autre, sur ses braies. Seulement alors il commença à déplier le fin tissu gris. Il le déroula lentement en utilisant ses deux mains pour retirer le tissu comme s'il craignait de perdre l'objet qui se trouvait à l'intérieur. Les doigts de Vandien imprimèrent une dernière secousse au tissu. Le tchéria fit soudain cliqueter ses mandibules. Aucun d'entre eux ne parla.

Posé sur la paume de la main de Vandien se trouvait un cristal orange d'à peu près la même taille et la même épaisseur que son annulaire. Il le souleva lentement pour l'exposer à la lumière comme s'il craignait que l'objet délicat ne s'effrite entre ses doigts. Sous le soleil, la lumière touchait chacune des facettes qui constituait les multiples cristaux rassemblés en une seule structure.

Vandien porta ostensiblement le cristal jusqu'à ses narines et le huma délicatement. Pour lui, le cristal ne dégageait pratiquement aucune odeur. Le tchéria restait désespérément silencieux. Seul un tremblement imperceptible des pinces évoquant des doigts ornant ses membres principaux trahissait son agitation. La clameur du marché n'avait pas cessé mais Vandien laissa le tchéria écouter le silence qui s'était installé entre eux. Lorsque enfin il parla, ce fut dans un murmure.

— Pas la moindre pièce.

— Que proposez-vous ? siffla le tchéria. C'est un très petit cristal, ajouta-t-il, hésitant.

Mais Vandien n'allait pas se laisser tromper par la taille de sa marchandise.

— Oui, en effet. Et d'une couleur des plus profondes. Un cristal comme celui-ci pourrait servir d'ornement pour la plus riche des reines. Suffisamment petit pour être transporté avec soi, pour qu'on puisse en profiter à chaque fois que l'agitation du monde de tous les jours menacerait la paix intérieure si vitale pour n'importe quelle créature civilisée. Je me suis rendu dans les maisons souterraines de riches tchéria qui ornaient leurs murs de cristaux et les suspendaient en rangs le long de leurs grilles de nourriture, mais j'ai rarement vu un cristal qui vaille celui-ci en terme de couleur ou de bouquet. Cela fait longtemps que je jouis du confort qu'il procure, au fil des routes. Contempler sa lumière clignotante, humer sa douce senteur de paix tranquille ; cela m'a apporté bien du réconfort durant de nombreuses épreuves. Par ce signe, je vous montre que je suis une créature civilisée, comme vous l'êtes vous-même. Je mérite votre confiance, même lorsque je viens pour louer et emporter vos animaux loin de vous et que je suis forcé par les conventions commerciales de vous offrir ces maudites pièces de monnaie.

Les yeux bruns et pleins de sincérité de Vandien rencontrèrent les yeux pédonculés du tchéria. Il affecta de refermer la pièce de tissu gris autour du cristal. Le tremblement des yeux du tchéria le trahit. Ils suivaient le moindre mouvement du cristal. Ses mandibules cliquetèrent quelques instants avant qu'il ne songe à parler en Commun.

— Votre signe m'impressionne, humain. Jamais je n'avais vu quelqu'un de votre peuple considérer un cristal de sopor autrement que comme objet d'échange. Mon nom est (il émit un bruit sifflant). Les vôtres m'appellent Carapace-en-Filet, du fait des marques sur ma carapace.

— Je suis Vandien.

Tous deux s'inclinèrent gravement à l'occasion de cette présentation formelle qui marquait le début de toute véritable négociation entre tchéria. Ce qui s'était passé avant n'était guère qu'un prélude, un arrangement de leurs forces mutuelles.

— Dans ce cas, Carapace-en-Filet, vous réalisez aujourd'hui que tous les humains ne sont pas des barbares. Certains d'entre nous chérissent la paix tout autant que vous.

— Pour quelle tâche voudriez-vous engager mon attelage ?

— Un petit travail à Faux-Havre.

— Voilà une ville rude, un endroit guère recommandé. Aucun tchéria ne vit là-bas ; et j'ai entendu des choses mauvaises sur les humains qui y habitent. Quelles garanties ai-je de la sécurité de mon attelage ? Comment pouvez-vous me certifier qu'ils ne seront pas volés, empoisonnés ou mutilés pour le plaisir ?

Vandien agita lentement la main tenant le cristal devant son visage, l'équivalent humain d'un tchéria montrant sa détresse à la simple évocation d'un tel acte.

— Puisse la Lune empêcher des choses aussi mauvaises de se produire !

La main de Vandien se porta vers sa bourse. Le tchéria continuait de suivre le moindre mouvement de la main tenant le cristal. Vandien tapota sa bourse afin que les piécettes cliquettent l'une contre l'autre.

— Vous me placez devant un dilemme. Vous semblez dire que vous me laisseriez engager votre attelage si vous pouviez être certain qu'il serait en sécurité. Vous ai-je bien compris ou bien la pauvre langue commune a-t-elle corrompu les pensées que vous souhaitez véhiculer ?

— Partons sur ce principe, éluda le tchéria. Si j'acceptais de vous louer mes précieux skeel, pour moi plus des compagnons que des animaux de trait, que pourriez-vous m'offrir en gage de leur bien-être pendant qu'ils seraient sous votre tutelle ?

Vandien agita à nouveau sa bourse.

— Quoi, en effet ? L'argent vous paiera lorsque je reviendrai mais ce n'est pas ce dont nous avons besoin, à présent. Un homme plus rustre pourrait vous offrir de l'argent, sans comprendre qu'étaler son argent n'est pas forcément faire étalage de sa bonne foi. Mais je vois bien que ce dont vous avez besoin n'est pas la sécurité financière, mais un engagement personnel. Un otage, si vous préférez.

Vandien marqua une pause et tourna les yeux vers le ciel. Il prit une pose figée, silencieuse. Puis, avec une apparente mauvaise grâce, il remit le cristal dans l'écharpe qui lui servait de ceinture. À ce geste, les mandibules du tchéria cliquetèrent légèrement mais Vandien ne parut pas s'en rendre compte. Lèvres serrées, une expression résignée sur le visage, il retira un anneau qu'il portait à la main gauche. L'anneau vint lentement, révélant une bande de peau claire. Avec un grand soupir, il le soumit à l'inspection du tchéria.

Les yeux pédonculés se baissèrent rapidement dessus. C'était un anneau exceptionnellement ordinaire. L'unique pierre noire ne brillait pas, même si ces facettes renvoyaient légèrement la lumière. L'anneau lui-même était en argent, tout simple. Vandien le soupesa pour en montrer le poids.

— Voici, dit-il lentement. Cela fait fort longtemps qu'il n'a pas quitté ma main. Mais si vous désirez un gage de mes bonnes intentions, je vous offre ceci. Il me vient de la grand-mère du père de ma mère.

Il fit de nouveau une pause et prit une profonde inspiration pour se débarrasser de l'enrouement qui semblait le prendre à la gorge.

— Il ne me reste que trop peu de choses pour ne pas oublier de quels sommets ma lignée est tombée. Mais je garde ceci comme un rappel personnel de tout ce que nous fûmes par le passé et de tout ce que je désire redevenir un jour. Jamais je ne l'abandonnerai ! Jamais ! Je vous ramènerai votre attelage en bonne santé ou je mourrai en essayant de le faire !

Le poing de Vandien se referma convulsivement sur l'anneau. Pendant un instant, chaque muscle et chaque tendon de son bras et de sa main furent visibles sous sa peau. Il cligna rapidement des yeux. Puis, avec gravité, il tendit la main, paume exposée, vers Carapace-en-Filet. La main qui tenait l'anneau tremblait.

— Remettez votre anneau sur votre doigt, dit le tchéria d'un ton solennel. Bien que nous ne décorions pas nos carapaces d'ornements métalliques, nous comprenons que les humains les considèrent au plus haut point. Celui-ci a trop d'importance pour que vous vous en sépariez comme gage sur un marché.

Mais la main de Vandien restait tendue.

— Pourtant je dois louer votre attelage. Je suis convaincu qu'eux seuls peuvent accomplir la tâche pour moi. Je vous en prie ! Cette discussion ne fait que prolonger mon inquiétude et mon inconfort !

Le tchéria fit bruyamment vibrer ses mandibules. Vandien serra les dents et détourna le regard. Il avait délibérément utilisé les mots « inquiétude et inconfort » en sachant que c'était la traduction standard d'une phrase tchéria qui décrivait l'état mental et émotionnel instable qui précédait de sévères dégâts physiques.

— Non ! s'écria le tchéria.

Vandien le sentit toucher directement sa main de ses pinces.

— Reprenez ce trésor familial, humain. Votre volonté de l'offrir en gage est suffisante. Je ne saurais vous demander de faire ceci. Vous pouvez louer mon attelage. Votre démonstration d'intégrité m'a touché. Je ne vous demanderai pas d'avancer d'argent.

Vandien fixa le tchéria et passa rapidement son anneau à son doigt. Il prit une nouvelle pose. Les bras croisés sur sa poitrine, il imitait approximativement un tchéria sous le coup de l'humilité.

— C'est trop, monsieur ! Je ne peux accepter une telle générosité. Je constate que ceux qui font affaire avec vous doivent vous protéger de votre propre courtoisie. Je n'ai pas grand-chose à vous offrir mais vous devez obtenir de moi un gage. J'exige que vous me demandiez quelque chose. Ce que vous voudrez !

— Ce que je veux ? reprit le tchéria d'un ton interrogatif.

Vandien sauta avec joie dans le piège.

— Ce que vous voudrez ! Je vous promets de vous le remettre.

— J'hésite à le demander.

— J'exige que vous le fassiez !

— Votre cristal, humain. Confiez-le-moi comme je vous confie mon attelage.

Une expression de détresse se fit jour sur le visage de Vandien. Sa main se crispa sur le cristal caché dans l'écharpe. Ses épaules s'affaissèrent tandis qu'il laissait ses mains retomber à ses côtés.

— Je vous ai dit de demander, dit-il d'une voix si faible que le tchéria se rapprocha pour entendre.

Vandien émit un petit rire et secoua la tête devant sa propre bêtise.

— On dit souvent ceci : « La courtoisie d'un tchéria n'a d'égale que son intelligence en affaire. » J'ai exigé que vous demandiez et vous l'avez fait. Jamais je n'aurais songé que ce serait votre requête. Ma paix, mon sanctuaire face à la folie de ce monde. Et pourtant...

Vandien porta la main à son écharpe et en retira lentement le cristal dans son fourreau de tissu gris.

— Je suis un être de parole.

Il tendit le cristal empaqueté au tchéria dont les pinces se refermèrent immédiatement dessus. Carapace-en-Filet défit rapidement le paquet tandis que Vandien admirait sa dextérité. Des mandibules tremblantes enserrèrent le cristal. De fins cils apparurent et caressèrent le cristal pour en constater la qualité. Les yeux du tchéria commencèrent à s'affaisser doucement. Vandien sourit. C'était un excellent cristal. Un marchand itinérant qu'il avait rencontré près de Kelso le lui avait offert en échange de trois mesures de sel. Kelso n'avait aucune population tchéria. En tant que monnaie d'échange, les cristaux n'avaient de valeur que pour les tchéria. Mais une telle idée était impensable pour les tchéria.

Vandien se mit rapidement à poser des questions pertinentes sur les commandes auxquelles l'attelage répondait. Il conclut un arrangement pour la date et l'endroit de leur retour. Le tchéria répondait d'un ton rêveur. Le temps que Vandien ramasse une fine baguette et fasse partir l'attelage, le tchéria était déjà en train d'osciller doucement au rythme de la musique silencieuse de ses intimes visions harmonieuses. Ses cils vibraient autour du cristal entre ses mandibules.

L'une de ses piécettes permit à Vandien d'acheter une large miche sombre à l'étal d'une pâtisserie. Il aurait préféré le pain verdâtre des tchéria mais il savait que cette miche à base de céréales durerait plus longtemps. Les larges pieds plats de son attelage laissaient dans leur sillage d'épais nuages de poussière tandis qu'ils descendaient la route. Après quelques efforts pour tenter de les inciter à accélérer la cadence, Vandien se résigna à leur allure indolente. Il réduisit sa propre allure et tourna ses pensées vers Faux-Havre. Même à ce train-là, le village n'était pas à plus de quatre jours de marche. Il y serait avec largement assez de temps pour tenter sa chance.

Et s'il réussissait ? La peur et l'espoir tourbillonnaient en lui. Il frotta avec irritation la cicatrice sur son visage. Elle était raide et insensible sous ses doigts. N'était-ce que pure vanité de souhaiter la voir disparaître ? N'était-il qu'un idiot d'avoir cru Srolan ? Oui et oui, insistait sa peur. Et c'était la raison pour laquelle il n'avait pas dit à Ki ce qu'on lui avait offert. Parce que son propre empressement l'embarrassait. Il détestait songer à la façon dont Ki percevrait la chose ; Ki, pour qui il avait reçu cette cicatrice. Il rumina ces pensées tout en avançant d'un pas traînant aux côtés des skeel paresseux.

Et pourtant... il sentit l'espoir gonfler brusquement en lui... et pourtant il s'imaginait accueillant Ki avec un visage intact, l'étonnement et le plaisir qu'elle ressentirait. Il était sûr que s'il lui en avait parlé, elle l'aurait accompagné à Faux-Havre. Elle aurait abandonné ses autres tâches pour l'aider à récupérer le coffre des Ventchanteuses. Et c'était là, décida-t-il, tandis que sa logique personnelle faisait un tour sur elle-même, la raison exacte pour laquelle il ne lui avait rien dit. Il serait injuste de la faire changer d'avis avec ce genre d'astuce. Il n'avait aucune envie de supporter sa culpabilité ou sa pitié. Ce qui se passait entre eux devait arriver librement, ou pas du tout. Mais si elle venait de son propre chef, il l'accueillerait avec plaisir. Seul, le succès pourrait s'avérer aussi effrayant à affronter que l'échec. Il apprécierait que son amie soit là.

CHAPITRE 4

La douce lumière de l'automne tombait sur la piste à chariot en grands pans obliques et dorés. « Piste ! » Ki eut un petit grognement pour elle-même en songeant que c'était trop d'honneur de l'appeler ainsi. Des marques jumelles s'étendaient devant elle dans le sol herbeux de la forêt. De petits buissons poussaient au centre de la piste, assez hauts pour racler le fond de son chariot tandis qu'elle passait au-dessus. Des bouleaux blancs d'où s'échappaient des feuilles dorées, mélangés à des peupliers et des saules enchevêtrés, délimitaient les bords de la piste. De temps à autre, on croisait un arbre, harpe étrange et muette dans la chaleur tranquille de l'après-midi. Ki respirait les odeurs moussues de la forêt en s'appuyant paresseusement contre la porte de sa cabine. Aujourd'hui elle avait du temps autant que de l'argent.

Elle ne ressentait que peu de remords à musarder ainsi et ce n'était pas à cause de son client. Elle pourrait camper ce soir et délivrer facilement sa cargaison à l'heure dite le lendemain. Mais elle devait penser à Vandien. Il n'avait pas insisté mais elle savait qu'il serait heureux de l'accueillir à Faux-Havre. Elle s'y serait rendue, et en vitesse, si toute cette histoire n'était pas aussi insensée. Elle se mordit la lèvre tout en contemplant l'ondulation régulière des muscles sous la robe grise des chevaux devant elle. Elle compta les jours ; six jours depuis que Vandien était parti pour Faux-Havre. Il y serait à présent, à moins que sa chance ne l'ait abandonnée. Ki, quant à elle, pourrait faire une halte tôt dans la soirée et passer une journée tranquille le lendemain pour délivrer sa cargaison l'après-midi du quatrième jour.

Ou, se rappela-t-elle à elle-même, elle pouvait activer son attelage et les pousser jusqu'à Bitters avant le milieu de la nuit. Bitters était très étendue, ce n'était pas une cité fortifiée. Il n'y aurait pas de portails ni de gardes pour l'arrêter. Oui, elle pouvait faire ça et puis se hâter ensuite vers Faux-Havre, disons en un jour et demi, et y être largement assez tôt, mais... qu'il soit maudit ! Voilà qu'elle se souciait du pétrin dans lequel il s'était fourré comme si elle avait l'obligation de l'en tirer. Sa langue trop bien pendue l'avait mené jusque-là. Il avait pris soin de lui-même sur les routes pendant de nombreuses années avant de s'associer avec elle. Qu'il se sorte lui-même de cette situation. Peut-être la prochaine fois n'engagerait-il pas l'attelage de Ki avec autant d'insouciance. Cela lui ferait du bien de transpirer un peu. Un rictus désabusé remplaça l'air inquiet de Ki. Qu'il marine un peu. Elle le retrouverait là-bas, aux alentours du onzième jour par exemple, au moment où il lui serait suffisamment reconnaissant de se montrer. Mais auparavant, le coq serait bien obligé de se mouiller un peu les plumes. Le nez de Ki se plissa. Elle se leva pour se tenir debout sur le siège en bois du chariot. Son corps mince oscilla au rythme régulier du chariot tandis qu'elle s'étirait pour délier les nœuds de ses muscles. Ses yeux verts se plissèrent tandis qu'elle tentait de discerner ce qui se trouvait dans la forêt au-devant d'elle. La piste était trop sinueuse. Elle ne pouvait pas encore voir la rivière mais elle pouvait la sentir, à l'odeur forte et humide qui lui venait aux narines comme à l'attitude des chevaux, toutes oreilles dressées. Par habitude, elle jeta un œil au soleil puis haussa nonchalamment les épaules. Elle camperait au bord de la rivière ce soir. Bitters pouvait attendre. Elle installerait son campement tandis que le soleil serait encore dans le ciel et prendrait le temps de laver à grande eau sa chevelure pleine de poussières. Cela lui ferait du bien de se sentir propre à nouveau. Elle se rassit tranquillement sur le siège.

Tandis qu'elle approchait de la rivière, les arbres se firent moins nombreux et laissèrent place à une large zone herbeuse entourée de buissons et de vignes. Des branches mortes et des débris de toutes sortes marquaient la limite haute de la montée des eaux au printemps. L'arrivée de la saison nouvelle avait teinté les herbes alentour de jaunes et de bruns chaleureux. Ki quitta la piste inutilisée pour y aventurer son équipage en suivant un trajet parallèle à la rivière. Les grandes roues du chariot écrasaient les hautes herbes sèches. Les chevaux agitèrent leurs larges têtes, mécontents de la résistance supplémentaire que le sol leur opposait. Mais elle les poussa en avant jusqu'à trouver ce qu'elle cherchait ; une clairière à l'écart en face de la rivière. S'y trouvaient de l'herbe pour l'attelage et une petite étendue d'eau peu profonde où elle pourrait se laver.

Le soleil de l'après-midi projetait toujours ses rayons d'or chauds lorsqu'elle termina de détacher les bêtes. Les grands chevaux gris se déplaçaient à présent librement dans l'herbe haute. Toujours posé, Sigmund mâchait consciencieusement cette nourriture rustique tandis que Sigurd se baissait pour s'y rouler. Ki eut un sourire. Ces deux-là ne s'éloigneraient pas. Le chariot qu'ils tractaient était leur chez eux.

Le camp fut prêt rapidement. Elle vérifia sa cargaison par habitude en tirant sur les cordes pour s'assurer qu'elles n'avaient pas glissé ni ne s'étaient détendues durant le trajet de la journée. Tout était bien en place. Le reste de l'après-midi et la soirée étaient à elle à présent.

Elle remonta sur le siège du chariot et fit coulisser la porte en bois menant à la cabine. Elle cligna des yeux, le temps de s'habituer à la pénombre. Quelques rayons de soleil s'insinuaient à l'intérieur à travers la fenêtre fermée. Ki fit tourner les quatre chevilles qui la maintenaient en place et abaissa le volet. La brise de l'après-midi s'engouffra par l'orifice. Avec l'hiver approchant, elle allait devoir acheter une pièce de peau huilée pour recouvrir le trou tout en laissant passer de la lumière. Le verre coûtait trop cher et ne supportait pas les mouvements et le jeu incessant du chariot. Mais elle n'avait pas envie de s'inquiéter de tout cela pour le moment.

Elle décrocha une tunique propre d'un crochet, ainsi qu'une ceinture de cuir pour la tenir autour de sa taille. Elle hésita un instant puis plongea la main dans le tiroir contenant l'huile de vanilly. Elle savait que c'était un achat extravagant et que l'utiliser ici, où personne d'autre qu'elle ne pouvait en sentir les effluves, serait d'une extrême vanité. Mais de temps en temps, on méritait bien un petit acte de vanité.

Une fois sur la rive, elle se débarrassa de ses bottes, passa son chemisier par-dessus sa tête et laissa ses jupes tomber en cercles à ses pieds. Elle les enjamba et déposa la tunique propre et le flacon de parfum par-dessus. Elle libéra ses cheveux en défaisant les deux tresses épaisses qui leur évitaient de faire des nœuds lorsqu'elle voyageait et les laissa retomber sur ses épaules en une épaisse masse brune. Ils sentaient la poussière et la sueur.

L'air froid venu de la rivière couvrait sa peau de chair de poule. Tremblante, Ki rassembla son courage puis s'élança sur le cailloutis qui s'avançait sur la rivière et se jeta tout entière à l'eau. Elle refit surface, soufflant et haletant, choquée par le froid de l'eau. Respirant de façon hachée, elle se saisit d'une poignée de sable noir au fond de la rivière et s'en servit pour se frotter le corps. Sa peau acquit bientôt un éclat rosé à force de froid et de nettoyage.

Elle jeta un œil à ses chevaux qui paissaient paisiblement avant de s'avancer dans une eau plus profonde. Elle plongea à plusieurs reprises jusqu'à ce que sa chevelure tombe sur son dos en ruisseaux aplatis et que l'eau de la rivière s'en égoutte sans plus contenir aucune trace de la poussière accumulée durant le voyage. Satisfaite, Ki s'ébattit dans l'eau de façon plus insouciante, lançant ses pieds en l'air dans de grandes éclaboussures et plongeant sous l'eau juste pour le plaisir de sentir l'onde glisser sur sa peau.

Après un dernier petit plongeon, Ki reprit le chemin de la berge. Une longue note se fit soudain entendre dans le ciel dégagé de l'après-midi. C'était un son pur, aussi pur que le sifflement d'un oiseau, mais très long et plus rond qu'aucun son produit par une créature à bec. La source en était inconnue, comme si elle surgissait du ciel lui-même. Ki se figea, tous les sens en alerte tandis que l'eau froide de la rivière clapotait au niveau de ses cuisses. Elle ne fit aucun effort futile pour se couvrir mais se prit à souhaiter que sa rapière se trouvât sur la rive plutôt qu'à l'intérieur du chariot. Face à l'inconnu, elle préférait être armée.

L'appel s'atténua progressivement jusqu'à cesser. Ki espérait qu'il ne s'agissait que d'un oiseau des rivières doté d'un souffle peu commun. Même les chevaux s'étaient figés, têtes levées et oreilles dressées. De fait, le seul mouvement semblait être celui du vent, qui s'était brusquement levé. Elle frissonna et se hâta en direction de la berge.

Le vent se fit plus intense, fouettant son visage de ses cheveux humides. Ki se retrouva à chercher son équilibre tandis qu'elle avançait vers la rive. Une fois sortie de l'eau, la morsure de l'air froid se fit plus féroce. Elle entreprit de se sécher sur sa jupe sale mais le vent sifflant et un hennissement nerveux de Sigurd la poussèrent à enfiler hâtivement sa tunique propre par-dessus son corps mouillé.

Elle fit une pause pour essorer sa tignasse. Le vent la frappa de plus belle en la bombardant de feuilles arrachées aux arbres. Elle était en train de boucler son ceinturon de cuir avec ses doigts engourdis lorsqu'une rafale terriblement puissante la jeta à terre. Ki s'accroupit sous la bourrasque en bataillant d'une main pour écarter ses cheveux de ses yeux. Elle chercha à tâtons ses vêtements sales, le flacon de vanilly et ses bottes. Elle les tint serrés contre elle et bondit sur ses pieds en affrontant les vents mystérieux. Elle courut lourdement vers le chariot. Celui-ci se balançait sur ses hautes roues jaunes. Alors même que Ki s'avançait péniblement dans sa direction, elle entendit le bruit caractéristique d'une corde qui lâche. L'une des caisses de sa cargaison se libéra en rebondissant. Les lattes de bois brut s'éparpillèrent lorsqu'elle heurta le sol.

Une puanteur soudaine frappa Ki avec la force d'une attaque physique. Elle eut un haut-le-cœur et se couvrit la bouche et le nez de ses vêtements. Elle regardait en tous sens pour identifier la source de cette odeur. En vain. La puanteur se fit plus forte, aussi infecte que celle du sang rance. Mais, comme le vent, elle venait de nulle part.

Ki sentit ses cheveux se dresser sur sa nuque. Il y avait comme un rideau de pestilence pesant sur son nez et sa bouche. Elle sentit qu'elle allait s'étrangler. Sigmund hennit. Sigurd rua et fendit l'air de ses sabots comme pour frapper la puanteur venue du ciel. De l'écume était visible sur ses flancs. Lorsque ses pattes touchèrent terre, il fit brusquement demi-tour et s'enfuit. Elle entendit le tonnerre de ses sabots à travers la forêt tandis qu'il disparaissait au milieu des arbres oscillants. L'odeur s'en fut avec lui. Ki le maudit silencieusement.

Elle lança ses vêtements en boule sur le hayon du chariot et se baissa pour enfiler ses bottes avant de tourner son attention vers la cargaison. La caisse qui était tombée était de petite taille. Elle la ramassa. Un vernis noir décoré de petites pierres était visible à travers le bois endommagé. Ki la tint avec précaution en montant sur son chariot encore oscillant et la déposa à l'intérieur de la cabine. Elle referma soigneusement la porte.

Les autres cordes semblaient tenir. Le reste des caisses était plus large et il était peu probable que le vent les renverse. Les bourrasques continuaient à s'élever autour d'elle et à la balayer tandis qu'elle faisait le tour de son chariot. Pourtant, le ciel était toujours bleu et dégagé.

Ce n'était pas le moment de se poser des questions sur cet étrange changement de temps. Ki siffla Sigmund. Par deux fois, il s'éloigna d'elle au dernier moment avant qu'elle ne réussisse à agripper sa crinière et à grimper sur son dos en s'appuyant sur son immense épaule. Comme elle détestait monter ces animaux ! Il n'y avait aucune façon confortable de l'enfourcher. Il était tout simplement trop large. Elle glissa ses talons sur les flancs du cheval et agrippa sa crinière des deux mains. Sigmund secoua la tête. Il n'appréciait pas plus de l'avoir sur son dos qu'elle de devoir le monter, mais il s'y résigna et se mit à avancer tandis que Ki se cramponnait à lui comme un singe. La piste de Sigurd était des plus visibles. Ses sabots avaient arraché de larges morceaux du sol de la forêt et son corps avait écarté les plantes sur son chemin. Le suivre ne posait aucun problème. La difficulté était de le rattraper. Elle pressa Sigmund d'accélérer et se plaqua contre lui pour éviter d'être giflée par les branches des arbres.

La nuit était tombée depuis longtemps lorsqu'une Ki épuisée et débraillée, toujours sur la piste de Sigurd, se retrouva finalement dans son propre camp. Sigurd avait changé de direction à de multiples reprises et traversé par deux fois la rivière. La seule conclusion était qu'il avait été harcelé par quelque chose mais il n'y avait pas d'autres traces au sol que celle de Sigurd lui-même. Elle n'y comprenait rien. C'était un mystère total. Un maudit mystère qui lui compliquait singulièrement la vie.

À ce moment précis, elle n'avait aucune envie de se pencher dessus. Elle était couverte des griffures infligées par les branches basses et dégoûtante de saleté après être tombée du dos de Sigmund dans une zone marécageuse. Sigmund était aussi endolori et boueux que Ki.

Dans le camp, le feu était à présent éteint. La journée qui avait commencé comme un jour de vacances s'était transformée en une suite ininterrompue d'épreuves inutiles et vaines. Elle glissa au bas de Sigmund.

Sigurd se tenait debout, tête baissée, près du chariot, comme si sa présence familière le réconfortait. Sa robe était couverte d'écume séchée. Tandis qu'elle approchait, il baissa son museau et se frotta lentement la tête contre la jambe. Si un cheval pouvait avoir l'air embarrassé, il en était l'image même. Ki passa une main sur son pelage humide. Tous les deux allaient avoir besoin d'un toilettage ce soir. Tous les trois, se corrigea-t-elle, en passant une main dans sa propre crinière échevelée.

Au moins le vent s'était-il tu. La nuit d'automne était calme à présent, avec un quartier de lune qui apportait plus d'ombres que de lumière sur les alentours. Le coffre formait une masse sombre sur le sol. Bien que exténuée, Ki s'avança à pas lourds dans sa direction. D'abord le feu, se dit-elle, puis se laver, puis toiletter les bêtes, puis manger et, enfin seulement, songer au fait que l'un des sceaux de sa cargaison était brisé.

Le loquet familier du coffre s'ouvrit facilement sous ses doigts. Elle en sortit l'étui qui contenait son amadou. Quelques brindilles entortillées d'herbes de la rivière séchées s'enflammèrent aisément. Elle ajouta sur les flammes les petites branches sèches qu'elle avait pris soin de collecter auparavant ; la lumière bienvenue du feu fit reculer la pénombre et il fut plus facile de prétendre que tout irait mieux le lendemain. Le feu ayant pris, Ki étira son corps meurtri en se relevant et se tourna vers son chariot.

Elle jura. Les oreilles de Sigurd s'inclinèrent en arrière devant le flot d'invectives qui s'écoulèrent de sa bouche. Lorsqu'elle eut vidé tout l'air de ses poumons, ses lèvres se refermèrent brusquement en une expression de colère tandis qu'elle s'avançait vers l'arrière du chariot où sa cargaison tout entière gisait au sol, éparpillée et réduite en miettes. Elle retourna près du feu pour se saisir d'une torche de fortune et inspecter les dégâts. La lumière n'améliorait en rien les choses. Il ne restait que quatre des sept caisses. Les quatre avaient été fendues et ouvertes pour révéler le même contenu : de la terre et des pierres. Il restait suffisamment de bois pour former deux caisses supplémentaires mais rien pour indiquer ce qu'elles contenaient. Les entailles propres sur le bois brut indiquaient clairement que ce n'était pas le vent qui avait fendu ces caisses. Ki jeta un regard noir aux décombres, impuissante. Il n'y avait rien qu'elle puisse faire pour sauver ce contrat.

Des biens personnels ! Ki émit un reniflement critique et s'aperçut qu'elle n'était pas vraiment surprise. Quatre caisses pleines de terre et de cailloux. Pourquoi ? Et quelqu'un avait fait appel à la sorcellerie du vent pour créer une diversion et l'éloigner de sa cargaison. Une sorcellerie des plus coûteuses. Ki s'éloigna prudemment des caisses renversées en faisant attention à l'endroit où elle posait les pieds. À la lumière du jour, elle devrait pouvoir obtenir des informations en étudiant le sol. Elle s'éloigna et entreprit méthodiquement de toiletter les chevaux. À leur grand dam, elle se servit des cordages des caisses démantelées pour les attacher de façon improvisée, au cas où les vents et les odeurs devraient revenir.

Lorsqu'elle grimpa sur l'une des hautes roues de son chariot et ouvrit la porte de la cabine, elle fut accueillie par une puissante bouffée de vanilly. Il avait évidemment fallu que le petit flacon rempli d'huile essentielle se brise lui aussi lorsqu'elle l'avait lancé à l'intérieur avec ses vêtements. La malchance se devait d'être totale, sinon ça n'aurait pas de sens. Retenant sa respiration, elle s'avança dans la cabine pour décrocher sa dernière tunique propre.

Pour la deuxième fois de la journée, Ki se baigna et lava ses cheveux dans l'eau de la rivière, à présent sombre et glacée. Elle s'accroupit dans l'eau peu profonde pour nettoyer ses vêtements souillés tout en marmonnant des jurons. Elle avait de sérieux doutes quant au fait que le chemisier bleu et la jupe soient un jour débarrassés de l'odeur de vanilly. Tout en travaillant, elle réfléchit aux possibilités qu'il lui restait. Elle n'en avait guère. Elle irait à Bitters. Elle n'avait pas assez d'argent pour rembourser les six dru d'avance. Cela causerait sans doute un scandale auprès des propriétaires. Mais il ne servait à rien de repousser l'échéance.

Ses pieds étaient gelés et meurtris par les cailloux. Lorsqu'elle revint dans le cercle de lumière du feu de camp, la douleur s'était emparée des moindres muscles de son corps. Dans le chariot, l'odeur de vanilly était toujours entêtante. Ki prit une petite inspiration avant de plonger à l'intérieur pour récupérer du pain de voyage, une saucisse, une bouilloire et du thé séché. Elle ressortit précipitamment de la cabine. Elle s'assit sur le siège du chariot pour arracher d'un coup de dents l'extrémité de la saucisse. Elle resta là à réfléchir en mâchant. Puis elle retourna jusqu'à la cabine pour en sortir le caisson rescapé de sa cargaison.

Elle mordit alternativement dans le pain et la saucisse en attendant que l'eau bouille. Ses yeux étaient fixés sur la caisse en bois grossier à ses pieds. À travers le bois fendu, les pierres de la boîte vernie lui faisaient d'attirants clins d'œil. Elle déposa une mesure de thé dans la bouilloire et la retira du feu. Ses pensées étaient emmêlées tandis qu'elle sortait une chope en terre cuite de son coffre, avant de s'asseoir sur celui-ci. Elle se versa du thé et prit une première gorgée. Avec un haussement d'épaules, elle sortit son couteau. Elle s'accroupit au-dessus de la caisse pour retirer méthodiquement les lattes de bois restantes et dégager la boîte vernie. Ki allait payer cette mésaventure au prix fort. Au moins aurait-elle satisfait sa curiosité.

Le dernier morceau de bois blond fut bientôt écarté et Ki déposa la large boîte vernie sur ses genoux. En la tournant, elle trouva un côté uni, sans ornements. Elle décida qu'il s'agissait du fond et orienta la boîte en conséquence. À présent, le problème était de l'ouvrir. Il n'y avait pas de charnière ni de loquet visible. Cela pouvait sans doute être dissimulé dans l'agencement des pierres. Ki déplaça légèrement ses mains sur la boîte à la recherche de pierres susceptibles de bouger. Elle ne trouva rien de la sorte.

Elle posa la boîte à côté d'elle sur le coffre. Elle se mit à réfléchir tout en sirotant son thé. Était-ce bien sage de vouloir même tenter d'ouvrir la boîte ? Mais son obstination prit le dessus. Elle verrait ce qu'il y avait à l'intérieur. Après tout, elle avait déjà largement mérité ça après tous ces ennuis. Elle plaça de nouveau la boîte sur ses genoux et reprit son couteau.

Une étrange sensation de fourmillement prit naissance dans les doigts de sa main droite. Le couteau lui échappa. Le fourmillement remonta rapidement le long de son bras. Une vague de froid enserra le cœur de Ki tandis qu'elle contemplait son bras qui s'écartait de la boîte pour pendre, inutile, à son épaule. Un poison sur les pierres, réalisa-t-elle, surprise de son propre esprit logique. Elle attendit, terrifiée, que l'engourdissement se diffuse.

Mais soudain ses doigts fléchirent et se déployèrent comme de leur propre volonté. Sa main se leva pour se poser à nouveau sur la boîte. L'un des doigts s'installa sur une pierre rouge. Ki ne sentit même pas son contact tandis que le doigt appuyait légèrement dessus. Une pierre blanche près de la rouge se mit soudain à briller. Ki vit l'un de ses doigts la recouvrir rapidement. Une pierre bleue émit un flash et son pouce glissa par-dessus. Les pierres semblaient s'emparer du bout de ses doigts. Son bras s'éleva et, avec lui, le couvercle de la boîte. Son bras déposa délicatement le couvercle à cinq côtés et revint pour dégager prestement de son emballage d'étoffe ce qui se trouvait à présent posé sur le fond de la boîte. Sa main déposa l'étoffe dans le couvercle vide à ses côtés puis se posa doucement sur ses genoux. Le fourmillement reprit quelques instants avant de disparaître. Ki fixa ses doigts le temps d'une longue respiration avant de les fléchir avec précaution. Sa main lui appartenait de nouveau.

Ki poussa un profond soupir. La nuit sembla fondre sur elle et sur la pitoyable lumière offerte par son feu de camp. Elle passa sa langue sur ses lèvres sèches et laissa ses yeux revenir sur le contenu de la boîte vernie. C'était une tête sculptée. Elle la déposa précautionneusement à côté d'elle sur le coffre. Se penchant légèrement en arrière, elle inclina la tête pour l'admirer.

Le large socle était fait d'un bloc de pierre noire poreuse veinée de rouge. Ki s'interrogea brièvement sur le choix d'une pierre aussi grossière pour servir de base à une telle création.

Car une tête aussi ressemblante méritait un piédestal de cristal, un socle en or. De par la qualité de sa sculpture et ses couleurs, elle imitait la vie.

De quelle pierre s'agissait-il donc, dotée d'un éclat similaire à la chair ? Quel artiste avait pu produire cette nuance de gris qui évoquait la pâleur mortuaire ? Une chevelure noire et raide était peignée en arrière et dévoilait la forme aristocratique du crâne. Les yeux, d'un gris pâle, étaient légèrement ouverts, presque somnolants, sous de fins sourcils noirs. Le nez était droit et puissant, au-dessus d'une bouche sensuelle et pulpeuse. Celle-ci lui souriait, lèvres légèrement écartées pour révéler des dents blanches et régulières.

— Tu as transformé un travail simple en un vrai désastre, Ki, dit-elle soudain.

La tête bougea sur le bloc de pierre noire comme pour dégourdir des muscles raidis par le confinement.

— Je m'attendais à des problèmes mais je dois dire que c'est une catastrophe au-delà de tout ce que j'imaginais. Où vas-tu ainsi ?

Aux premiers mots, Ki était restée comme paralysée. Mais tandis que la tête continuait de parler, elle s'était levée précipitamment et avait commencé à sortir en reculant du cercle de lumière.

— Que vas-tu faire, Ki ? M'abandonner moi, ton chariot et ton attelage pour fuir dans les bois ? Cela ne te libérerait pas de ceux qui t'ont confié la responsabilité de mon voyage. Cela ne m'apporterait rien de bon. Bien que je possède encore quelques pouvoirs limités dans cet état diminué, je me sentirais nettement plus à l'aise avec mon propre corps sous moi et mes mains au bout de mes bras. Le corps et les mains, ajouterais-je, que tu as si négligemment perdus.

Ki restait à la limite de la lumière du feu. Son corps tout entier avait la chair de poule, ses cheveux étaient hérissés par la peur. Pourtant, elle avait le sentiment de connaître ce visage et cette voix, sans pouvoir les identifier. Et elle devait effectivement se rendre à la logique de ce qu'il disait, malgré les circonstances étranges dans lesquelles tout cela était dit. Peut-être particulièrement dans ces circonstances. Elle le fixa, incapable de fuir et tout aussi peu désireuse de revenir vers lui.

— Oh, reviens, reprit-il d'un ton condescendant. Aie au moins quelques manières ! J'apprécierais grandement une lampée de ton thé. Mes besoins corporels sont peu nombreux dans cet état mais ma bouche se dessèche. Tu ne comptes tout de même pas me laisser, heu... « assis » ici tout seul pendant toute la soirée ?

Ki redressa les épaules et s'avança en affichant une assurance qu'elle ne ressentait pas. Elle récupéra sa chope et la porta, d'une main qui tremblait à peine, aux lèvres de la tête. Il but. Ki reposa la chope et se retira de l'autre côté du feu.

— Ça va mieux, soupira la tête.

La peau de son visage semblait moins grise.

— Mais il me semble que j'oublie moi aussi mes manières. Je suis Dresh, jusqu'à récemment une puissance de Dyal et bientôt, j'espère, une puissance de Bitters. C'est-à-dire, si tu remplis ta partie de notre accord. Pour l'instant, tu nous as surtout mis dans le pétrin. Tu t'en rends compte, n'est-ce pas ?

— Je réalise surtout que l'on m'a confié une cargaison que je n'aurais pas accepté de transporter si j'en avais connu la véritable nature ! s'exclama Ki.

Elle noyait sa peur dans la colère.

— Et je me souviens de votre visage à présent. Le romanichel ivre qui semait la pagaille dans la taverne de Dyal avec ses diatribes politiques contre les Ventchanteuses, c'était vous. C'est vous qui avez incité les fermiers et les tisserands à se rebeller ouvertement, à brûler leurs récoltes et leur laine dans les champs avant de payer leur tribut aux Ventchanteuses. Et lorsque la bagarre a éclaté, vous m'avez laissée payer tous les dégâts !

Tandis que Ki parlait, Dresh laissa son visage s'affaisser et reprendre l'expression maussade du romanichel. Ses paupières se firent plus lourdes, ses joues tombantes et il tint sa bouche entrouverte. Puis, avec un clin d'œil, il rendit leur charme à ses traits et lui fit un grand sourire. Si l'ambiance avait été différente et si la tête avait surmonté un corps, Ki aurait pu se laisser apaiser par ce sourire. Mais à présent cela ne faisait que nourrir sa colère.

— Quelqu'un vous cherche, Dresh. Quelqu'un qui veut tellement vous trouver qu'il est prêt à payer en or pour des sortilèges des vents. Une telle magie coûte cher. Celui qui vous cherche a les moyens de se payer ce qu'il désire. Et s'il vous veut à ce point, je ne crois pas qu'il apprécierait que j'intervienne. Vous m'avez engagée comme charretière, pas comme garde du corps.

— ... Pour faire « tout ce qui sera en mon pouvoir pour m'assurer que la cargaison arrivera en parfait état à destination » Et tout ceci signé non seulement de ton nom mais aussi de ton statut de femme libre et d'une attestation du fait que ta loyauté ne va qu'à toi-même. Cette petite bravade t'a liée à moi de façon encore plus forte que tout ce que moi j'aurais pu tenter (son sourcil levé contint l'explosion verbale de Ki). Et tu pourrais vouloir réfléchir à la chose suivante. Tu crains de t'être fait un ennemi de quelqu'un de riche et de probablement puissant qui me veut du mal. C'est le cas. Les Ventchanteuses. Elles-mêmes. M'abandonner ici ne changera rien à l'aversion qu'elles ont pour toi. Comme tu le sais, elles n'ont jamais beaucoup apprécié les Romni. Elles percevront le fait que tu m'aies transporté de Dyal jusqu'ici comme un acte de défi, de rébellion ouverte. Étant donné la situation, tu ferais mieux de t'associer à moi pour trouver un moyen de me rendre mon état normal. Ainsi, au moins, tu seras sous ma protection, ce qui est loin d'être négligeable.

Ki restait assise, le fixant de ses yeux de chat tout en réfléchissant aux options qu'il n'avait pas mentionnées. Elle pouvait simplement charger sa tête dans le chariot et l'emmener jusqu'à Bitters. Mais cela signifierait affronter tous les alliés que ce Dresh pouvait avoir là-bas. Elle pouvait se mettre elle-même en quête des Ventchanteuses et leur remettre la tête, avec ses plus humbles excuses. Si toutefois elles la croyaient. Si elles lui laissaient même le temps de raconter son histoire. Si elle allait les trouver avant qu'elles ne la trouvent. Et, le plus grand « si », si elle n'avait pas déjà donné sa parole par écrit qu'elle délivrerait cette « cargaison » intacte. Par les dieux, quel dilemme ! Elle lui était attachée par trois fois, par son nom, par sa naissance et par sa loyauté. Avec les Ventchanteuses contre eux. Ki se retrouvait dans une partie où les mises de départ étaient déjà trop élevées pour sa bourse. Dresh était sa seule porte de sortie.

Elle hocha légèrement la tête dans la direction de la tête qui l'examinait avec un sourire suffisant, comme s'il pouvait suivre le fil de ses pensées. Ki prit une gorgée de thé.

— Bon. Si je dois vous assister dans cette folie, je pense que je dois savoir ce qui se passe. Commençons par tous les « pourquoi ».

— Les « pourquoi » ?

— Pourquoi êtes-vous en plusieurs morceaux ? Je n'ose même pas demander comment vous l'êtes. Pourquoi faire ce trajet ? Pourquoi me payer au meilleur prix pour transporter des cailloux et de la terre ? Pourquoi avoir déclenché cette bagarre générale dans la taverne ? Pourquoi n'ont-elles pas pris votre tête lorsqu'elles se sont emparées du reste de votre corps ? Pourquoi vous veulent-elles, en fait ?

— Cette tête de charretière romni cache une bien active petite cervelle ! Ne peux-tu pas simplement me faire confiance et suivre mes instructions ? Crois-moi lorsque je te dis que la connaissance sans la compréhension peut conduire à ressentir des peurs qui sont disproportionnées avec la réalité des choses. En tant que charretière, tu dois savoir qu'un attelage doté d'œillères peut fort bien aller d'un train plus rapide que...

— Je ne suis pas un cheval, l'avertit Ki.

— Non. Je n'insinuais pas que tu en étais un. Seulement que moins tu en sauras, plus tu pourras te sentir en sûreté. Si...

— Vous me demandez de conduire de nuit sur une piste inconnue, Dresh, et je...

— Ah, les expressions étranges de ceux qui sont nés Romni. Presque un dialecte du Commun. Tu es têtue et je n'ai pas le temps pour ça. Reçois donc les informations que tu demandes, et ne viens pas te plaindre ensuite. Cela me prendra moins de temps de tout te raconter que de t'en dissuader. Voilà donc l'histoire. Depuis quelque temps, je suis une épine dans le pied des Ventchanteuses. D'une part, j'en sais trop sur elles, j'en sais suffisamment pour les craindre d'une manière différente de celle dont les idiots ignorants les craignent. En dire plus nécessiterait de parler de choses personnelles. Tu devras te contenter de cela. Quant à savoir pourquoi je me suis divisé en plusieurs morceaux, disons que j'ai su que les Ventchanteuses avaient enfin décidé de me libérer de mon enveloppe mortelle pour laisser mon âme errer dans l'univers. L'idée ne m'a pas plu. Les marquages runiques que j'ai faits à Dyal étaient devenus vieux et instables. Ils avaient été renouvelés trop souvent. J'ai besoin d'une nouvelle maison, protégée par de nouvelles runes. Une configuration valable s'est présentée à Bitters. Mais il y avait le voyage vers Bitters à prendre en considération. Partir sous ma forme naturelle aurait été inutile. Elles m'auraient attrapé avant que j'aie fait un pas au-delà des remparts. Me cacher sous un déguisement aurait rendu la partie un peu plus intéressante pour elles, mais pas pour moi. Je suis un magicien, Ki. La forme que je projette dans les strates de pouvoir est distinctive. Elles connaissent cette forme aussi bien que toi la cicatrice sur le visage de Vandien.

Dresh fit une pause et sourit, le temps de laisser Ki prendre la mesure de cette pique.

— Il y a des façons, peu nombreuses, d'altérer cette configuration. Je n'ai pas choisi de laisser un esprit inférieur se joindre au mien à l'intérieur de mon corps. Je n'ai pas choisi de... non, inutile de lister ce que je n'ai pas choisi. Ce que j'ai choisi de faire a été de diviser mon corps. Ainsi ma forme sur les strates de puissance s'est trouvée elle aussi divisée et transformée en plusieurs nouvelles formes. Pendant un moment, cela les a troublées. Un moment seulement, mais pas aussi longtemps que je l'avais espéré.

La tête marqua un temps d'arrêt et poussa un soupir. Dresh passa sa langue sur ses lèvres, les yeux plongés dans le feu, l'air pensif.

Ki soupira aussi. Sans qu'on le lui demande, elle fit le tour du feu, versa de nouveau du thé dans sa chope et la porta aux lèvres du magicien. Il but avec modération puis la regarda tandis qu'elle buvait à son tour.

— Les containers pleins de terre étaient destinés à les orienter sur une fausse piste. De même que l'utilisation de la maison noire où tu as signé le contrat. Tu transportais trop de choses pour que ce soit le corps de Dresh. Mais cela non plus ne les a pas trompées très longtemps. Quant à savoir pourquoi elles ne se sont pas emparées entièrement de moi...

Il se mordilla la lèvre inférieure de ses belles dents blanches.

— Je pense qu'on pourrait parler de chance. Elles ne savaient pas en combien de morceaux j'étais. La créature qu'elles ont envoyée était d'une intelligence plus que fruste, deux fois plus primitive qu'une charretière romni, pour tout dire. On lui avait sans doute ordonné de ramener les boîtes vernies. Une nécessité pour cette magie, tu t'en doutes. La boîte contenant ma tête, placée à l'intérieur du chariot, a échappé à son attention. Par chance pour nous, elles ne sauront pas immédiatement qu'elle est manquante. Contrairement à certains esprits stupides, elles auront trop de respect pour mes boîtes pour tenter de les ouvrir avec un couteau. Elles sauront que l'ouverture se trouve sur les joyaux. Il y a suffisamment de pierres sur chaque boîte pour offrir un grand nombre de combinaisons possibles. Mais pas un nombre infini, et elles sont bien déterminées à les ouvrir. Et elles savent qu'elles ont pour elles l'avantage le plus important de tous. Le temps. Ma capacité de survie dans cet état est clairement limitée. Le temps s'écoule déjà loin de nous. À cet instant, je sens une Ventchanteuse imbue de puissance affairée sur la boîte qui contient mes mains. Une autre moins puissante monte la garde sur celle qui contient mon corps. Nous devons récupérer mes morceaux aussi vite que possible. Si elles parviennent à ouvrir les boîtes, elles me videront de mon énergie. Je mourrai. Pourtant je ne dois pas agir impulsivement et nous jeter entre leurs griffes. Sentir qui possède les morceaux de mon corps n'est qu'une moitié du puzzle. Maintenant je dois deviner où.

La tête resta immobile quelques instants. Puis, avec un sourire étrange, Dresh désigna la chope de thé du menton. Ki se pencha pour la porter à ses lèvres. Il but. Puis, alors que Ki écartait la chope, il murmura :

— Embrasse-moi, Ki.

Elle se pencha en avant pour trouver ses lèvres. Elles étaient froides sous les siennes. Pendant un long moment les lèvres pleines de Dresh se fermèrent sur les siennes dans un baiser glacé. Puis il la lâcha et Ki bondit en arrière loin de lui.

Elle fut debout d'un bond, le dos de sa main plaqué sur sa bouche. Elle fixait Dresh comme s'il s'agissait d'un serpent. Sa main redescendit lentement. Elle cracha sur le sol devant lui.

— Comment avez-vous fait ça ? demanda-t-elle dans un grognement.

— Je pense que tu me pardonneras. L'essentiel de la puissance d'un magicien est contenu dans son corps et ses mains. Il ne s'agissait que d'un petit test pour déterminer combien il m'en restait. Je dois confesser que c'est une expérience qui me faisait envie depuis que je t'ai vue dans cette taverne. Tu ne trouverais pas cela si désagréable si mon corps se trouvait sous ma tête et mes mains au bout de mes bras. Tu as la défiance des Romni pour la magie. Mais, sans corps, une tête doit faire du mieux qu'elle peut.

Dresh se mit à rire d'un air joyeux. Ki ne se joignit pas à lui.

— Je suis liée à vous, admit-elle à voix basse. Mais utilisez-moi comme un jouet à vos risques et périls. Car je pourrais tout à fait acheter les faveurs des Ventchanteuses avec votre tête.

— Tu ne le feras pas, énonça calmement la tête. Par trois fois tu es liée à moi.

— Peut-être pas. Mais qu'est-ce qui pourrait m'empêcher de livrer votre tête à Bitters, de rendre l'avance et de partir ?

— Ta fierté, ma chère. Et le manque d'argent. Mais, je me hâte d'ajouter, je ne m'en prendrai plus à toi de la sorte. Ce n'était qu'une lubie passagère. Je sais ce que je désirais savoir. Nous n'avons plus le temps pour tout cela à présent. Et quand j'aurai de nouveau un corps, eh bien, tu verras que tu penseras différemment. Je ne suis pas si mal fait lorsque je suis entier. J'ai de petites mains habiles, plus douces que les tiennes, des hanches fines et des épaules plus larges que ce vagabond de Vandien.

— Que savez-vous de Vandien ? l'interrompit Ki.

— Ki, sois certaine que j'en sais autant sur toi et ton ami que n'importe qui. Lorsque je choisis quelqu'un pour transporter ma carcasse, je ne le fais pas sans réfléchir. Comme je te le disais, j'ai de petits pieds et un ventre plat. Une légère cicatrice sur la partie gauche de ma poitrine mais certaines femmes m'ont assuré que cela ne fait qu'ajouter à... où vas-tu à présent ?

— Dormir. Je dois peut-être vous aider à rassembler vos morceaux mais rien ne m'oblige à vous écouter en dresser l'inventaire.

— Ki, quelle petite créature simpliste tu fais. N'ayant pas de but précis et te trouvant rassasiée, tu ne penses plus qu'à dormir. Mais tu ne songes quand même pas à dormir à l'intérieur du chariot ?

— Et pourquoi pas ?

— L'odeur y est insupportable. Ta fiole de vanilly a plus sûrement failli emporter mon dernier souffle que n'importe quel vent magique. Apporte tes couvertures par ici, ma chère. Je veillerai sur toi.

— Ça, j'en suis certaine.

Au grand dam de Ki, il s'avéra que Dresh avait dit vrai. Un excès de vanilly n'était guère attirant. Elle rassembla sa literie et passa la rapière dans son fourreau sous son bras. Pour une fois, elle aurait aimé que la main habile de Vandien en tienne la garde ; mais il fallait qu'il soit parti pour un petit séjour au bord de la mer. Ses propres passes d'armes étaient des plus médiocres. Mais c'était la seule arme dans le chariot. Elle s'assit sur le siège de bois pour refermer la porte de la cabine derrière elle.

L'étrangeté du tableau la frappa. Ki s'accroupit un instant sur le siège, contemplant la scène. Elle voyait les petites flammes de son feu de camp, rendues plus petites encore par l'immensité du dôme nocturne au-dessus d'elles. Les rares étoiles ne faisaient rien pour illuminer la scène. Elles n'étaient que des yeux impartiaux les fixant depuis une distance incommensurable. La rivière était un long serpent de ténèbres au-delà des flammes. Et, devant elle, auréolée de la lumière du feu, se trouvait la tête sur son bloc de pierre, tranquillement installée sur le coffre de Ki.

Le frisson qui parcourut son dos n'avait rien à voir avec le froid. Elle se prit à souhaiter ardemment de pouvoir échapper à toute cette situation. Elle n'avait jamais entendu parler de quoi que ce soit de bon apporté par la magie. Et pour ce qui était de la magie des Ventchanteuses : pouvait-il y avoir pire chose à laquelle confronter sa propre faiblesse ? N'étaient-elles pas connues pour leur froideur sans pitié et leur cruauté ordinaire envers les mortels, notamment les humains ? Pourtant, une large proportion de Ventchanteuses commençaient leur vie en tant que petites filles humaines. La peur que Ki ressentait envers elles se teintait de dégoût devant leur capacité à se retourner contre leur propre espèce.

Elle laissa tomber ses couvertures près du feu. Elle s'enroula à l'intérieur, tout habillée, sans même se soucier de retirer ses bottes. Elle avait l'impression qu'elle pourrait bien avoir besoin de bouger rapidement. Dresh ne dit rien. Il fixait les flammes, comme hypnotisé. Ki suivit son regard. Elle contempla en somnolant les tours dansantes de flammes et les cités de braises qui s'effritaient dans le feu. Lorsqu'elle ferma les yeux, l'image rémanente des flammes continua de danser à l'intérieur de ses paupières.

— Ki ! Réveille-toi. J'ai besoin de tes mains !

Ki fut arrachée à ses rêves pour se retrouver dans une réalité plus étrange encore. La voix de Dresh était pleine d'urgence et ses sourcils froncés.

— Que se passe-t-il ?

Ki s'extirpa hors de ses couvertures et se releva, alerte, la rapière dans la main. Elle fixa en vain les ténèbres au-delà du feu mourant. Son attelage paissait tranquillement.

— Où ça ? Qu'est-ce que c'est ?

— Nulle part sur ce plan, idiote ! Les Ventchanteuses ont fait mander un être puissant, très puissant ! J'ai entendu leur appel. Devant elle, mes boîtes ne seront pas plus résistantes que des toiles d'araignées. Elle les percera du regard. Mais leur appel m'a montré où elles se trouvent. Je dois agir tout de suite ou abandonner tout espoir. Il me faut des mains. Et je n'en ai pas. Je vais utiliser les tiennes à la place des miennes, puisque c'est toi qui les as perdues. Fais tout exactement comme je te le dirai. Pose ta main gauche sur ma tête, tends ton bras et ta main droits verticalement...

Ki restait immobile, les sourcils froncés.

— Hâte-toi, femme !

— Dites-moi d'abord quelle magie nous allons accomplir. Alors je déciderai si je veux en faire partie.

— Nous invoquons une créature pour nous ouvrir un passage. J'ai localisé l'endroit où elles retiennent mes morceaux. Nous allons les récupérer. Bon, ta main gauche sur ma...

— Je me demande si je souhaite vraiment y aller avec vous... Devrais-je laisser mon attelage et mon chariot ici, proies parfaites pour le premier voleur venu ?

— Je les ai déjà entourés des sorts que je pouvais. Pas assez pour résister à une Ventchanteuse mais largement suffisant pour repousser un voleur de passage. Pensais-tu que j'avais dormi comme toi ? À présent, place ta main...

— Quel genre de créature invoquons-nous ?

— Le genre qui se déplace entre les niveaux de réalité, un voyageur de mondes. Devons-nous perdre autant de temps ? Les mots peuvent-ils décrire les couleurs à celui qui est né aveugle ? Pas plus qu'ils ne peuvent décrire ces créatures à ton esprit qui n'est pas formé pour les voir. Maintenant s'il te plaît ! Ta main gauche sur ma tête !

— « S'il te plaît », répéta Ki à voix basse d'un ton de satisfaction sarcastique.

Elle obéit lentement.

— Et ta main droite levée, perpendiculaire au sol. Écarte les doigts autant que tu le pourras. Vide ton esprit si tu le peux. Je ne souhaite pas que tes pensées viennent polluer l'appel. Allez !

C'était étrange de laisser sa main reposer sur la chevelure sombre et douce de la tête du magicien. Elle en sentait les boucles sous sa main gauche, chaudes et soyeuses, comme un fin coussin entre sa main et son crâne lisse. Elle ressentit l'étrange envie de repousser pour lui les mèches qui lui tombaient dans les yeux, comme elle aurait pu le faire pour un enfant des rues à qui elle voulait demander une petite faveur. Elle résista à cette envie, mais en plongeant son regard dans ses yeux gris, elle eut le sentiment qu'il avait pu lire en elle ce désir momentané. Elle fit de son mieux pour vider son esprit, avec pour résultat une conscience de plus en plus aiguë des cheveux de Dresh sous sa paume.

— D'abord des questions, maintenant de la flatterie ! Y a-t-il jamais eu de puissance dans une situation aussi désavantageuse ? Cela suffit ! À présent lève la main droite juste au-dessus de ta tête. Le majeur doit toucher la paume tandis que les autres doigts sont dressés, tout droits.

Ki tenta d'obéir mais la position était difficile. Son petit doigt s'écartait loin du reste de sa main. Elle sentit une crampe s'emparer immédiatement de ses articulations.

— Redresse ces doigts ! aboya Dresh. Comme ça !

L'instant d'avant, sa main reposait sur les cheveux soyeux ; le suivant, elle se trouvait bloquée dans une prise glacée. Le froid grimpa du sommet du crâne de Dresh jusqu'à l'intérieur du bras de Ki. C'était comme si une gelée glacée se frayait de force un passage à travers ses os. Ses doigts s'engourdirent. Elle ne sentit plus son bras. Le coude, l'épaule, disparus. Un réseau de veines glacées se glissa sur ses épaules telle une cape animée et s'aventura le long de son bras droit levé. La peur lui battait les tempes et elle décida de se libérer pour fuir ce contact intérieur répugnant. Mais c'était comme si elle avait ressenti la peur et le désir de fuite de quelqu'un d'autre. Son corps ne bougea pas. La terreur parcourut sans but les couloirs de son esprit.

Elle était devenue l'outil de Dresh et sa propre volonté n'y pouvait rien. Des limaces de glace s'avancèrent lentement à l'intérieur des os de son bras droit jusqu'à remplir ses doigts. Elle les sentit qui se redressaient pour être dans l'alignement voulu. Ses tendons allaient sans aucun doute s'arracher aux os qu'ils agrippaient. Pourtant, ils se relâchèrent, comme s'ils se rappelaient une agilité passée que Ki n'avait jamais possédée. Le signe fut correctement exécuté.

Une aiguille d'acide brûlant jaillit du crâne de Dresh. Elle traversa en vrombissant le corps de Ki en se déplaçant à toute vitesse à travers la moelle de ses os. Elle déchira toute la largeur de ses épaules et bondit à travers son bras levé dans un spasme de douleur au-delà des mots et des hurlements. Elle n'émit aucun son. Sa bouche s'ouvrit largement, déformée par la torture, mais resta muette face aux tourments de son corps. La douleur explosa du bout de ses doigts tendus pour se diffuser en quatre jets d'agonie à travers le ciel nocturne. Ki ne vit rien ni n'entendit le moindre son, mais elle sentit qu'un signal passait à travers elle. Dans un royaume lointain se trouvait un être qui répondrait à cet appel. Ki imagina un vautour tournoyant avant de piquer vers le sol.

— Repose-toi à présent.

Elle savait que c'était Dresh mais elle n'aurait pas su dire s'il lui parlait ou si elle l'avait simplement entendu. Un brouillard de douleur et de confusion éparpillait ses pensées. Une force qui n'était pas la sienne envahit son corps. Elle fit trois pas hésitants. Puis la force s'évanouit et la laissa s'écrouler sur ses couvertures comme une marionnette dont on aurait coupé les fils. Quelque part à l'intérieur de Ki, quelqu'un ressentait de la colère, de la fureur envers Dresh. Quelqu'un qui le tuerait dès qu'elle en trouverait la force. Mais Ki était trop épuisée pour l'écouter vitupérer. Elle ferma les yeux et se laissa couler dans des profondeurs au-delà du sommeil.

CHAPITRE 5

Grielea marqua une pause sur le seuil. Ses yeux noirs s'étrécirent tandis qu'elle prenait la mesure de la silhouette à l'intérieur de la pièce dénudée, percevant la tension dissimulée sous les plis élégants de la robe qui drapait la forme féminine. La culpabilité et les secrets pesaient sur elle comme la neige sur un jeune arbre. Ce fardeau aurait brisé une créature de moindre envergure. Mais pas Rebeke. Pas elle. Grielea fit silencieusement un pas en arrière. Elle baissa les yeux vers le sol et émit un sifflement respectueux.

Le regard de Rebeke remonta en flottant depuis la pyramide bleu pâle qu'elle tenait sur ses genoux. Elle soupira en la déposant sur un petit coussin posé sur le sol à côté d'elle.

— Qu'y a-t-il, apprentie ?

Sa voix était énergique mais elle ne pouvait dissimuler toute la fatigue qui l'habitait, ni les soupçons de son inquiétude.

— La Maîtresse des Vents Medie est arrivée. Elle attend votre permission d'entrer.

— Fais-la entrer immédiatement, enfant. Elle n'aurait jamais dû attendre.

Grielea hocha rapidement la tête et disparut de l'encadrement de la porte. Rebeke se leva en lissant nerveusement les pans de ses longues robes. Elle donnait au drapé de tissu azur une dignité glacée. Le petit visage féminin qui apparaissait au centre de son haut capuchon était trahi par le front encagoulé qui s'élevait à deux largeurs de main au-dessus de ses yeux. À l'exception de son haut crâne enturbanné, sa silhouette était encore remarquablement humaine. Son corps, apparemment, se souvenait de cette allégeance passée.

— Entrez, Maîtresse des Vents, je vous en prie.

La voix de Grielea était d'une neutralité prudente, son regard baissé devant cette impressionnante créature. Medie entra, ses yeux parcourant avec surprise la pièce dénudée. Ses robes couleur cobalt frottaient contre le sol de pierres nues. La posture de Grielea près de la porte demeura servile mais ses yeux noirs et vifs suivirent la grande Maîtresse des Vents et décelèrent une certaine hésitation dans sa démarche.

— Bienvenue, Maîtresse des Vents Medie. (Rebeke avait choisi le salut formel.) Un vent béni vous amène.

— Toujours béni est le vent qui m'amène en votre présence.

Medie avait donné la réponse rituelle.

Les yeux de Rebeke trouvèrent ceux de Grielea.

— Tu peux te retirer, Grielea. Que toi et Liset remplaciez les gardiennes à leur poste ; dites aux deux qui vous précédaient qu'elles peuvent aller se reposer, à présent. Sur le chemin, rappelle à celles des bassins d'observation d'être vigilantes. Ce n'est pas une créature ordinaire qu'elles recherchent.

— Oui, Maîtresse des Vents. Ce sera fait.

Grielea disparut. À présent, Rebeke n'avait d'autre choix que de tourner le regard vers sa visiteuse. Medie était de grande taille, sa silhouette en partie encapuchonnée. Les bords sombres de ses écailles mouchetaient sa physionomie mince et brune. Le bleu profond de ses robes témoignait de son statut des plus élevés. Les mains de Rebeke s'agitèrent nerveusement. Trouvant refuge dans la cérémonie, elle s'avança pour donner à Medie le baiser et les mots de bienvenue rituels.

— Que les vents répondent toujours à votre appel et que l'air vous embrasse avec la même affection que je le fais à présent.

Pour la forme, Medie lui rendit son baiser. Rebeke fit un pas en arrière, incertaine. Medie l'ignora tandis qu'elle tournait lentement sur elle-même pour étudier la pièce austère. Ses yeux se posèrent tour à tour sur les murs d'un noir pur et le sol de pierre froide avant de reprendre Rebeke dans leur étreinte glacée. Ses lèvres légèrement écailleuses s'étirèrent en un mince sourire. Elle abandonna toute forme de courtoisie ou de cérémonie.

— Cela fait au moins trois jours que vous savez que Dresh ne se trouve plus dans sa résidence de Dyal.

Medie entrait directement dans le vif du sujet.

— Pourtant, vous avez repoussé votre action jusqu'à la dernière minute. Vous me convoquez enfin, comme si l'idée vous en était venue d'un coup. Si vous aviez réussi à rassembler le magicien tout entier, je me demande même si vous m'auriez appelée. Vous êtes largement sortie du cadre de vos responsabilités dans la surveillance de Dresh, Rebeke. Et vous l'avez fait d'une façon des plus maladroites. Vous savez déjà ce que dirait le Haut Conseil. Qu'elles s'attendaient à cela de votre part depuis toujours ; que vous ne nous avez jamais donné votre loyauté pleine et entière mais continuez à louvoyer sous l'emprise d'émotions qui sont le fruit d'une enfance sans guide. Il est rare que les Ventchanteuses admettent une enfant ayant passé quinze ans. Pourtant, nous vous avons accueillie. À présent, il semble que vous nous ayez fait défaut. Est-ce là notre récompense ? Pourquoi avez-vous agi ainsi ? Cherchez-vous à attirer l'attention du Haut Conseil ?

Rebeke pâlit sous ses écailles. Elle fouilla nerveusement la pièce de ses yeux bleus et blancs mais ne trouva rien sur quoi fixer son regard. Elle fit un pas vers Medie avant de changer d'avis et de revenir en arrière.

— Je ne cherche pas à attirer l'attention du Haut Conseil, Medie. Depuis trop longtemps déjà, celui-ci surveille ce que je fais et ne parle que de ce qui me reste à faire. (La voix de Rebeke se fit plus hardie au fur et à mesure qu'elle parlait.) Je suis consciente de ce qu'elles disent de moi. Je sais qu'elles me préfèrent à celles qu'elles éduquent au temple. Elles me jugent faible et peu sûre de moi, comme ne méritant pas leur confiance. Pourquoi sinon m'avoir choisie, parmi toutes les Ventchanteuses, pour garder Dresh ? Elles espèrent pouvoir hocher la tête d'un air entendu tandis que je trahirai mon apprentissage. Oui, mes efforts ont été lents et cela peut passer pour de la maladresse. En réalité, il s'agit de respect pour le pouvoir que représente Dresh et une connaissance de la manière dont son esprit fonctionne. J'admets que je n'ai pas entièrement réussi. Mais même si j'étais parvenue à rassembler tous ses morceaux d'un seul coup de filet, je vous aurai fait mander pour le partager avec vous. Car ne vous ai-je pas vue, Medie, laissée de côté pour nombre d'honneurs et de positions de pouvoir, tandis que des Ventchanteuses plus jeunes et plus malléables que vous en profitaient ? Pourquoi est-ce ainsi, Medie ? À moins qu'elles ne nous craignent ; à moins que le Haut Conseil n'ose nous remettre les rênes du pouvoir de peur que nous ne nous en servions trop bien ?

Rebeke marque une pause et humecta ses lèvres sèches. Ses lèvres écailleuses n'avaient pas besoin d'être humidifiées ; c'était un réflexe humain qu'elle n'avait pas encore perdu. Medie n'avait pas répondu ; mais elle n'avait pas non plus fait mine d'être choquée par les propos séditieux de Rebeke. Peut-être écoutait-elle avec un cœur empli de compassion, à moins qu'elle n'attendait que Rebeke ne s'enfonce plus encore dans la trahison. Peu importait. L'heure n'était plus à la prudence. Si Medie ne se joignait pas à Rebeke, alors Rebeke agirait seule. Le pouvoir était à portée de main. Elle tenait les mains et le corps du magicien, même s'il lui manquait la tête. Si seulement elle avait pu envoyer un être plus avisé pour les récupérer en son nom, mais à quel être intelligent pouvait-elle se fier ? C'est pourquoi elle avait envoyé une stupide bête ailée pour rapporter les boîtes en sachant qu'elle oublierait tout de cette tâche dès qu'elle l'aurait accomplie. Certes elle n'avait pas la tête. Mais elle avait le corps et les mains. Celle qui savait comment s'y prendre pouvait en tirer de grands pouvoirs. Et un pouvoir plus grand encore pourrait lui appartenir si elle parvenait à obtenir également la tête. Mais si elle n'y arrivait pas... Rebeke s'humecta de nouveau les lèvres.

Medie était restée silencieuse, les yeux posés sur la pyramide de relaxation. La voix de Rebeke se fit plus douce, presque suppliante.

— Soyez témoin de ce que j'ai accompli, Medie. Ce que j'ai fait et que le Haut Conseil ne pouvait pas faire lorsqu'elles m'ont confié cette tâche pour mieux me voir échouer. Sans doute me suis-je montrée négligente de ne pas m'être emparée de la tête en même temps que le reste. Mais ce que j'ai accompli jusqu'ici était déjà d'une grande difficulté et au-delà des capacités de bien des Ventchanteuses. Nous connaissons bien Dresh, toutes les deux. Il n'attendra pas sagement que nous venions récupérer le reste de son être. Et il ne nous concédera pas non plus la possession de son corps et de ses mains. Non, il va chercher une ouverture et s'exposer directement à l'occasion d'une riposte stupide. Diminué comme il l'est, il tombera entre nos mains comme un fruit mûr tombe d'un arbre agité par le vent. Nous l'aurons tout entier pour le drainer de ses pouvoirs. Ferons-nous alors convoquer le Haut Conseil ? Devrons-nous leur livrer le prix que nous aurons durement gagné et les écouter nous dire que nous aurions dû le leur remettre plus tôt ? Pourquoi, Medie ? Pourquoi ?

Medie ne sourit pas. Mais la raideur de sa posture s'évanouit. Elle donnait l'impression d'être plus grande et plus gracieuse. Ses yeux regardaient au loin et étaient emplis par le vent. De longs moments passèrent avant qu'elle ne parle. Une brise légère surgit de nulle part et fit ondoyer ses robes avec affection.

— Il était une fois, commença-t-elle d'une voix lointaine, une jeune apprentie. Nous l'avons testée. Déposée au sommet d'une montagne gelée, elle est restée debout et a chanté. Elle a d'abord chanté pour bercer le vent froid qui vivait là-haut, pour calmer ses mille langues glacées. Elle a chanté jusqu'à l'endormir, une chose qu'aucune autre n'avait accomplie auparavant. Non contente de cela, elle a chanté à nouveau pour attirer une brise depuis le sud lointain. Longtemps elle a chanté, au-delà des limites de patience et d'endurance de bien d'autres en la matière. Mais enfin son vent est venu, encore chaud du souffle des fleurs, pour faire fondre la neige du sommet de la montagne et faire couler les eaux en contrebas, là où les paysans travaillaient des terres trop sèches pour être cultivées. Je me suis dit alors que sa façon de faire n'était pas celle du Haut Conseil et que son pouvoir ne serait jamais le leur.

Rebeke paraissait radieuse. Sa bouche tremblait légèrement et ses yeux étaient humides.

— Depuis longtemps je vous observe, Medie, pour tenter de savoir si vous pourriez être mon alliée dans cette quête. Est-il possible que vous m'ayez observée en retour ?

Medie sourit.

— J'ai senti vos yeux sur moi. Je ne suis pas aveugle. Je sais de quelle façon vous avez été traitée. Au début de votre apprentissage du Chant dans la Vallée de Dowl, vous avez longtemps trimé. Vous avez engagé votre voix dans des tâches dont les autres estimaient que la difficulté ne valait pas les résultats obtenus. Vous avez fait profiter vos paysans du temps le plus favorable en leur apportant la pluie lorsque leur terre était assoiffée, en diffusant le pollen de leurs récoltes avec la douceur d'une brise d'été, en tenant éloignées les tempêtes qui auraient dévasté les céréales en train de mûrir. Vous avez fait fuir les nuages de grêles de leur horizon. La vallée s'épanouissait entre vos mains.

» Mais qu'avez-vous reçu en retour pour ce miracle ? Moins que le pourcentage de celle qui vous précédait qui, avec ses menaces et ses rafales violentes, n'avait pourtant jamais obtenu ne serait-ce qu'un tiers de ce que les fermiers vous donnaient. Lorsque vous avez parlé de laisser vos paysans garder un surplus en récompense de leurs loyaux services, afin que leurs enfants grandissent pour devenir des travailleurs de la terre forts et en bonne santé plutôt que de s'étioler dans leurs berceaux, on s'est ri de vous. On vous a traitée de cœur d'artichaut et de pleureuse à paysans pour votre prévoyance. Et on vous a retiré la Vallée de Dowl pour la donner à une autre.

Des étincelles de colère s'étaient ravivées dans les yeux de Rebeke. Puis ses épaules s'affaissèrent. Ses mains se mirent à trembler et ne s'arrêtèrent que lorsqu'elle les eut jointes.

— Je ne sais guère comment vous répondre, Medie. Je pensais que mon labeur et mes raisons d'agir étaient passés inaperçus, incompris de toutes. Vous entendre parler ainsi, c'est comme si la porte contre laquelle je m'étais battue s'ouvrait soudain d'un simple contact.

Medie traversa la pièce jusqu'à Rebeke et prit ses mains entre ses longs doigts froids.

— Nous agirons donc ensemble. Nous ne prendrons que ce qui nous appartient des suites de notre labeur et de nos plans. Nous allons nous emparer des rênes de la décision qui nous ont si souvent limitées. Le pouvoir de Dresh sera pour nous. Seulement alors ferons-nous connaître notre succès au Haut Conseil.

Une ombre passa brièvement sur le visage de Rebeke. Elle fut sur le point d'écarter son regard de celui, perçant, de Medie. Puis une nouvelle énergie sembla habiter son corps. Elle releva le menton. Tandis qu'elle acquiesçait, ses yeux s'allumèrent sous l'effet d'une exaltation contenue.

CHAPITRE 6

Ki ne vit pas la créature arriver. Mais dans l'état cotonneux où elle se trouvait, elle sentit sa présence comme un clapotement dans les eaux de son univers. Il n'y eut pas un souffle de vent, pas un bruit, pas une odeur. C'était plutôt comme si la pression de l'air et de la terre sur son corps avait vacillé pendant un instant. Sigurd grattait le sol de son sabot. Elle entendit le martèlement continu tandis qu'il creusait à travers l'humus d'une manière quasi frénétique. Sigmund, lui, leva sa large tête haut dans les airs, oreilles levées et naseaux tremblants.

— Viens, Ki. Relève-toi à présent. Attendre ne rendra pas les choses plus faciles. Viens par ici, Ki.

La voix du magicien était basse, réconfortante. La familiarité de son ton l'intrigua, jusqu'à ce qu'elle l'identifie. C'était ainsi que sa voix à elle devait apparaître à son attelage lorsqu'elle leur faisait traverser de force un gué particulièrement délicat. Malgré tout, elle se sentit se relever pour récupérer la tête du magicien sur son socle de pierre. Elle le tint contre sa poitrine comme s'il s'agissait d'un talisman contre l'inconnu.

— Ki ! (Le magicien tentait de lui faire reprendre ses esprits avec douceur.) La créature attend mais elle s'impatiente. Nous devons entrer en elle.

— Où est-elle ? murmura-t-elle, désorientée.

Son esprit était embrumé depuis que Dresh s'était servi d'elle comme d'une balise pour sa sorcellerie. Le ricanement du magicien lui fit l'effet d'une douche froide et l'éveilla à l'étrange réalité dans laquelle elle se trouvait à présent. Elle eut l'impression de retrouver un peu ses esprits tandis que les mots de Dresh éveillaient sa combativité.

— « L'hirondelle, autrefois reine des cieux, n'est dans l'eau qu'un oiseau qui se noie », cita-t-il d'un ton exaspérant. Quel fou je suis. Bien sûr tu ne peux la voir. Et je n'ai pas le temps d'accorder ton esprit afin qu'il accepte ce que tes yeux pourraient te montrer. Mes sens devront être les tiens. Tiens-moi serré contre toi.

La vision périphérique de Ki commença à s'atténuer. Tout devint gris, réduisant sa vue jusqu'à ce qu'elle ne distingue plus devant elle qu'un long tunnel donnant sur la nuit noire. Puis cela aussi s'évanouit. Elle se trouvait dans un brouillard gris. Son monde commença alors à se rouvrir à elle, étrangement altéré. Les arbres étaient plus grands, l'herbe plus haute. Les chevaux semblaient plus immenses que jamais. Brusquement, le déclic se produisit. Elle voyait le monde à travers les yeux de Dresh, au niveau de sa poitrine à elle. Dresh émit un petit rire devant cette prise de conscience.

— Maintenant que tu peux voir ton monde à travers mes yeux, laisse-moi te présenter l'un de mes univers. Regarde !

Dresh cligna des yeux pour Ki. Les yeux partagés s'ouvrirent sur un monde sans nuit. Pourtant, sa lumière n'illuminait rien. La lumière de cet univers ne venait pas de la lune, du soleil ou des étoiles, mais des créatures vivant à l'intérieur. Là où Sigurd et Sigmund avaient été attachés se trouvaient deux grands êtres diffusant un éclat brun vert. Son propre corps, lorsque Dresh tourna leur vision vers lui, émettait une lueur jaune.

— Et si je pouvais me voir, j'aurais un éclat opalescent !

Il n'y avait aucune modestie dans la voix de Dresh.

— Et à présent, vois la créature ! l'invita-t-il tandis que ses yeux se braquaient dessus.

Elle se trouvait au milieu de la brume brunâtre des arbres. Ki s'avança vers elle à travers une mer d'herbe d'un marron légèrement lumineux.

La créature n'était pas blanche mais elle émettait une lumière translucide. Ki la sentait vivante mais n'arrivait pas à appréhender son corps. La chose ne lui était visible que sous la forme d'un tunnel de lumière claire, ou peut-être aurait-elle dû dire une tour, car cela s'élevait depuis le sol vers les cieux obscurs.

Lorsque Ki se trouva enfin à la base de la créature, elle put lever les yeux dans le tunnel. La lumière brillait à l'intérieur autant qu'à l'extérieur. L'esprit logique de Ki connut un soubresaut.

— Entre ! lui ordonna la voix impatiente de Dresh.

— Entrer ?

S'attendait-il à ce qu'elle pénètre dans la gueule, la narine ou Dieu savait quel orifice corporel qui s'ouvrait devant eux ?

Elle n'eut pas besoin de dire un mot. Dresh émit un son, comme un mot prononcé par une créature dénuée de bouche. Ki sentit ses cheveux s'agiter et puis ils s'élevèrent, ou peut-être chutèrent...

Ils voyagèrent à travers les lumières vives du ventre de la bête. Aucun vent n'agitait ses vêtements mais ses cheveux ondulaient devant son visage. Elle ne savait pas si eux bougeaient ou si la créature bougeait autour d'eux ; songer à l'une ou l'autre de ces théories lui donnait vaguement mal au cœur. Petit à petit, les mots prononcés par Dresh commencèrent à atteindre son esprit.

— ... Ki. Allons, Ki. Doucement. Ce sera bientôt fini. Je suis là avec toi. Tu es en sécurité. Ce sera bientôt terminé. Fais-moi confiance.

— Je ne suis pas une gamine.

Elle pensait avoir prononcé ces mots mais ils lui donnèrent l'impression d'avoir été arrachés à ses lèvres et balancés de-ci de-là à l'intérieur de la créature. Lorsqu'ils revinrent en rebondissant vers elle, ils n'avaient plus de sens. Ils heurtèrent brutalement sa chair et leurs morceaux rougis disparurent en tombant au loin.

— Ki. Ki. Ki.

Le magicien l'atteignait sans utiliser de mots, tentait de la réconforter sans émettre le moindre son.

— Nous n'utilisons pas notre bouche pour parler. Pas à l'intérieur de cette chose. Tu ne dois pas parler du tout, mais m'écouter. Non, ne laisse pas ton esprit vagabonder en s'interrogeant sur ce que tu ne peux pas comprendre ; écoute-moi simplement. Il viendra un moment où tu vas entendre... tu vas percevoir un son. Tu ne l'entendras pas mais tu le sentiras. La douleur que nous avons utilisée pour invoquer cette créature, la souffrance que tu ne pouvais exprimer par la voix, va te revenir. Je t'ai amenée à la projeter vers l'extérieur mais comme elle vient de toi, elle n'appartient qu'à toi. Je ne peux pas expliquer plus que cela. Je me fie à ton intuition.

Dresh fit une pause pour laisser les frémissements de la panique se calmer dans l'esprit de Ki.

— Tu la reconnaîtras, ne crains rien. Tu la reconnaîtras comme une partie de toi-même, aussi familière que ta propre main. Lorsque tu la sentiras, tu devras la saisir. Mais surtout ne me lâche pas. Tiens-moi bien au creux de ton bras gauche. C'est ça. Maintenant, tiens ta main droite prête. Et lorsque tu te seras emparée de ce son qui est le tien, ne le lâche pas.

Ki s'aperçut qu'elle allait obéir, malgré une rage brûlante qui couvait dans son âme. Le temps passa, à la fois rapide et infini. Ils continuaient à voleter. Et ils commencèrent à croiser d'autres objets à l'intérieur de la créature ; Ki vit le carillon d'un hymne funèbre et le sanglot tremblant d'un enfant tombé au fond d'un puits. Elle ne comprenait pas comment elle savait reconnaître ces étranges nœuds de lumière et de ténèbres épineuses mais elle pouvait les identifier. Elle vit la bulle minuscule qu'était le souffle brusquement expiré d'un roi tué par la trahison d'un ami. Elle traversa la brume orange terriblement palpable d'un homme qui avait été battu à mort pendant son sommeil tout en hurlant sa douleur dans son rêve.

Elle faillit la manquer. Elle se retrouva devant sa douleur presque avant de la voir. C'était blanc, jaune et noir, anguleux ici, gonflé là. Cela ne pouvait pas être agrippé d'une main, c'était trop gros. Elle agita désespérément les bras dans sa direction tandis que la chose s'inclinait vers elle mais manqua sa prise. Puis, alors que la douleur commençait à glisser loin d'elle, elle l'étreignit avec raideur en la serrant contre ses côtes avec son bras droit tout entier.

Elle eut l'impression d'avoir passé son bras à l'intérieur d'une roue tournant à toute vitesse. Elle se mit à tournoyer en tous sens, son épaule droite au centre du cyclone. Elle fut prise de vertige. Elle maintint sa douleur et Dresh contre elle en tentant vainement de fermer ses yeux à lui pour se débarrasser de la vision vertigineuse de mondes tournoyant autour d'elle.

Elle sentit la douleur réinvestir son corps, d'abord énorme puis se frayant un passage jusqu'au centre de son être, de plus en plus petite et de plus en plus intense jusqu'à ce qu'elle ait rejoint un noyau à l'intérieur d'elle-même dont elle n'avait jamais eu conscience. Lorsque cela se produisit, un sol se souleva pour heurter brutalement sa tête, son dos et ses talons. Un plafond gris se mit brutalement en place. Dresh n'eut pas besoin de lui dire qu'elle venait de faire son entrée brutale dans une réalité particulière.

Ki resta immobile, le souffle coupé. L'arrière de son crâne et l'arête de son dos avaient été meurtris par l'atterrissage. Mais elle se sentait étrangement mieux, de nouveau entière. L'indécision brumeuse qui l'avait importunée depuis que Dresh avait invoqué la créature à travers elle avait disparu. Ce qui l'avait rejointe à l'intérieur de la créature, quoi que ce fut, avait dissipé le brouillard et lui avait rendu sa capacité de jugement personnel. Elle était de nouveau elle-même. Et furieuse.

Elle rassembla ses esprits tandis que le souffle lui revenait et fixa des yeux le plafond décoré de tourbillons gris. Elle leva précautionneusement sa tête meurtrie. Cela ne produisit aucun changement de perspective. Ce ne fut que lorsqu'elle s'assit en soulevant la tête de Dresh que sa vue changea. Elle voyait toujours par les yeux du magicien.

Les muscles de sa mâchoire s'agitaient contre la paume de Ki. Elle l'avait saisi par la mâchoire et non par le bloc de pierre, réalisa-t-elle, et avait inconsciemment maintenu sa prise. Elle déplaça rapidement ses mains.

— Merci, murmura Dresh d'une voix cinglante. Je me suis cru pendant un instant paralysé dans ta prise mortelle.

— Ce serait moins que ce que vous méritez. Je vais utiliser mes propres yeux à présent.

— Comme tu voudras, répondit-il d'un air indifférent en restant de marbre devant la fureur glacée qui habitait la voix de Ki.

Il y eut comme un tourbillon de brume qui s'évanouit progressivement. Ki cligna des yeux pour tenter de focaliser son regard. Mais ce qui était apparu comme des murs d'un noir mat aux yeux de Dresh lui apparaissait à présent comme des rideaux ondoyants et opaques. Elle ne pouvait pas voir ce qui se trouvait au-delà mais elle n'arrivait pas non plus à juger de leur solidité.

— Tu apprécies la vue ? demanda Dresh d'un ton plein de sollicitude. Pourquoi ne pas simplement me poser là et marcher par toi-même de façon indépendante ?

Ki ne répondit pas. Elle tenta de fixer son regard sur le mur mais celui-ci défiait sa perception normale des reliefs. Le mur était juste devant son nez ; il pouvait le toucher en étendant le bras ; elle allait devoir traverser la salle pour l'atteindre. Sa fierté lui intimait de continuer mais le bon sens réclamait qu'elle fasse une concession.

— Malgré le plaisir que cela me procurerait, Dresh, je n'ose pas vous débarquer ici. Mais l'inverse est tout aussi vrai.

— Ce que tu perçois de ma part comme un abus odieux de ta personne n'est en réalité que l'obligation que j'ai de faire vite, par nécessité. Ki, si tu persistes à prendre tout ceci comme une attaque personnelle, nous ne nous sortirons jamais de ce pétrin.

Ki ferma les yeux et sentit la vision de Dresh remonter une nouvelle fois dans son esprit. Ce dernier reprit la parole.

— Nous allons devoir continuer en partageant mon regard. Un handicap, et pas des moindres, contrairement à ce que tu sembles penser. Je commence à m'interroger sur la sagesse de cette expédition. J'imagine que nous aurions pu aller à Bitters et peut-être aurais-je pu y dénicher un corps valide à usurper. Mais il n'y a rien de tel que le réconfort de sa propre chair. Et, bien sûr, il faut compter avec les pouvoirs que je devrais abandonner en leur laissant mes mains et mon corps, sans même mentionner les secrets que les Ventchanteuses me voleraient. Bon, de toute façon, nous ne pouvons rien faire d'autre que de continuer, à présent. Lève-toi. Laisse-moi prendre mes repères.

Elle obéit en se levant silencieusement, même si sa fierté se rebellait contre l'évidente aptitude qu'avait Dresh d'être en mesure de tout contrôler. Elle se serait peut-être laissé emporter par l'aventure si elle avait été la partenaire de Dresh ; mais ce n'était pas le cas. Elle n'était rien d'autre pour lui qu'une paire de jambes et une autre de bras à utiliser à sa guise, comme un animal de monte ou un attelage docile. L'image l'ébranla légèrement. Quel enseignement en tirerait-elle concernant son métier de charretière ? se demanda-t-elle.

Dresh observait la pièce et Ki avec lui. C'était un lieu contradictoire, une chambre d'opulence austère. Les murs noirs étaient aussi unis que ceux d'une prison et l'air suffisamment froid pour donner la chair de poule à Ki. Mais le bois de lit situé dans un des coins était jonché des fourrures de daim les plus épaisses qu'elle ait jamais vues, de cette teinte d'un brun-violet qui se vendait au plus haut prix. Soigneusement roulées au pied du lit se trouvaient des couvertures similaires à celles que les kerugi tissaient à partir de la laine de leurs troupeaux des montagnes. Mais même les doigts minuscules des kerugi n'auraient pu obtenir une maille aussi fine. Dans un autre coin se trouvaient une table en bois et un seul tabouret à la forme épurée. Elle ne reconnut pas le bois mais il était légèrement luisant. Ki admira le grand flacon de cristal rempli d'un liquide couleur lavande posé au milieu de la table.

— Ah, souffla Dresh, l'air satisfait. Je n'ai pas perdu la main, Ki. Pas le moins du monde. Nous ne sommes pas seulement dans son royaume mais dans sa chambre à coucher même. Cette pièce représente Rebeke autant qu'un lieu puisse le faire, avec son austérité auto-infligée un moment suivie d'un abandon lascif à l'instant suivant.

— Rebeke ?

— La Ventchanteuse qui a volé les morceaux de mon corps. Une sorcière assoiffée de pouvoir comme tu n'en as jamais vu.

Mais tandis que Dresh parlait, une double image se mit à ondoyer devant ses yeux. La pièce comme il la voyait pour elle resta identique mais elle vit plus que cela. C'était comme percevoir le fond caillouteux d'une mare à travers son propre reflet. Ki vit une femme. Elle était grande et sa taille paraissait augmentée par le manteau vert pâle ondoyant qui tombait de ses larges épaules jusqu'à ses pieds nus. Des anémones blanches dépassaient à peine de l'herbe à ses pieds et la lumière du soleil se réfléchissait sur l'éclat fluide de sa chevelure. « Rebeke », murmura le vent en caressant les herbes et les fleurs dodelinantes. Mais c'était une femme, et non une Ventchanteuse, aussi humaine que Ki elle-même. Au moment où Ki s'interrogeait, l'image s'évanouit progressivement jusqu'à ce qu'il n'y ait plus que la chambre vide devant elle. Dresh était toujours en train de parler. Ki se demanda s'il avait eu l'intention de partager cette vision avec elle.

— ... et pour cette raison la plus dangereuse d'entre elles. Car sa discipline personnelle est telle qu'il n'y a aucun acte qu'elle ne puisse se forcer à accomplir si elle juge que cela lui incombe. Aucun acte, quels que soient la douleur ou le risque d'autodestruction encouru. Je pourrais souhaiter qu'une autre se soit emparée de mes boîtes. Mais je doute qu'aucune autre qu'elle aurait pu le faire.

— Où sont vos boîtes ? demanda Ki.

Son dos était perclus de tensions, à quoi s'ajoutait le fait de devoir porter cette tête montée sur un bloc de pierre. Elle n'appréciait guère l'idée de se trouver dans la chambre de l'ennemie de Dresh. Celle-ci ne risquait-elle pas de revenir à tout moment ? Le plus tôt Ki récupérerait sa cargaison et Dresh les emmènerait hors d'ici, le mieux ce serait. Elle n'avait aucune envie de continuer à discuter.

— Patience, la tança calmement Dresh. Pensais-tu que les Ventchanteuses allaient nous permettre d'entrer, de récupérer mes boîtes et de partir ? Elles seront gardées. Ou pensais-tu que j'étais le genre de menu fretin que l'on laisse en morceaux dans un coin ? Pensais-tu me trouver rangé sous un lit ? Non, la partie sera des plus délicates. La balle est dans notre camp à présent. Dans ce manque même de vigilance, je sens une surveillance plus accrue. Serions-nous sur le point de tomber dans un piège ? Nous devons considérer cette possibilité.

Mais l'esprit de Ki était ailleurs.

— La rapière !

Elle poussa la tête de Dresh au creux de son bras, ce qui lui valut un brusque changement de vision. Elle tâta futilement sa ceinture tandis qu'un vertige naissait au cœur de son estomac en recevant la confirmation que le fourreau ne s'y trouvait pas. La gêne et le désespoir transformèrent sa voix forte en un murmure.

— J'ai été horriblement stupide, Dresh. J'ai laissé la rapière derrière nous.

— Ainsi que ta théière et ta fiole de vanilly ! ajouta Dresh d'un ton faussement alarmé.

— Et à quoi nous serviraient-elles ? grogna Ki, énervée par ses maniérismes. Je vous dis que nous sommes sans armes.

— Et sans jambes ! renifla Dresh. Une théière et le vanilly nous seraient à peu près aussi utiles que ta rapière. Que crois-tu ? Que nous allons nous élancer dans une pièce pleine de Ventchanteuses, rapière frappant d'estoc et de taille, pour récupérer mon corps au milieu de leurs cadavres ensanglantés ? Ai-je l'air d'un sauvage prêt à tuer ? La seule arme qui te sera utile se trouve ici, sous ton bras. C'est ma tête. Alors sois silencieuse et laisse-moi réfléchir à ce que nous allons faire à présent.

— Une rapière ne frappe pas de taille, le corrigea-t-elle laconiquement.

Elle se sentait plus stupide que jamais. L'évident sentiment de supériorité de Dresh faisait enrager chaque parcelle de son âme fière. Le pire était que, dans les circonstances présentes, il avait raison. Ki ressentait une terrible envie de déposer d'un seul coup sa tête sur la table de Rebeke et de le laisser là, à côté du flacon de lavande. Qu'il se sorte donc de là à coups de mots méprisants et de manières prétentieuses. Elle savoura l'idée avant de laisser la logique refroidir sa colère. Elle avait besoin de Dresh pour retourner dans son monde. Le fait qu'elle soit liée à lui par écrit était un autre argument et l'opportunité de prendre les Ventchanteuses à leur propre jeu pesait aussi dans la balance. Ah, elles s'en étaient prises à sa cargaison ? Sa rancune contre les Ventchanteuses remontait plus loin que sa mémoire, jusque dans la haine inexprimée que leur vouait son père et l'impression diffuse qu'elles avaient contribué à la mort d'une mère dont elle ne se rappelait rien. Jusqu'à présent, Ki avait toujours contrôlé sa colère et scrupuleusement évité les Ventchanteuses. Peut-être Vandien avait-il raison, après tout ; peut-être le temps était-il venu de leur retourner les insultes et les coups. Le destin semblait déterminé à la conduire dans cette direction. Ki laissa son souffle sortir d'un coup par ses narines et attendit le bon vouloir du magicien.

CHAPITRE 7

Des doigts délicats jouaient avec curiosité sur les pierres brillantes serties dans la boîte vernie de noir. Des doigts de pieds se recroquevillaient et se détendaient alternativement avec impatience contre les plumes épaisses d'une peau de dikidik. À l'intérieur de la robe blanche du rang le plus bas des initiées Ventchanteuses s'agitait nerveusement un jeune corps gracile. Grielea pouvait sentir le mystère de la boîte planer juste au-dessus de son esprit, une formule énigmatique basée sur un concept mathématique hors de sa portée. Ses doigts jouèrent de nouveau sur les pierres, changeant leur rythme d'une mesure par rapport à la combinaison qu'elle venait juste d'essayer. Grielea ferma les yeux un instant, comme si par sa seule concentration, elle pouvait sentir l'aura des pierres et les entendre lui murmurer la bonne combinaison.

— Rebeke nous a mises en garde contre le fait de toucher les boîtes !

Dans la voix zozotante se mêlaient également étonnement et stupeur devant l'audace de Grielea de désobéir aux désirs de la Maîtresse des Vents. Grielea ouvrit brusquement les yeux et jeta à Liset un regard noir et irrité. Liset écarta son regard des étincelles sombres qui couvaient dans celui de Grielea. Son corps de tchéria se raidit et frémit sous sa robe blanche. Grielea plissa son nez en signe de dédain devant l'air désapprobateur de Liset. Les mandibules de Liset tressaillirent.

— Pour atteindre le rang de Ventchanteuse, Grielea, nous devons pratiquer la plus stricte obéissance et un contrôle total de nous-mêmes. Pour commander les autres, nous devons d'abord apprendre à nous commander à nous-mêmes.

Même le zozotement cliquetant de l'accent tchéria n'arrivait pas à dissimuler la piété des mots de Liset.

— Occupe-toi de ta boîte. Je m'occuperai de la mienne !

Les mandibules de Liset claquèrent d'étonnement. Elle reprit au plus vite le contrôle de son visage. Elle aurait voulu que sa transformation en Ventchanteuse se fasse plus rapidement. Depuis toujours, les sons et les automatismes de son corps de tchéria lui faisaient honte. Si seulement sa coquille pouvait commencer à se couvrir d'écailles ! C'était sans aucun doute la raison pour laquelle Grielea osait lui parler de façon aussi grossière. Elle n'avait pas le droit d'agir ainsi. Liset savait qu'elles étaient toutes les deux du même rang d'initiation. Elle avait entendu des rumeurs à propos de Grielea. On l'avait envoyée à Rebeke en dernier ressort. Rebeke était bien connue pour être la plus stricte et la plus exigeante des Ventchanteuses. Et l'obstination de Grielea était connue de toutes ; elle avait déjà accompli deux cycles entiers à ce niveau d'initiation ! Liset lissa son capuchon et se retourna vers la large boîte devant elle. Que Grielea joue donc avec la sienne. Il y aurait des conséquences. Liset avait, elle, l'intention de suivre les instructions à la lettre. La cellule glacée et le gruau froid réservés à celles qui désobéissaient, très peu pour elle.

Grielea eut un petit sourire de satisfaction une fois que les yeux pédonculés de Liset se furent détournés d'elle. Elle se pencha à nouveau vers la boîte posée sur la table basse devant elle. Ses doigts dansèrent sur les pierres. Rien. Elle fit une pause et ses mains bougèrent de nouveau. Une autre pause. Une autre combinaison.

Il n'y eut pas de clic révélateur de l'ouverture. La boîte émit un soupir silencieux sous les mains de Grielea. Elle jeta un coup d'œil par-dessus son épaule. La carapace de Liset était tournée vers elle. La raideur de sa silhouette accroupie et sa coule immobile montraient que Liset était résolue à ne participer en rien à la désobéissance de Grielea. Celle-ci eut dans son dos un sourire moqueur avant de se tourner vers son trésor.

La boîte glissa silencieusement de l'endroit où elle était posée. Grielea posa le couvercle sur ses genoux. Elle se pencha par-dessus son butin. Ses doigts défirent habilement l'étoffe de l'emballage.

La base était un bloc de pierre blanche, veinée de noir et de rouge. De ce socle, deux mains, enracinées au niveau des poignets, poussaient aussi gracieusement que des lys. Elles étaient jointes dans une pose apaisée, comme si elles attendaient que l'on y dépose un bouquet funéraire.

Mais elles avaient l'éclat et la chaleur de la vie sous leur peau couleur olive. Sur l'un des longs doigts effilés se trouvait un anneau. Aux yeux de certains, il serait apparu comme un simple anneau bon marché en métal noir. Mais pour Grielea, il annonçait sans aucun doute l'identité de son possesseur. Elle se raidit. Était-ce le son d'un bruit de pas léger qu'elle venait d'entendre ? Elle reposa rapidement l'étoffe par-dessus les mains. Son sourire évoquait celui d'un lynx lorsqu'elle remit le couvercle de la boîte en place. Un simple contact de ses doigts sur les pierres referma le verrou. Ainsi c'était lui qui se retrouvait l'enjeu de cette partie... Son front gris écailleux se plissa légèrement tandis qu'elle ajoutait cette information à la cache secrète des faits qu'elle avait soigneusement assemblés.

— Vous pouvez cesser votre garde, à présent. Retirez-vous dans vos chambres pour une période de repos. Nous allons prendre le relais.

Liset sursauta en entendant soudainement cette voix dans son dos. Mais Grielea leva lentement le menton en baissant les yeux. Elle eut un sourire soumis.

— Oui, Maîtresse des Vents, minauda-t-elle.

— Oui, Maîtresse des Vents, reprit Liset.

Liset et Grielea se hâtèrent de quitter la pièce, leurs robes blanches tournoyant sur le sol. Mais seule l'une d'entre elles se rendit dans sa chambre pour se reposer.

Medie s'avança lentement dans la pièce. Elle ne put dissimuler le regard plein d'admiration qu'elle jetait sur les deux boîtes vernies. La plus petite était posée sur une table devant un tabouret. La plus grande se trouvait à même le sol. La pièce était mieux meublée que la chambre de Rebeke. Il s'y trouvait de nombreuses peaux d'animaux et d'oiseaux rares pour préserver les pieds nus de la froideur du sol soigneusement poli. Les murs étaient décorés de fenêtres donnant sur le ciel, des images vivantes talentueusement conçues qui représentaient de nombreux endroits du monde. Mais les seuls sièges disponibles étaient les tabourets de bois dur que Liset et Grielea venaient de quitter. Medie jeta sur l'un d'entre eux un regard chargé de répugnance. Elle laissa glisser l'un de ses longs doigts sur le sommet de la plus grande boîte vernie.

— Quelle est la meilleure façon de procéder ?

Rebeke marqua un temps d'arrêt puis s'assit sur le siège de Grielea. Elle s'exprima avec lenteur.

— Les boîtes demanderont de l'habileté et de la patience pour être ouvertes. Dresh saura que ce n'est qu'une question de temps avant que nous ne les ouvrions. Je pense qu'il va se hâter jusqu'ici dans un effort désespéré pour récupérer son corps. Nous pourrions, bien entendu, ouvrir ses boîtes dès à présent et réduire ses pouvoirs. Mais en agissant ainsi, nous risquerions d'alerter le gibier, si je puis dire.

— Vous pensez qu'il viendra ici et tentera de récupérer lui-même son corps ?

— En effet, répondit Rebeke.

Elle parlait avec une calme assurance.

— Et qui d'autre que vous saurait mieux dire ce qu'il va faire ?

Medie avait lâché ces mots d'un air dégagé mais ils retombèrent dans une pièce soudain silencieuse.

— Me reprocheriez-vous mon passé ? s'enquit doucement Rebeke.

— Non. Pas de reproche. Je me pose simplement des questions à ce sujet, comme beaucoup d'autres avant moi. Vous devez savoir pourquoi le Haut Conseil vous a choisie pour être sa gardienne. Un test définitif de votre loyauté. Si elle doit faire un choix ultime, que choisira Rebeke : les Ventchanteuses ou Dresh ?

— Et Rebeke choisit Rebeke.

Une minuscule brise glacée se leva pour caresser leurs chevilles.

— Sans regrets ? insista Medie.

Il n'y avait nulle acidité dans sa voix mais l'intérêt d'une sœur plus âgée. Ses yeux bruns et blancs ne reflétaient que de l'inquiétude.

— J'en ai fini avec les regrets il y a fort longtemps, Medie. Utilisons une métaphore. Supposons que vous ayez eu pour animal de compagnie un chien devenu sauvage. Vous le laisseriez partir, par tendresse, en l'autorisant à choisir la vie qu'il préfère. Mais supposons qu'il devienne vicieux et menace les troupeaux de vos voisins. Ne vous sentiriez-vous pas responsable de la situation ? N'y remédieriez-vous pas vous-même ?

— Dresh ne représente rien de plus pour vous qu'un cabot errant ?

— Ce n'était qu'une métaphore, répondit Rebeke avec une certaine froideur.

Elle se leva et s'approcha lentement d'une des fenêtres. Dans un vallon boisé, des anémones blanches poussaient au-dessus des mousses épaisses. De grands épicéas les abritaient des vastes cieux bleus au-dessus d'elles. Rebeke respira profondément leur parfum, debout tout près de la fenêtre pour pouvoir le sentir. Au sein de l'illusion, l'air était frais et agréable, récemment nettoyé par la pluie.

— Je vois. (La voix de Medie traversait la pièce.) Nous attendons dans l'espoir de l'attirer jusqu'ici. Nous ne souhaitons pas qu'il abandonne l'espoir de récupérer son corps car alors il pourrait décider de continuer son chemin et de prendre un autre corps ailleurs.

— Exactement.

La voix de Rebeke était à peine plus qu'un murmure tandis qu'elle examinait les cieux dégagés du monde de la fenêtre. Ses mains finement écailleuses reposaient doucement sur le rebord en bois.

— Je ne pense pas que j'aurai à attendre bien longtemps.

— Avez-vous demandé à ce que nous soyons prévenues lorsque son aura sera perçue sur ce plan d'existence ?

— Bien sûr, répondit Rebeke en se tournant pour hocher sèchement la tête. Mais je n'ai pas dit à mes apprenties qui nous attendions. La portion d'aura qu'il dégage à présent est si différente de l'ensemble que je ne crois pas qu'elles suspectent son identité. Mais je l'ai décrite avec suffisamment de détail pour qu'elles la reconnaissent lorsqu'elles la verront.

— Vous ne leur faites pas suffisamment confiance pour leur dire ce que nous avons ici ?

Les longs doigts de Medie battaient légèrement la mesure sur la boîte devant elle.

Rebeke traversa la pièce pour se rasseoir.

— Ce n'est pas une question de confiance, Medie. Elles sont si jeunes, si pleines d'idéaux au sujet des Ventchanteuses. J'ai jugé préférable de ne pas les distraire avec trop de possibilités ou avec des pensées qui pourraient diviser leur loyauté. Les décisions et les loyautés sont terriblement claires à leur âge. Certaines pourraient mal interpréter ce que nous faisons et y voir une trahison. Je n'ai pas vu de raison de les alarmer.

— Cela me paraît sage. Si nous réussissons, elles seront sous notre protection. Et sinon, eh bien je ne suis ni assez âgée ni assez cynique pour tirer un quelconque plaisir à voir leur innocence payer pour notre audace. En les préservant de la connaissance de ce que nous avons entrepris, vous les avez également préservées de ce que certaines pourraient appeler notre culpabilité. Bien joué, ma sœur.

Un silence légèrement inconfortable s'ensuivit. Après quelques instants, Medie commença à bouger sur son tabouret.

— J'apprécierais un siège plus confortable que celui-ci.

— Moi de même. Mais son inconfort même nous pousse à rester alertes. Devrions-nous être endormies sur des coussins de velours ou rendues somnolentes par du bon vin lorsque Dresh fera son entrée ? Son pouvoir n'est pas aussi grand qu'il l'imagine mais il est du genre rusé. Soyez patiente, Medie. Plus tard, nous pourrons nous allonger, nous mangerons, boirons et parlerons ensemble. Car je crois que nous aurions beaucoup à nous dire. Ce que le Haut Conseil ne dit pas devant Rebeke, il pourrait bien le murmurer à l'oreille de Medie. Ai-je raison ?

Medie lui répondit par un petit sourire amer.

CHAPITRE 8

Le premier jour que Vandien passa à conduire son attelage aurait rendu fou même un dené. Il avait réduit son allonge et ralentit le pas jusqu'à avoir l'impression d'être un animal sacrificiel portant des fers. Et il continuait pourtant de marcher sur les talons de son équipage. Ils avançaient en se dandinant, en clignant et en plissant les yeux dans la rue poussiéreuse. Vandien avait tenté de les faire avancer à la pointe ainsi, pour découvrir que l'animal qu'il poussait de sa baguette se laissait immédiatement tomber sur le ventre et s'endormait. La baguette, en avait-il déduit, était un moyen de leur dire de s'arrêter sans risquer de se faire happer le bras par leurs mâchoires.

Il mangea un morceau de sa miche de pain tout en traînant derrière eux et glissa le reste sous son bras. L'idée de faire durer le pain pendant tout le voyage jusqu'à Faux-Havre ne lui plaisait guère mais il n'avait pas le choix. Il se souvenait d'avoir déjà dû voyager plus loin avec moins de victuailles.

Il marchait d'un pas tranquille en songeant à la monotonie du paysage. La piste serpentait au milieu de tertres et de vallons. La route était parsemée de déjections de moutons. Il croisait régulièrement des troupeaux. Ses skeel ne montraient aucun intérêt pour les moutons mais Vandien avait remarqué que ceux-ci avaient tendance à se presser les uns contre les autres et à bêler lorsqu'ils percevaient l'odeur de son attelage. Les bergers humains trottaient à leur côté en jurant et en criant pour remettre leurs troupeaux en ordre de marche. Les animaux faisaient généralement un large détour pour l'éviter tandis qu'ils le dépassaient. L'un des troupeaux se divisa en deux à son approche et se dispersa sur un flanc de colline. Vandien fut soulagé de voir que les bergers blâmaient leurs animaux bêlants et non son attelage et lui. Les troupeaux se succédèrent ainsi, le laissant derrière eux dans leur trajet en direction des pâturages d'hiver. Et Vandien progressait, l'air découragé, au milieu des crottes de moutons.

Le soir tombait lorsqu'il atteignit le sommet d'une petite colline. Sa fatigue provenait plus de sa frustration que de la marche elle-même. Du sommet où il se trouvait, il contempla la route qui s'étendait devant lui comme un ruban gris qu'on aurait coupé et laissé tomber sur les terres, partiellement dissimulé par le haut des collines autour desquelles il serpentait. Il n'y avait ni arbres ni cabanes de bergers pour briser la monotonie du paysage. La couleur des buissons et de l'herbe variait du violet poussiéreux au vert terne. Vandien soupira tandis que ses animaux traînards progressaient flegmatiquement sur la pente en agitant leurs museaux.

Soudain, une longue langue grise jaillit de l'un des museaux avant d'être promptement aspirée à l'intérieur. L'animal émit un cri aigu et la longe fut brutalement arrachée des mains de Vandien. L'attelage s'éloigna précipitamment dans un piétinement de pieds plats. Leurs dos proches du sol se mirent à onduler tandis qu'ils dévalaient la pente comme de l'eau déversée d'un réservoir. Leur longe de cuir tressé les suivait en balayant la poussière derrière eux.

Vandien les poursuivit et bondit sur la courroie, qu'il réussit à agripper. Il fut traîné à travers crottins et buissons avant que l'extrémité nouée de la longe ne lui soit de nouveau arrachée des mains. Il se releva en jurant et se mit à courir tout en frottant ses mains éraflées contre ses vêtements. Il glissa sur des crottes de moutons ; il sauta pardessus des buissons. Il restait derrière les skeel, hurlant « stop ! » dans tous les langages qu'il connaissait. Ils ne lui prêtèrent aucune attention.

Il se réprimanda furieusement d'avoir donné si tôt le cristal à Carapace-en-Filet. Il savait où les skeel préféraient qu'on les gratte ; il savait quelles algues leur donner à manger en cas de diarrhée ; il savait comment les préserver des parasites... mais pas comment stopper un attelage en fuite. Le tchéria aux yeux rêveurs lui avait assuré que conduire l'attelage était plus simple à faire qu'à expliquer.

Au loin se trouvait un large ruisseau et Vandien se mit à prier pour que cela les arrête. S'il y avait eu un pont par le passé, il avait à présent disparu. Des marques sur la piste indiquaient que les chariots et les carrioles traversaient directement le ruisseau. Mais son équipage de lézards bas-du-ventre et somnolents, lui, allait sûrement devoir s'arrêter. Ils allaient probablement tourner brusquement d'un côté ou d'un autre. Avec de la chance, il pourrait leur bloquer le passage. Mais l'attelage s'enfonça dans l'eau comme un groupe de flets s'installant dans la vase au fond des mers. Vandien vit le harnais se tendre tandis que les bêtes luttaient pour s'étaler à plat dans l'eau mouvante. Les longues queues sinueuses se déroulèrent et se mirent à fouetter les alentours avec colère, frappant l'eau et laissant des marques sur la peau de chacun des compagnons de harnais. L'eau monta autour d'eux. Une vague brune de limon, soulevée par seize pieds plats s'enfonçant dans le fond, teinta l'eau avant de disparaître au fil du courant. Le harnais tressautait et s'emmêlait tandis que les animaux se vautraient dans la vase, chacun tentant de se trouver en dessous des autres, le plus plat possible dans la boue du ruisseau. Il fut bientôt impossible d'identifier un skeel en particulier au milieu des queues fouettant l'air et des museaux qui claquaient. Des épaules et des hanches écailleuses se poussaient et se heurtaient à la recherche de la meilleure position.

Leur activité cessa aussi abruptement qu'elle avait commencé. Les bêtes s'écroulèrent dans la boue du ruisseau. Tous les museaux disparurent. Les grands yeux se fermèrent et les queues retombèrent, ondulant au fil du courant. Vandien s'approcha lentement, sentant la crainte envahir son cœur. Ils paraissaient morts. Il ramassa prudemment la longe tressée et tira dessus. Il n'y eut aucune réaction.

Aucune bulle d'air ne sortait de leurs museaux submergés. Aucun muscle ne bougeait. Vandien donna des à-coups sur les rênes mais le seul mouvement qu'il obtint fut celui imprimé par ses propres efforts. Il songea à la baguette qu'il avait laissé tomber lorsque l'attelage s'était enfui. Peut-être qu'en leur donnant quelques coups... mais il n'osait pas les laisser là. Il s'avança dans l'eau et donna un coup de pied ferme dans le postérieur le plus proche. Aucun résultat.

Démarra alors une longue période d'efforts tout aussi vains. Vandien se retrouva trempé à force d'essayer de tirer les bêtes hors du ruisseau. Quelles que soient la queue ou la patte qu'il agrippait, il était incapable de déplacer l'ensemble. Les quatre skeel n'en formaient plus qu'un seul. Leurs larges pieds plats étaient tous comme ancrés dans la boue et les cailloux. Les corps étreignaient le lit du ruisseau. Et l'eau poursuivait sa course par-dessus l'ensemble.

Vandien était trempé et gelé lorsque le soleil se coucha. Il recula pour contempler les skeel, comme sculptés dans le ruisseau. C'était sans espoir. Le mieux à faire était d'attendre. Il avait conduit ses bêtes le long de routes desséchées durant toute la journée ; elles finiraient bien par avoir besoin d'air. Il remonta la colline, avec force regards en arrière, pour récupérer sa baguette et son pain. Lorsqu'il revint, les skeel n'avaient pas bougé d'un pouce.

Il s'assit sur la rive mousseuse, posa sa baguette et sortit le couteau qui pendait à sa ceinture. Il découpa lentement une portion de sa miche de pain. Elle était sèche à présent, plus craquante que moelleuse sous la dent. Puis il remonta légèrement le cours d'eau, en prenant toutefois soin de garder un œil sur son attelage immergé, et s'agenouilla pour boire. Reconnaissant les feuilles vertes plates qui poussaient sur la berge, il sortit de ce côté et en mit à jour les racines. Il les débarrassa de la terre et les lava. Une fois nettoyées, elles formaient une masse comprimée de tubercules blancs. Il n'avait pas mangé de racines de lis-puant depuis son enfance. Même à cette époque, il les avait toujours préférées bouillies, presque molles. Crues, elles n'avaient aucun goût, juste une consistance croquante. Mais cela valait mieux que rien, se rappela-t-il d'un air sombre. À la vitesse à laquelle ils allaient, sa miche de pain ne durerait pas jusqu'à Faux-Havre.

Tandis qu'il enfournait le dernier morceau de racine dans sa bouche, il entendit un son similaire à celui d'un cochon qui s'extrait de sa fange. C'était un bruit d'aspiration humide. Vandien rassembla rapidement sa baguette et sa miche tandis que les skeel commençaient à bouger.

L'un d'entre eux étirait son cou en remplissant ses poumons de grandes goulées d'air avec force bruissements. Sa queue était de nouveau soigneusement enroulée sur elle-même. Un autre se mit à couiner et à s'agiter jusqu'à réussir à extraire sa tête d'entre les pattes de son compagnon de harnais. Ils sortirent du ruisseau en se dandinant dans leur harnais emmêlé, leurs corps surbaissés dégoulinant de vase. L'eau avait lavé la poussière incrustée sur leurs dos gris et plats. Leur cuir aux fines écailles luisait d'un éclat iridescent sous la lumière de la lune. Ils étaient plus dodus et semblaient satisfaits à présent, tandis qu'ils agitaient leurs corps sinueux tout en faisant claquer leurs mâchoires avec des bruits humides. Vandien les observa tandis qu'ils essayaient de reprendre leur place dans le harnais. Ils continuaient d'avancer, ce faisant, et Vandien réalisa tardivement qu'ils n'allaient pas s'arrêter. Ils s'éloignaient de lui sur la plaine herbeuse.

Il bondit derrière eux dans un cri, sans oublier cette fois que les pousser à l'aide de sa baguette leur donnerait l'ordre de s'arrêter. Il en toucha un, puis un autre, jusqu'à finalement obtenir que les quatre skeel s'allongent ventre à terre, immobiles. Il passa le bras entre eux pour récupérer la longe humide. L'un des skeel fit mine de bouger. Vandien lui donna un coup sec et la bête s'immobilisa.

Vandien se tenait devant les bêtes dociles, les poings crispés. Puis il s'efforça au calme. Il conserva la baguette sous le bras au cas où l'un des animaux bougerait et entreprit de démêler et redresser le harnais. Les tchéria n'utilisaient pas de boucles. Le harnais était entièrement assemblé à l'aide de nœuds. Vandien les trouva rapidement impossible à défaire dans cette lumière diffuse : leur immersion les avait transformés en d'impénétrables petites boules de cuir. Il se contenta de tirer sur les différentes courroies pour remettre le harnais en ordre. L'usage généreux de la baguette lui permit de maintenir les skeel immobiles.

Il ne connut qu'un seul très mauvais moment. Il s'était aperçu que la queue de l'un des skeel s'était enroulée autour du harnais comme une plante grimpante au lieu de s'enrouler proprement sur son arrière-train. Il faisait nuit noire à ce moment-là. Vandien localisa l'extrémité de la queue au toucher. Il la dégagea difficilement avec les doigts, ce qui lui valut un cri aigu de la part de l'animal concerné. Vandien le poussa fermement de sa baguette et la bête retomba au sol. La queue était aussi raide qu'une vigne tandis que Vandien la démêlait du harnais. Mais à l'instant même où il la libérait, elle jaillit brusquement hors de ses mains et sa pointe aiguisée s'abattit sur son avant-bras. Puis elle se rétracta proprement sur l'arrière-train du skeel.

Vandien lâcha rêne et baguette pour se couvrir le bras. Celui-ci le lançait comme s'il venait de recevoir un coup de fouet. Les larmes lui montèrent aux yeux. Il retroussa la manche de sa tunique et toucha délicatement la zébrure qui s'étalait en relief sur sa peau. Elle ne saignait pas. L'eau fraîche du ruisseau devrait pouvoir diminuer la douleur. Il se baissa pour ramasser la baguette et s'aperçut que l'attelage s'était éloigné silencieusement.

Il jeta autour de lui un œil hagard mais ne vit rien. Il se força à prendre une profonde inspiration et à se tenir immobile et silencieux. Les tertres couverts de mousse ne trahiraient rien de leur passage mais... là-bas ! Vandien entendit le bruissement de l'un des buissons à l'instant exact où son œil percevait le mouvement et la patine d'une peau irisdescente. Il s'élança à leur poursuite mais ils atteignirent la crête d'une colline avant lui et il les perdit à nouveau de vue. S'arrêtant quelques instants au sommet pour reprendre son souffle, il vit passer leur silhouette tandis qu'ils avançaient à grands pas sur la mousse épaisse. Il lança un juron et reprit sa course, à leur poursuite.

La pente et ses longues jambes lui donnaient l'avantage. Les animaux du deuxième rang reçurent un coup de botte et de baguette qui les firent s'étaler, le ventre à terre ; deux autres coups eurent raison de la paire du premier rang. Vandien s'empara de la longe et l'enroula par deux fois autour de son poignet. Il en tint fermement l'extrémité nouée dans son poing. Il reprit son souffle tout en poussant de sa baguette le premier skeel qui faisait mine de bouger. L'air glacé de la nuit d'automne, aussi impitoyable que la chaleur poussiéreuse de la journée, commençait à faire effet sur lui. Il était boueux, trempé, fatigué et avait perdu sa miche de pain en chemin. La piste était quelque part derrière eux, au milieu des reliefs de ces terres. Vandien avait très envie de dormir mais il craignait qu'au matin, il ait perdu et l'équipage et tout sens de l'orientation. Les skeel n'avaient pas l'air ensommeillés. Ils étaient aussi vifs de nuit qu'ils s'étaient montrés nonchalants de jour.

Lorsqu'ils se mirent de nouveau à remuer, il les laissa se lever. La courroie toujours fermement tenue, il se plaça à leurs côtés. Ils commencèrent à s'éloigner de lui. Il les guida ainsi, changeant régulièrement de côté pour les faire dévier dans la direction qu'il souhaitait leur voir emprunter. Il avait la technique bien en main lorsqu'il aperçut le ruban gris pâle de la piste rendu argenté par la lumière de la lune. Vandien laissa son attelage s'élancer dessus. Ils allaient à une vitesse légèrement plus rapide que celle d'un chien au trot et il les suivait en arrière, se déplaçant d'un côté puis de l'autre.

— Comme un chien de troupeau, commenta-t-il pour lui-même d'un ton lugubre.

En les voyant progresser, il abandonna toute idée de dormir durant la nuit. Le lendemain, lorsqu'ils feraient mine de somnoler au soleil, il se joindrait à eux.

À plusieurs reprises, cette nuit-là, il leur ordonna de s'arrêter à l'aide de sa baguette tandis qu'il reprenait sa respiration et buvait une gorgée de sa petite gourde. Il regrettait la perte de son pain mais il ne pouvait rien y faire. Au moins arriverait-il à temps à Faux-Havre. Il referma sa gourde et frotta lentement la cicatrice entre ses yeux. Il tenta de se remémorer à quoi il ressemblait sans elle. Il n'avait jamais été du genre à se regarder dans le miroir mais il pouvait se rappeler comment il se sentait avant.

Autrefois, les gens voyaient d'abord ses yeux, puis son sourire éclatant. Il avait bien connu le pouvoir de ce sourire charmeur ; bien connu et bien employé. À présent, les yeux des autres se braquaient immédiatement sur sa cicatrice et s'y fixaient tandis qu'il parlait. Son sourire s'était transformé en une grimace qui déformait son visage. On le jugeait souvent hâtivement à cause de sa cicatrice. Pour certains, c'était un homme facilement battu. Pour d'autres, il devait avoir un tempérament dangereux et implacable. Sa cicatrice était comme un morceau de verre bon marché, déformant ce que le monde voyait de lui. Rares étaient ceux qui voyaient son visage, à présent ; la plupart ne voyaient que la balafre qui le divisait en deux.

Ki était l'une de ces rares personnes. C'était elle qui l'avait vu recevoir cette balafre ; pour elle, il avait bravé les serres. Elle avait été horrifiée. C'est elle qui avait reconstitué son visage et maintenu la chair en place avec des bandages. Ils n'avaient plus jamais été des étrangers l'un pour l'autre après cela. Et, jusqu'à présent, Vandien n'avait jamais placé de barrières entre eux. Mais il ne lui avait pas dit ce que Srolan lui avait proposé. L'avait-il mal jugée en pensant qu'elle pourrait ne pas comprendre ? De quoi avait-il peur ? Que son désir d'être débarrassé de la cicatrice serait confondu avec un regret de l'avoir encaissée pour elle ? Il ne regrettait pas ce lien avec Ki, pas plus qu'il n'hésiterait à refaire la même chose. Mais... il aurait pu souhaiter que le symbole de ce lien entre eux soit moins visible.

Les skeel recommençaient à s'agiter. Vandien fut heureux de se détourner de ces sombres pensées. La tâche consistant à les guider monopolisait toute son attention.

À l'aube, ils étaient aussi pressés de dormir que lui. Il les fit sortir de la piste pour rejoindre l'abri de quelques saules. Ils s'installèrent ensemble, leurs corps tout enchevêtrés. Vandien fit un nœud de la longe autour de son poignet. En s'allongeant, il leva les yeux vers le ciel. Le sommeil s'empara rapidement de lui et dans ses rêves, des harpies bleues étaient repoussées par les yeux noirs de Srolan.

CHAPITRE 9

Ki déplaça son poids d'un pied sur l'autre. Elle en avait assez de se tenir immobile et silencieuse en attendant que Dresh lui donne un nouvel ordre. Son esprit hésitait entre l'ennui et l'inquiétude. Les yeux de Dresh, et par là même le regard de Ki, étaient toujours fixés sur le même point du mur. Elle ne comprenait pas quel intérêt il pouvait bien présenter. Chaque fois qu'elle tentait de parler, il lui faisait signe de se taire. Ki émit un bruyant soupir.

— Maudit sois-tu ! aboya Dresh avec colère. Comment puis-je atteindre une présence sans que tu me distraies ? Tu ne peux pas rester tranquille ; tu laisses ton esprit tourner en rond en petits cercles inutiles et ensuite tu me les présentes pour inspection ! Ne peux-tu donc pas garder ton esprit vide ?

— Je n'avais pas pensé que notre camaraderie forcée puisse vous irriter aussi, Maître.

La voix de Ki était lourde de sarcasme.

Dresh eut un petit bruit méprisant.

— Tu peux bien plaisanter en m'appelant « Maître », toi qui n'as même pas appris à te maîtriser toi-même. Mais assez avec cela. Je ne peux utiliser mes pouvoirs tout en coupant des cheveux en quatre. Lâche-moi mais tiens-toi tranquille si tu ne veux pas qu'il t'arrive des problèmes.

— Avec grand plaisir, fit Ki, grinçante.

Elle déposa la tête du magicien sur la table de Rebeke avec un bruit mat et croisa les bras sur sa poitrine.

Puis elle attendit dans l'obscurité. Son absence totale de perception l'étonnait. Elle se sentit rougir en découvrant qu'elle avait fermé les yeux. Elle s'était habituée si vite à ce que Dresh voie à sa place ! Elle ouvrit les yeux pour découvrir un monde étranger. Ki n'avait pas bougé de l'endroit où elle se trouvait ; elle resta immobile. Mais là où les yeux de Dresh lui avaient montré un lit et des fourrures, les siens lui faisaient découvrir une masse gélatineuse auréolée d'une pâle lueur qui lui rappelait un champignon affaissé en train de pourrir.

Par sa taille et sa structure, la table accusait une légère ressemblance avec l'interprétation qu'en faisait Dresh. Mais aux yeux de Ki, elle était faite d'une pierre translucide et non de bois. Un tube fibreux s'élevait depuis son centre. À côté du tube se trouvait un emplacement de néant, un cube de ténèbres. En son centre brillait une minuscule étincelle de lumière presque invisible à l'œil nu mais si brillante que ses yeux s'embuèrent lorsqu'elle la fixa. Perplexe, elle détourna le regard.

Les murs opaques de la pièce ondulaient devant ses yeux, leurs couleurs semblables à celles d'une opale à la lumière du soleil. Elle baissa les yeux vers le sol pour les reposer de ce mouvement qui lui donnait la nausée, mais ce fut pour s'apercevoir que le sol sous ses pieds palpitait, lui aussi. Pourtant, elle ne sentait aucune sensation de mouvement. Son estomac se mit à protester contre ces perceptions contradictoires.

Elle laissa son regard parcourir de nouveau les murs à la recherche d'un endroit épargné par cette ondulation à soulever le cœur. Elle en trouva un. Il y avait une fenêtre. Elle seule était immobile sur le mur. Son cadre de bois sans prétention était aussi réconfortant et familier qu'une cabane de fermier. À l'extérieur, il faisait jour. Ki sentit un frisson d'inquiétude la parcourir. Jamais sa perception du temps n'avait été modifiée à ce point. Son corps lui disait qu'on était au milieu de la nuit. Mais à l'extérieur, le temps était clair et lumineux. Quelques poulets grattaient la poussière d'une petite cour. Une forêt d'aulnes et de bouleaux était séparée de la cour par un massif de fleurs composé d'anémones blanches et violettes. Les fleurs se balançaient au gré d'un petit vent. Ki se surprit à se pencher en avant pour ressentir sur son visage la caresse du vent et pour sentir avec soulagement le parfum de la terre et des fleurs. Elle pouvait voir le coin d'une petite cuisine extérieure. Des pieds de vigne grimpaient le long de piquets tordus. La tension disparut de ses épaules. Elle sourit de ses propres peurs et tenta de se remémorer où elle s'était imaginée être. Dresh avait fait tout un plat de sa magie mais, d'après l'aspect de la nature à l'extérieur, ils n'étaient pas loin de Bitters. Pas étonnant qu'il ne lui ait pas permis de voir cette fenêtre à travers ses propres yeux. Il n'avait pas voulu qu'elle sache combien il lui serait facile de simplement s'en aller loin de ses petites manigances.

Elle écouta le souffle doux du vent au-dessus des fleurs. Ses oreilles perçurent un bourdonnement lointain, comme le bruit que feraient des abeilles si on dérangeait leur ruche à la nuit tombée. La pièce derrière elle était silencieuse. Elle réalisa avec une étrange sensation de picotement dans le dos que la seule respiration dans la pièce était la sienne. Elle ravala son malaise. Aussi étrange que puisse être Dresh, il restait son allié dans cette histoire. Avoir peur de lui n'améliorerait en rien les choses. Mais elle était heureuse d'avoir trouvé la fenêtre.

Ses yeux revinrent vers la table. De petites étincelles de lumière tourbillonnaient et dansaient autour d'une flammèche rouge à l'intérieur du cube de ténèbres. Comme des mouches tournoyant autour de déchets, songea Ki. Leur éclat était plus pâle, légèrement phosphorescent à la manière de souches pourrissantes dans un marais. Elle trouva cela répugnant. Elle n'était pas sûre de savoir ce qu'elle contemplait mais elle n'avait aucune envie de contredire son instinct et elle ferma les yeux. Elle n'avait toujours pas maîtrisé le mal au cœur que les murs et les sols mouvants avaient éveillé en elle.

Il y avait d'autres sens qu'elle pouvait explorer. Elle ouvrit ses narines et prit une profonde inspiration. Étonnée, elle s'aperçut qu'elle ne sentait plus l'air du jour à l'extérieur de la fenêtre. Seulement le vanilly. Et encore le vanilly. Et derrière, il n'y avait que l'odeur très légèrement musquée qu'elle associait à la tête de Dresh. La force du vanilly dissimulait tout le reste.

Le toucher. À travers ses bottes souples, Ki pressa ses doigts de pieds contre le sol. Il semblait solide. Elle se déplaça légèrement et se sentit étonnamment satisfaite du léger bruit de frottement que ses pieds produisirent contre le sol. Prudemment, afin d'éviter de s'attirer à nouveau les foudres de Dresh, elle étendit la main pour toucher le bord de la table. Mais elle retira brusquement ses doigts. La surface de la table était molle et gluante, comme un gigantesque morceau de saindoux entreposé au frais. Elle frotta ses doigts entre eux mais rien ne s'y était attaché.

— Reprends-moi !

L'ordre de Dresh stoppa net ses investigations. Elle ouvrit prudemment les yeux et les fixa sur le cube de ténèbres. Avec autant de prudence que si elle s'apprêtait à ramasser un charbon ardent, elle tendit les mains vers les ténèbres de Dresh. Avant que sa main ne puisse le toucher, la pièce vacilla pour être remplacée en un éclair par la chambre telle que Dresh la voyait. Ki s'écarta brutalement d'une main devant son visage. La main disparut.

— C'est ta propre main, idiote ! ricana Dresh.

Elle tendit de nouveau le bras et vit sa main apparaître devant les yeux de Dresh. Guider ses mains jusqu'à réussir à saisir la tête qui voyait pour elle requit toute sa concentration. Elle s'en sortit avec un estomac retourné et le début d'une migraine entre les deux yeux.

— Bon, si tu as terminé de fureter partout, nous allons y aller.

— Vous savez où se trouve votre corps, à présent ?

Dresh fit légèrement la moue avant de soupirer d'un air résigné.

— Bien sûr que je sais où mon corps se trouve. Ne sais-tu pas où se trouve le tien ? Comment peux-tu être aussi naïve ? Ki, Ki, si seulement j'avais pu prévoir... Mais ça suffit. Ce n'est pas le moment de me lamenter sur ce que je n'ai pas. Ce que j'ai, c'est toi. Tu devras faire l'affaire, quelles que soient les limites que je trouve...

Elle le reposa si vite sur la table en s'écartant de lui que la vision de Dresh se brouilla devant les yeux de Ki. Elle croisa les bras sur sa poitrine et fixa d'un regard de pierre le cube de ténèbres. L'étincelle au centre s'accrut en taille et en intensité lumineuse jusqu'à devenir deux fois plus grosse et parcourue de pulsations violettes.

Ki resta immobile, les bras serrés contre sa poitrine pour ne pas trahir le tremblement de ses mains. Un long moment passa avant que Dresh ne prenne la parole.

— Je suppose que je méritais cela. (L'étincelle rétrécit et sa couleur revint au blanc.) Toi non plus tu n'as pas de raison d'être satisfaite de m'avoir comme compagnon. Allons, Ki, trouvons un arrangement pour chacun d'entre nous. Aide-moi dans cette entreprise pour laquelle j'ai grand besoin de toi et je ferai attention à mes propos.

Ki resta immobile mais elle ne put empêcher un sourire de planer sur ses lèvres.

— S'il te plaît, lâcha Dresh dans un mélange de soupir et de sifflement.

Ki s'avança et ramassa la tête. La vision de Dresh reprit place autour d'eux.

Il s'éclaircit la gorge. Lorsqu'il parla, sa voix était maîtrisée.

— Deux Ventchanteuses surveillent les morceaux de mon être. Mais celle que je craignais le plus de rencontrer semble être le moindre des dangers à présent. Il y a ici quelqu'un d'autre, ou quelque chose d'autre. Je ne sais pas quel nom lui donner et cela me trouble. Je crains un piège à l'intérieur d'un piège. Bien qu'elles semblent ne pas être conscientes de notre présence, cela ne pourrait être qu'une illusion. Avec autant d'inconnues, j'hésite à les affronter. Mais attendre pourrait nous faire perdre l'élément de surprise, qu'en réalité nous pourrions bien ne pas avoir. Et le temps pendant lequel je pourrais continuer à vivre sous cette forme continue de filer.

La voix de Dresh s'effondra et il soupira. Puis il releva soudain le menton.

— Qu'en dis-tu, Ki ?

Elle haussa les épaules.

— Attaquez tout de suite. Si nous avons l'avantage de la surprise, exploitons-le. Si nous ne l'avons pas, qu'avons-nous à perdre ?

La voix de Dresh était douce-amère.

— Seulement mon corps et ta vie, ma chère. Mais ce sont aussi les deux seules choses que nous pouvons gagner. En avant, donc. Ki, lorsque tu étais enfant, jouais-tu au « saut de boussole » ?

Ki fronça légèrement les sourcils. Une image mentale lui vint, tel un écho lointain. Une vieille souche d'arbre dans une clairière, près d'une rivière. Des enfants romni aux yeux noirs dansaient tout autour. Un garçon jeune et mince se tenait accroupi sur la souche. Soudain, il s'élançait dans les airs. « Ouest ! » criait l'un des autres enfants au moment où son saut atteignait son apogée. D'un mouvement agile, le garçon dans les airs faisait tourner son corps en direction de l'ouest pour atterrir avec souplesse à l'intérieur d'un carré tracé dans la poussière à l'ouest de la souche. Avec un sourire, il remontait au sommet de celle-ci, ses cheveux noirs balayant son visage. Il s'accroupissait à nouveau, et à nouveau la ronde des enfants faisait le tour de la souche. Le garçon bondissait et « Sud ! »...

— Je me souviens de ce jeu, magicien, répondit Ki. Mais cela fait bien des années que je n'y ai pas joué. Je me souviens que je perdais toujours. Les Romni s'en servaient, si mes souvenirs sont bons, pour entraîner les plus jeunes afin que ceux-ci soient prêts à apprendre les acrobaties qui leur rapporteraient quelques piécettes lors des foires. Pourquoi cette question ?

Les yeux de Dresh et la vision de Ki parcoururent les murs noirs.

— Il n'y a pas que les Romni qui entraînent ainsi leurs enfants, marmonna Dresh pour lui-même. En fait, l'un des mystères concernant les Romni est de savoir où ils ont commencé par apprendre cet exercice. Ce à quoi nous jouons ici, Ki, est le jeu du saut de boussole à grande échelle. Où penses-tu que la pièce suivante soit connectée ? Nous ne le saurons pas tant que nous n'aurons pas quitté celle-ci. Si tes réflexes ne sont pas assez aiguisés pour nous permettre de l'atteindre, nous nous retrouverons en train de chuter dans l'obscurité froide qui s'étend entre les mondes.

— Jusque sur les poulets, répliqua Ki d'un ton dégoûté.

Elle en avait assez des effets de manches du magicien.

— Quoi ?

— La fenêtre, répondit Ki d'un ton sec. Si nous sortions, par exemple, par la fenêtre, nous pourrions tomber à travers le vide infini et atterrir sur les poulets.

— La fenêtre...

Son ton était consterné. Puis la vision que Dresh avait de la pièce disparut. Ki découvrit qu'elle avait été remplacée par une autre, identique à la sienne. Le regard de Dresh se fixa sur la fenêtre.

— Je n'arrive pas à le croire. (Il chuchotait.) Plus près, Ki. Cela pourrait-il être la même ?

Ki s'avança obligeamment vers la fenêtre. Le coup d'œil rapide que Dresh avait jeté sur l'ensemble de la pièce lui avait fait prendre conscience d'une chose : il n'y avait pas de porte. La fenêtre était la seule issue possible.

Elle sentit sa main se lever pour passer doucement un doigt sur le bois brut du rebord de la fenêtre. Quelqu'un se servit de ses ongles pour tester la résistance du grain épais du bois.

— Ça suffit ! siffla-t-elle à Dresh.

— Un instant, marmonna-t-il en ignorant la colère qu'elle ressentait en voyant son corps ainsi utilisé.

Elle regarda sa main passer à travers la fenêtre et la sentit engloutie dans une substance froide et sirupeuse. Dresh en abandonna le contrôle et Ki retira immédiatement sa main. Elle ressentait un désir déraisonnable d'aller se laver.

— C'est la même huisserie, dit-il en réfléchissant tout haut. Et elle a recréé l'ancienne vue. Je n'aurais jamais suspecté Rebeke d'un sentimentalisme aussi flagrant. Intéressant. Et étonnamment touchant. Mais ce n'est pas une voie de sortie, Ki. Nous ne pourrions pas plus sortir par cette « fenêtre » qu'obtenir des directions de la part d'un portrait. C'est une image fabriquée, rien de plus.

— Alors il n'y a pas de porte ?

Elle frotta sa main sur sa tunique puis la ramena pour supporter le poids de la tête. Elle déplaça Dresh pour qu'il repose au creux de sa hanche tout en tâchant d'ignorer les haut-le-cœur que lui donnaient les changements de perspective. La tête semblait se faire plus lourde de minute en minute. Ses épaules étaient douloureuses.

En un battement de cils, Dresh les ramena à sa vision de la pièce. Ki vit le lit et la table redevenus tels qu'il les percevait, mais aucun signe de la fenêtre. Dresh perçut sa consternation.

— C'est parce que Rebeke ne tient pas à ce que les visiteurs ordinaires puissent la voir. Cela demande du savoir-faire pour rendre une chose visible sur ce plan tout en étant invisible si elle est perçue avec la mauvaise attitude. Plus qu'un peu de savoir-faire. Ceci doit lui être précieux pour y avoir consacré tant de temps et d'efforts. Touchant.

Il répéta le mot puis arracha brusquement sa voix loin de cette pensée, comme s'il était effrayé.

— Des portes. Non, Ki, le problème n'est pas qu'il n'y a pas de portes mais qu'il y a trop d'issues possibles. Nous pourrions quitter cette pièce de n'importe quel point, murs, plafond, sol. Nous pourrions supposer qu'à un certain point, ou à plusieurs d'entre eux, cette pièce en jouxte d'autres. D'autres points encore sont sûrement assez proches pour permettre un saut vers une autre pièce. À partir de tous les autres, il ne se trouve rien d'autre que l'étrangeté totale.

— Comment savoir d'où partir ?

Ki sentit le mouvement de la tête de Dresh qui haussait les épaules.

— Choisis un mur, Ki. Je n'en sais pas plus que toi en la matière.

La bouche de Ki était soudain très sèche.

— Tu parles d'un magicien, lâcha-t-elle. Même les mages qui disent la bonne aventure aux carrefours prétendent voir à travers les murs.

Dresh ne daigna pas répondre. Il préféra parcourir lentement les murs du regard.

— Si ceci était ta chambre, Ki, et que tu avais placé les meubles tels qu'ils sont ici, où serait la porte ?

Ki fit la moue devant la sagacité de cette méthode.

— Pas trop proche de mon lit. Je voudrais qu'elle soit de l'autre côté de la pièce par rapport à mon lit afin que si quelqu'un entrait, il ait à parcourir une certaine distance avant de pouvoir me prendre par surprise. Pour ma part j'entrerais, avancerais jusqu'à la table ici puis jusqu'à mon lit. Choisissons l'espace sur le mur de l'autre côté du lit et dans l'alignement de la table.

Dresh émit un grognement.

— Pourquoi pas ? Bien que la seule chose que Rebeke et toi ayez en commun soit votre sexe, sur ce sujet, tu pourrais être perspicace. Allons jusqu'au mur... Ki, allons jusqu'au mur ! répéta Dresh un instant plus tard.

Ki réalisa brusquement qu'elle avait attendu de suivre les instructions de Dresh. Secouant la tête devant ses propres erreurs, elle se rendit à l'endroit qu'elle avait choisi.

— Pendant quelques instants, je vais devoir t'abandonner à tes propres yeux, Ki. Cela va monopoliser toutes mes pensées. Donc, si tu veux bien m'excuser...

Les murs de pierre noire s'évanouirent. Les limites de la pièce lui apparurent de nouveau comme des rideaux opaques et ondulants.

Une onde les parcourut, comme une vague dérangeant la surface d'une mare. Ki la regarda passer. Une autre prit sa place et passa à son tour. Elle la regarda traverser la pièce. Pendant un moment, elle eut l'impression vertigineuse d'être à l'intérieur d'une pièce en verre qui tournait lentement sur elle-même. Une autre onde passa. Elle résista à la tentation de tendre la main pour voir si elle pouvait sentir le mouvement sur la surface du mur. Une autre vague approchait. Lorsqu'il fut directement en face d'elle, elle fut frappée par l'ordre de sortir communiqué par Dresh. Il ne prenait pas la forme d'un mot prononcé à haute voix ou d'une pensée partagée mais d'une compulsion physique à sauter, comme un coup d'éperon mental appliqué à son corps. Ki sauta.

Ils passèrent à travers le mur comme à travers un voile d'eau chaude. Des points de lumière firent leur apparition, semblables à des gouttes de rosée brillant au sommet des piquants d'un porc-épic en colère. Ki hoqueta de terreur mais aucun souffle n'entra ni ne sortit de ses poumons. Elle avait l'impression d'être paralysée, suspendue dans les ténèbres. La tête du magicien était une pierre sans vie entre ses bras. Les points de lumière tiraient sur ses yeux, chacun exigeant qu'elle se focalise dessus pour mieux s'éloigner vers l'horizon lorsque Ki tentait de l'accrocher du regard. Ses cheveux s'agitaient autour de son visage comme sous l'effet d'un vent impalpable.

Elle tomba, elle vola, elle chuta comme une pierre. Puis, avec un clic silencieux, elle s'arrêta. Il n'y avait ni pensée, ni respiration, ni conscience, ni peur. C'était plus profond que la paix et plus facile que la mort. Mais Ki ne se posait aucune question. Ki ne faisait rien, et elle ne s'en rendait pas compte.

CHAPITRE 10

Le monde était en train de passer des noirs et bleus profonds aux gris mêlés de couleurs voilées. Vandien se frotta les yeux de sa main libre. De l'autre, il tenait fermement la longe qui courait jusqu'au cercle de métal épais qui maintenait ensemble les harnais des quatre skeel. Il avançait derrière eux en insistant pour qu'ils restent sur la route. Les bêtes tentaient régulièrement de quitter la piste pour rejoindre les rochers et les buissons. Ils étaient prêts à dormir. Vandien les maintenait en activité.

Sa bouche était sèche et pleine de poussière. Il avait l'impression qu'à chaque pas, sa colonne vertébrale se frayait progressivement un chemin jusqu'à son cerveau. Bientôt, elle jaillirait du sommet de son crâne. Il serra les dents contre la douleur.

Les vents nocturnes s'étaient chargés de l'odeur de la mer. En atteignant le sommet de la dernière colline, Vandien comprit pourquoi. La piste descendante à ses pieds était escarpée et creusées par les pluies. Les vallons et les tertres du jour précédant avaient disparu dans la nuit. Des rochers gris osseux s'extirpaient de la chair du sol et seuls quelques arbres battus par les vents osaient pointer vers le ciel leurs branches décharnées. La piste qu'il suivait à présent avait été laborieusement découpée jusqu'au bas de la paroi d'une falaise. En contrebas, Vandien pouvait apercevoir les étendues vertes et les petites maisons du village de Faux-Havre. Au delà se trouvait l'océan

Aucun navire n'avait jeté l'ancre près de ce village. Les plages noires étaient désertes. Vandien distinguait, sous l'eau, les formes bousculées par les vagues des maisons et des appentis qui avaient coulé dans la mer lors du grand tremblement de terre qui avait fendu la falaise et emporté le temple des Ventchanteuses. Leurs fondations de pierres étaient toujours là, couvertes d'algues vertes et parsemées de bernacles. Le temple lui-même serait plus loin, plus près de l'endroit où le fond s'était soudain écroulé et où l'eau s'était foncée jusqu'à prendre une teinte bleu noir. Seule la plus grande des marées basses laisserait apparaître le temple, alors que les fondations de l'ancien village étaient sans doute exposées une douzaine de fois par an. Une seule marée, pendant une période de plusieurs années, rendrait le temple accessible aux fouilles. Cette marée-là aurait lieu demain.

Depuis combien de temps la montagne s'était-elle enfoncée dans la mer ? Srolan disait que les anciens du village affirmaient que cela s'était passé en une seule journée. Mais personne n'en parlait comme d'une expérience vécue. C'était une histoire qu'ils avaient entendu raconter par leurs grands-parents ; comment la terre était devenue malade et s'était soulevée durant cet après-midi menaçant et comment la montagne, le village et le temple avaient été submergés par la mer. Seuls ceux qui étaient partis pêcher avaient survécu. Ils étaient revenus pour reconstruire leur village sur la terre qui constituait auparavant le sommet de la falaise et se trouvait à présent juste au-dessus de la mer à marée haute. Le havre qui abritait autrefois leurs bateaux avait disparu, ne laissant qu'une baie peu profonde mouchetée de rochers et d'écueils. Ils avaient rebaptisé leur village Faux-Havre. À présent, ils pêchaient dans l'ancien village, sur des chalands à fonds plats, pour attraper des crabes, des anguilles et des pieuvres là où par le passé des poulets grattaient le sol tandis que les marins réparaient leurs filets étendus sous le soleil.

L'un des skeel se laissa tomber au sol, avachi. Vandien bondit en avant et lui pinça la queue. L'animal se releva avec un cri qui incita le groupe à se hâter sur quelques pas. Le village en lui-même semblait calme même si de petites embarcations s'activaient dans les hauts-fonds. Tout en trottant derrière son attelage, Vandien lissa ses longs cheveux en bataille. De sa main libre, il se débarrassa du gros de la poussière qui s'était incrustée sur son justaucorps et ses pantalons. Il espérait ne pas avoir l'air aussi affamé qu'il l'était en réalité.

Une enseigne peinte se balançait au gré du vent et Vandien se dirigea vers elle. Elle représentait un poisson sautant par-dessus une montagne. Il présuma qu'il s'agissait de l'auberge ; c'était la seule structure à deux étages dans tout le village. Le crépi lavé à la chaux tombait en miettes, exposant des morceaux de pierres et de mortier. Un cheval solitaire était attaché à l'avant du bâtiment et deux mules installées dans une allée transversale. Y voyant une indication, Vandien conduisit ses bêtes dans l'allée. Reconnaissants, ils se laissèrent tomber sur le ventre et entamèrent leur concert de ronflements sifflants. Il savait qu'ils resteraient somnolents durant la journée à moins qu'il ne les force à se lever. Il n'en enroula pas moins la longe autour de la rambarde prévue à cet effet. Avec un gémissement, il se pencha vers l'avant pour étirer son dos endolori. Lorsqu'il se releva, il découvrit un homme de grande taille qui le jaugeait.

La mer avait laissé sa marque sur lui. Ses yeux oscillaient entre le bleu et le gris. Ils regardaient à travers Vandien, comme si l'homme avait fouillé des yeux tant d'horizons qu'il n'était plus capable de contempler des choses proches de lui. De grandes mains burinées sortaient des manches relevées de sa blouse en toile grossière. Des poignets noueux rejoignaient des avant-bras musculeux. L'un de ses petits doigts manquait. Il se tenait comme un homme qui ne fait plus confiance à l'une de ses jambes. Sa chevelure sur le déclin était repoussée en arrière, loin de son visage. Un pêcheur recraché par la mer, songea Vandien, et qui s'était tourné vers le métier d'aubergiste lorsqu'il n'avait plus été en mesure de tenir son poste.

— Vu la balafre sur votre visage, vous devez être notre charretier pour le Reflux du Temple.

Le grand homme avait laissé tomber ces mots comme s'il s'agissait de pièces de monnaie dont il n'avait guère envie de se séparer.

Vandien évita de grimacer. Il avait l'habitude d'être identifié par sa cicatrice.

— C'est moi. Et vous êtes l'aubergiste ?

— Exact. Et le maître des festivités, cette année pour la troisième fois. Ils vont suspendre les bannières pour le Reflux du Temple, dès qu'ils reviendront avec la pêche du jour. Vous allez vous installer dans l'auberge. Il y a une bonne chambre là-haut qui vous attend et un repas lorsque vous aurez faim.

— Et un bain ? demanda Vandien.

— Si vous en voulez un.

L'homme fit la moue, comme si Vandien abusait de la situation.

— Le charretier du festival obtient à peu près tout ce qu'il demande avant le Reflux du Temple et, s'il nous offre un bon divertissement, un beau petit cadeau d'adieu. Ceci dit, ajouta-t-il en examinant Vandien de pied en cap, celui qu'on a eu la dernière fois nous a peut-être habitués à trop. Il était habillé tout de cuir et de chaînes et possédait un attelage de six des plus grandes mules que j'ai jamais vues. Et malignes en plus. Les mules ont fait des tours pour nous en attendant la marée basse. Le charretier pouvait tordre des barres de fer à mains nues. Le village l'a gardé ici pendant trois jours après le Reflux du Temple. Il connaissait même une ou deux chansons paillardes qu'on n'avait jamais entendues. On n'avait jamais rien vu qui vaille ses mules non plus. L'auberge a fait plus d'affaires cette semaine-là que pendant tout un mois ordinaire.

Il fit une pause et regarda Vandien en fronçant les sourcils.

— Vous ne faites pas de tours de passe-passe ou ce genre de choses ?

Ki l'avait prévenu. Une douzaine de piques lui vinrent aux lèvres mais il les ravala toutes.

— Non. Je n'avais pas réalisé que c'était nécessaire pour ce travail. Je pensais que votre village voulait engager un attelage et son conducteur pour retirer quelque chose du temple englouti.

L'homme ignora le ton légèrement ironique de Vandien.

— Vous appelez ça un attelage ?

La voix de l'homme était franchement sceptique.

— En effet, répondit Vandien d'une voix douce.

Il se baissa pour caresser l'épaule écailleuse du skeel le plus proche. L'animal répondit en tirant brusquement sur son harnais. Son museau édenté émit des bruits de hachoirs. Vandien s'estima silencieusement très heureux que ces animaux soient presque aveugles à la lumière du jour.

— Celui-là est très affectueux, observa-t-il avec tendresse tout en tapotant légèrement l'animal de sa baguette.

Le skeel rétracta sa tête dans un mouvement sinueux de son long cou.

— On les a toujours vus utiliser des chevaux ou des mules par le passé. Une sorte de tradition, voyez-vous.

Le doute dans la voix de l'aubergiste était évident. Il gratta les poils argentés qui garnissaient son menton.

— Souhaitez-vous voir une tradition respectée ou voulez-vous voir un coffre arraché à sa cachette sous-marine ? demanda Vandien à voix basse. Lorsque j'ai scellé cet accord, il n'y a eu aucune mention d'espèce obligatoire pour l'attelage ni de questions concernant ma capacité à jongler avec des œufs ou à faire disparaître une écharpe. J'ai cru que j'étais engagé pour accomplir une tâche et non pour reproduire des échecs passés. Bien sûr, c'est vous qui décidez.

— Non, attendez ! (L'homme écarta les mains dans un geste d'apaisement.) Ce n'est pas que je n'aime pas les skeel. J'ai ouï dire que les tchéria s'en servent souvent pour labourer et pour tirer des charges. Mais je n'ai jamais com pris comment des bêtes de somme pouvaient avoir des pattes aussi courtes.

Vandien baissa les yeux vers son attelage.

— Ça leur donne une meilleure prise, improvisa-t-il de manière lapidaire.

Ses propres doutes ne manquaient pas de l'inquiéter. Le plus grand des quatre atteignait tout juste la hauteur des hanches de Vandien. Mais Carapace-en-Filet n'avait cessé de vanter leur force et leur endurance. Ce qu'il avait encore du mal à accepter était l'horrible manière dont les skeel pouvaient se contorsionner. Ils étaient comme des requins, tout de muscles et d'incurvations enrobés dans une peau épaisse. Le coup de queue qu'il avait reçu lui faisait se demander à quoi ressemblait leur structure interne. Un animal doté d'un squelette pouvait-il être aussi flexible ? Mais ce n'était pas le moment de se noyer dans ses propres appréhensions. Il eut un haussement d'épaules insouciant.

— Oui, ils sont faits ainsi, près du sol. Ce n'est pas un défaut. Vous pourriez couler un chariot dans la boue jusqu'au moyeu et ces quatre-là pourraient quand même vous le dégager. Lorsque leurs queues sont tendues et leurs pattes enfoncées dans la terre et qu'ils se mettent à tirer, il faut vraiment une grosse charge pour leur résister. Regardez la taille de ces pieds ! Ils ne s'enfonceront pas dans la boue comme le ferait un sabot de cheval. Non, ces grosses pattes étalent leur poids et leur donnent plus de prise pour tirer.

— Vous n'avez pas peur de les emmener dans l'eau ? insista l'homme âgé. Vous savez, parfois la marée ne met pas le temple au sec. Vous pourriez pas mal patauger.

— Ils sont bien entraînés, répondit Vandien d'un air vague.

Il s'inquiéterait de tout cela le moment venu.

L'homme fixa Vandien en réfléchissant à ce qu'il venait de dire. Puis il se baissa près de l'équipage et les regarda sans rien dire. Vandien se sentit visiblement grand en face des skeel et de l'homme accroupi. Il résista à l'envie de s'accroupir à son tour et se contenta de s'appuyer contre la rambarde et d'attendre. Il espéra ne pas avoir à attendre trop longtemps. Son estomac lui faisait l'impression d'un sac rabougri noué à l'extrémité de son gosier.

— La femme avec laquelle j'ai fait affaire, demanda-t-il soudain, Srolan. Est-elle ici ?

— Dans l'auberge, répondit l'aubergiste.

Il se releva brusquement et tendit une large main à Vandien.

— Je m'appelle Helti.

— Vandien.

Leurs mains se touchèrent. Vandien dut lever les yeux vers le visage de l'autre. Lorsque la face du colosse se fendit d'un sourire, Vandien y répondit de la même façon.

— Tu parles hardiment et tu marches droit, même si tu n'es pas tellement plus grand qu'un petit jeune. Entre, mange et repose-toi. Il va y avoir du monde qui voudra te voir. Je pense que Srolan souhaitera te parler une nouvelle fois. Et tu vas sans doute rencontrer la Ventchanteuse qui chantera contre toi.

Vandien referma la bouche dès qu'il s'aperçut qu'elle béait. Le grand homme se mit à rire.

— Je me doutais qu'elle ne t'aurait pas parlé de ça si elle a insisté sur le coffre et tout ça. Srolan aime bien faire comme si c'était l'ancien temps, nous contre les Ventchanteuses... Elle est vieille et tu ne dois pas... Mais tu m'as l'air d'avoir le ventre creux, l'ami, et grand besoin d'un bon lit. Viens donc.

Vandien suivit Helti en tentant de calmer le tourbillon qui s'était emparé de son esprit. Il avait le sentiment déplaisant qu'il comprendrait tout bien assez tôt et que la situation risquait de ne pas être très à son goût.

L'auberge arborait un porche et une porte en bois de style humain. Deux larges fenêtres rectangulaires laissaient passer la lumière du jour à travers leurs carreaux laiteux. Le plancher de bois était vieux et marqué, constitué d'anciennes planches de navires. Des tables à tréteaux en bois et des bancs étaient disposés un peu partout et illuminés par des bougies crachotantes engoncées dans des flaques de leur propre cire fondue. Une immense cheminée s'ouvrait à l'une des extrémités de la salle, noire et froide. Un jeune garçon s'y tenait baissé, occupé à pelleter les cendres dans un seau. C'était un endroit propre, selon les standards humains. Une large porte menait aux clameurs mêlées de vapeurs de la cuisine. Un escalier sans rampe montait vers l'étage supérieur, plongé dans l'ombre.

— Assieds-toi, dit l'aubergiste à Vandien en lui donnant une claque amicale sur l'épaule qui l'assit sur le banc indiqué. Je vais revenir rapidement avec de quoi manger et bavarder.

C'était bon de pouvoir se reposer dans un lieu aux meubles conçus pour les humains. Vandien regarda autour de lui et constata avec stupéfaction que la pièce tout entière était agencée à l'usage exclusif des humains. Il avait déjà entendu parler de communautés isolées peuplées par une seule ethnie mais c'était la première fois qu'il en rencontrait une. L'auberge était déserte à cette période de la journée, à l'exception du garçon qui nettoyait le foyer. Une petite fille boudeuse jeta un regard accusateur à Vandien, comme s'il était responsable du fait qu'on l'ait envoyée, armée d'un seau et d'un chiffon, huiler les tables de bois.

Et c'était tout. Aucun signe de Srolan, à moins que... Vandien se tordit le cou pour mieux voir une petite table installée dans l'ombre de la cage d'escalier. Une femme vêtue de robes se tenait là mais elle était plus grande que Srolan, dans son souvenir. Il avait presque trouvé une excuse pour se lever afin de mieux la voir lorsque Helti fit son entrée, porteur d'un plateau.

— La sélection du chef ! annonça-t-il en s'en délestant sur la table avec un bruit métallique.

Le contenu du repas était facile à prévoir. Des pâtés de poisson assaisonnés d'algues, une épaisse soupe de palourdes (qui contenait sans doute les prises de la nuit passée) et une chope de bière amère. Vandien installa le tout devant lui tandis que Helti produisait de petites miches tout juste sorties du four enroulées dans un torchon propre. L'odeur de la nourriture donnait le vertige à Vandien. Helti avait dû le lire sur son visage car il partit d'un grand rire.

— Tu manges, je parlerai, proposa-t-il.

Vandien n'eut pas besoin d'une autre invitation. La vapeur qui s'échappait des pâtés chauds brûlait ses doigts imprudents. La croûte brune et croquante s'ouvrit pour révéler un feuilleté de poisson blanc. Vandien en prit une bouchée pour occuper ses mâchoires tandis qu'il faisait tourner la soupe d'une main pour la laisser refroidir. Des cubes de racines de cara tourbillonnaient dans le bol en compagnie de bernicles, de moules et d'autres formes moins identifiables. Sa cuillère raclait les coquilles au fond du bol.

— Srolan... (Helti secoua la tête.) Elle est probablement montée à l'étage. Pas du genre à rester dans la même pièce que celles de son espèce...

Il eut un geste de la tête pour désigner la figure en robes assise à la table, dans l'ombre.

— Je n'aurais pas dû laisser Srolan y aller, cette année. C'est un travail pour quelqu'un de plus jeune, arpenter comme ça les routes jusqu'à ce qu'on trouve un charretier qui fasse l'affaire. Mais elle a insisté et je ne suis pas l'homme qui lui dira « non »... Elle est comme une mamie pour la moitié du village et une tante pour l'autre moitié. Qui aurait pu lui dire de ne pas partir ? Alors elle y est allée, et même si je savais qu'elle voyait le Reflux du Temple différemment de nous autres, je n'aurais pas cru qu'elle te cacherait des choses. Elle est âgée. Plus âgée même que ce que tu peux penser. J'espère que tu ne vas pas lui en vouloir ?

Vandien déglutit. Il inspira, sentant la nourriture dans son estomac qui commençait à le réchauffer. Il rompit lentement l'une des miches chaudes et savoura la bonne odeur de pain frais qui en jaillit.

— Dis-moi pourquoi je devrais être chagriné et alors je pourrai décider.

Helti avait l'air mal à l'aise. Ses yeux rappelaient à Vandien l'image d'un poisson s'agitant de-ci de-là dans une flaque laissée derrière elle par la marée, à la recherche d'un moyen de s'enfuir.

— Le Reflux du Temple, tu vois, ça a toujours été... depuis que je suis un gamin, ça a toujours été une période pour s'amuser, la période des gâteaux sucrés et du meilleur de la récolte de l'automne rapportée par les fermiers de Bitters. Pendant un moment, les pêcheurs oublient à quel point ils vont souffrir à pêcher dans le froid tout l'hiver. C'est un moment où on oublie la réalité du travail et où on se laisse aller au plaisir du spectacle, que ce soit une mule qui sait compter ou des colombes qui sortent d'une coupe. Le clou du spectacle, c'est de regarder quelqu'un être aussi trempé et travailler aussi durement que l'on s'attend tous à le faire durant l'hiver.

Helti marqua un temps d'arrêt et Vandien hocha la tête tout en mastiquant. Il regarda le grand homme s'agiter sur le banc, mal à l'aise. Mais il laissa la parole à Helti, préférant boire une lampée bienvenue de bière froide.

— Laisse-moi te dire comment on voit ça. Bien sûr, il y a la légende du coffre des Ventchanteuses, enterré sous la vase du temple. Mais l'idée d'un type qui le sortirait de là, c'est juste la cerise sur le gâteau. C'est l'apparat, le spectacle dramatique du charretier debout avec de l'eau glacée jusqu'aux aisselles, essayant de trouver le coffre tandis que la Ventchanteuse se tient là-haut sur la colline, ses robes bleues agitées par son vent à elle, et faisant de son mieux pour l'en empêcher. Un vieux rimeur qui est venu parmi nous une fois appelait ça « l'antique bataille de l'homme contre les éléments de l'eau et de l'air ». Il avait écrit tout un tas de vers sur le sujet. C'est lui qui nous a dit que ce que nous aimions vraiment, c'était l'apparat de tout ça. Probable que tu entendras sa chanson dans cette même pièce ce soir, si Collie a réparé sa harpe d'ici là.

Vandien se retrouva à hocher la tête. Il était heureux que Ki ne soit pas assise, tout sourire, de l'autre côté de la table, pour savourer à quel point elle avait eu raison. Il continua à manger mais la nourriture n'avait plus guère de saveur. Ainsi, tout ceci était une farce et il avait été embauché pour en être le clown. Pourtant...

— Srolan m'a proposé une rétribution importante, et pas seulement en monnaie, dit-il à mi-voix.

— Oh oui ! enchaîna Helti. Et c'est sincère ! Si, bien sûr, tu remontes le coffre lui-même. Srolan n'offrirait jamais plus qu'elle n'a la possibilité de donner. Le conseil du village est toujours généreux en ce qui concerne la somme mise de côté pour le charretier du festival. Probablement parce qu'ils n'ont jamais eu à la payer.

Helti hésita quelques instants.

— D'habitude, ils me remboursent pour les frais du charretier. Le reste, ils s'en servent pour la Fête du solstice d'hiver. Ça ne les gêne pas de payer pour s'amuser, confia-t-il à Vandien.

— Je vois.

Vandien remuait sa soupe sans y prêter attention. Son ventre criait toujours famine mais le fait de manger lui paraissait soudain demander trop d'efforts. Il n'avait aucune chance de se débarrasser de sa cicatrice ni même de faire un quelconque profit. Un homme qui aurait accordé moins de valeur à la parole donnée main contre main serait parti immédiatement, sans même essayer de récupérer le coffre. Mais il avait touché la main de Srolan. Si l'opinion des autres ne comptait guère pour Vandien, il ne ternirait pas celle qu'il avait de lui-même. Il avait donc donné sa parole de se ridiculiser en public. Eh bien, qu'il en soit ainsi. Si cela devait arriver, autant qu'il s'y prête de bonne grâce.

Helti fut surpris et quelque peu alarmé de voir l'air mélancolique du charretier s'illuminer soudain d'un sourire sardonique. On pouvait faire confiance à Srolan pour trouver un individu de ce genre.

Vandien leva sa chope et la vida avant de la reposer bruyamment sur la table. Helti la souleva à son tour et fit signe au garçon qui s'arrêta de gratter les cendres et les scories pour aller remplir la chope.

— Y a-t-il d'autres révélations concernant cette tâche qui pourrait éclairer ma lanterne ? demanda cordialement Vandien.

— Non. Non. À moins que, heu, peut-être voudrais-tu rencontrer la Ventchanteuse que tu vas affronter. Je veux dire, il n'y a pas de raison de se lancer là-dedans avec rancune. Vous êtes tous les deux les invités du village durant le Reflux du Temple. Ce n'est pas comme si elle t'avait choisi pour te battre ; c'est juste que cette année, c'est toi.

— Exactement. Pas de rancune, une ambiance amicale. Je lève mon verre pour vous, chère adversaire !

Le garçon était revenu avec sa chope et Vandien la leva de nouveau.

— Exactement.

Helti n'était pas totalement rassuré. Les mots de Vandien étaient bien dans l'esprit mais son ton avait quelque chose de mordant. Ceci dit, il était de toute façon trop tard pour trouver un autre charretier. Helti se fit la promesse que la prochaine fois, il enverrait quelqu'un d'autre à la recherche du charretier. Celui-ci ne promettait ni divertissement ni spectacle. Pire, sa capacité à manger et à boire semblait sans limites. Une mauvaise affaire, mais il était trop tard pour changer. Il fit de son mieux pour améliorer l'humeur du charretier.

— Ils nous ont envoyé une belle Ventchanteuse cette année. Pas comme au début, où j'ai entendu dire que les Ventchanteuses prenaient mal le festival et accablaient le village de tempêtes et de rafales pendant des semaines après l'événement. Non, elles en sont venues à voir les choses comme elles sont, un peu d'apparat, une pause dans ce monde de dur labeur. Elle est plutôt joyeuse celle qu'elles nous ont envoyée cette année ! Elle a prévu de dormir ici à l'auberge avec tout le monde, comme si elle était des nôtres. Elle n'est guère plus qu'une apprentie, d'après la couleur de ses robes, et avec des écailles si fines qu'on jurerait qu'elle porte encore sa propre peau. Elle peut souffler un beau vent, ceci dit. Tu n'auras jamais rencontré une Ventchanteuse aussi gentille. Hier soir, elle faisait de petites brises pour les cerfs-volants des enfants pour que même les plus jeunes puissent en faire voler un. Ça, c'est nouveau pour nous ; la plupart étaient bien courtoises mais elles agissaient comme si elles toléraient le festival. Celle-ci a l'air prête à s'amuser autant que nous. Imagine la scène. On était tous là, hier soir, rassemblés autour du feu, à entonner quelques chansons. Le festival a beaucoup de chansons, vu qu'il remonte à loin maintenant, et on commençait à se roder la voix dessus. On était bien dedans, plus bruyants que mélodieux, tu vois, car chanter n'est pas quelque chose qu'on fait souvent. On en était au milieu d'un refrain, battant la mesure à coups de chopes, lorsqu'on entend d'un coup une voix dont on était sûr qu'elle n'était pas celle de quelqu'un du village. Haute et claire, comme si un oiseau chantait en langue humaine. Tout le monde s'arrête de chanter et se retourne, et elle est là, dans l'escalier. Le silence tombe d'un coup. Tu t'imagines comment on est, en train de se demander depuis combien de temps elle est là, ce qu'elle a entendu... Parce que certaines vieilles chansons ne parlent pas très joliment des Ventchanteuses. Mais qu'est-ce qu'elle fait ? Elle finit le refrain toute seule, elle nous décoche un sourire et elle descend. « Apportez-moi une chope de votre meilleure boisson ! » qu'elle lance, comme si elle était des nôtres, « et je vous en chanterai une que vous n'avez jamais entendue avant, bien qu'elle soit à propos de votre village. On l'appelle *Le Village qui laboure la Mer.* » Et elle démarre, chantant sur un vieil air, mais tellement haut que personne dans le village aurait pu suivre une seule note. Et c'est vraiment à propos de Faux-Havre, et comment on récolte le poisson de la mer, et ça plaisante là-dessus, en racontant comment on laboure les vagues durant le Reflux du Temple pour chercher ce qui n'y est pas.

— Je ne saisis pas, répondit lentement Vandien, sa voix basse marquant un fort contraste avec celle, enthousiaste et joviale, de l'aubergiste.

— Enfin, tu vois ! On envoie un homme avec un attelage et il fend et contourne les vagues, comme un fermier qui trace des sillons pour planter sa récolte, et on récolte du poisson de la mer... Mais bon, là, je le dis en mots normaux, tu devrais l'entendre en rimes, avec des mots qui veulent dire deux choses à la fois et...

— Non.

La voix de Vandien était toujours aussi douce mais elle avait tranché net le flot de paroles d'Helti.

— Tout ça, même moi je le comprends très bien. Que veut dire « labourer les vagues pour chercher ce qui n'y est pas » ?

— Srolan ! (Helti avait sifflé le nom d'une voix pleine de frustration.) Je suis embarrassé, jeune homme. Elle ne t'a pas dit que les Ventchanteuses avaient toujours nié qu'il y ait quoi que ce soit à trouver dans le temple ? Elles disent qu'elles n'envoient les tempêtes que parce que nous ne devrions pas profaner les ruines de leurs temples avec notre curiosité.

— Y a-t-il ou n'y a-t-il pas un coffre que je dois remonter ? demanda Vandien d'une voix coupante comme le silex.

— Il n'y en a pas.

La voix, par-dessus son épaule, était d'une douceur soyeuse, pure et forte d'années d'entraînement. Vandien se tourna lentement vers elle, refusant d'être surpris. Rares étaient ceux qui pouvaient s'approcher de lui sans être entendus. Mais elle l'avait fait.

— Ventchanteuse Killian, souffla Helti d'un ton déférent. J'espère que notre franche discussion ne vous a pas irritée. Cet homme a été embauché en connaissant bien peu de chose de nos coutumes et sans savoir ce qu'on attendait réellement de lui. J'étais seulement en train...

— Du calme, aubergiste. Pourquoi serais-je offensé par la vérité ? Votre nom, charretier ?

Vandien leva les yeux vers elle et retint son nom entre ses lèvres. Sa taille n'était guère impressionnante. Elle faisait presque une tête de plus que Vandien mais l'essentiel était encapuchonné. Ce qui avait été son front lorsqu'elle était humaine était à peu près à la hauteur du sien. Elle était mince et vêtue de robes bleu pâle qui tombaient jusqu'à couvrir même la pointe de ses pieds. Mais son visage, ses mains et ses poignets restaient exposés aux yeux scrutateurs de Vandien. Ses écailles étaient très fines, à peine bordées d'une légère teinte bleutée. Cela aurait pu être un maquillage parfaitement appliqué mais ce n'était pas le cas. Ses ongles étaient déjà en train de se transformer en une corne épaisse et écailleuse, ses cils et ses sourcils avaient depuis longtemps déserté son visage et même ses lèvres étaient couvertes d'écailles d'une nuance légèrement rosée. C'était une Ventchanteuse et Vandien s'était vu avertir durant toute son existence de ne jamais faire cadeau de son nom à ce genre de créature. Il resta muet.

— Il s'appelle Vandien, intervint Helti lorsque le silence devint trop inconfortable. Asseyez-vous, je vous prie, Ventchanteuse Killian. Dois-je faire mander quelque chose de la cuisine pour vous ?

Vandien baissa ses yeux sombres. Puis il saisit sa chope et jeta un regard audacieux à la Ventchanteuse par-dessus le rebord du récipient avant d'en vider la moitié. Helti se montrait de plus en plus agité mais Vandien n'en avait cure. L'aubergiste s'était permis de divulguer son nom, il pouvait bien à présent s'étouffer d'embarras, Vandien s'en moquait.

Mais Killian ne parut pas remarquer la gêne d'Helti tandis qu'elle s'asseyait à ses côtés. Son haut capuchon s'inclinait gracieusement au fil de ses mouvements, comme la crête d'un oiseau en train de barboter. Sans ce capuchon, elle aurait pu passer pour une jeune femme habillée avec pruderie. Ses yeux gris si humains rencontrèrent ceux de Vandien avec la sincérité charmante d'une jeune fille innocente. Cependant, se rappela-t-il, elle n'était ni humaine ni innocente. Plus maintenant.

— Et votre charretier sait-il parler ? taquina-t-elle.

— Lorsqu'il a des choses à dire, contra Vandien.

— Et vous n'avez rien à me dire, à moi qui m'opposerai à vous demain ?

Ses yeux souriaient à Helti, derrière Vandien, comme s'il était un enfant difficile et Helti son parent dévoué.

— Je ne crois pas, lâcha Vandien d'un ton grinçant.

— C'est dommage. J'avais tellement envie de rencontrer mon adversaire pour voir s'il serait à la hauteur de mes talents. Vous êtes si silencieux que j'ai l'impression que vous avez déjà déclaré forfait. Allez-vous vous enfuir dans la nuit, Vandien, avant que nous n'ayons une chance de nous mesurer l'un à l'autre ?

— Et vous ?

— Hum. Vous pensez que cela rendrait votre tâche plus facile ? Que s'il n'y a pas de vent sifflant au-dessus de vous, vous pourrez patauger autant qu'il vous plaira et trouver quelque chose dans l'ancien temple ? Si nos temples, anciens comme récents, ne nous étaient pas strictement réservés, je serais tentée de vous laisser essayer.

— Allons, allons, intervint Helti, l'air inquiet.

Il se leva et posa lourdement sa main sur l'épaule de Vandien.

— Tu n'as aucune raison d'être aussi amer, mon jeune ami. C'est vrai, on t'a mal informé sur la tâche qui t'attend. J'en suis navré. Mais prends-le du bon côté, comme il convient à un homme d'honneur. Active-toi et profites-en au mieux. Est-ce si dur d'avoir devant toi deux jours de nourriture et de boisson gratuites, une chambre propre et bien chauffée avec de bonnes couvertures ainsi que tout ce que tu pourras avoir envie de demander ? C'est vrai que tu as peu de chance de recevoir de la monnaie sonnante et trébuchante mais je suis sûr que Srolan t'a dit comment nous traitions notre invité. Voudrais-tu une nouvelle cape ? Des bottes neuves ? Il n'y a qu'à demander. Tu verras que nous ne sommes pas du genre pingre en ce qui concerne nos invités. Peut-être qu'on t'a un peu trompé au départ mais ce n'est pas forcément une mauvaise chose pour toi. Pense à ce que tu vas nous demander et laisse cette idée te réchauffer le cœur. Et, Ventchanteuse Killian, je vous demande pardon mais j'espère que vous ne prendrez pas les mots amers de notre charretier trop au sérieux. Il a eu une longue et difficile route. Il est arrivé ici affamé et la gorge sèche en rêvant d'or pour remplir sa bourse jusqu'à ce qu'on lui propose à la place de la soupe de poisson et des bottes. Cela rendrait n'importe quel homme amer. Et il est sûrement un peu fatigué. Ce dont tu as besoin, l'ami, c'est d'un bain chaud et d'un bon lit. Je n'ai pas raison ?

Sa grosse main se resserra de manière suggestive sur l'épaule de Vandien. Elle ne quitta pas son épaule tandis qu'il se levait mais l'orienta au contraire discrètement vers les escaliers.

— Tu verras. Ça va tout arranger pour toi. Tu attaqueras la journée de demain avec bonne humeur et le sourire aux lèvres.

— Je n'en doute pas.

Les mots de Vandien s'adressaient à Helti mais ses yeux fixaient ceux de la Ventchanteuse. Quels parents avaient donné de tels yeux à leur fille ? Qu'avaient-ils ressenti lorsqu'ils l'avaient perdue au profit des Ventchanteuses ? Ou bien, comme nombre d'autres petites filles, était-elle un jour sortie pour jouer sans jamais revenir ? Se souvenait-elle même d'eux ?

Et puis les grands yeux gris lui assenèrent un clin d'œil de donzelle séductrice qui lui glaça le sang.

Il monta lentement les marches de l'escalier. En contrebas, il entendit Helti crier le nom d'une dénommée Janie en lui demandant de lui préparer un bain. Les escaliers menaient à un couloir à peine éclairé par deux fenêtres situées à chacune de ses extrémités. La cage d'escalier ne possédait pas de rampe. Vandien décida d'éviter de trop boire durant la soirée. Parmi les six portes qui se faisaient face dans le couloir, deux étaient fermées à clef. Il fit une inspection rapide des quatre autres et choisi la plus grande et la plus aérée des chambres. Les volets avaient été bloqués en position ouverte et un vent frais venu de la mer apportait un parfum plaisant à la fraîcheur de la pièce.

C'était une pièce bien meublée pour une auberge. L'immense baignoire en bois, longue et profonde, avait été conçue pour quelqu'un de plus grand que Vandien. Une cuvette et une aiguière étaient posées sur un guéridon en bois simple mais élégant. La literie en bois comprenait un matelas garni de paille et deux épais dessus-de-lit ainsi qu'une couverture en laine, pliée au pied du lit. Il y avait même un coffre au cas où il aurait besoin de place pour ranger ses affaires. Deux fourrures usées décoraient le sol, l'une près du lit, l'autre près de la baignoire. Un tabouret de bois complétait l'ensemble.

Vandien se laissa tomber sur le lit avec soulagement. Pendant un moment, il laissa ses épaules s'affaisser sous le poids de la défaite avant de se redresser, de se frotter les yeux et de repousser ses cheveux en arrière. On frappa à la porte. Avant qu'il n'ait eu le temps de répondre, quelqu'un poussa la porte d'un coup d'épaule. Janie était de toute évidence la sœur aînée de l'enfant qui nettoyait les tables ; leur ressemblance était frappante. Elle portait deux lourds sauts remplis d'eau fumante. Le garçon de service était équipé de la même façon, avec en plus deux serviettes rugueuses passées par-dessus l'épaule.

— Votre bain, charretier, annonça le garçon en versant son eau dans la baignoire.

— Je doute qu'il ait cru que c'était de la soupe, s'amusa Janie.

Elle roula des yeux en direction de Vandien et eut un haussement d'épaules devant la stupidité du garçon. Ses seins juvéniles pointèrent de façon alarmante. Vandien ne put déterminer si elle flirtait avec lui ou avec le garçon.

Celui-ci l'ignora. Il posa les serviettes sur le tabouret et sortit de la pièce à pas lourds. Janie jeta un regard décontracté autour d'elle, tira une poignée d'herbes d'une poche de son tablier et les jeta dans l'eau. Tandis qu'elle se baissait sur la baignoire pour les mélanger à l'eau, Vandien la vit qui le guettait du coin de l'œil. Il resta assis, silencieux, et attendit. Elle finit par se relever en séchant lentement sa main et son bras sur son tablier.

— Autre chose, charretier ?

— Non. C'est bien mieux que ce à quoi je m'attendais. Merci.

— Vous savez, vous n'avez qu'à demander ce qui vous vient à l'esprit. On ne refuse rien au charretier du Reflux du Temple. Alors ne soyez pas timide.

— Je m'en garderai bien, répondit gravement Vandien.

— Bon... (Janie poussa un léger soupir en inspectant à nouveau la chambre). Je vais y aller alors. Profitez bien de votre bain.

— J'en profiterai. Merci.

Elle retourna à la porte d'un pas tranquille et décocha un grand sourire à Vandien avant de la refermer derrière elle.

Vandien soupira et se baissa pour retirer ses bottes. Peut-être ferait-il bien d'en demander effectivement une nouvelle paire ; celles-ci avaient sans aucun doute connu des jours meilleurs. Il passa sa tunique par-dessus sa tête et la laissa tomber au sol. Son passage dans le cours d'eau et ses journées de voyage poussiéreux y avaient laissé des traces. Il déposa ses pantalons usés sur la tunique.

L'eau était trop chaude mais, tandis qu'il se laissait aller dans la baignoire, il sentit la fatigue le quitter en même temps que la crasse. Il leva une louche d'eau et la laissa s'écouler au-dessus de sa tête. Puis il se laissa aller en arrière et s'enfonça dans la baignoire jusqu'à ce que l'eau atteigne le niveau de son menton mal rasé. Il posa sa tête sur le rebord de la baignoire et ferma les yeux.

— J'ai oublié mes seaux !

Vandien se demanda pourquoi il n'était pas surpris. Lorsqu'il ouvrit les yeux, Janie était debout dans l'embrasure de la porte.

— Je suis juste venue pour récupérer mes seaux, répéta-t-elle, et une pointe de défi se mêlait à la raillerie dans sa voix.

— Je suis heureux que tu sois revenue, en fait, admit Vandien. Il y a bien quelque chose que tu pourrais faire pour moi.

— Vraiment ?

Janie avait les yeux écarquillés.

— Lorsque tu remporteras tes seaux, pourrais-tu prendre aussi ma tunique et mes pantalons ? Ils ont besoin d'être lavés. En fait... (Vandien hésita.) Si tu pouvais me trouver des vêtements neufs de la même taille, je t'en serais très reconnaissant.

— Oui, charretier.

La voix de Janie s'était faite très basse. Elle récupéra ses seaux et passa les vêtements sales de Vandien par-dessus un bras. Vandien grimaça en entendant la porte claquer. Mais il n'y pouvait rien. Il se demanda s'il avait été un jour aussi jeune que Janie. Il laissa son corps sombrer lentement dans l'eau chaude. Il n'avait pas réalisé à quel point il avait froid jusqu'à ce que la chaleur de l'eau commence à dissiper ses frissons les plus profonds. Il laissa sa tête retomber en arrière et se détendit.

La porte s'ouvrit lentement. Vandien ne se retourna pas. Cela commençait à être agaçant.

— Le charretier n'aimerait-il pas qu'on lui lave le dos ?

— Janie, mon dos a toujours été au même endroit pour autant que je m'en souvienne. Je pense que j'arriverai à le trouver pour le laver. Fais plutôt autre chose pour moi : va marcher sur la plage, ramasse tous les jolis coquillages que tu pourras trouver et mets-les dans une boîte. Un jour, lorsque tu seras aussi âgée que je le suis à présent, et que tu auras l'impression de l'être deux fois plus, regarde à l'intérieur de la boîte et souviens-toi du temps où tu étais une petite fille qui n'en pouvait plus d'attendre de grandir. Et maintenant, file !

Vandien se tourna dans un grand remous pour pointer la porte du doigt.

Mais c'était Srolan qui se tenait dos à la porte, un sourire moqueur sur le visage. Ses yeux noirs étincelaient.

— Tu as plus à offrir qu'il n'y paraît, charretier Vandien. Même à cet instant.

Vandien se laissa retomber dans la baignoire, embarrassé et plus troublé par la présence de Srolan que par celle de la jeune Janie.

— Je dois vous sembler idiot et pompeux. Je ne vais même pas essayer de vous expliquer.

— Tu n'en as pas besoin. J'ai vu son visage lorsqu'elle est partie... Il y a un type de femme – elle peut avoir n'importe quel âge – qui ne prendra pas le risque d'être repoussée par un bel homme. Mais lorsqu'elle en voit un avec un visage défiguré ou un bras flétri, elle se dit : « Il est certain que personne d'autre que moi ne saurait voir la valeur de cet homme au-delà de sa cicatrice. Il sera sans aucun doute flatté par mon attention et je lui offrirai quelque chose qu'il reçoit rarement. » Ainsi elle s'offre à nous et s'attend à ce que l'on soit sidéré et reconnaissant que quelqu'un nous trouve attirant. Ai-je tort ?

Elle n'avait pas tort et c'était douloureux à admettre. Mais Vandien se contenta de répondre :

— Srolan, je ne suis pas d'humeur à parler de cicatrices actuellement. Si j'avais réalisé que les ablutions du charretier étaient une cérémonie publique, j'aurais fait descendre la baignoire dans la salle commune. Ça vous ennuierait de... ?

Il désigna la porte d'un mouvement de la tête.

— Oui. Et ça te ferait du tort à toi aussi. Ceci sera ma seule chance de te parler en privé ; la salle commune est toujours pleine d'oreilles. Ma propre maison n'est jamais libre, il y a toujours un voisin qui a besoin d'un remède pour une mauvaise dent, d'un cataplasme pour un mal de ventre ou d'une huile pour une épaule démise. Donc nous devons faire fi de ton intimité et nous rencontrer ici.

— Pourquoi ? Qu'allez-vous dire lorsque Janie trouvera une nouvelle excuse pour revenir ? Elle va bientôt revenir, avec des vêtements propres.

— Connaissant Janie, elle pourrait trouver une raison plus vite que ça. Elle a beaucoup de ressources, cette petite. Cette auberge sera beaucoup plus tranquille lorsqu'elle aura enfin trouvé quelqu'un pour lui rendre le service qu'elle attend. Mais pour répondre à ta question, elle ne va pas surgir car elle m'a vue entrer tandis qu'elle descendait l'escalier. Elle aura peur d'ouvrir la porte à présent, de crainte de savoir ce que Grand-Mère pourrait être en train de faire avec l'étranger. Mais assez avec tout ça. Cesse de t'inquiéter pour ta chair et écoute ce que j'ai à te dire.

Vandien la regarda se déplacer dans la pièce pour lisser le dessus-de-lit, secouer et replier les serviettes et finalement se percher sur le pied de lit. Elle repoussa ses cheveux noirs et eut un mouvement de tête pour faire retomber sa chevelure au creux de son dos. Le geste était aussi juvénile que ceux de Janie, mais pas aussi artificiel. Lorsqu'elle se tourna pour faire face à Vandien, ses années s'étaient dissimulées. Ses yeux affirmaient que les rides de son visage et la maigreur de ses articulations n'étaient que mensonges. L'attention de Vandien était rivée sur elle.

— Tu penses peut-être que je suis une vieille mégère de t'avoir ainsi trompé à propos de ta tâche ?

Il l'avait pensé mais ce n'était plus le cas.

— Eh bien...

— Mais je ne t'ai pas trompé. Chacun des mots que je t'ai dits est vrai. Il y a un secret des Ventchanteuses dans ce temple et si tu le ramènes à la surface, tu recevras six décomptes d'or et tu seras débarrassé de ta cicatrice.

— Aussi improbables l'un que l'autre, marmonna Vandien.

Il s'était senti honteux devant Helti d'être aussi crédule. À présent, d'un mot et d'un sourire, Srolan lui donnait l'impression que ses doutes mêmes étaient une faiblesse.

— Maudit soit Helti, s'emporta Srolan. Maudits soient-ils lui et cette petite Ventchanteuse apprivoisée qu'elles nous ont envoyée. Ses mots enlèvent toute énergie à notre charretier. Quel homme peut gagner s'il s'attend à la défaite ? C'est chaque année la même chose. Après que Helti a parlé aux charretiers, ils ne cherchent même plus le coffre. Ils pataugent quelques heures dans la tempête avec leurs bêtes et puis ils reviennent à l'auberge pour un verre, un repas chaud et quelqu'un pour partager leur couche. Ils ont transformé une quête louable en un spectacle crétin. Ne vois-tu pas la ruse des Ventchanteuses dans tout ça ? Vandien, crois-tu qu'il en a toujours été ainsi ? Ce n'est pas le cas. Lorsque j'étais toute petite, le Reflux du Temple unissait notre village. Il n'y avait pas besoin d'engager un charretier. Tous les adultes en état de marcher se retrouvaient les pieds dans l'eau peu profonde de la marée basse pour essayer de ramener ce coffre à la surface. En ce temps-là, les tempêtes des Ventchanteuses nous frappaient tous mais elles n'arrivaient pas à nous dissuader. Maintenant, ils disent que le coffre est un mythe car personne ne l'a vu pendant une génération d'imbéciles. Ils refusent de croire les histoires racontées par leurs pères. Pourtant, il y a des gens dans ce bourg qui descendent de ceux qui ont touché le coffre. Ceux-là mêmes qui nous ont dit qu'il était trop lourd pour être soulevé par un homme. Seul un attelage pourrait le tirer, ont-ils dit, car il y a des pierres à déplacer autant qu'un coffre très lourd à tracter. C'est ainsi qu'on a commencé à embaucher un charretier chaque année. Mais l'appât du gain n'est pas une motivation assez forte pour un homme qui doit subir les foudres des Ventchanteuses. Aucun charretier ne remontera ce coffre uniquement pour l'argent. Le charretier aura besoin d'une raison plus profonde. Cela fait des années que je leur répète ça mais ils ne m'écoutent pas. Ils ne savent pas à quel point ces tempêtes invoquées par le chant des Ventchanteuses refroidissent les corps et font faiblir les plus fortes résolutions. Ils n'ont jamais affronté une tempête de Ventchanteuse. Alors cette année, j'y suis allée moi-même. J'ai trouvé un charretier et je lui ai donné une raison d'y mettre tout son cœur. Je t'ai trouvé, toi.

Le regard de Srolan était perçant. Vandien, qui avait lui-même si souvent fait appel à son charme personnel, se laissa prendre. La cause de Srolan devint la sienne, sa détermination ralluma la flamme en lui.

— Pourquoi ont-ils perdu cette énergie qui vous habite ? se demanda-t-il.

— Parce qu'ils ne se souviennent pas. Certains n'ont même jamais su ! s'exclama Srolan. Selon toi, qu'est-ce qui a fait trembler et s'écrouler la terre ? C'est le blasphème des Ventchanteuses qui a envoyé notre village sous les eaux ! Je l'ai entendu de la bouche même de ma grand-mère !

Elle se tut, trop enflammée pour continuer. Les mouvements haletants de sa poitrine attestaient de l'intensité de son émotion. Vandien la fixait du regard.

Elle était si âgée, et si jeune à la fois. Ses mots avaient fait jaillir des étincelles dans ses yeux et coloré ses joues jusqu'à ce que la peau flétrie paraisse soudain pleine de jeunesse. Par la lune, elle lui plaisait ! C'était aussi instinctif que de respirer. Il la connaissait. Elle était sûre, une amie en qui il pouvait avoir confiance comme s'il la connaissait depuis des années.

Mais...

Son bon sens l'asticotait, doté de la voix de Ki. La femme était soit sénile soit folle. Son histoire était pleine de trous. Vengeance pour ses ancêtres morts noyés depuis longtemps ? Il devrait plutôt écouter Helti et traverser tout cela le plus facilement possible. Srolan le prenait-elle pour un idiot crédule ? Ou bien pensait-elle qu'il était aussi fou qu'elle ?

— L'eau de ton bain doit commencer à se faire froide.

Vandien sursauta, réalisant soudain à quel point le silence s'était éternisé. Il se déplaça dans l'eau. Si Ki était là, elle le traiterait de fou. Elle lui dirait de ne pas s'impliquer dans les querelles des autres. Elle lui dirait de ne pas agir impulsivement. Mais Ki n'était pas là.

— Le coffre existe-t-il ? demanda-t-il brusquement.

— Oui.

Sa réponse était simple et sonnait vraie.

— Et peut-on le récupérer ?

— Là où des mains humaines placent quelque chose, d'autres mains humaines peuvent le récupérer.

Il ne restait qu'une seule question. Il manqua de s'étouffer dessus.

— Et pouvez-vous me payer six décomptes et réellement m'enlever ma cicatrice ?

Srolan se leva. Elle lui offrit un sourire qu'elle avait conservé depuis sa naissance, rien que pour lui. Il contenait la reine de toutes les promesses.

— Si tu fais ta part du travail, mon ami, penses-tu que je ferai moins que la mienne ?

— Mais comment ?

Elle savait qu'il ne posait pas la question au sujet de l'argent. Elle lui sourit silencieusement. Se redressant, elle ramassa une serviette sur le tabouret et la lui lança. Il regarda la porte se refermer doucement derrière elle.

Vandien sortit de l'eau tiède, s'étira et s'enroula dans la serviette. Ses doigts étaient profondément ridés. Son corps à présent détendu ne rêvait plus que de dormir.

La porte s'ouvrit.

— Ceci t'attendait à l'extérieur.

Srolan entra. Elle plaça sur le pied de lit une blouse de pêcheur propre et des pantalons. Elle ressortit immédiatement sans laisser à Vandien le temps de parler.

Il se laissa tomber sur le lit sans même prendre le temps de se sécher ou de lui crier merci. Le dessus-de-lit était garni de quelque chose de chaud et de doux, aussi léger sur lui que des rayons de soleil. La porte s'ouvrit.

— Vandien ?

— Personne ne frappe donc jamais ? demanda-t-il avec lassitude.

— Personne, non. Cela ne lui ferait pas de mal si tu faisais savoir à Janie que tu la trouves agréable et jolie. Un ou deux mots gentils de ta part pourraient lui faire retrouver le sens de sa propre valeur et empêcher qu'elle ne se jette dans les bras du prochain voyageur égaré qui passera. Et il y a des choses qu'elle pourrait t'apprendre, si elle était d'humeur appropriée.

Srolan fit mine de se retirer. Vandien s'assit.

— Attendez !

Lorsqu'elle s'arrêta, la tête dépassant par la porte entrouverte, il demanda :

— Est-ce qu'il y a autre chose ? Y a-t-il une autre raison qui va pousser quelqu'un à s'inviter dans ma chambre ?

Srolan lui sourit.

— Je ne te dirai qu'une dernière chose. Ferme les volets avant d'attraper une mauvaise toux. Non, ne bouge pas. Je vais le faire pour toi.

Elle traversa la pièce d'un pas décidé pour abaisser et verrouiller le volet avec un bruit mat. Vandien se retrouva plongé dans une reposante obscurité.

— Merci, murmura-t-il en enfonçant ses épaules dans le lit.

— Tous mes espoirs reposent sur toi, charretier, répondit-elle dans les ténèbres.

Il ne l'avait pas entendue s'approcher mais il sentit soudain le contact de ses lèvres sur son front, aussi chaudes que celles d'une amante et aussi impersonnelles que celles d'une déesse. C'était une étrange caresse, différente de toutes les formes de courtoisie que Vandien connaissait. Pourtant, il ne tressaillit pas. Tout ce qui était tendu en lui, tous les soucis, tous les doutes, tous les petits muscles de son visage et de son front, se relâchèrent. Le sommeil s'avéra plus doux et plus chaud que le dessus-de-lit, et plus profond encore. Il n'entendit même pas Srolan quitter la pièce.

CHAPITRE 11

Telle une meule opalescente, un endroit tournoyait dans le champ de vision de Ki. Il tournait, impossiblement vaste, devant elle. Il avançait lentement dans sa direction. Dans un coin longtemps oublié de son esprit, un instinct s'éveilla. La main et le bras gauches de Ki lâchèrent la tête de Dresh. Elle regarda en spectatrice tandis que sa main progressait en crabe en direction de la roue tournoyant au loin.

Elle ne nagea, ni ne rampa, ni n'accomplit aucune action de mouvement. La roue était à deux longueurs de corps de la pointe de ses doigts. À une vie entière de là, à l'opposé des points de lumières étincelants. Ce n'était pas du tout un endroit, seulement une peinture murale lumineuse sur le mur lointain du ciel. Une calme somnolence s'empara d'elle. Elle était là depuis toujours. Elle se rappela un antique songe où elle tendait le bras ; elle ne se rappelait pas vers quoi elle le tendait ni pourquoi. Il ne restait en elle qu'une minuscule étincelle de volonté qui laissait sa main gauche continuer à ramper en tâtonnant. Cela lui convenait bien d'agir ainsi. Ce mouvement faisait partie intégrante de ces ténèbres parsemées de lumière, ne faisait qu'un avec son vol éternel. Ki rêva pendant l'équivalent d'une douzaine de vies.

Contact ! Ses doigts effleurèrent le mur d'opales luisantes. Les pointes de ses doigts s'agitèrent le long d'une surface chaude et élastique. Sa main s'enfonça à l'intérieur. Un picotement soudain s'en empara, comme si elle sortait de l'engourdissement. Ki se battait, tel un nageur en train de se noyer et dont le visage traverse la surface de l'eau. Le mur luisant cédait sous ses doigts mais ne lui offrait aucune prise à partir de laquelle tirer son corps tout entier. Elle était plutôt comme attirée, aspirée à l'intérieur. Son visage toucha la surface chaude et passa au travers. La vie se mit à scintiller dans ses veines. Sa peau commença à vibrer de vitalité. Une soudaine vague de sensations l'engloutit et l'épuisa. Elle s'écroula au sol.

— Debout !

Ki n'eut le temps ni de réfléchir ni de récupérer. Dresh força son corps à se remettre sur pieds. Elle se hâta le long d'un corridor chatoyant où s'alignaient des portes fermées, toutes identiques. Les yeux de Dresh s'agitaient de gauche à droite, examinant chacune des portes qu'ils dépassaient ; mur gris, porte grise, mur gris, porte grise. La vision de Ki ne faisait de nouveau qu'une avec celle de Dresh. Ses coups d'œil incessants la rendaient malade. Ces images qui défilaient lui donnaient le vertige, elle n'était pas encore remise de sa renaissance. Elle avançait tant bien que mal, confuse et désorientée.

Il la fit s'arrêter devant une porte qui ressemblait à toutes les autres.

— Là-dedans, aboya-t-il, en utilisant son corps avant que Ki n'ait pu agir d'elle-même.

La porte s'ouvrit sous ses doigts et se referma silencieusement derrière elle. Ki se retrouva dans une petite pièce austère. Tandis qu'elle reprenait son souffle, sa vision se fit plus claire. La pièce évoquait une cellule, dénuée de meubles à l'exception d'une literie près du sol et de couvertures pliées au pied du lit. Elle se laissa tomber dessus avec lassitude en posant doucement la tête près d'elle. Elle frotta ses épaules endolories en tentant d'appréhender des choses comme le temps et l'espace. À l'aveuglette, elle repéra des indentations en demi-cercle dans la chair de son bras. Des marques de dents. Dresh avait suivi le fil de ses pensées.

— J'ai été forcé de m'accrocher comme je pouvais. Tu as bien failli me lâcher, tu sais. (Sa voix se teinta à contrecœur d'une certaine admiration.) Mais pour quelqu'un qui prétendait n'avoir aucun don pour le saut, c'était un exploit prodigieux. C'est typique de Rebeke de risquer ainsi sa vie pour démontrer ses talents supérieurs. Et pourtant nous avons réussi à faire aussi bien qu'elle.

— Je ne pourrai pas le refaire. Vous ne devez pas me demander ça.

— C'est ce que disent toutes les femmes après avoir accouché de leur premier enfant. Pourtant, quand le besoin s'en fait sentir, elles trouvent la force de le faire. Il en sera de même pour toi, Ki, car tu le dois. Mais n'y pense pas pour l'instant. L'inquiétude ne fera que t'affaiblir.

Elle eut un reniflement de dérision.

— Vous croyez que je m'inquiète, à présent ? J'ai l'impression que nous avons sauté en plein milieu de leur ruche.

— Des quartiers pour les novices, si je ne m'abuse. Avec des corridors sûrs pour celles qui ne sont pas encore assez douées pour le saut. Ce n'est pas vraiment là où je m'attendais à nous trouver mais c'est néanmoins plus près de l'endroit où nous devons aller. Mon corps n'est plus très loin de nous, maintenant. Plus près nous serons, plus je serai en mesure d'y puiser du pouvoir.

— Finissons-en.

Ki ramassa la tête et la coinça fermement au creux de son bras gauche. Une mèche de cheveux bruns lui tomba sur les yeux. Elle passa une main sur son front mais la mèche ne bougea pas. Elle soupira et écarta les cheveux noirs de Dresh de leur champ de vision commun. Le magicien eut un petit rire.

— Nous nous adaptons si rapidement l'un à l'autre, Ki. Peut-être serait-il plus sage d'abandonner l'idée de récupérer mon corps. Qu'elles le gardent. Je puiserai dans ton corps pour combler mes besoins et tu seras alors ma fidèle monture et compagne.

— Sûrement pas. Je préférerais devenir l'esclave de maison d'un brurjan. Dresh, cessons ces échanges de bons mots. De nombreuses portes signifient de nombreuses novices. L'une d'entre elles ne risque-elle pas d'entrer à n'importe quel moment ?

— As-tu donc si peu de respect pour mes pouvoirs, Ki ? Cette pièce est vide depuis longtemps. Elle a presque perdu la marque de celle qui y a séjourné en dernier. Cela ne signifie pas qu'elle est parfaitement sûre mais c'est l'endroit le plus sûr que nous allons trouver dans le nid des Ventchanteuses.

— Chut !

Les oreilles exercées de Ki avaient capté un murmure de voix passant devant la porte. Elle sentit la peur l'envahir. Elle écouta longtemps les bruits des pas qui s'éloignaient dans le corridor. Lorsque enfin le silence fut revenu, elle émit un long soupir de soulagement.

— On peut aller chercher votre corps maintenant ? implora-t-elle.

— Certainement. Il te suffit de sortir dans le hall et de demander ton chemin à la première novice que tu croiseras. Vas-y gaiement et demande gentiment à Rebeke les boîtes de viande de magicien qu'elle pourrait avoir dans le coin.

— Alors, comment allons-nous nous y prendre, demanda finalement Ki après que son silence maussade eut été ignoré.

— Je l'ignore. Bon sang, penses-tu que j'ai l'habitude de perdre mon corps au profit des Ventchanteuses ? Tout dépend de ce qu'elles vont faire. Je n'ai pas le pouvoir de confronter et Rebeke et l'autre initiée Ventchanteuse que je sens rôder autour de mon corps. Nous devrons attendre qu'elles cessent leur surveillance ou d'avoir trouvé une arme.

— Et si elles ouvrent les boîtes ?

— Si je sens que cela arrive, alors il faudra prendre tous les risques et tenter de récupérer mes morceaux.

— Vous le sauriez si elles avaient percé le secret des boîtes ?

Dresh poussa un long soupir sifflant.

— Je crois que oui. Je l'espère.

— Mais vous n'en êtes pas sûr ? insista Ki, consternée.

— Ki, sais-tu quels sont mes pouvoirs ? Non. Tu en sais seulement assez sur la sorcellerie pour me craindre et pour être en colère. Tu ressens une fierté idiote à l'idée d'être « simplement humaine », comme si ma sorcellerie était un accident de naissance et non un prix acquis difficilement à force de sacrifices ; comme si mes dons étaient une monstrueuse injustice pour ceux qui ne les possèdent pas. Donc tu me prêtes des pouvoirs que personne n'aurait la capacité d'atteindre. Moi, qui maîtrise la sorcellerie, je connais les limites de mon art. Mais celles des Ventchanteuses ? Qui peut le dire, sauf une Ventchanteuse elle-même ? Je suis un magicien et les voies de la magie ne me sont pas inconnues.

Mais la peur et le dégoût que tu ressens pour une Ventchanteuse, qui a abandonné la forme de sa propre espèce pour prendre les attributs d'une race qui n'existe plus... ce sont des sentiments que je partage. Je peux deviner quelles sont leurs limites. Mais comme je ne suis pas une Ventchanteuse, je suis incapable de connaître les profondeurs de leur art. Quels talents possèdent-elles vraiment, et lesquels prétendent-elles seulement avoir afin de mieux contrôler le peuple ?

— Vous n'êtes pas sûr, confirma Ki à haute voix. En fait, elles pourraient très bien avoir ouvert vos boîtes en ce moment même.

Elle reposa lentement la tête à côté d'elle.

— Ça, je le sentirais ! insista Dresh. Si elles pompaient l'énergie de mon corps et de mes mains, penses-tu que je pourrais survivre dans cet état ? Si je m'étais emparé d'un nouveau corps au moment où elles me drainaient, je survivrais. Mais c'est tout ce que ce serait : de la survie. La sorcellerie est un art du corps autant que de l'esprit. Je devrais reprendre toute ma longue formation...

La voix de Dresh s'estompa, affligée.

Mais l'esprit de Ki avait suivi une autre voie.

— Et pour moi ? demanda-t-elle avec colère.

— Hein ? répondit Dresh, distrait.

— Et pour moi ? Si les Ventchanteuses vous drainent pendant que je suis ici, je me retrouverai en train de tenir la tête d'un magicien mort. Et après ?

— Les Ventchanteuses t'arrêteront, expliqua calmement Dresh. Tu avais forcément réalisé cela.

— Elles me tueront ?

— Non ! ricana Dresh. Nous ne sommes pas tous des sauvages. Non, elles ne te tueront pas. Elles t'arrêteront. T'enfermeront dans une chambre de néant. (Le visage de Ki se tendit douloureusement tandis qu'elle essayait de comprendre ce dont il parlait.) C'est un peu comme de mettre un navet dans un cellier, ajouta Dresh.

— Comme lorsque nous avons sauté ?

Un frisson traversa le corps de Ki à l'idée de cet état de rêves gelés à l'infini.

— Exactement, répondit Dresh, satisfait de voir qu'elle avait saisi.

Ki reposa sa propre tête entre ses mains. Ses yeux étaient fermés, paupières pressées contre ses paumes, mais son esprit partageait la vision que Dresh avait du mur.

— Pourquoi moi ? demanda Ki sans attendre de réponse.

— Parce que tu as dit que tu ferais tout ce qui était en ton pouvoir et que tu l'as signé de ton nom. Tout est dans le contrat, Ki.

— Tout est toujours dans le contrat, marmonna-t-elle.

CHAPITRE 12

Vandien s'éveilla dans une ambiance chaude et sombre. Il resta immobile pendant un long moment à savourer cette période de paix flottante entre l'état de veille et le sommeil. Il tenta de se laisser aller pour se rendormir mais s'aperçut qu'il n'y arrivait pas. Son corps lui paraissait reposé et guéri, son esprit clair jusqu'à en devenir alerte. Il réalisa qu'il avait des idées qu'il n'avait pas lorsqu'il s'était endormi, notamment l'envie de se mettre au travail. Le désir de démarrer sa tâche s'était emparé de lui.

Roulant hors du lit, il souleva le volet pour jeter un œil à l'extérieur. Il fut salué par la fin de l'après-midi. Il baissa les yeux sur ses animaux, toujours paisiblement blottis les uns contre les autres. Il résolut de vérifier leurs attaches avant la tombée de la nuit afin de s'assurer qu'elles résisteraient à toutes sortes de tractions nocturnes. Laissant son regard se balader, il examina les habitations basses de Faux-Havre. Des bannières de fête s'agitaient aux fenêtres des chaumières. Un marionnettiste avait installé son stand dans la rue. Des enfants trop jeunes pour pêcher se tenaient tout autour. Des cris et des rires jaillissaient à intervalles réguliers, ce qui fit sourire Vandien.

La marée était en train de se retirer. Il resta là, tenant le volet levé, pour contempler la lente retraite des vagues. Leur mouvement régulier était tellement trompeur. Chaque vague semblait retomber sur la grève et atteindre la même hauteur que la précédente, mais la ligne marquant le niveau de la marée haute était déjà clairement visible, un entrelacs de petits débris, de coquilles et d'algues échoués sur le sable en une ligne sinueuse. Plus tard ce soir, il le savait, la majeure partie de l'ancien village serait exposée. Les murs des maisons en ruine sortiraient de la mer telles les dents décaties d'une bête monstrueuse. La retraite complète de la marée aurait lieu au clair de lune et laisserait visible presque tout l'ancien site. Mais pas le temple. Le temple avait été le plus proche de la mer, érigé entre le village et l'océan. Lorsque le terrain avait coulé, le temple était tombé au plus profond et avait emporté tous ses secrets avec lui. Certaines Ventchanteuses s'étaient-elles noyées en même temps que ce mystérieux coffre ? Personne n'en avait rien dit à Vandien.

Des bateaux étaient visibles, certains tirés à sec, d'autres s'en allant vers le large. On voyait des chalands à fonds plats écumer les hauts-fonds et des doris prêts à s'aventurer dans les eaux plus profondes pour pêcher le meilleur de la mer. Plus proches de lui, Vandien vit des jeunes gens dans des navires de fortune ou des radeaux. Armés de morceaux de bois taillés en pointe, ils se laissaient aller paresseusement en attendant qu'une créature marine trahisse sa présence par un mouvement d'aileron ou de pinces. Alors la lance acérée plongeait dans l'eau et en ressortait parfois avec le butin empalé sur sa longueur. Le vent était frais sur le visage de Vandien et il pouvait imaginer à quel point l'eau devait être glacée. Pourtant les jeunes étaient nus pieds et torse nu, ou presque.

— Ah, l'aptitude de la jeunesse à ignorer le climat, soupira Vandien pour lui-même.

Il se servit d'une serviette pour maintenir le volet entrouvert. L'éclairage partiel lui permit d'enfiler tant bien que mal les vêtements auxquels il n'était pas habitué. Il devrait se rappeler de demander des bougies. La blouse était trop grande, taillée pour un homme aux épaules plus larges et de plus grande taille que lui. Il la serra à la taille avec sa propre ceinture. Tout ce tissu inutile était un peu gênant mais sentir la blouse propre et douce contre sa peau était agréable. Les pantalons s'ajustaient à la taille à l'aide d'un cordon. Ils étaient eux aussi trop longs mais Vandien trouva plaisante leur largeur inhabituelle. Il ne doutait pas d'avoir l'air plutôt comique. Eh bien, qu'ils rient. Le reste du village pourrait bien en avoir pour son argent, même si ce n'était pas le cas de Srolan. Il chercha ses bottes du regard mais elles n'étaient pas là où il les avait laissées. Il les trouva près de la porte, nettoyées de leurs marques boueuses, leur cuir plissé récemment huilé. Srolan ou Janie ? se demanda-t-il en secouant la tête devant son propre manque de vigilance. Combien d'autres visites nocturnes avait-il reçues sans même se réveiller ? Heureusement, il n'avait rien qui méritait d'être volé. Il chaussa ses bottes et y enfonça le bas de son pantalon trop long.

La pièce commune en contrebas était plus bruyante et plus remplie qu'elle ne l'était au matin. Vandien s'arrêta un instant dans l'escalier. Les pêcheurs en bas mettaient beaucoup d'énergie à se détendre. Le bruit était aussi puissant que celui de la marée, les voix montaient et retombaient en vagues aux crêtes en forme d'éclats de rire. La plupart étaient habillés de la même manière que Vandien, avec des couleurs plus vives. Une femme enceinte portait une robe pour des raisons de confort mais les autres s'habillaient comme leurs hommes, en blouse et pantalon.

Les mouvements de leurs mains lorsqu'ils parlaient étaient extravagants, de grandes mains lancées en arrière, des lèvres largement ouvertes sur de grands rires. La plupart d'entre eux étaient massifs et donnaient à Vandien l'impression d'être un adolescent. L'odeur de la boisson et de la soupe de poisson chaude monta jusqu'à lui. Un grand feu brûlait à présent dans la cheminée. Des bancs avaient été tirés juste devant et les gens se vautraient dessus. Leurs bottes fumaient devant les bûches ardentes.

Vandien sentit l'entrain monter en lui devant leur bonne humeur et leur rire facile. La camaraderie était aussi appétissante que la nourriture, et plus encourageante encore. Sa mélancolie passée sembla s'évaporer à la chaleur de cette ambiance.

— Vandien ! rugit Helti.

Le vacarme cessa un instant.

— Voilà notre charretier, et il porte les habits qui vont avec sa fonction. Descends, l'ami ! Faites-lui une place près du feu, là ! Janie ! Va lui chercher un bol bien chaud et une chope bien fraîche !

Les bottes de Vandien résonnèrent contre l'escalier lorsqu'il descendit. Les discussions reprirent, pas aussi fortes qu'auparavant, mais c'était un bruit agréable. Les pêcheurs s'écartaient pour le laisser passer en lui décochant des signes de têtes aimables. Pour chaque œil qui s'arrêtait sur sa cicatrice, Vandien voyait une main, une jambe ou un visage aussi marqué que le sien. Sa balafre était sans doute un peu plus visible que la moyenne mais un doigt manquant ou un bras déchiré par un crochet était lieu commun pour ces gens. Il se sentit accepté et, si quelque chose le désignait comme un étranger dans cette foule, c'était plutôt sa moindre stature. Il s'assit sur le banc comme un bateau s'installe à quai. Il était à peine installé que Janie lui remit le bol de soupe chaude dans la main et déposa la chope sur le banc à ses côtés. Il en profita pour lui décocher un sourire et un regard flatteurs. Mais, à sa grande surprise, elle se mit à rougir avant de prendre un air renfrogné. Elle s'enfuit en direction de la cuisine.

Il hocha la tête pendant qu'on lui faisait les présentations, trop nombreuses pour qu'il s'en souvienne. Vandien était au sommet de son art lorsqu'il se mêlait ainsi aux gens ; il était aussi doué qu'un chat errant pour s'installer dans un endroit bien au chaud près du feu et se rendre agréable. Il ne se remémorait que trop d'occasions où ses espoirs d'obtenir un repas et un lit avaient reposé sur sa capacité à se montrer affable aux yeux des autres. Il ne ressentait aucun cynisme à ce sujet ; pour son peuple, c'était là la plus basique et la plus ancienne vision de l'hospitalité. Là d'où il venait, un homme avec une histoire à raconter, un visage engageant et une oreille disponible ne repartait jamais les mains vides.

Et l'astuce était là, comme Vandien l'avait toujours su. Une ou deux histoires de voyages de la part d'un étranger étaient toujours bienvenues dans un village où les faits et gestes des voisins n'étaient guère différents des siens. Mais ce que les habitants de ces villages isolés appréciaient pardessus tout était l'opportunité de raconter leurs propres histoires à des oreilles qui ne les avaient jamais entendues auparavant. Vandien prit soin d'écouter, les yeux lumineux, les lèvres retroussées en un sourire qui montrait à quel point il appréciait l'histoire qu'on lui contait. Avant même d'avoir fini sa soupe, il savait tout sur les prises de la journée et celles de la semaine précédente. Il avait compati avec Red, qui avait involontairement pris dans ses filets une créature trop grande pour son bateau et perdu non seulement ses filets mais aussi une partie de son gréement. Il savait que le bébé de Sara était attendu avant la prochaine lune et que le destin de l'enfant en tant que pêcheur serait prédit par le type de poisson que le placenta attirerait dans les filets. Berni était accroupie sur le sol devant lui et dessinait sur les planches à l'aide d'un morceau de charbon prélevé dans la cheminée tandis qu'elle se disputait avec Helti au sujet de la localisation exacte de l'endroit où Dea et son équipage avaient coulé lors de la tempête précédant le festival cinq ans auparavant.

Un jeune homme portant une harpe enveloppée dans une étoffe traversa la foule en direction du feu. Vandien supposa qu'il s'agissait de Collie. Son visage et ses mains étaient encore rouges de froid après la pêche. Il avait une figure large et anguleuse et les mains qui allaient avec, avec des doigts épais et courts qui n'évoquaient en rien un musicien. Mais lorsqu'il retira la protection de sa harpe et commença à tester les cordes, Berni et Helti cessèrent leur querelle et toute la salle se rapprocha du foyer.

Collie humecta ses lèvres gercées et jeta autour de lui un regard souriant en constatant le silence qu'il avait causé. Il regarda Vandien et celui-ci lui concéda toute son attention. Souriant, le jeune homme tira quelques notes de sa harpe avant de lancer à la cantonade un regard interrogateur.

— Pas celle-là, décida Helti. Trop triste pour la soirée d'avant le Reflux du Temple. Joue-nous quelque chose de plus gai.

Les sourcils de Collie s'agitèrent d'un air facétieux tandis qu'il enchaînait une nouvelle série de notes.

— Collie ! Il y a des enfants ici ! (Red était scandalisé.) Garde ce genre de morceaux pour la fin de soirée, lorsque les enfants seront couchés !

— Il parle avec sa harpe, fit une voix douce à l'oreille de Vandien.

Il tourna la tête pour découvrir que Janie s'était frayée une place à côté de lui.

— Tout le village s'est moqué lorsque son père a échangé la moitié de ses prises de la saison contre cette harpe et l'a donnée à un simple d'esprit. Mais depuis que le garçon a appris à s'en servir, aucun homme dans le village n'a une voix plus douce que lui.

Vandien hocha silencieusement la tête, percevant deux histoires dans le ton de sa voix. Janie ne lui disait pas seulement comment Collie avait trouvé sa voix mais, en toute innocence, elle lui avait également fait savoir par qui son cœur se languissait d'être accueilli.

Collie interrogeait la salle du regard. D'un haussement d'épaules accompagné d'un geste de la main, il leur demandait ce qu'ils voulaient entendre.

— Joue-nous la chanson des ravaudeurs de filets ! cria une voix que Vandien connaissait. Il leva les yeux vers l'endroit où Srolan était assise dans les escaliers. Elle se tenait au-dessus du niveau des bougies tremblotantes. Dans la pénombre, elle avait le visage et la silhouette d'une pucelle. Vandien se demanda depuis combien de temps elle se tenait là à observer sans être vue les villageois en contrebas. Les doigts de Collie tiraient déjà les notes de la mélodie. La voix montante des pêcheurs suivit ses doigts. Le refrain était simple. Avant que la chanson ne soit finie, Vandien le chantait à tue-tête avec les autres. Les bottes frappaient le sol pour marquer la cadence.

— En voilà une que nous n'avions pas chantée depuis longtemps, remarqua Helti lorsque le silence fut retombé.

— Et ça m'en rappelle un autre ! lança un vieil homme grisonnant assis dans un coin. Me rappelle pas du nom exact mais Collie doit connaître le morceau. C'est celui qui commence par « Lune, suis mon trajet et mets de l'argent dans mes filets... »

— *La Lune de l'Éperlan !* laissa tomber Srolan depuis les hauteurs ombragées.

— C'est ça ! s'exclama le vieil homme.

Et Collie posa les doigts sur les cordes de sa harpe. La plupart des jeunes villageois écoutèrent cette chanson avant de se joindre aux autres dès qu'ils eurent appris le refrain. C'était aussi une chanson d'amour qui incita certains des plus âgés à se regarder les uns les autres avec des yeux soudainement rajeunis tandis que la voix de Janie jaillissait derrière Vandien pour entonner le refrain avec une douceur sincère. Il jeta un coup d'œil rapide dans sa direction mais elle ne le remarqua pas. Ses yeux étaient rivés sur le jeune Collie.

Collie ne laissa pas la chanson se terminer complètement mais utilisa ses dernières notes pour rebondir sur une autre. Le vieillard dans son coin eut un large sourire en la reconnaissant et il guida les autres pour se rappeler des paroles. La formulation des phrases trahissait à nouveau l'âge de la chanson. C'était une ballade émouvante, venue d'une autre époque lorsque les humains de ce village s'étaient disputés les zones de pêches avec les tchéria de l'autre côté de la baie et avaient remporté la partie. Les plus âgés se laissaient aller à chanter avec fierté cette gloire passée. Les plus jeunes écoutaient ou chantonnaient, conquis. Vandien jeta un œil dans l'escalier. Srolan était quasiment invisible. Après ce chant de bataille, il y en eut un autre, triste celui-là, la complainte de ceux qui revinrent de la pêche pour trouver leur village englouti et les leurs disparus. La communauté était en train de se reconstituer ; Vandien le sentait instinctivement. Le vieil homme était-il le complice de Srolan ? Travaillaient-ils ensemble à tourner l'esprit des villageois vers le passé ? Certains regards étaient humides à la fin de la chanson et Collie laissa les dernières notes mourir dans le silence.

Helti lui-même était silencieux tandis qu'il fendait la foule avec un plateau garni de chopes fraîches pour les nouveaux arrivants, pendant que Janie tirait une bière froide et amère d'une immense cruche. Il y avait peu de conversations, la plupart à voix basse. Un sentiment de parenté. Voilà ce qui courait à travers la pièce. C'était plus qu'un regroupement d'amis près du feu à l'occasion d'une nuit froide. Pour Vandien, l'unité du village était presque palpable. Berni leva soudain les yeux des gribouillis qu'elle traçait sur le sol pour demander :

— Collie... Joue la chanson de *La Cloche du Temple*.

Des murmures attentifs se répandirent dans la salle. Collie resta assis immobile pendant quelques instants, ses doigts agiles retenant les cordes de la harpe. Vandien ne leva pas les yeux vers la cage d'escalier. Il n'avait pas besoin de voir Srolan pour savoir qu'elle triomphait. Elle avait fourni l'amorce et peut-être le vieil homme l'avait-il aidée. Mais à présent, le sentiment d'appartenance au village courait puissant et libre à travers l'assistance, aussi irrésistible que le cours d'une rivière en crue.

Les doigts de Collie se jetèrent dans la musique. Personne ne chanta. Vandien perçut les notes profondes comme les cloches du temple, sonnant de manière sourde et triste derrière la tapisserie complexe de la mélodie qui traduisait une peine trop profonde pour être exprimée par des mots. Les bougies donnèrent l'impression de brûler moins vite pendant qu'il jouait. Le flux et le reflux de la tristesse parurent ne faire qu'un avec celui, sans fin, de la marée. Et puis soudain une voix, puis une autre, s'élevèrent. Et Vandien fut incapable de comprendre les mots. Pourtant, jeunes et moins jeunes les chantaient avec talent et émotion. Il sut qu'il entendait une langue si ancienne qu'elle n'était plus parlée à présent, les vestiges du langage parlé ici lorsque le village avait été englouti. Le Commun était une langue adaptée pour les affaires quotidiennes mais, à l'instar de bien d'autres communautés, ils étaient revenus à leur langue natale pour chanter une tristesse trop profonde pour les mots, trop personnelle pour être partagée avec des étrangers.

C'était un long morceau, différent de la ballade de taverne habituelle, avec ses huit ou dix couplets ou des chansons d'amour en quatre couplets et un doux refrain. Ce chant-là était une tapisserie, composée de sections où la harpe chantait seule sa douleur avant d'être rejointe par des voix humaines qui finissaient par s'estomper et laisser de nouveau la harpe seule avec son chagrin. Les chanteurs étaient absorbés lorsqu'ils chantaient et attentifs lorsqu'ils écoutaient. Vandien remarqua que nul ne levait sa chope pour rafraîchir quelque gorge sèche et que personne ne jetait du bois dans le feu qui commençait pourtant à diminuer. Lui-même était presque aussi captivé que les villageois. Il écoutait sans ressentir aucune impatience, malgré le fait qu'il ne comprenait pas les paroles. Le chant recelait une puissance, une émotion qui semblait s'adresser à la race humaine tout entière. La chanson évoquait leurs ancêtres, les renvoyait tous à une époque où la tristesse était aussi récente qu'une coupure qui saigne. C'était désespéré, tellement désespéré.

La lumière de la salle commune diminua avec le feu mourant ; des bougies, il ne restait plus que des tronçons. Les ombres qui tombaient sur les murs bruts se firent plus longues. Les voix s'étaient tues et le son de la harpe diminua jusqu'à n'être plus qu'un murmure, comme si l'instrument se parlait à lui-même. Le bruit des vagues à l'extérieur parvenait à présent aux oreilles de Vandien. La harpe se tut. Puis, dans un grand choc d'accords, elle revint. Les voix s'élevèrent brusquement pour rugir un chœur plein de défi. Par trois fois, ce chorus fut lancé, à chaque fois plus furieux et plus implacable. Puis, avec un dernier cri, les voix et la harpe s'immobilisèrent.

Vandien se retrouva tremblant dans le noir. Personne ne bougeait ; même les mains de Collie, dont les contours apparaissaient à la lueur rouge du feu, étaient immobiles sur les cordes de sa harpe. Ce n'était pas un silence paisible mais plutôt une conscience dérangeante, le souvenir d'une promesse faite il y a longtemps, d'un devoir à accomplir.

— Les Ventchanteuses !

Le vieil homme grisonnant avait parlé avec du mépris dans la voix. Quelqu'un cracha bruyamment.

Vandien entendit un bruit de pas et la lumière revint soudain tandis que Helti allumait une bougie neuve à la flamme de l'une de ses sœurs mourantes. Janie lui en passa une autre. Berni se tourna et commença à alimenter le foyer. Quelques conversations reprirent tandis que la lumière et la chaleur revenaient dans la pièce. La lueur renaissante illumina la tête de Collie appuyé contre sa harpe. Ses cheveux clairs étaient collés à son front et son cou par la sueur.

— Tu ferais bien d'apporter une chope au harpiste, Janie, suggéra Vandien à mi-voix.

— Comme le charretier voudra, répondit humblement Janie avant de se hâter d'obéir.

Les discussions reprenaient et se diffusaient lentement à travers la pièce. Il n'y avait pas d'histoires tapageuses comme Vandien avait pu en entendre au début de la soirée. Les voix étaient sérieuses. Vandien remarqua que c'étaient les anciens qui parlaient, tandis que les plus jeunes écoutaient avec le plus grand respect.

Collie essuya ses mains moites sur son pantalon et prit la chope que lui offrait Janie. Les conversations à voix basse commencèrent à remplir le silence laissé par la harpe désormais muette. Janie se tenait près de l'épaule de Collie, attendant de reprendre sa chope vide. Berni se remit à dessiner sur le sol aux pieds de Vandien. Il se rappela la façon dont elle lui était apparue à la lumière du feu tandis qu'elle chantait. Ses lourdes boucles brunes lui tombaient en cascade dans le dos. Sa voix d'alto avait chanté chaque mot clairement, en les énonçant d'une façon telle que Vandien s'était surpris à tenter de trouver un sens à ces syllabes si clairement découpées. La chanson avait ému Berni. Même à présent, l'émotion était encore perceptible dans la couleur de ses joues hâlées.

— Que signifiaient-ils ? demanda-t-il doucement.

Berni sursauta comme si elle sortait d'une rêverie. Ses yeux étaient d'un brun doux, plus clair que les siens. Ils adoucissaient l'expression capable de son visage. À présent, ils reflétaient l'incompréhension.

— Les mots de la chanson. Le chant de *La Cloche du Temple*. Que signifiaient-ils ?

Berni eut du mal à l'expliquer.

— C'était l'histoire, tu vois. Nous la chantons chaque année mais ça ne sonne pas toujours comme ça. Je n'avais jamais entendu la chanson sonner comme ça avant. Ça raconte comment ça a commencé, et tout ça.

— Je ne comprends pas. Comment tout cela a-t-il commencé ?

Vandien se baissa en avant, un coude posé sur ses genoux. Il se contenta de sourire sans rien ajouter, sachant que le silence serait le meilleur moyen d'inciter Berni à parler.

— Ça raconte comment le festival du Reflux du Temple a commencé. C'est la chanson qui dit comment le village a coulé, et tout ça, hésita Berni. Je ne sais pas si je pourrais expliquer tout ça en Commun. J'imagine que je pourrais te raconter l'essentiel.

Elle prit une profonde inspiration en regardant autour d'elle comme si elle cherchait un point de départ.

— Il y a longtemps, notre village était un endroit paisible avec un bon port aux eaux profondes et une flotte solide. Le temple des Ventchanteuses se tenait au sommet d'une langue de terre qui s'avançait dans la mer. Et si elles n'étaient pas nos voisins préférés, en tout cas nous ne cherchions pas à provoquer leur colère. Généralement, on s'ignorait mutuellement, le village et le temple. La cloche de leur temple sonnait aux plus hautes et aux plus basses marées de la journée. On vivait en paix, même si ce n'était pas la grande amitié. Jusqu'à ce que les Ventchanteuses fassent trembler la terre et laisse le village glisser sous les eaux.

— Comment ? demanda à mi-voix Vandien.

Berni fronça des sourcils.

— La chanson ne le dit pas, pas clairement. Je ne... Je n'ai pas les mots pour traduire exactement ce que disent les paroles. Mais les Ventchanteuses ont coulé notre village. C'était leur faute. Leur faute !

La respiration de Berni s'accélérait. Vandien hocha la tête ; il ne souhaitait pas retarder le reste de son récit. Mais pourquoi ? La question continuait de titiller son esprit. Pourquoi les Ventchanteuses auraient-elles précipité non seulement le village mais aussi leur propre temple jusque dans les flots ? Et comment ? Leurs pouvoirs concernaient les vents, l'air, pas l'ossature de la terre.

— La plupart des habitants étaient partis pêcher quand c'est arrivé. Dans le village restaient nos anciens, nos enfants et ceux qui étaient malades ou blessés ce jour-là. Ils étaient seuls et sans défense lorsque la terre a tremblé et la mer s'est asséchée. Ceux qui étaient partis pêcher ont chevauché une série d'immenses vagues sorties de nulle part. Nous avons entendu la cloche du temple qui sonnait à tout va. Nous ne savions pas, jusqu'à ce que nous soyons revenus, que notre magnifique port et notre village avaient disparu.

Berni était aussi impliquée dans son récit qu'elle l'avait été dans la chanson. Elle ne faisait qu'un avec le « nous » de l'histoire, racontant les choses comme si elle les voyait elle-même.

— Le village n'était plus là. La verte colline au-dessus du village n'était plus là, fendue et coulée. Les fonds marins s'étaient soulevés sous le port avec tant de force que nos plus gros navires ne pouvaient même plus venir s'y ancrer. Et partout, flottant sur la mer, se trouvaient des morceaux de nos vies. Des branches d'arbres, des poutres de maisons, et parfois des corps. Ils trouvèrent une petite fille accrochée à une poutre. Un bateau de pêche la tira hors de l'eau. Elle était à moitié noyée, ses vêtements éparpillés autour d'elle.

Au début, on crut que c'était l'une des nôtres. Ce n'était qu'une petite fille, probablement volée par les Ventchanteuses, volée à ses parents qui l'aimaient. Elle pleurait, lorsqu'elle ne vomissait pas de l'eau salée. Mais finalement elle raconta son histoire, comme le ferait un enfant. Elle, et un groupe de petites comme elle, étaient dans les profondeurs lorsque c'était arrivé. En bas, dans une grande chambre sous le temple, un endroit dont les villageois n'avaient jamais entendu parler. C'était un endroit pour l'étude ou pour le culte, quelque chose comme ça. Lorsque les petites sentirent la terre trembler et virent l'eau commencer à jaillir des murs craquelés, elles tentèrent de sauver les biens précieux des Ventchanteuses. La petite fille nous dit qu'elles avaient essayé de porter de lourds coffres, à cinq ou six par coffre, pour les remonter dans les escaliers. Elle avait essayé d'aider. Mais le temple tout entier était en train de s'écrouler sur elles. La chute d'une pierre lui avait cassé le bras. Elle pouvait entendre les hurlements de celles qui étaient piégées et qui mourraient. L'eau salée montait tout autour d'elle et elle était terrifiée. Elle fit ce que n'importe quel enfant apeuré aurait fait. Elle tenta de s'enfuir. Elle ne sut pas dire comment mais elle réussit à sortir puis, d'une façon ou d'une autre, lorsque l'eau remonta, elle réussit à s'agripper à une poutre avec son bras valide. Et elle se retrouvait là, sauvée des eaux par les pêcheurs, sa petite toge complètement trempée, avec l'os de son bras tout blanc à l'endroit où il avait transpercé la chair. Elle ressemblait tellement à une petite humaine, avec juste quelques écailles sur le menton et ses oreilles presque entièrement là, visibles sous son capuchon. Mais son cœur appartenait déjà aux Ventchanteuses. Bien que nous l'ayons séchée et mise au chaud, elle ne pouvait s'arrêter de verser des larmes. Tout ce qu'elle pouvait faire était de pleurer sur le sort du coffre qu'elle n'avait pas pu sauver. Elle disait qu'elle n'était plus digne de son capuchon, une disgrâce pour toutes les Ventchanteuses et en particulier pour ses sœurs qui avaient tenté de sauver ce qu'elle avait abandonné. Nous pensions qu'elle s'était endormie à force de larmes. Mais lorsque nous la touchâmes, nous vîmes qu'elle avait pleuré jusqu'à en mourir. À ce moment précis, la cloche du temple résonna et sa voix surgit depuis les profondeurs de la mer.

Berni marqua un temps. Ses yeux bruns rencontrèrent ceux de Vandien. Ils n'exprimaient plus aucune douceur.

— Et c'est comme ça que nous savons que les Ventchanteuses ont laissé des choses dans le temple ! Des choses dont elles pensaient qu'elles méritaient que l'on meure pour elles ! C'est la voix mourante d'une enfant autrefois humaine qui nous l'a dit. Nous ignorons ce qu'elles ont abandonné là. Mais nous le trouverons. Et lorsque nous l'aurons, nous nous en servirons. Elles s'en mordront les doigts, celles qui ont abattu notre village, celles qui ont volé la vie d'enfants humains en même temps que les leurs !

Ses yeux accrochèrent ceux de Vandien et il sentit un sentiment de solidarité monter en lui. Le feu de la vengeance de Berni embrasait son cœur à lui. Mais Berni brisa ce lien à peine formé. Elle tendit la main derrière elle vers le foyer pour saisir sa chope et boire longuement. Lorsqu'elle reposa son verre, elle affichait un sourire penaud.

— C'est ce que dit la chanson. C'est une histoire émouvante qui me remue à chaque fois. Elle a été écrite par un ménestrel qui savait jouer des émotions humaines aussi bien que de sa harpe. Ah, j'adore les vieilles histoires ! J'aimerais en connaître plus. Mais si tu désires en entendre encore, tu devrais demander à quelqu'un de plus âgé que moi. Srolan, peut-être, ou Correy.

— Tu racontes très bien, la complimenta Vandien.

Regarder la taverne était un peu comme sortir d'un rêve. L'intensité quasiment religieuse du chant de *La Cloche du Temple* n'était plus qu'une vague influence en train de se dissiper. À présent, les gens s'étaient rassemblés en petits groupes autour des tables, levant leurs chopes et se préparant aux festivités à venir. Aucun navire ne prendrait la mer le lendemain. On mettrait à cuire des plats de fête et les bannières du festival s'agiteraient à chaque coin de rue. Les gens porteraient leurs vêtements d'hiver les plus récents et passeraient leur journée dans les rues du village. Le marionnettiste avait annoncé que des jongleurs avaient l'intention de venir depuis Bitters, ainsi, peut-être, qu'une diseuse de bonne aventure.

On parlait aussi des précédents charretiers, parfois en riant au souvenir de leurs piteux efforts ou du spectacle qu'ils avaient su offrir. Srolan, qui était descendue pour se mêler aux autres, redirigeait habilement la conversation vers les jours passés et les plus anciens charretiers. Vandien se surprit à écouter avec attention. Il entendit parler d'attelages embourbés qui s'étaient noyés lorsque la marée était revenue et d'un charretier dont les côtes s'étaient enfoncées sous les coups d'une rafale de Ventchanteuse qui l'avait jeté contre le mur du temple. Les histoires de ce genre étaient nombreuses mais aucune ne lui fournit les détails qu'il recherchait.

Durant un silence, il demanda :

— À quoi ressemble le coffre, exactement ?

— Quel coffre ? demanda narquoisement un jeune homme, ce qui en fit ricaner quelques autres.

Mais les regards accusateurs des autres villageois firent rapidement taire leur scepticisme.

— Personne ne le sait, réfléchit tout haut Berni.

— Personne ne l'a jamais vu, renchérit Helti.

— Ce n'est pas vrai. (La voix juvénile de Janie était timidement défiante.) Le père de ma mère l'a tenu entre ses mains.

— Alors pourquoi il ne l'a pas ramené sur la berge ? se moqua le même jeune homme brun.

— Parce qu'il ne pouvait pas. Parce qu'il était trop lourd, et Paul...

La voix de Janie perdait de son courage. Vandien voyait bien qu'on l'avait déjà harcelée à propos de cette histoire auparavant.

— Quel Paul ? demanda le jeune homme.

— Je ne répondrai pas. Vous vous moquez toujours de moi, et de lui.

— Il a vécu saoul et il est mort saoul. Il y avait beaucoup de choses qu'il n'était pas capable d'expliquer, ajouta une autre voix pleine de dérision.

— Taisez-vous ! râla Berni.

Mais Janie était debout, prête à en découdre avec eux.

— Tu le connaissais donc, Dirk ? demanda-t-elle d'un ton doucereux, les yeux brillants. Tu as l'air si jeune pour un homme de ton âge !

— Pas plus que toi tu ne l'as connu, Janie ! rétorqua Dirk.

— Non, mais j'ai connu ma mère et elle me l'a raconté comme il le lui a raconté.

— Ouais, beaucoup de gens ont connu ta mère.

Le sarcasme de Dirk semblait faire allusion à une rumeur parfaitement répandue car Janie pâlit avant de rougir jusqu'au sommet du front.

— Tais-toi ! s'écria de nouveau Berni, mais le mal était fait.

Janie quitta la pièce. Elle ne s'enfuit pas tout à fait, mais elle était néanmoins vaincue. Collie se leva pour ranger silencieusement sa harpe. Ses mouvements disaient bien ce que sa langue ne pouvait exprimer ; qu'il ne jouerait pas si c'était pour voir ensuite sa musique souillée par ce genre de discussion. Son départ parut briser la réunion. D'autres s'agitèrent, se levèrent et enfilèrent leurs vestes en souhaitant bonne nuit à leurs amis.

— Maudits soient Dirk et son claquet ! cracha Srolan en s'asseyant auprès de Vandien. À chaque fois que Janie est assez émue pour parler, il se débrouille pour la faire taire. Et sans raison valable, si ce n'est son mauvais fond.

— Quel est le reste de l'histoire ? demanda Vandien à mi-voix.

Même si la taverne était en train de se vider, l'endroit restait peu propice aux conversations privées.

— Personne ne le sait. C'est ce qui est si particulier. Janie tient l'histoire de sa mère, qui ne l'a racontée à personne d'autre. Qui peut dire si elle contient une once de vérité ? Je ne compte plus les fois où j'ai pris Janie à part pour essayer de la faire parler. Mais elle a les lèvres vite scellées lorsqu'il s'agit des siens. Janie vous donnera tout ce que vous voulez, sauf un aperçu d'elle-même. Lorsque la discussion s'approche de trop près de sa famille, soit elle reste obstinément muette, soit elle dit la même chose que le reste du village, avec la même cruauté : que sa mère était une alcoolique, comme sa mère, son père, et son grand-père avant elle. Et un alcoolique racontera n'importe quelle histoire pour un verre de plus.

— Mais la mère de Janie n'a raconté cette histoire à personne d'autre qu'à Janie ?

— Exactement. Et c'est pourquoi je pense qu'il pourrait y avoir du vrai. Qu'est-ce que cette pauvre femme pouvait donner d'autre à son enfant, si ce n'est cette gloire par procuration ? « Ton grand-père est le dernier homme connu à avoir tenu le coffre des Ventchanteuses. » Elle a donné à sa fille un petit morceau de fierté familiale auquel se raccrocher et s'est au moins montrée assez forte pour garder cette histoire privée afin qu'on n'en fasse pas un sujet de plaisanterie. L'histoire est telle que son grand-père l'a racontée, pure et inaltérée. N'importe qui dans le village pourra te raconter ce que sa grand-mère a dit que le grand-père de Janie avait dit. Mais c'est une information de cinquième main, vieille de deux générations. Toutes les informations utiles ont été déformées par la rumeur. Seule Janie connaît l'histoire telle que narrée par son grand-père.

— Croyez-vous qu'à moi, elle la raconterait, Srolan ? Elle semblait désireuse de me faire plaisir tantôt...

Mais Srolan secouait la tête.

— Tente de lui parler à présent et tu te heurteras à un mur. Elle était prête à te prendre dans son lit ; coucher ne demande pas de parler. Elle te donnerait volontiers ce que les garçons du village n'osent pas lui demander. Ils ne la courtisent pas, car elle semble en permanence en colère contre eux, toujours un mot acide et moqueur aux lèvres. Et elle agit ainsi, persuadée qu'ils ne la courtisent pas car ils la méprisent. Elle te prendrait dans son lit, pour leur montrer que d'autres désirent ce que les garçons du village dédaignent. Et qu'elle préfère coucher avec un charretier étranger plutôt qu'avec des garçons dans leur genre.

— Je ne comprends pas, admit Vandien, confus.

— Et elle non plus, pauvre petite. Alors elle paye pour la réputation de sa mère et se condamne par là même à la solitude. Mais tu ne tireras pas un mot d'elle ce soir. Tu t'es refusé à elle une fois. Elle ne te le proposera plus pour ne pas risquer d'avoir à affronter ton dédain. Et elle n'admettra plus, ni par la voix ni par le geste, t'avoir fait une telle offre. Elle est si prudente qu'elle arrive à se tromper elle-même.

— Que dois-je faire ?

— Ce que le charretier fait chaque année. Sortir et gâcher une bonne moitié de la marée à chercher le coffre dans tous les mauvais endroits. Y aller sans avoir la moindre idée de son apparence, de sa taille ou de l'endroit où il se trouve. Patauger. Beaucoup.

Un soupir sembla la faire rapetisser à ses côtés sur le banc.

— Je suis une vieille femme, Vandien. Chaque année, j'espère voir le dernier Reflux du Temple, que le coffre sera enfin découvert. Mais il ne l'est jamais. Et il est probable qu'il ne le sera pas plus cette année, malgré tous tes efforts. Monte te coucher, l'ami. Repose-toi et prépare-toi pour demain. La marée basse ne viendra pas avant demain soir, donc va dormir un peu. Bonne nuit.

Elle se leva et s'en fut, d'une démarche affectée par l'âge. Vandien regarda autour de lui pour découvrir la pièce désertée par les clients. Il était seul près du feu déclinant. De l'autre côté de la pièce, Janie rassemblait des chopes sur un plateau, l'air maussade. Vandien se leva, s'étira et lui décocha un sourire. Le regard de Janie passa à travers lui. Il sortit pour s'assurer que son attelage allait bien puis monta se coucher.

CHAPITRE 13

Rebeke tourna la tête. Avait-elle imaginé ce léger sifflement à la porte ? Elle laissa ses yeux rencontrer ceux de Medie un instant. Elles s'immobilisèrent toutes les deux. Le sifflement se répéta.

— Entrez.

Les robes azur pâle tourbillonnaient autour des pieds nus de l'apprentie lorsqu'elle s'avança nerveusement dans la pièce. Elle s'humecta les lèvres, lesquelles n'étaient pas encore marquées par les écailles. Ses yeux passaient nerveusement de Medie à Rebeke, comme si elle n'était pas sûre de savoir à qui s'adresser.

— Parle, mon enfant, lui ordonna Rebeke avec irritation. Que se passe-t-il ? Ne t'ai-je pas assignée à l'observation des bassins ? Que fais-tu ici ? Quelqu'un t'aurait relevée à ton poste ? Je n'ai pas donné un tel ordre.

— Si vous le permettez, Maîtresses des Vents, murmura la petite fille.

Sous son capuchon, son visage était celui d'une jeune humaine d'environ treize ans. Sa voix tremblait.

— Lizanta, Kirolee et moi étions en train d'observer les bassins. Nous conservions à l'esprit la forme de l'aura que vous nous avez demandé de guetter. Nous étions résolus d'être alertes et de ne surveiller que celle-ci et aucune autre. Nous savions que nous devions vous appeler aux premiers signes de son apparition.

L'enfant s'interrompit et sa voix pourtant entraînée était empreinte de panique.

— Continue, petite, fit Medie d'une voix pleine de douceur. Il ne t'arrivera rien si tu as accompli ton devoir tel qu'on te l'avait signifié.

— Je crains... je crains que nous n'ayons pas bien fait, Maîtresse des Vents. Une lueur est apparue dans le bassin de Kirolee. Elle nous a appelées pour dire qu'elle avait repéré l'intrus attendu. Mais, avant même que je puisse dire un mot, la lueur a changé. Je sais fort bien que ce genre de chose n'est pas possible, se hâta-t-elle d'ajouter tandis que Rebeke s'apprêtait à se mettre en colère, mais c'est ce qui s'est passé, je le jure. Une aura a changé. Ce n'était plus celle que vous nous aviez ordonné de guetter. Alors j'ai cru que Kirolee et moi nous étions trompées, que peut-être l'une de nos respirations nous avait échappé et avait plissé le bassin et modifié les apparences. Alors, en tant que chanteuse de plus haut rang que les autres, j'ai ordonné que nous poursuivions la surveillance, car cette aura n'était pas celle que nous cherchions.

— Cela n'explique en rien pourquoi tu es ici, alors que tu devrais être en train de surveiller les bassins.

Les joues de Rebeke étaient brûlantes d'embarras. Quelle honte qu'une de ses apprenties se montre aussi incertaine et aussi peu fiable devant Medie ! Mais Medie s'était penchée en avant comme si les informations délivrées par l'enfant étaient de la plus haute importance.

— Que s'est-il passé ensuite ? demanda-t-elle en ignorant la réprimande de Rebeke.

— Nous avons continué à surveiller les bassins. J'ai demandé à Kirolee d'observer l'aura inconnue mais de ne pas se laisser distraire de son devoir. Du temps a passé. Puis Kirolee s'est écriée que l'aura inconnue avait changé et qu'elle était de nouveau celle que nous recherchions. Cette fois-ci, Lizanta et moi avons pu la voir dans le bassin de Kirolee. Elle avait raison. Mais, pendant que nous regardions, l'aura a encore changé.

— Une aura ne peut changer, énonça catégoriquement Rebeke. Elle peut être altérée mais elle ne peut changer régulièrement de forme comme tu le décris.

Tandis qu'elle parlait, la petite apprentie s'écroula à genoux, ses robes formant comme une flaque autour d'elle. Ses yeux se mirent à briller, aux bords des larmes.

— Je le sais, maîtresse. (Ses mots étaient hachés.) Je le sais. Mais si seulement vous pouviez venir voir cette aura étrange et nous dire ce qu'elle signifie. Je sais que j'ai échoué durant ma garde. J'ai honte... et peur.

Ce dernier mot était presque inaudible.

— Ce n'est qu'une enfant, Rebeke, murmura Medie avec gentillesse. Elle semble posséder de l'esprit et du courage pour venir faire son rapport comme elle l'a fait. Elle prend les responsabilités sur elle. C'est une chanteuse prometteuse. Ne soyons pas trop dures avec elle.

Rebeke plissa les lèvres. Le contour de ses écailles luisait sur son visage. Ces apprenties étaient sous sa responsabilité, non sous celle de Medie. Que Medie ose prétendre avoir autorité ici, lui dire comment gérer une telle situation... Mais Medie souriait à Rebeke avec douceur. Elle sentit sa colère s'évanouir. Elles travailleraient bien ensemble, elles se tempéreraient l'une l'autre. Rebeke rendit son sourire à Medie et se leva de son tabouret.

— Sèche tes larmes, mon enfant, et retourne à ton poste. Je vous rejoindrai bientôt pour inspecter cette aura changeante. À présent, va !

L'apprentie disparut de la pièce dans un tourbillon de robes. Rebeke fit claquer sa langue et tourna vers Medie un regard empreint de gravité.

— Elles les prennent trop jeunes ces derniers temps et les vêtent de bleu avant même qu'elles soient devenues femmes. Pensent-elles que nous devons devenir une armée pour soumettre le monde par notre seul nombre ? La cupidité. C'est la cupidité, Medie, qui causera notre chute. Elle causera l'ultime révolte, sauf si certaines – comme nous – peuvent l'en empêcher. Je vais aller vérifier le bassin de cette enfant. Je lui infligerai une punition clémente, comme vous l'avez suggéré. Mais nous devons nous souvenir qu'une forte volonté naît de fortes contraintes. Un esprit tel que le sien peut être gâté par une main trop clémente tout comme par une main trop ferme. Montez la garde pour moi ; je reviendrai rapidement après avoir apaisé leurs peurs. Une aura changeante. Trop jeunes, trop jeunes...

Rebeke quitta la pièce en secouant sa haute tête encapuchonnée. Medie resta perchée sur son tabouret, comme si elle écoutait quelque son inaudible pour les autres. Puis, les yeux pleins de méfiance, elle glissa au bas de son siège et traversa rapidement la pièce jusqu'à la petite cassette vernie posée sur sa table noire. Elle la dévorait des yeux tout en réfléchissant. Ses longs doigts sombres pianotèrent sur les pierres colorées dans leurs sertis. Son toucher était rapide et précis.

Mais la boîte resta fermée. Medie demeura debout un instant, un doigt tapotant pensivement la cassette. Puis un sourire étira ses lèvres écailleuses. Plus lentement, en exerçant une pression maîtrisée, ses doigts explorèrent la boîte. Elle soupira. Le couvercle noir brillant se libéra et se souleva entre ses mains. Elle le posa précautionneusement sur le côté. Elle se figea sous l'effet de la méfiance et fixa l'étoffe roulée en boule par-dessus le contenu de la cassette. Ce n'était pas normal. Quelqu'un était passé avant elle. Rebeke n'avait pas voulu qu'elle ouvre la boîte. Était-ce parce qu'elle-même l'avait déjà ouverte ? Combien de voiles, se demanda Medie, allait-elle devoir lever avant de contempler la véritable Rebeke ? Sous les nombreuses couches protectrices de tromperie et de méfiance, y avait-il encore une Ventchanteuse ? Son sentiment de culpabilité d'avoir ouvert la boîte se dissipa à la lumière des mensonges de Rebeke. Sans plus hésiter, elle écarta l'emballage d'étoffe. Elle baissa les yeux sur les mains repliées du magicien jointes à leur bloc de pierre blanche veinée de rouge et de noir.

Curieuse, Medie les toucha prudemment. Elles étaient froides et les longs doigts étaient rigides sous sa pression légère. Mais ce n'était pas la rigidité de la mort. Elle posa un doigt envieux sur la pierre noire sertie dans le simple anneau de métal. Elle en avait envie, mais une envie tempérée par la connaissance du fait que de telles choses devaient être prises d'une certaine manière par qui voulait réussir à réellement s'en emparer.

— Ainsi vous êtes enfin à elle, Dresh. Mais pas ainsi qu'elle le souhaitait autrefois. Je me demande si vous vous étiez un jour douté que vous en arriveriez là. Aucune d'entre nous ne l'aurait pensé. Je me demande si elle aura la force d'aller jusqu'au bout de sa tâche. Elle pense en avoir la volonté. Mais l'espace est vaste entre le rêve et la réalité.

CHAPITRE 14

— Je n'ai jamais vu quelqu'un ramer ainsi, s'aventura à dire Vandien.

Janie arracha ses yeux à la contemplation de l'horizon et lui décocha un regard de dédain. Elle ne répondit pas. Vandien abandonna sa tentative de conversation et se contenta d'observer.

Il était assis sur les planches à l'odeur de poisson d'un doris. Le vent vif lui léchait le visage et sa cicatrice se raidissait à cause du froid. Cela ne lui faisait pas mal. Pas encore. Il appréciait l'étoffe épaisse de la blouse et de ses pantalons et le tissu supplémentaire qui maintenait la chaleur autour de son corps. Janie lui avait fourni le bonnet en laine tricoté qui recouvrait sa chevelure bouclée et protégeait ses oreilles. La blouse et les pantalons bleu gris de Janie faisaient ressortir la véritable couleur de ses yeux. Son bonnet de laine grise s'avérait étonnamment flatteur. Ses pommettes hautes étaient rougies par le vent et ses cheveux longs s'échappaient du bonnet pour onduler sur ses épaules. Elle portait de larges bottes souples, plus courtes que celles de Vandien. Il se remémora ce qu'avait dit Berni à propos de ses bottes la soirée précédente :

— Personne par ici ne porte des bottes comme les tiennes. Et si tu tombais dans l'eau profonde avec celles-ci aux pieds ? Elles se rempliraient d'eau et t'emporteraient vers le fond avant que tu n'aies eu le temps de t'en libérer. Ici, on aime nos bottes suffisamment lâches pour qu'on puisse se déchausser immédiatement et avec des semelles qui agrippent le pont sans le marquer. Helti ! Il va falloir trouver des bottes pour le charretier avant la marée de demain !

Le doris avançait comme une mouette. Le navire était impeccable, sans la moindre trace de boyaux ou d'écailles séchées pour témoigner de son usage. « Dame des Pluies » était le nom gravé au fer sur l'avant du navire. Janie était debout au centre, les yeux fixés sur son objectif. Les longues rames plongeaient et se relevaient à un rythme régulier. Elle poussait sur les rames, les relevait entièrement hors de l'eau, les tirait sur sa poitrine, les plongeait dans l'eau et recommençait. Vandien était impressionné. Il ne se porta pas volontaire pour prendre son tour. Il était certain qu'il trouverait bien assez tôt d'autres moyens de se ridiculiser. Et pourtant, elle donnait l'impression que c'était facile ; le mouvement était d'un seul tenant, sans à-coups ni hésitations. Il aurait dû deviner la présence de ces muscles dans ses épaules, réalisa-t-il en se remémorant la facilité avec laquelle elle avait porté des grands seaux d'eau. Sa bouche formait une ligne empreinte de gravité. Elle ne parlerait que lorsqu'elle serait prête.

Janie l'avait réveillé dans l'obscurité en le secouant rudement par l'épaule afin qu'il n'y ait aucun doute quant à son intention en entrant ainsi dans sa chambre au milieu de la nuit. Il s'était levé en trébuchant dans le noir car elle n'avait pas apporté de bougie et ne voulait pas qu'il en allume.

— Rejoignez-moi à la porte de derrière ! lui avait-elle ordonné dès qu'elle avait été certaine qu'il était complètement réveillé.

Elle l'avait laissé s'habiller et s'interroger tout seul dans le noir.

Il avait descendu les escaliers d'une auberge plongée dans le silence. La seule lumière dans la pièce commune provenait des braises mourantes de la cheminée. Il avait trouvé la grande porte entrouverte ; elle s'était ouverte sans bruit sous sa poussée prudente.

Janie l'attendait près de l'entrée du fond. Elle lui avait fait signe de se taire lorsqu'il avait fait mine de poser une question et lui avait mis le bonnet de laine entre les mains. Puis elle l'avait conduit au milieu des ténèbres, malgré l'odeur de l'aube qui pointait dans l'air.

— Je voulais attraper cette marée-ci. Et j'aime être debout et déjà active lorsque le reste du village dort encore.

C'était tout ce qu'elle avait dit.

Il l'avait suivie jusqu'à l'endroit où son doris était attaché à un petit dock délabré.

— Asseyez-vous à plat sur le pont, lui avait-elle ordonné. La « Dame des Pluies » vogue haute et légère avec si peu de cargaison. Elle va me donner suffisamment de fil à retordre pour que vous n'ayez pas besoin en plus de vous pencher par-dessus bord.

Vandien s'était assis et était demeuré aussi silencieux que sa compagne.

Le matin était visible dans le visage de l'eau avant de toucher le ciel. L'obscurité huileuse des vagues laissa place à un gris argenté et puis le soleil se découvrit sur un horizon aqueux.

— Jour férié. Tout le village va faire la grasse matinée après la soirée d'hier. Nous avons la mer pour nous pour un moment, lui dit Janie avec l'air de penser que c'était là tout ce qu'il avait besoin de savoir.

Vandien se contentait de la regarder manier le navire. Il jeta une fois un œil en arrière pour voir quelle distance ils avaient parcourue. Pas aussi loin qu'il l'avait cru, et pourtant le trajet lui paraissait plus grand que s'il avait regardé une route derrière lui, sur la terre ferme. La surface incertaine de la mer renforçait l'impression d'éloignement. Vandien eut soudainement le sentiment que la rive était terriblement éloignée. Le doris oscillant lui paraissait être un navire un peu trop impétueux pour qu'il puisse lui confier sa vie ; ce n'était guère plus que quelques planches découpées, courbées et attachées ensemble. Il chevauchait gaiement les vagues, se soulevait pour leur montrer le monde avant de redescendre pour diminuer leur horizon. Vandien aurait préféré un vaisseau un peu plus tranquille.

— C'est comme si on chevauchait une mouette, songea-t-il à part lui et il trouva l'idée de pieds palmés propulsant le bateau plus crédible que celle de ces rames rigides se soulevant et retombant à l'unisson.

La cadence avait changé. Janie s'était immobilisée, laissant les rames fendre l'eau.

— C'est ici que la profondeur augmente. Nous sommes au-dessus de l'ancien village. Il était construit sur la pente douce au pied de la colline. Le temple, lui, était bâti sur la langue de terre. Certains affirment qu'à marée haute, la mer encerclait le temple et qu'à marée basse, on pouvait s'y rendre en marchant le long de la langue de sable. Mais tout ça c'était il y a très longtemps. Personne ne peut dire si c'est vrai ou pas. Ce qui est certain, c'est que lorsque le village a coulé, le temple a coulé plus profondément encore. Au moins une marée par mois expose le village mais seule la marée la plus basse de l'année laisse voir le sommet du temple. Et seulement une année sur trois rend possible la tentative de récupération.

Vandien était silencieux. Janie semblait attendre qu'il dise quelque chose. Il n'en fit rien. Si elle devait finir par parler, il la laisserait faire. Il sentait qu'elle saisirait la moindre excuse pour se taire. Quoi qu'il dise, son visage en colère s'assombrirait et prendrait chacun de ses mots de la pire manière possible. Il ne lui demanderait pas pourquoi elle l'avait amené jusqu'ici. Il se contenta de fixer solennellement ses yeux gris et attendit.

Mais même le silence ne pouvait apaiser Janie. Lorsqu'elle eut décidé de parler, les mots jaillirent en bouillonnant, impitoyables et brûlants.

— Vous avez posé une question la nuit dernière, charretier. Elle est restée sans réponse. À la place, vous avez écouté tout le village se moquer de moi. Lorsqu'ils ont eu fini, vous n'avez pas pris la peine de chercher d'autres réponses. Que vous ont-ils dit après mon départ ? Que ma mère était une ivrogne, comme ses parents avant elle ? Qu'elle était prête à raconter n'importe quoi, à faire n'importe quoi, pour un verre ? Eh bien, charretier, c'est la vérité. Mais elle m'a légué deux choses : la « Dame des Pluies », qui appartenait à mon père avant que la mer ne nous le prenne, et une histoire. L'histoire qu'elle n'avait jamais racontée pour obtenir un verre. La seule histoire qu'elle avait gardée pour moi.

Elle s'interrompit. Son teint s'était empourpré, ses pommettes étaient rougies par autre chose que le baiser du vent. Acquiescer serait aussi nuisible que de la contredire. Vandien attendit.

— Mon grand-père la lui avait racontée, continua-t-elle d'un ton un peu plus serein. C'était un homme très âgé et certains disaient que son esprit divaguait lorsqu'il l'a contée. D'autres disaient qu'il ne serait plus jamais sobre. Alors ils ne s'embarrassaient pas pour l'écouter, sauf ma mère. C'est pourquoi ils ont tous entendu parler de cette histoire, sans connaître les détails. Je ne l'ai jamais racontée à personne. Qu'ils vivent donc dans l'ignorance. Je ne vais pas m'exposer et les laisser me traiter d'idiote pour des choses que je ne peux pas prouver. C'est ce que je me suis toujours dit à moi-même. C'est comme ça que ça restera jusqu'à ce que je meure, sauf pour...

Janie soupira. Elle coupa soudain le fil de son récit.

— Il y a une personne dans le village que vous pouvez croire. Srolan. C'est une vieille folle, mais pas assez folle pour ne pas connaître la vérité. Je ne l'ai jamais vue tromper la confiance de quiconque. Elle...

Janie regarda soudain Vandien. Le regarda vraiment. Dans ses yeux, il vit de la compassion et une compréhension plus vieille que la jeune fille, du genre que seule la cruauté longuement endurée peut enseigner.

Elle m'a dit pourquoi vous êtes venu faire ceci. Personne d'autre que Srolan et moi n'est au courant. Le conseil du village sait quelle somme elle a promise. Cela ne les inquiète pas car ils ne s'attendent pas à devoir payer. Mais Srolan m'a dit ce pourquoi vous êtes vraiment venu ; pour voir disparaître cette cicatrice sur votre visage. Elle a dit que si vous étiez un homme qui peut voir qu'elle est sincère en offrant de faire ce que la plupart des gens jugeraient impossible, que si vous pouvez la regarder et être suffisamment sage pour voir qu'elle n'offrirait pas quelque chose qu'elle ne peut accomplir, alors vous êtes capable d'entendre mon histoire et de savoir qu'elle est vraie. Elle savait que j'aurais simplement pu répondre non à tout cela. Tout ce qu'elle a dit, c'est : « Teste-le toi-même » et elle m'a laissé dormir sur ces mots.

Vandien la regarda calmement. Le vent froid accentuait le contour de la cicatrice au travers de son visage. Il ressentait toujours cette raideur par temps froid. Plus le vent se refroidissait, plus la vieille blessure se faisait sentir, d'abord sous la forme d'une douleur sourde. Lorsque le temps était vraiment froid, lorsqu'il neigeait beaucoup, la douleur entre ses yeux et le long de son nez devenait aussi acérée qu'une brûlure, mais constante. S'il passait un tant soit peu de temps dans le froid, elle tirait sur tout son visage. Ki savait que c'était douloureux mais elle ignorait à quel point. Il avait cessé de se plaindre à ce sujet. Il n'avait plus mentionné la cicatrice depuis le soir où il s'était allongé dans le chariot, pris de vertiges tellement la douleur était forte, pendant que Ki préparait une compresse chaude. Elle s'était oubliée en se penchant sur lui pour la disposer sur son visage. Il avait alors levé les yeux vers ceux de Ki pour les trouver emplis d'une culpabilité à la hauteur de sa douleur. Il s'était senti honteux car il n'était pas homme à manipuler les autres par l'émotion. Le jour suivant, il avait chevauché dans la neige toute la journée et n'avait jamais mentionné la ligne en feu qui séparait ses yeux. Ki n'avait plus jamais entendu parler ou été témoin de sa douleur.

Même durant les beaux jours, il ne pouvait faire disparaître l'ombre que la cicatrice jetait sur son visage. Le vrai Vandien était l'homme derrière la cicatrice, toujours dissimulé, toujours déformé par son propre visage. Et à présent, cette adolescente au visage intact le regardait comme si elle comprenait.

— Pourquoi restes-tu à Faux-Havre ? lui demanda-t-il soudain.

Elle fut surprise et resta un instant sans voix. Vandien se demanda pourquoi il lui avait posé cette question.

— Aucune importance, ajouta-t-il hâtivement. Raconte-moi juste ton histoire, si tu veux bien. Je crois que nous nous comprenons assez bien pour ça.

De l'appréhension était visible sur le visage de Janie tandis qu'elle pesait le pour et le contre à son sujet. Ses yeux gris se faisaient sévères et sa bouche maussade. Il pensa qu'elle allait le ramener sur la rive à la rame. Mais son besoin de parler à quelqu'un l'emporta.

— Regardez par-dessus la proue, lui ordonna-t-elle. Gardez bien le corps dans le bateau, passez juste la tête par-dessus bord pour regarder au fond. Comme ça, oui. Vous aurez peut-être à vous protéger les yeux des reflets du soleil. Continuez à regarder.

Vandien ne voyait rien d'autre que de l'eau. Il plaça une main au-dessus de ses yeux et continua de regarder mais la surface de l'eau déjouait ses tentatives d'y voir plus clair. Il vit de petits morceaux d'algues qui dérivaient. Des bulles qui s'élevaient, telles de minuscules perles. Et puis ses yeux trouvèrent l'astuce. Il distingua des petits poissons noirs qui s'agitaient sous la surface. Il se pencha plus avant, une main en coupe de chaque côté du visage, et regarda en contrebas. Il pouvait voir le fond. Des fondations recouvertes d'algues le fixaient sans le voir. Sur l'un des côtés, une cheminée était encore debout, aussi haute qu'un homme. Le reste s'était écroulé pour former des décombres dont les lignes étaient adoucies par la vie marine qui s'y accrochait.

— Vous voyez les maisons ? Difficile d'imaginer des gens vivant là, prenant leur souper autour des tables et reprisant leurs filets à l'extérieur, près de la porte. Continuez à observer.

Janie reprit les rames. Le bateau se remit à glisser au fil des vagues tandis que Janie le propulsait en avant. Au milieu de tous ces mouvements, Vandien tentait de focaliser son regard sur le fond accidenté. Il eut mal au cœur pendant quelques instants. Il vit des étendues de sable que la mer transformait en récifs et de fines algues flottant avec désinvolture autour des murs des maisons englouties. Des flets s'étendaient à plat sur des foyers couverts de varech. Des nuages de poissons minuscules restaient suspendus, immobiles. Des crabes imitaient l'apparence de rochers recouverts de bernacles qui pouvaient très bien être d'autres crabes. Le fond commença à s'éloigner.

— Nous serons bientôt au-dessus du temple. C'est plus difficile à voir car plus profond. Mais je n'aime pas naviguer au-dessus à marée basse. Des choses arrivent aux navires qui font cela. De toute façon, la pêche n'est pas bonne ici. Les poissons ne se rassemblent pas autour du temple comme ils le font autour des anciennes maisons. Vous le voyez ?

Vandien jeta rapidement un œil vers elle. Elle lui désigna l'eau du menton d'un air impatient. Ses mains étaient occupées par les rames, effectuant les petits mouvements rotatifs qui les maintenaient sur place. Vandien reporta son regard vers le fond. Il forçait ses yeux au maximum. Juste au-dessus du niveau où l'eau devenait intégralement noire, il crut voir la silhouette d'un mur. C'était tout.

— À présent, voici ce que ma mère a dit que son père lui avait raconté. Le récit est plus ancien que vous ne pouvez le penser. Elle est née très tardivement et il le lui a transmis alors qu'il était un très vieil homme. À cause de la personnalité de son père, ma mère n'a pris un compagnon que tard dans sa vie ; je suis née bien après qu'on l'ait crue stérile. On a dit que ma sœur, qui est arrivée après moi, a causé sa mort. Des femmes aussi âgées ne devraient pas porter d'enfants, car même si elles peuvent y survivre, leur santé ne sera plus jamais la même. Mais, aussi ancienne qu'elle soit, voici l'histoire de mon grand-père.

Janie s'éclaircit la gorge. Sa voix changea ; à présent, elle récitait. Elle commença :

— C'est arrivé il y a longtemps, Carly. J'étais un jeune gars, à l'époque, un beau jeune gars costaud, et le meilleur pêcheur de toute la flotte. À l'époque, notre village comptait pour nous et on se souvenait comment les Ventchanteuses l'avaient fait couler. On voulait réparer cette injustice et on voulait le faire nous-mêmes. Il n'était pas question d'embaucher un charretier pour venir faire le sale travail. Pas question de faire venir un étranger pour prendre notre revanche sur celles qui nous avaient causé du tort. Pas question de mêler quelqu'un de l'extérieur à nos querelles. Nous étions des gens fiers, à l'époque. Fiers. Et j'étais un jeune gars, à l'époque, un jeune beau gars costaud, et le meilleur pêcheur de la flotte. Peut-être que j'étais le plus fier d'un peuple de gens fiers. Mais à l'époque, on considérait pas ça comme une mauvaise chose. Lorsque venait le Reflux du Temple, tous les plus jeunes oubliaient la pêche pour la journée. Peu importait les bonnes prises, peu importait si les crabes se mettaient à grouiller sur les plages, on laissait tout tomber et on faisait notre devoir. On suivait la marée tandis qu'elle refluait pour ne pas perdre une seule minute de temps. Dès que l'eau passait en dessous de la hauteur du cou dans le temple, on y allait. Et on commençait à fouiller. On n'était pas certains de ce que les Ventchanteuses avaient perdu là-bas. Mais on était déterminé à le trouver. J'étais allé à chaque Reflux du Temple depuis que j'étais assez grand pour ne pas m'y noyer. Les autres repartaient, vu que les Ventchanteuses faisaient de leur mieux pour déclencher une tempête bonne à vous noyer, même avec ce niveau d'eau. Mais pas moi. J'étais là-bas, dans le temple, à patauger au milieu des décombres pour chercher ce que cette petite fille Ventchanteuse avait perdu. Les autres se satisfaisaient de barboter un peu, de farfouiller là où ils avaient déjà farfouillé chaque année et de retourner sur la rive. Mais pas moi. Je soulevais des pierres. Je soulevais des poutres imprégnées d'eau. Les vagues et les marées déplacent les choses avec une force bien supérieure à celle des hommes, et le tremblement de terre qui avait fait s'écrouler le toit et le gros des murs pouvait avoir enterré n'importe quoi. Seul un imbécile s'attendait à trouver le coffre des Ventchanteuses posé au sommet d'un tas de ruines. Et je n'étais pas un imbécile. La plupart des autres avaient abandonné cette année-là et étaient retournés sur le rivage. Mais j'étais resté et je n'étais pas seul car Paul me tenait compagnie. Le village ne parle plus de Paul à présent, n'est-ce pas ? Paul était leur chéri, tout comme je suis leur bête noire. C'était mon ami alors que tous les autres utilisaient mon nom comme une malédiction. Peu importe si j'étais saoul, Paul était toujours là, sobre, pour s'assurer que je rentrerais chez moi sans soucis. Si ma pêche était mauvaise, il partageait la sienne avec moi. Qu'un homme dise du mal de moi et Paul prenait ma défense. Il était tout ce qu'un homme devrait jamais être et mon seul vrai ami. Nul ne pouvait s'empêcher de l'apprécier, les hommes comme les femmes. Personne ne doutait qu'il ferait de grandes choses. Personne ne fut surpris qu'il reste dans le temple durant cette nuit noire de Reflux du Temple. L'eau nous montait au niveau de la taille mais on s'en moquait. Nous nous sommes mis à empoigner certains des plus gros blocs, de ceux qu'un homme seul ne pouvait pas déplacer. Ensemble, nous les avons fait basculer pour voir ce qui se trouvait dessous. Nous étions dans le coin sud-ouest du temple. Nous avions déplacé un grand nombre de pierres, sans faire trop attention à l'endroit où on les laissait. On voulait simplement les bouger, pour voir ce qu'il y avait en dessous, et on n'avait rien trouvé d'autre que du sable et des crabes. Tout à fait dans un coin, il y avait une énorme pierre. Même ensemble on n'arrivait pas à la bouger. Mais on était têtus. Paul a pataugé jusqu'au rivage, à travers la tempête hurlante que la Ventchanteuse faisait souffler. Il est allé à la taverne et il a demandé de l'aide. Mais personne ne voulait venir. « Il fait froid, qu'ils se plaignaient. Il pleut à verse et la marée va bientôt remonter. Reste avec nous, Paul, et bois un verre. Duce reviendra bien assez tôt. » Mais Paul avait de l'honneur. Il n'allait pas se réchauffer ou boire un verre. Il revint jusqu'à moi, avec une vieille rame brisée. On l'a coincée sous la pierre et il a poussé, et on a poussé, et elle s'est soulevée. Aucun d'entre nous ne pouvait lâcher la rame, sans quoi la pierre serait retombée. Alors j'ai juste passé un pied en dessous et j'ai ramené ce que je pouvais atteindre. Au début rien que du sable et puis mon pied s'est pris dans quelque chose qui glissait vers nous. C'est apparu lentement et pendant tout ce temps, on poussait sur cette rame. Petit à petit, je l'ai fait venir en raclant la pierre. L'objet est sorti. On l'a fixé tous les deux. On savait qu'on le tenait. On avait trouvé le coffre des Ventchanteuses. Tout doucement, on a reposé le bloc. Paul se tenait là debout, la rame à la main, le regardant à travers la surface de l'eau. Mais je savais que la marée allait remonter et qu'on n'avait pas de temps à perdre. J'ai bloqué ma respiration, j'ai plongé et j'ai mis mes mains dessus. Glacé ! Si glacé que ça me brûlait les mains, mais j'étais un jeune gars costaud, et je l'ai pas lâché. Paul s'est accroupi à côté de moi et il a pris l'autre côté. Ensemble, on a lutté et forcé. J'ai senti mes articulations qui craquaient et j'ai entendu les grincements de ses épaules à lui. On l'a remonté et nos poumons ont failli exploser sous l'effort. Je n'ai jamais compris comment des petites filles Ventchanteuses avaient pu le soulever. Cela nous a pris toutes nos forces pour le soulever à deux. Peut-être que tout ce temps passé sous l'eau l'avait gorgé d'eau et rendu plus lourd. Mais on l'avait. On l'avait ! J'ai regardé Paul et il souriait comme un fou. « Emmenons-le jusqu'à la rive », qu'il a dit, et j'ai hoché la tête. Et puis c'est arrivé. On a entendu la cloche sonner. Tu sais où est la cloche, Carly ? Tu sais pourquoi personne l'a jamais vue mais tout le village en a entendu parler ? Parce qu'elle est en bas, dans le cellier des Ventchanteuses, voilà pourquoi ! Ce cellier ne s'est jamais écroulé, il s'est juste rempli d'eau. C'est là que la cloche est suspendue et la bonne marée peut la faire sonner. On l'a entendu vibrer jusqu'à faire trembler le sol sous nos pieds. On a su que la marée remontait. Il fallait y aller, et vite. Paul a fait un pas et je l'ai suivi. Et puis il a lancé un cri et s'est arrêté. Il s'agite, l'air effrayé, et je me dis tout de suite que c'est son pied. On a posé le coffre à côté de lui. Son pied était coincé profondément entre deux des pierres qu'on avait déplacées. Il ne pouvait pas le tirer de là. Bon, je ne peux pas tenir le coffre et le libérer en même temps. Je peux pas non plus porter le coffre tout seul. Et même si je pouvais, c'est trop tard, la marée revient. Avant que je puisse revenir pour lui, il serait submergé. J'étais un homme fier, Carly, et pas du genre à laisser tomber un ami. J'ai chassé le coffre de mon esprit. J'ai saisi la rame et je me suis mis au travail. Mais la plupart des pierres qu'on avait bougées, on les avait bougées ensemble. Je pouvais voir qu'il y en avait trois que j'allais devoir déplacer si on voulait le sortir de là. Et Paul pourrait m'aider. « Prends le coffre, Duce » qu'il m'a dit. « Je peux pas le porter seul, je lui ai répondu. Et en plus t'essayes juste d'échapper à ta part du boulot. » On a ri tous les deux et il a su que je le laisserais pas mourir là. J'ai bougé une des pierres, même si j'y ai laissé de la peau sur le manche de la rame. J'ai commencé à travailler la seconde. J'ai poussé sur cette satanée rame, en sentant la douleur de quand on force trop, des trucs qui se détachaient dans mes épaules et mon dos. Mais il y avait Paul et le coffre en jeu. Je devais le faire ! Alors, j'ai fermé les yeux, tu vois, et j'ai poussé fort à en crever. Et la deuxième pierre a bougé. Paul pouvait voir ce que tout ça m'avait fait. « Arrête, Duce, il me dit. Retourne sur la berge. Reviens chercher le coffre à la prochaine marée basse, maintenant que tu sais où il est. » « Pas avec ton cadavre sur ma route », j'ai répondu. Il savait que je le laisserais pas. On avait de la fierté, à cette époque. J'ai coincé la rame sous la pierre, même si je voyais bien qu'en poussant sur cette pierre, je lui causais une douleur proche de le tuer. Il ne dit rien mais je devinai que son pied était en train d'être écrasé. « T'évanouis pas ! » je lui ai dit. Et ça l'a fait rire de ce rire qu'ont les hommes lorsqu'ils ont peur de pleurer. La marée remontait toujours, de plus en plus profonde à chaque minute qui passait, et cette maudite Ventchanteuse faisait toujours hurler le vent. L'eau nous montait jusqu'à la poitrine et aspirait la chaleur de nos corps et la force de nos jambes. Il n'y avait qu'un petit morceau du coffre encore hors de l'eau mais je savais où il était. J'avais prévu de le récupérer plus tard. J'ai pesé de tout mon poids sur la rame et Paul a hurlé. Un cri horrible. Tous les autres étaient repartis au village depuis longtemps.

Il commençait à faire noir, l'eau était de plus en plus profonde, mais ils étaient tous à la taverne, à boire et à attendre de se moquer de nous quand on reviendrait, les derniers idiots, trempés et gelés. Mais je me souviens que j'ai pensé : « Ils peuvent pas l'entendre crier ? Est-ce qu'un homme peut faire un bruit pareil et ne pas être entendu ? » Mais personne d'autre que moi n'avait entendu. Ça m'a fendu le cœur. À chaque fois que je mettais mon poids sur la rame, Paul hurlait. Et pourtant je savais qu'il fallait que je le soulève de ce côté, c'était la seule manière. Il était devenu gris, il n'y avait que la peur de la noyade qui l'empêchait de s'évanouir sous le coup de la douleur. Je lui ai promis : « Paul, c'est le dernier coup. Soit je te libère, soit je te donne mon couteau. » Il a hoché la tête et essayé de sourire. Les vagues montaient. J'ai pris la rame à deux mains et mon âme a imploré les villageois emportés par la mer. « Aidez-moi ! » je les ai suppliés, et j'ai poussé. La pierre a bougé. Paul s'est effondré dans l'eau mais je l'ai rattrapé. La marée montait de plus en plus vite et pendant tout ce temps-là, la Ventchanteuse sur la colline faisait grimper les vagues avec le vent. Je savais que j'allais aussi devoir me battre contre le vent dès que je quitterais les murs du temple. Paul était lourd dans mes bras, à peine conscient. « Le coffre ! » qu'il m'a dit. « Les amis d'abord ! » je lui ai répondu. Je savais qu'il était trop tard pour le coffre. Je pouvais même plus le voir. La mer l'avait repris.

J'ai ramené Paul sur la rive, même si nous étions tous les deux plus morts que vifs. Pas un seul de ces maudits villageois n'était allé à notre recherche. On s'est allongés sur la plage, trop fatigués et trop mal en point pour ramper jusqu'aux maisons. Au matin, lorsqu'ils nous ont trouvés, la jambe de Paul était toute enflée et il était pris d'une mauvaise fièvre. Il ne s'est jamais réveillé pour confirmer que mon histoire était vraie. Les autres avaient trop honte pour me croire. C'était plus facile pour eux de se répéter que mon ivrognerie et ma négligence avaient causé la perte de mon meilleur ami, l'homme le plus aimé du village. Comme ça, ils n'avaient pas à admettre qu'ils n'étaient qu'une bande de faibles et de lâches. Si seulement un seul d'entre eux était resté, nous aurions sauvé le coffre cette nuit-là, et Paul aussi. Mais personne n'est resté, Paul est mort et la mer a repris le coffre. Je suis sorti en mer à la marée basse quelques jours plus tard et j'ai fouillé l'eau du regard, mais il avait disparu. La mer l'avait caché une nouvelle fois. Bien que j'aie fouillé à chaque Reflux du Temple jusqu'à ce que ma jeunesse m'ait quitté, je n'ai jamais plus posé les yeux ou la main dessus. Mais il est là-bas, Carly, et un jour, quelqu'un va le remonter. Un jour, on verra que le vieux Duce n'était pas un menteur. Même si c'est bien triste de faire venir un charretier chaque année pour faire notre devoir à notre place, eh bien c'est peut-être mieux que ce soit un étranger qui s'en occupe plutôt qu'un de ces maudits lâches qui nous ont perdus et le coffre et Paul.

» C'est ainsi qu'il l'a raconté à ma mère et c'est ainsi qu'elle me l'a raconté.

Un changement dans la voix de Janie ramena Vandien au présent. Durant son récit, elle avait paru parler avec la voix chevrotante d'un vieil homme. Il était aussi certain qu'il l'avait jamais été de sa vie que Janie n'avait pas inventé cette histoire. Et sa mère non plus, en déduisit-il, car le rythme des phrases, la façon d'accentuer les mots, lui rappelaient les vieilles chansons qu'ils avaient chantées le soir précédent. Celui qui avait prononcé ces mots l'avait fait avec autant de naturel que s'il avait chanté l'un de ces refrains au phrasé archaïque. La seule question qui restait était la suivante : le vieil homme avait-il menti ? Vandien en doutait.

— Et c'est pour cela que tu restes à Faux-Havre.

Vandien avait parlé à mi-voix mais Janie rougit. Ses yeux exprimaient la même colère que s'il l'avait accusée d'être une voleuse d'enfants.

— Je reste à Faux-Havre parce que c'est chez moi. Je reste ici parce que j'en ai fait le choix. C'est une existence que je connais.

— Et c'est pour cela que tu restes, quels que soient les mauvais traitements que tu reçois. Cela n'a rien à voir avec le fait d'attendre que l'histoire de ton grand-père soit prouvée comme étant véridique ? Il n'y a pas en toi quelque chose qui chérit son antique colère, qui désire que le manque de foi des autres soit révélé au grand jour ? Tu ne rêves pas d'être défendue avec succès, de les voir venir à toi pour s'excuser pour leur aveuglement et la façon dont ils t'ont traitée ? Tu n'as pas de visions de l'instant glorieux où tu te tiendras devant eux, près du coffre, pour rejeter le stigmate qu'ils t'ont fait porter ?

Vandien observait son visage tout en parlant. Il y avait quelque chose de poignant dans la façon dont son expression oscillait entre celle d'une enfant boudeuse et celle d'une femme en colère. Elle maîtrisa ses traits et sa voix se fit impassible lorsqu'elle répondit.

— Il y a plus d'une sorte de cicatrice, charretier. Me culpabiliserez-vous parce que je souhaite voir la mienne disparaître de mon existence ?

Vandien mordilla la partie inférieure de sa moustache. Il voulait trouver les mots qu'elle entendrait, pas ceux qui l'enfermeraient plus encore dans la colère et l'entêtement.

— Ma cicatrice traverse mon visage, Janie. Visible sur ma peau, et entre moi et le reste du monde. Mais la cicatrice dont tu parles se ressent dans ta vie car elle prend racine dans le cœur des autres. Penses-tu qu'ils auront à cœur d'oublier leur mépris pour toi, la petite-fille d'un menteur ivrogne et de le remplacer par du mépris pour eux-mêmes, descendants de lâches et de faibles ? Janie, je ne sais rien de la pêche et des poissons. Mais je connais les hommes. Si tu penses que trouver ce coffre donnera du sens à ta vie et transformera la façon dont les villageois te regardent, tu te trompes.

Janie tenait les rames, les yeux dans le vague, perdus sur l'horizon. L'expression de sa bouche était déterminée. Soudain, l'un de ses bras se raidit et poussa violemment sur l'une des rames. En quelques grands gestes, elle retourna le doris en direction du rivage. Vandien revint se glisser sur le pont à la proue du doris. Il la fixa du regard, la dévisageant sans s'en dissimuler tandis qu'elle l'ignorait.

— J'ai ma cicatrice, réfléchit-il à haute voix. Et tu as la tienne. Mais quel est l'enjeu de tout cela pour Srolan ?

Un sourire amer vint déformer les lèvres de Janie.

— Elle dit que c'est parce qu'elle se souvient des anciennes coutumes. Ça doit être le cas. Elle est là depuis suffisamment longtemps. La rumeur dit que si elle arrive à mettre la main sur ce coffre, elle aura un moyen de rajeunir. Vraiment jeune, pas juste ses petites astuces et illusions.

— La méchanceté ne te sied guère, Janie.

— Ce sont ses raisons à elle qui ne lui conviennent guère. Elles sont indignes d'elle, c'est une meilleure femme que ça. Sa seule erreur est là, d'être tentée par l'impossible.

— Ne le sommes-nous pas tous ?

Elle lui décocha un regard noir.

— Occupez-vous de vos affaires, charretier. Je m'occuperai des miennes.

Et puis, avec une soudaineté qui le fit tressaillir, le fond du doris racla le sable sous les pieds de Vandien. Janie rentra les avirons et le laissa, de mauvaise grâce, l'aider à tirer le doris sur la plage.

— Vous feriez mieux de prendre un bon repas, lui conseilla-t-elle froidement avant de partir. Et un peu de repos également. Je suivrais la descente de la marée, si j'étais vous.

— Janie, quel âge a Srolan ?

Avec un reniflement de dégoût, Janie se détourna et s'en fut à grands pas.

CHAPITRE 15

— Ki ! siffla Dresh.

— Qu'est-ce qu'il y a ? marmonna-t-elle.

Depuis combien de temps n'avait-elle pas dormi ? Elle flottait à la limite du sommeil. Elle ne voyait son environnement que parce que Dresh gardait ses propres yeux ouverts et lui transmettait les images ; ses yeux à elle étaient fermés depuis longtemps.

— Réveille-toi, idiote !

— Qu'est-ce qu'il y a ? répéta-t-elle.

Elle ramassa la tête et la déposa à nouveau sur ses genoux. Une forte tension émanait de Dresh. Ki sentit un tremblement dans ses doigts qui n'était pas dû à sa propre nervosité.

— Mes mains. Je sens une froideur sur elles, le contact d'une puissance. Quelqu'un a ouvert ma boîte.

Elle déplaça la tête de Dresh contre son bras. Son poids tirait sur les muscles épuisés de son épaule. Leurs yeux étaient fixés sur le mur mais Dresh percevait bien plus de choses que Ki.

— C'est la fin de la partie, n'est-ce pas ? murmura Ki.

— Certainement pas. Nous sommes trop près du but pour abandonner maintenant. Une seule d'entre elles me surveille à présent ; j'en suis certain. Nous devons agir tout de suite.

— Qu'allons-nous faire ?

Ki se leva, Dresh pesant lourdement sur son bras.

— Je ne sais pas. Nous allons devoir agir comme notre instinct nous le commande. Emprunte la porte et sort dans le couloir, Ki.

Elle ouvrit doucement la porte de la cellule de Ventchanteuse et passa précautionneusement la tête au-dehors. Elle rentra la tête avec un soupir et avança à la place la tête de Dresh dans le corridor. Elle découvrit un paysage désert. Elle fit maladroitement tourner la tête sur son bloc pour vérifier la direction opposée. Rien à signaler non plus. Elle blottit de nouveau la tête contre elle et se hâta de descendre le couloir.

Ils n'avaient pas fait plus de quelques pas lorsque Ki entendit le frou-frou de robes et le bruit mat de pieds nus foulant le sol.

— Quelqu'un approche ! siffla Dresh.

L'épaule de Ki s'abattit contre une porte qui, à sa grande surprise, n'offrit aucune résistance et elle se retrouva en train de déraper tout en étreignant la tête du magicien et en essayant de garder son équilibre. La porte lui heurta brutalement la hanche en se refermant silencieusement derrière elle. Son élan l'avait propulsée jusqu'au centre de la pièce. L'unique occupante, les yeux sombres largement écarquillés par la surprise, se leva d'un coup, un ovoïde de pierre bleu serré entre ses mains pâles.

Tandis que Ki retrouvait son équilibre, la Ventchanteuse s'accroupit pour déposer précautionneusement l'ovoïde sur le sol derrière elle. Puis elle se releva de toute sa taille, son crâne protubérant et encapuchonné dépassant largement celui de Ki. Celle-ci n'attendit pas que Dresh réagisse. Elle lâcha sa tête et se jeta sur la silhouette vêtue de blanc.

Les mains tannées de Ki se refermèrent sur des poignets écailleux mais à ses yeux, à présent privés de la vision de Dresh, Ki se battait contre une tour de couleur pâle. Du sommet de la tour jaillit une coulée de feu ardent. Les murs chatoyants de la pièce se mirent à tournoyer autour d'elle mais elle maintint sa prise. Une Ventchanteuse, une fois saisie, était comme un serpent cloué au sol : il était plus dangereux de la lâcher que de l'agripper. Elles luttèrent en silence. Des étincelles rouges jaillissaient de deux trous noirs au sein de la tour et crépitaient sur le visage de Ki.

Des mains capables de maintenir en place un équipage qui plonge, des épaules ayant passé une vie entière à soulever du fret et des ballots ; les membres de Ki ne se fatiguaient pas facilement, surtout lorsqu'elle se retrouvait prise dans les griffes de la peur. Ignorant les étincelles qui lui picotaient les joues, Ki s'élança en avant, mouvement suivi d'une brusque poussée vers le bas. La tour s'affaissa, soudain moins haute que Ki, et celle-ci se jeta sur elle. Elles s'écrasèrent ensemble sur le sol mouvant. La lutte prit brusquement fin.

Ki s'immobilisa. La tour pâle était une masse chaude et grumeleuse sous ses coudes et ses genoux. Elle ne relâcha pas sa prise sur les poignets. Même l'absence d'étincelles sortant des yeux à présent rosâtres ne la rassurait pas.

— Dresh ! appela-t-elle d'une voix rauque.

Elle venait seulement de réaliser de quelle manière abrupte elle l'avait lâché. Son regard fit le tour de la pièce, anxieux. Les murs translucides et mouvants semblaient se moquer d'elle. Le bloc de pierre auquel la tête était reliée pouvait-il se briser sous un tel impact ? Si l'arrière de son crâne avait frappé le sol, serait-il inconscient, voire pire ? Elle ne voyait aucun signe de lui.

Avec méthode, elle commença par l'endroit qu'elle jugeait être la porte ; une onde plus prononcée dans la surface des murs palpitants. Elle baissa les yeux et combattit le vertige qui l'assaillait en scrutant des yeux, par regards réguliers, le sol palpitant. Même lorsqu'elle finit par repérer le cube de ténèbres et son étincelle persistante, elle s'aperçut qu'elle avait étrangement beaucoup de mal à garder sa localisation exacte à l'esprit.

Elle estimait qu'il ne devait pas être à plus de quelques pas de là. Mais c'était difficile à dire. Elle le chercha désespérément du regard et refoula une vague de panique qui montait en elle. Elle ne pourrait pas atteindre Dresh sans relâcher sa prisonnière. Mais elle ne saurait pas, avant d'avoir atteint Dresh, s'il était réellement sans danger de la lâcher. Le corps, sous elle, était toujours immobile et flasque mais n'en restait pas moins terrifiant.

— Dresh ! lança de nouveau Ki.

Avait-elle entendu un marmonnement ? Elle relâcha progressivement sa prise sur le corps sous ses jambes. L'une de ses mains s'étendit au maximum pour agripper ce qu'elle espérait bien être des poignets. Se sentant à la fois stupide et terrifiée, elle entreprit de s'étirer dans la direction du cube de Dresh. Elle essaya de ne pas penser aux risques qu'elle encourait si sa captive se mettait à bouger tandis qu'elle était ainsi étirée de toute sa hauteur au-dessus du sol chatoyant.

Mais, même étirée au maximum, elle ne pouvait atteindre Dresh. Elle n'arrivait pas à savoir à quel point il était éloigné d'elle. Elle tira sur le corps de la Ventchanteuse pour la faire glisser sur le sol. Elle étira de nouveau la main mais ses doigts ne trouvèrent toujours pas Dresh. Elle secoua sa captive inconsciente quatre fois supplémentaires avant que ses doigts inquisiteurs ne frôlent enfin la tête de Dresh. La vision du magicien reprit sa place autour de Ki.

— Tu as l'air ridicule, lança-t-il.

Ki jeta sur elle-même un regard attristé. Quelques gouttes de sang s'écoulaient depuis le coin gauche de sa bouche. Au vu de l'angle de perception étrange qu'il avait adopté, elle déduisit que la tête de Dresh était penchée sur le côté.

— J'espère que vous n'êtes pas blessé ? lui demanda-t-elle d'un ton d'excuse.

— Moins qu'on aurait pu s'y attendre vu les circonstances. Ki, lâche-la. Ne vois-tu pas qu'elle est inconsciente ?

— Non, je ne le vois pas. On ne peut jamais faire confiance à une Ventchanteuse, ajouta-t-elle d'une voix dure.

Mais elle relâcha sa prise. Elle fut chagrinée de constater que sa victime ne lui serait pas arrivée à l'épaule sans son détestable capuchon. Dresh lut dans ses pensées.

— Ce que tu as vu de tes yeux était, dans ce cas précis, plus juste. Elle brille d'une aura plus puissante que ce à quoi je me serais attendue d'une Ventchanteuse de son rang. Plus étrange encore est cette retenue que j'ai lue en elle. Comme si elle prétendait en permanence être moins que ce qu'elle est. Voilà un phénomène que je n'ai jamais rencontré chez une Ventchanteuse. Oui, comme tu le dis, on ne peut se fier à elles. Vous envoient-elles les pluies par amour et miséricorde ou seulement pour pouvoir vous manipuler plus encore ?

— Gardez vos petites manipulations des esprits pour la foule des tavernes, Dresh. Soyons un peu plus terre à terre pour l'instant. Qu'allons-nous faire d'elle ? Lorsqu'elle s'éveillera, elle alertera sans aucun doute toute la ruche de Ventchanteuses.

Dresh émit un claquement de langue.

— La reponse est claire, Ki. Elle ne doit pas se réveiller. Nous allons la faire passer à travers les murs.

Ki avait rampé jusqu'aux côtés de Dresh. Elle se regardait grandir au fur et à mesure qu'elle approchait de lui. À présent, à sa manière de semi-aveugle, elle s'observa en train de tâtonner pour trouver sa tête. C'était la seule chose sur laquelle les yeux de Dresh ne pouvaient se focaliser pour elle. Elle palpa doucement le contour de sa tête. Des deux mains, elle redressa la tête et son bloc de pierre. Le déposant sur ses genoux, elle balaya les cheveux qui pendaient sur son front. Elle déplaça ses doigts légers sur son visage pour essayer de déterminer au toucher si la chute l'avait blessé. Elle sentit le début d'une grosse bosse juste à la naissance de ses cheveux.

— Arrête ça. J'ai été assommé, mais juste pendant quelques instants. Si j'avais eu besoin de tes bons soins, je te l'aurai fait savoir. Nous ne pouvons pas lambiner à présent. Nous devons nous débarrasser de cette Ventchanteuse avant qu'elle ne se réveille.

— Vous peut-être. Moi pas. Je ne peux pas faire ça, en tout cas pas de sang-froid. Si nous étions toujours en train de nous battre, sous le coup de la terreur, je pourrais la tuer. Mais la pousser dans ce vide à travers lequel nous avons sauté... (Ki haussa les épaules avant de secouer la tête.) Je ne peux pas.

— Quelle sottise ! Nous n'allons pas la tuer. Nous allons seulement... « suspendre » sa vie. Au final, elle pourra être retrouvée et continuer son existence. Considère-la comme une vipère que tu as trouvée en train d'installer son nid dans ton lit.

— Alors je soulèverais tout, les couvertures et le reste, pour aller les secouer dans les bois.

— Stupide comme tu l'es, je veux bien croire que tu le ferais. Et elle te mordrait un autre jour pour te remercier. Bon, dans ce cas, attachons-la, si c'est le mieux que tu puisses faire.

Mais tandis que Ki soulevait Dresh et se levait, la Ventchanteuse sur le sol se mit à remuer. La vision que Ki avait d'elle s'étrécit tandis que Dresh plissait les yeux de surprise en découvrant son visage.

— J'ai déjà vu cette Ventchanteuse auparavant, marmonna-t-il à moitié pour lui-même. Mais elle ne portait pas les robes d'une apprentie. Ki ! Aide-moi à trouver l'œuf bleu qu'elle tenait dans ses mains lorsque nous sommes entrés.

Ki tourna nerveusement sur elle-même pour permettre à Dresh d'examiner le sol de la pièce. Ne voyait-il pas que la Ventchanteuse tentait de se relever ? L'instinct de Ki lui soufflait de la neutraliser une seconde fois, ou au moins de s'enfuir.

Ki bondit, mais pas sur la Ventchanteuse. Une fois de plus, Dresh avait pris le contrôle de son corps. Elle avait ramassé la chose bleue avant même d'avoir pris conscience de l'avoir vue. De la bouche de Dresh jaillit un cri de triomphe.

— Ceci n'a rien d'un orbe de méditation ! Je pensais bien que la nuance de bleu était trop profonde ! Alors, petit oiseau, qu'est-ce qu'une apprentie en robes blanches peut bien avoir à faire avec un œuf de parole ? Quelle information peux-tu posséder qui soit suffisamment vitale pour qu'une Maîtresse des Vents te confie l'une de ces merveilles ?

Ki plaça l'œuf sous les yeux de la captive. Il faisait à peu près la taille d'une pomme mais sa forme était aussi régulière que celle d'un œuf. Il était d'un bleu translucide, à l'exception d'une unique étincelle blanche et pétrifiée en son centre. Pour Ki, il ressemblait avant tout à la tête de Dresh telle qu'elle la percevait sur ce plan. La texture de l'objet la rendait mal à l'aise. Il était lourd pour sa taille. Malgré son éclat cristallin, son contact évoquait le cuir, rugueux et râpeux contre la peau.

Les yeux de Dresh quittèrent l'œuf pour accrocher violemment ceux, très sombres, de la Ventchanteuse étendue au sol. Elle était en train de s'asseoir, en lissant avec précaution le tissu blanc de son haut capuchon. Elle baissa la main en tremblant et ouvrit la bouche comme pour parler avant de serrer brusquement les lèvres. La colère se lisait dans ses yeux.

— Allons. Je t'ai vue auparavant. Tu étais en compagnie de Shiela, du Haut Conseil, et tes robes étaient du même bleu que la mer du matin. Quel est ton nom, petite faiseuse de vent ?

La femme sur le sol jeta un regard noir à Dresh. Puis, telle la lune se libérant de l'étreinte d'un nuage, son visage se départit de sa colère. Lorsqu'elle parla, ce fut d'une voix d'alto basse musicale. Elle n'exprimait aucune émotion.

— Crois-tu, Dresh, que je sois assez stupide pour te faire don du pouvoir contenu dans mon nom ?

— Hum. Elle veut en découdre on dirait, hein Ki ? Je ne crois pas que nous puissions apprendre grand-chose d'elle que nous n'ayons déjà deviné. Comme par exemple le fait que Rebeke n'a aucune idée du rang que tu occupes réellement parmi les Ventchanteuses. Cela explique le voile de retenue derrière lequel tu te caches. Et songe à son silence, Ki. Pas un son de sa part lorsque nous avons fait irruption, ni pendant votre amusant petit match de lutte. Je pense qu'elle préférerait affronter seule des étrangers que d'être vue par quiconque avec l'œuf entre les mains. Ce que nous avons ici, Ki, est un scorpion dans le nid de la vipère ; une espionne parmi ses congénères.

L'expression de la Ventchanteuse n'avait pas changé. Elle lissa de nouveau son capuchon et tira sur les manches de ses robes pour les redresser. Elle ne souriait pas lorsque son regard croisa les leurs.

Les yeux de Dresh se rivèrent sur les siens.

— Tu pourrais t'en sortir en tuant Ki. Mais tu aurais des explications à fournir, et à tes deux maîtresses, si mon aura venait soudain à disparaître. Et je ne crois pas que Rebeke serait celle que tu craindrais le plus. Celle qui attend ton message à travers l'œuf, celle-là serait la plus dangereuse. Alors range donc l'aiguille empoisonnée que tu viens de tirer de ta manche. Elle ne t'aidera en rien.

La fixité des yeux sombres de la Ventchanteuse évoquait le regard d'un chat. L'aiguille émit un joli tintement en heurtant le sol. La Ventchanteuse se leva lentement.

Ki sentit son courage se dissiper au creux de son estomac. Son esprit essayait d'additionner les différents niveaux de danger auxquels elle faisait face. En premier, les Ventchanteuses, dans le domaine desquelles ils étaient à présent ; en deuxième, cette espionne parmi les Ventchanteuses ; en troisième, la personne pour laquelle cette créature espionnait. Et même si elle parvenait à les éviter toutes et à récupérer le corps de Dresh, même si elle réussissait à rejoindre son monde saine et sauve et à reprendre le fil de son existence, Dresh lui-même n'était-il pas un danger à prendre en compte ?

— Du calme, Ki, murmura Dresh, comme s'il percevait ses craintes. Nous avons reçu une arme plus mortelle que n'importe quelle rapière au monde. Pour le moment, au moins, je pense que nos intérêts s'alignent sur ceux de cette traîtresse.

— Vous proposez une alliance ?

La Ventchanteuse parlait froidement. Ses fins sourcils remontèrent vers le capuchon.

— En effet. Tu m'aides à localiser et à récupérer mes boîtes. En retour, je ne te trahirai pas auprès de Rebeke.

— Je n'ai pas assez à y gagner.

— Comme tu voudras. Nous savons que je ne peux rester longtemps sur ce plan sans être détecté. Rebeke a sans doute posté des sentinelles pour guetter mon aura. Elles vont me trouver et elles vont venir me chercher. Elles me trouveront ici, avec toi, dans la chambre. Elles trouveront l'œuf. Ce sera la fin pour moi et Ki. Mais notre requête finale sera de te voir t'expliquer de tout cela. Tu es une espionne chez Rebeke et une source d'embarras pour... le Haut Conseil, peut-être ?

— Celle qui m'emploie est puissante. Rebeke n'osera pas me faire du mal, quelles que soient mes transgressions.

Ki sentit Dresh secouer la tête et elle entendit ses claquements de langue.

— Tu n'es pas là depuis très longtemps si tu ne connais pas mieux que cela le tempérament de Rebeke. Elle te déchiquettera d'abord et ensuite seulement se demandera s'il s'agissait de politique. Même lorsqu'elle était humaine, elle avait un tempérament sauvage. Je pense que Ventchanter l'aura rendue plus acérée encore.

Ki se demanda si les petits pas qu'effectua la Ventchanteuse à ce moment étaient le signe de son malaise ou s'il s'agissait d'un déplacement naturel. Dresh ne dit rien, laissant le silence assourdissant remplir la salle. Ki résista à l'envie de s'agiter. Un souvenir revint à la surface de son esprit et elle s'en empara. Elle avait eu l'habitude de rester ainsi debout, prise d'une anxiété inutile et pesante, tandis que son père marchandait des chevaux. Son intérêt dans la situation était vital, son pouvoir totalement nul.

— Au moment où vous avez interrompu la communication établie grâce à l'œuf, je...

— Allons, allons, oublions tout de suite les mensonges avant même qu'ils ne sortent. Si tu avais même commencé à parler à travers cet œuf, il aurait été suffisamment chaud pour couvrir de cloques les mains inexercées de Ki. Tu n'avais encore parlé à personne.

La Ventchanteuse se mordit la lèvre inférieure. La colère dissimulée apparut un bref instant dans ses yeux sombres avant de disparaître.

— Tu ne m'offres rien, magicien. Si Rebeke savait que je l'espionnais, elle pourrait me tuer. Mais si je t'aide à récupérer ton corps et à t'enfuir, Rebeke et celle qui m'emploie ne se vengeront-elles pas toutes deux sur moi ?

Ki fronça les sourcils au-dessus de ses yeux toujours fermés mais la voix de Dresh était aussi douce que du miel.

— Bien sûr qu'elles le feront, si elles te savent impliquée. Mais il me semble que si tu as joué double jeu jusqu'à maintenant, cela ne sera sans doute pas trop difficile pour toi de faire triple jeu. Applique-y ton esprit, faiseuse de vent. Je vais te rendre les choses faciles. Tout ce que je demande, c'est que tu m'escortes sain et sauf jusqu'à l'endroit où mon corps est conservé et que tu attires les gardes ailleurs. Je m'occuperai de ma propre fuite à partir de là.

— Mais certainement, répondit la Ventchanteuse d'une voix pleine de sarcasme. Et devrai-je vous emballer une lune pour emporter avec vous ?

Dresh eut un sourire dur.

— Inutile. (Il leva la main de Ki qui tenait l'œuf de parole.) Je me contenterai de ceci.

La femme resta immobile. Peut-être dressait-elle l'oreille. Ses yeux sombres étaient voilés par des pensées plus noires encore. Ki se repositionna pour équilibrer le poids de la tête et celui de l'œuf de façon plus confortable.

— J'ai peu de temps, l'avertit Dresh. Si tu prends trop de temps pour réfléchir, d'autres décideront pour toi. Tu dois accepter ou être découverte.

— Tu crois que je ne m'en rends pas compte, tête ? demanda froidement la Ventchanteuse.

L'une de ses fines mains remonta jusqu'à ses lèvres.

— Attendez-moi ici, dans ce cas.

Et elle sortit dans un mouvement rapide et silencieux.

— Elle va toutes les mener jusqu'à nous, grommela Ki.

— Pas tant que nous tenons l'œuf. Elle fera tout ce qui est en son pouvoir dans l'espoir de le récupérer intact. Mais tout repose sur notre petite traîtresse à présent. Si elle se montre suffisamment créative dans ses manipulations, nous avons encore une chance de récupérer mon corps.

— Et sinon ?

La voix de Ki était uniforme.

— Sinon, tiens bien cet œuf et soit prête à le lancer. Nous ouvrirons un passage qui laisse entrer le vide tandis que nous disparaîtrons. Notre mort leur coûtera cher.

— Que voilà un grand réconfort, répliqua Ki avec aigreur.

Elle déplaça à nouveau tête et œuf. L'œuf était particulièrement lourd à l'extrémité de son bras. Ses épaules et son dos lui faisaient mal. L'effort mental qui accompagnait le fait de voir à travers les yeux de Dresh rendait son esprit cotonneux. Les raisons qui l'avaient poussée à l'accompagner dans cette quête invraisemblable lui apparaissaient désormais comme des idioties idéalistes. La fierté et l'honneur ressemblaient soudain à des bibelots stupides comparés au fait de continuer à vivre sa vie jusqu'au bout. Elle se demanda si Dresh n'avait pas d'une manière ou d'une autre influencé son esprit pour qu'elle se laisse entraîner dans tout cela. Ce baiser... si ce n'était pas la preuve qu'il pouvait influer sur sa volonté, qu'est-ce qui pouvait bien l'être ? Et d'avoir ainsi souillé sa volonté personnelle était sans aucun doute une indication du peu de cas qu'il faisait d'elle. Elle n'était pour lui qu'un outil, un objet à utiliser à sa guise. Et quelles rancunes nourrissait-elle vraiment envers les Ventchanteuses ? Quelques pressentiments informulés au fond de son esprit, les vagues indices accusateurs dispensés par son père, la stupidité de Vandien, les harangues de Dresh à leur sujet. En fait...

— Ki, si tu laisses l'œuf te séduire à présent, nous sommes tous les deux perdus.

Ki revint brutalement à elle. Le filet de ses rêveries se rompit et des pyramides de raisonnements s'écroulèrent sous le poids de leurs propres conclusions. Elle leva l'œuf jusqu'aux yeux de Dresh mais il détourna son regard.

— Le fait que tu le tiennes à main nue, avec sa coque contre ta peau, est déjà assez dangereux comme ça. Ce serait une folie que de plonger les yeux dans ses profondeurs sans y être entraîné. Sa loyauté va aux Ventchanteuses qui le nourrissent. Écoute-le et il te convaincra de foncer droit dans le mur pour l'éclabousser de ta cervelle ou de trancher ta propre gorge, et tu obéiras. Concentre-toi sur notre tâche.

Elle secoua la tête. Elle pouvait sentir des mains semblables à des araignées qui tiraient sur les jupes de son esprit pour attirer son attention, mais elle focalisa ses pensées sur la vision de Dresh et fixa la porte de la pièce.

— Elle arrive, murmura Dresh.

Ki retint sa respiration, l'oreille tendue. Elle n'entendit rien. Mais la porte s'ouvrit et leur Ventchanteuse jeta un œil à l'intérieur.

— Venez vite à présent. Je les ai toutes attirées à l'écart de leur poste et j'ai envoyé la dernière sentinelle à la recherche de Rebeke, en lui disant que celle-ci l'avait convoquée. Vous pouvez reprendre le corps. Mais vous devez faire vite, car cette ruse ne les maintiendra pas longtemps éloignées. Allez !

Ki souleva sa charge et la suivit. Elle sortit dans le corridor derrière la Ventchanteuse. Elle pointa prudemment la tête de Dresh dans une direction puis dans une autre, pour être sûre que tout était normal. Puis elle emboîta le pas à la Ventchanteuse. Ses lèvres formèrent un sourire pincé lorsqu'elle réalisa qu'elle utilisait la tête de Dresh comme une torche. C'était à son tour à lui d'être un outil.

Il devint rapidement évident que ce qu'elle avait considéré comme un corridor faisait partie d'un labyrinthe. Lorsque la Ventchanteuse tourna à gauche pour emprunter une porte, Ki la suivit comme son ombre. Mais au lieu de la pièce qu'elle s'attendait à voir, elle se retrouva dans un autre passage identique au premier. Ils se frayaient un chemin dans un univers de murs dépouillés et de portes neutres. Ki avait perdu le compte du nombre de portes qu'ils avaient passées avant chaque tournant et la direction de chaque virage. Après quelques tournants supplémentaires, elle abandonna l'idée de les compter. Elle eut un petit ricanement en décidant que même si elle avait été capable de faire le chemin inverse, cela n'aurait guère pu que les ramener au sanctuaire pour le moins douteux de la chambre de la Ventchanteuse. Ki fut de fait prise par surprise lorsque son guide emprunta une porte supplémentaire et s'arrêta. Elle posa le pied sur la robe de la Ventchanteuse avant d'avoir réalisé qu'elles étaient arrivées. Marmonnant quelques excuses, elle fit rapidement un pas en arrière et balaya la pièce du regard par l'intermédiaire des yeux de Dresh.

Il n'y avait pas grand-chose à voir. Ki ignora les fenêtres donnant sur le ciel. Il y avait deux tabourets vides pour les sentinelles ainsi qu'une petite table noire avec les mains exposées de Dresh posées dessus. Le cœur de Ki se serra à cette vision irréelle. C'était aussi glaçant que la première fois qu'elle avait vu la tête sans corps qu'elle portait à présent comme si de rien n'était. Mais cette fois, ce n'était pas simplement la magie qui l'épouvantait, c'était la preuve des talents supérieurs des Ventchanteuses qui pouvaient défaire cette magie. Le couvercle de la cassette contenant les mains avait été laissé sur le sol. Près de l'autre tabouret se trouvait la boîte vernie qui contenait le corps de Dresh. Un autre arc de cercle, et la vision de Dresh s'arrêta quelques instants sur les fenêtres donnant sur le ciel et les peaux de bêtes épaisses éparpillées sur le sol. Le haut plafond s'enfonçait dans les ténèbres. Une lumière sans source visible illuminait la pièce comme si c'était l'après-midi. Elle ne provenait pas des fenêtres ; derrière certaines d'entre elles, c'était la nuit, tandis que dans d'autres, le soleil levant tachait les cieux. Ki ne perdit pas de temps avec ce qu'elle savait être des illusions. Elle balança Dresh dans un mouvement rapide, à la recherche d'autres portes de sortie.

— Ça suffit, fillette ! grogna le magicien. Fais-moi tournoyer une nouvelle fois et j'aurai l'estomac aussi retourné qu'il est possible de l'avoir pour une tête sans corps. Mes yeux peuvent bouger indépendamment de mon crâne. De plus, nous n'avons pas de temps à perdre en vaine contemplation. Cette procédure prend du temps, même dans les meilleures circonstances. Nous ne pouvons nous permettre aucune erreur car je doute que même l'imagination de notre petite amie soit assez fertile pour éloigner Rebeke bien longtemps.

— Au moins vos mains sont-elles déjà accessibles, nota Ki.

— Je vais devoir me rappeler de remercier les Ventchanteuses pour ce petit gain de temps. Porte-moi près de la cassette. Je vais de nouveau avoir besoin de tes mains.

— Et pour elle ? demanda Ki en déplaçant la tête de Dresh dans la direction de la Ventchanteuse.

— Et pour elle ? Proposes-tu de monter la garde auprès d'elle pour l'empêcher de s'enfuir tandis que je fais appel à ma magie ? Sois logique, Ki. Si elle se mettait à courir en hurlant, que devrions-nous faire ? Devrais-tu la poursuivre dans le corridor, ma tête sous le bras, pour me lancer brutalement au sol lorsque tu la rattraperais ? Non, tout ce que nous avons à faire, c'est de l'immobiliser avec ses propres mensonges. Et un petit œuf bleu. Viens. Mettons-nous au travail.

Mais lorsqu'elle se trouva debout près du coffre, un nouveau problème se fit jour. Avec Dresh dans sa main gauche et l'œuf dans la droite, elle n'avait aucune main libre pour appuyer sur les pierres. Après un moment passé à jongler, elle installa la tête de Dresh avec l'œuf coincé sous son menton dans le creux de son coude. Elle prit une profonde inspiration. Avec un frisson d'agitation, elle posa sa main libre sur le couvercle de la boîte.

Exactement comme il l'avait fait près de son feu de camp, son bras s'anima d'une vie propre. À travers le regard de Dresh, Ki regarda sa main danser au-dessus des pierres colorées du couvercle. Une fente apparut au centre. Sa main repoussa doucement les deux parties du couvercle pour révéler le corps de Dresh. Il était blotti à l'intérieur de la boîte, adroitement installé dans l'espace cubique. Le coup et les poignets se terminaient par des blocs de pierre noire veinée de rouge. Ki reprit l'œuf dans sa main droite et souleva plus haut la tête de Dresh pour mieux voir.

— Et maintenant ? murmura-t-elle à Dresh.

— Maintenant le travail commence, répondit-il dans un grognement. Recule-toi, Ki, et laisse-moi un peu de place.

Elle s'éloigna du cercueil. Une prescience irréelle s'était emparée d'elle. Elle ne fut pas surprise, mais étrangement révoltée, lorsqu'un bras terminé par un bloc de pierre noir sortit en tâtonnant par-dessus le côté de la boîte. Il fut suivi d'une épaule vêtue de brun. Avec une poussée soudaine, la poitrine et le bloc remplaçant la tête se levèrent en vacillant.

— Indéniablement difficile de tenir un corps en équilibre sans sa tête, grommela Dresh pour lui-même.

Le corps posa une main en forme de bloc sur le bord du container et se mit maladroitement debout. Il leva la jambe très haut pour faire un grand pas, un peu comme une marionnette aux mains d'un débutant, et posa l'un de ses pieds sur le sol. L'autre pied suivi et le corps sans tête ni mains se mit à marcher en vacillant. Ki et la tête l'examinèrent. Ki dut admettre que ce que Dresh avait prétendu était vrai. Il était un homme bien fait. Une tunique d'un brun couleur de gland couvrait son torse jusqu'à ses hanches ; les bras nus qui se tendaient à présent étaient finement musclés. Des chausses d'un brun plus sombre recouvraient ses jambes musculeuses. Ses pieds étaient chaussés de fins mocassins. Un homme fort bien fait. Mais aux extrémités de chaque poignet et sur le moignon de son cou se trouvait l'un des blocs désormais familiers de pierre veinée de rouge. Elle se sentit vaguement nauséeuse en remarquant que la poitrine se soulevait légèrement. Il n'y avait aucun doute sur le fait qu'un cœur battait légèrement à l'intérieur. Le corps tendit lentement un bras terminé par de la pierre en direction de Ki.

— Corps, Ki. Ki, j'aimerais te présenter mon corps. Serrez-vous la main, ou ce qu'il vous plaira ! aboya Dresh dans un rire macabre.

Ki frissonna et recula involontairement d'un pas.

— Assez plaisanté ! tempêta soudain Dresh, comme si c'était elle qui avait commencé. Nous n'avons pas le temps pour ça. Nous avons les pièces, Ki. Nous devons à présent terminer le puzzle et retourner dans ton monde. Nous allons avoir besoin d'un morceau de craie brune. Je pense que tu en trouveras un dans une bourse, à ma ceinture. Dépose mes mains à mes pieds. Puis trace un cercle autour de mon corps équivalent à ma taille normale. Et, Seigneur des Mers, dépêche-toi !

Ki réprima un tressaillement tandis qu'elle fouillait précautionneusement le corps de Dresh à la recherche de la craie. Elle dut une nouvelle fois déposer tête et œuf en vrac tandis qu'elle déplaçait les mains jusqu'aux pieds de Dresh. Elle ne fut guère rassurée lorsque l'une des mains sur le bloc de pierre s'anima pour lui tapoter le poignet.

— Dépose l'œuf dans ma main. Je pense que je peux me faire confiance à moi-même, remarqua gaillardement Dresh.

Ki commençait à se demander s'il était fou. Mais son humeur mignarde était contagieuse. La tête soigneusement calée contre elle, elle fit lentement le tour du corps à reculons en dessinant un cercle sur le sol poli à l'aide de la craie.

— Et maintenant ? demanda-t-elle lorsque les deux extrémités du cercle furent sur le point de se toucher.

— Et maintenant, pose la tête sur le sol et écarte-toi, mortelle !

Les yeux de Dresh se tournèrent instantanément vers l'entrée. Une grande Ventchanteuse aux robes d'un bleu profond s'y trouvait. Le large contour blanc autour de ses yeux était celui d'une Chanteuse avérée. Ki sentit son sang se glacer sous le regard moqueur de la créature. Elle resta accroupie près du sol, la craie prête à terminer le cercle. La tête de Dresh reposait contre sa poitrine.

— Fais ce que je t'ai commandé, mortelle !

La voix de la Ventchanteuse n'admettait pas de réplique. Ki s'apprêtait à placer la tête de Dresh sur le sol. Mais elle ne bougea pas. Les mains à qui elle ordonnait d'abaisser la tête continuaient de s'y cramponner. Les jambes à qui elle ordonnait de reculer pour s'écarter de Dresh restaient accroupies. Entre ses doigts, elle sentit les muscles du visage de Dresh se durcir dans une grimace.

— Medie ! Je ne m'étais guère attendu à vous rencontrer ici ! Quelque chose d'autre que mon corps divisé vous aura attirée ici, à n'en pas douter. Allons, ne jetez pas un regard aussi plein de menaces sur Ki. Tueriez-vous une vache sous prétexte que le fermier vous a froissée ?

— Pas la vache d'un fermier, Dresh. Mais je tuerais le cheval de guerre qui porte un guerrier. Comme ceci !

Medie leva la main. Quelque chose étincela au bout de ses doigts. Ki plissa ses yeux déjà fermés mais Dresh continuait de regarder pour elle. Elle tressaillit par anticipation.

Ki eut l'impression que Medie grandissait sur place, sa main levée, menaçante, pendant une éternité. Ses yeux bruns et blancs étaient immenses et la fixaient. Ses lèvres écailleuses se déplaçaient en silence. La main levée trembla. Tel un grand arbre qui s'écroule, Medie vacilla en avant. Elle heurta le sol la tête la première, sans chercher à se rattraper. L'énergie étincelante au bout de ses doigts scintilla sur le sol quelques instants avant de se dissiper. Medie resta immobile, silencieuse.

Ki s'autorisa de nouveau à respirer.

— Que lui avez-vous fait ? murmura-t-elle, abasourdie.

— Moi ? Je n'ai rien fait, répondit doucement Dresh. Medie est étendue morte, Ki, et pas seulement assommée. Ce n'est pas ma façon de faire.

— Non. C'est la mienne.

Passant le seuil de la porte, leur alliée traîtresse se pencha sur le corps de Medie. Ki sentit son gosier se rebeller lorsque la jeune Ventchanteuse retira du cadavre une longue lame étroite dissimulée par les plis des robes de son aînée. D'un mouvement délicat, elle nettoya soigneusement le sang sur la lame avec ses doigts avant de les essuyer sur les robes de Medie. Lorsqu'elle releva le regard, elle souriait et ses yeux rencontrèrent ceux du magicien.

— Maintenant, tu peux déposer la tête près des autres parties du corps et reculer, informa-t-elle froidement Ki.

— Réfléchis bien à ce que tu fais, faiseuse de vent. Medie est peut-être morte mais cela ne te protégera pas de la vengeance de Rebeke. En fait, ses griffes n'en tomberont que plus vivement sur toi. C'était un acte stupide !

Les fins sourcils de la Ventchanteuse s'arquèrent d'un air faussement innocent.

— Au contraire, sorcier. Rebeke me sera redevable. N'ai-je pas tué la traîtresse Medie, une informatrice du Haut Conseil, présente ici seulement pour piéger Rebeke avec ses propres mots ? Dans tes mains, tu tiens l'œuf qui prouve mes dires. Medie n'a-t-elle pas rassemblé ici les morceaux du magicien Dresh, afin de pouvoir s'approprier ses pouvoirs, en son nom et en celui du Conseil ? Non, magicien, je pense que mon action me vaudra la gratitude de Rebeke et non sa vengeance. Pose la tête aux pieds du corps, femme !

L'ordre soudain était cinglant. L'esprit du magicien maintint immobile le corps de Ki. Elle restait accroupie devant le cercle de craie incomplet, la tête blottie contre elle.

— Crois-tu vraiment pouvoir tromper Rebeke aussi facilement, porteuse des vents ? Alors tu ne la connais pas. Lorsqu'elle était une mortelle, elle était clairvoyante et plus rusée qu'aucune renarde ayant jamais attiré les chiens des chasseurs loin de ses petits. Elle pouvait dire ce qu'un homme avait en tête avant qu'il ne parle et prévoir ce qu'allait faire un enfant avant qu'il n'agisse. Ta propre formation devrait te donner à penser que ses jours en tant que Ventchanteuse n'auront fait qu'améliorer ces talents. Vas-tu vraiment tenter de tromper quelqu'un comme elle ?

— Silence, tête ! gronda la Ventchanteuse. Laisse la charretière m'obéir ou laisse-la mourir en tenant ton crâne de moineau, je m'en moque. De toute façon, vous ne serez bientôt plus, tous les deux.

Le regard de Dresh agrippait celui de la traîtresse. Mais Ki ne s'était pas rendu compte que sa main, hors de son champ de vision et invisible à la Ventchanteuse, avait rapidement et discrètement déplacé la craie. Au moment où la Ventchanteuse finissait de parler, la volonté de Dresh fit bondir Ki à l'intérieur du cercle à présent terminé. Un rapide coup d'œil de Dresh montra à Ki une rune minuscule tracée à la craie sur le sol à ses pieds. Le silence se fit lentement dans la pièce de la même façon que la poussière retombe derrière un chariot chargé sur une piste en été.

— T'attends-tu à me trouver impressionnée ? Pourquoi ne pas jongler avec trois œufs ou faire apparaître des perles de verre coloré ? Cela m'impressionnerait tout autant, petit mage. Pendant combien de temps crois-tu qu'une rune de terre pourra tenir, tracée à la craie sur le sol d'une chambre appartenant aux Ventchanteuses ?

— Suffisamment longtemps.

Dresh était menaçant. Ki se tenait immobile, toute petite. Elle n'était, se dit-elle, qu'une marionnette, un corps qu'on pouvait agiter en tirant sur les bonnes ficelles. Si elle parlait, ces deux-là ne l'écouteraient même pas. Ils jouaient pour des enjeux qu'elle ne pouvait pas s'offrir ; sur leur table de jeu, sa vie n'était rien de plus qu'un copeau de cuivre. Ki serra silencieusement les dents en maudissant toutes les formes de magies, qu'elles soient de la terre, du ciel ou de l'eau. Elle ressentit soudain un besoin douloureux de toucher la crinière rêche de Sigurd, de sentir l'odeur familière de sa cabine et du campement et même d'entendre les traits d'esprit acides de Vandien. Elle songea calmement à la rapière, dans son fourreau et inutile, loin dans un autre monde. Aussi inutile qu'elle le serait ici. Je pourrais bien mourir, songea-t-elle pour elle-même en trouvant un curieux réconfort dans cette pensée.

La jeune Ventchanteuse sortit de sa robe un petit cube de craie bleue. Elle s'accroupit à l'extérieur du cercle, à l'opposé de la rune de Dresh, et traça des courbes tourbillonnantes sur le sol. Mais les yeux de Dresh ne s'attardèrent pas sur elle. Il tira le corps de Ki en direction du sien et fit reprendre à ses mains l'œuf bleu.

— Devons-nous essayer de vous assembler à présent ? s'aventura Ki.

Dresh semblait avoir oublié l'existence d'un esprit dans ce corps qu'il utilisait aussi librement que si c'était le sien.

— Ce serait un échec, annonça-t-il d'un ton factuel. Sous une telle pression, les convergences voulues ne pourraient jamais être formées. Je serais certain de mourir pendant l'opération. Il est presque aussi certain que nous allons mourir tous les deux à présent. À moins que... À moins que...

Il tourna de nouveau le regard vers la porte. Medie se trouvait toujours à l'endroit où elle était tombée. Une petite tâche de couleur sombre s'étendait sur le bleu de ses robes. Le contenu de son haut capuchon gisait flasque sur le sol. Ki frissonna. La mort ne cesserait jamais de l'effrayer, quel que soit le nombre de fois où elle serait en sa présence. Une froideur se répandit dans son estomac.

Les yeux de Dresh revinrent sur leur ennemie. Elle traça un dernier enjolivement et releva les yeux vers lui, ses yeux noirs luisant de triomphe. Une voix glacée trancha l'air de la pièce.

— Des invités, Grielea ? Aurais-tu choisi de les distraire sans me consulter ?

Un voile d'innocence s'abattit comme un rideau par-dessus l'expression de triomphe dans les yeux de Grielea. Tous les yeux dans la pièce, y compris ceux, fermés, de Ki, se tournèrent dans la direction de la voix. Rebeke était entrée en silence. Elle se releva de l'endroit où elle s'était penchée sur le corps de Medie. Pendant un moment, elle contempla les tâches écarlates au bout de ses longs doigts. Elle frotta les extrémités de ses doigts les unes contre les autres puis les tendit dans la direction de Grielea. Le geste était aussi éloquent qu'un millier de questions. L'intensité de l'instant eut raison du calme de Grielea. Elle tenta d'apporter toutes les réponses à la fois.

— C'était une traîtresse à votre cause, Maîtresse des Vents. Voyez, je l'ai trouvée avec les morceaux du mage et l'œuf de parole. Je l'ai entendue prononcer les invocations pour appeler le Conseil. J'ai... J'ai deviné qu'il s'agissait d'une traîtrise. Dans ma colère devant ce qu'elle pouvait faire contre celle que j'aime tant, je l'ai tuée. J'implore votre pardon.

Des larmes coulaient des yeux noirs de Grielea. Elle baissa lentement la tête et son capuchon vint dissimuler ses yeux. Rebeke restait debout, silencieuse. Mais Ki était totalement interdite devant l'expression qu'elle lisait dans ses yeux. Dresh croisa son regard sans ciller. Ki déchiffra une partie du silence éloquent qui passait entre eux mais elle n'arrivait pas à croire le message qu'elle y lisait. Jamais Ki n'avait vu de la tristesse dans le regard d'une Ventchanteuse. Dresh se mit à parler d'une voix basse, sur le ton de la conversation.

— On serait tenté, Rebeke, de lui demander pourquoi elle porte les robes blanches d'une apprentie si elle connaît les mots qui activent un œuf de parole. On pourrait aussi se demander où une simple enfant comme elle a pu acquérir les connaissances nécessaires pour former la rune de ciel qui se trouve à ses pieds. Ou même pourquoi elle tient dans sa main le cube de craie bleue des runistes du vent. On pourrait vouloir poser ces questions, Rebeke.

Rebeke poussa un léger soupir.

— Pourquoi perdrais-je du temps avec ces questions alors que les réponses se trouvent devant moi ? Prétendrais-tu, toi, Dresh, que la trahison est une expérience nouvelle pour moi ? Lève-toi, infidèle. Contemple la Ventchanteuse que tu as tuée et réfléchis au sort qui t'attend.

Grielea se releva nonchalamment. Ses petites mains remontèrent pour lisser le bandeau du capuchon ceignant son front. Sa petite bouche forma un sourire glacé à l'intention de Rebeke.

— Tu n'oserais pas me tuer, Rebeke. J'ai les hautes faveurs du Conseil.

Rebeke se mit à rire. Ce fut un rire bref sur lequel elle s'étouffa. Ses yeux tombèrent sur Medie. Ils étaient brillants lorsqu'elle les releva pour croiser ceux de Grielea.

— La faveur du Conseil ? Parle-moi plutôt de la fraîcheur du soleil. Elles t'ont effectivement fait une faveur, en t'envoyant ici dans une quête sans espoir. Un poignard tel que toi est à double tranchant, Grielea. Il n'a pas de manche et il n'est jamais sans danger, notamment pour la main qui le tient. Pensais-tu qu'elles te laisseraient vivre après t'avoir formée et utilisée ? Elles ne s'attendent pas à avoir à se débarrasser de toi. Elles savent que je m'en chargerai et, par cet acte, que je scellerai mon propre sort. Mais je ne vais pas jouer ainsi leur jeu. J'ai mes propres méthodes pour m'occuper des infidèles telles que toi.

Ki vit les yeux de Grielea s'élargir. Son regard ricocha entre Rebeke et Dresh et vice versa.

Rebeke soupira.

— Grielea, regarde par ici.

Les doigts fins de Rebeke tracèrent un signe dans l'air. Pendant une minute, l'élégante rune bleue sembla flotter dans l'air, visible pour Ki à travers les yeux de Dresh. Grielea la fixait du regard. Et son regard ne bougea pas même après que la rune eut disparu aux yeux de Ki.

— Cela va l'occuper pendant que je m'occupe de toi. C'était très rusé de ta part de mêler ton aura à celle de la charretière. Qui aurait pu suspecter qu'elle en ait une ? Cette énigme m'a longuement retenue aux bassins. Suffisamment longtemps pour que Medie meure, Dresh. (Sa voix parfaitement maîtrisée sembla soudain enrouée.) Dresh, Dresh.

Elle toussa et ses épaules s'affaissèrent.

— Pourquoi m'as-tu fait ça ?

— Je t'ai fait ça ? Tu as fait le choix pour nous deux, Rebeke ! T'ai-je drapée dans des robes bleues et ceinte du haut capuchon des Ventchanteuses ? Ai-je empoisonné ton corps avec leur essence pour semer des écailles sur ton visage ? Ai-je fait de toi à la fois plus et moins qu'une femme humaine ?

— Non ! s'emporta Rebeke. J'ai fait tout cela pour moi ! Tu aurais fait de moi la servante d'un magicien. J'aurais pu t'observer, depuis un coin de la pièce, invoquer les puissances de la terre et applaudir tes succès. Tu m'aurais offert des baumes pour conserver la jeunesse de mon visage. Je serais restée un joli jouet avec lequel t'amuser durant ton temps libre.

— Et cela aurait-il été pire que de porter les écailles d'une Ventchanteuse et d'être le jouet du Haut Conseil, Rebeke ?

Ki poussa un soupir tremblant. Cet étrange échange entre Rebeke et Dresh était déjà terrifiant, blasphématoire d'une certaine manière. Mais il y avait plus à craindre qu'eux dans la pièce. Dans un effort de volonté, Ki força ses yeux à s'ouvrir. Elle examina la scène étrange qui s'offrait à elle en essayant de l'accorder avec ce que les yeux de Dresh lui avaient montré.

— Le Haut Conseil n'est pas un idéal, Dresh. Je l'admets. Je te chuchoterai même qu'elles ont corrompu la destinée des Ventchanteuses. Mais celle-ci sera remise sur le droit chemin, par des Ventchanteuses telles que moi. Et je crois en des buts plus nobles que de me faire belle et de me peinturlurer pour conserver tes faveurs.

Ki baissa les yeux vers ses mains. Mais tout ce qu'elle vit fut le vide infini du cube qu'était Dresh, supporté par de fines lignes pâles. Ses propres mains dans cette dimension, devina Ki. Du cube émanait une voix, ou peut-être seulement un flot de pensées.

— Tu m'accordes si peu de crédit, Rebeke. Tu parles comme si je n'aimais que ton corps. Ta chair aurait pu se flétrir, prendre les formes de l'âge, ce qui n'est qu'apparence. Et je t'aurais encore aimée... comme, peut-être, je t'aime aujourd'hui.

Le silence s'abattit sur eux. Les yeux de Ki vagabondèrent. Elle les fixa sur une tour pâle, étrangement familière. Grielea, présuma-t-elle. Oui, les deux étincelles rouges de ses yeux étaient bien là. Et ces étincelles venaient-elles de bouger ? De rencontrer le regard de Ki ? C'était impossible. Rebeke l'avait paralysée à l'aide d'une rune du vent. Mais

Ki eut l'impression que la tour bougeait, qu'elle s'aventurait dans la direction du cercle tracé par Dresh. Elle avançait à pas minuscules, mais elle avançait bel et bien.

— Peut-être ?

Le ton aiguisé de Rebeke brisa le silence et troubla Ki au point que la vision de Dresh reprit place dans son esprit.

— Peut-être ! Me décoches-tu ce mot comme on lance un os à un chien affamé, Dresh ? Ou essayes-tu simplement de me rendre la tâche difficile ? J'ai perdu Medie, Dresh. Sa force me manquera terriblement. Privée de celle-ci, je n'ai que plus besoin des pouvoirs que tu as rassemblés. J'ai un but. Si ce n'était que moi, jamais je ne te ferai de mal. Je ne vais pas jouer avec les mots comme toi, ni te laisser dans le doute. J'éprouve toujours des sentiments pour toi. Mais devrais-je les laisser interférer avec ma chance de rendre aux Ventchanteuses leur véritable raison d'être ? Devrais-je laisser filer cette chance en me laissant séduire par tes propos ? Non ! Si je dois le faire, je le ferai aussi vite que possible. Pourquoi faire durer notre tourment mutuel...

Avec une sensation de déchirement physique, Ki tourna les yeux de Dresh dans la direction de Grielea. Elle avait bougé ! Elle se trouvait à l'intérieur du cercle, un air de triomphe sur le visage. Sa main était levée et un éclair de mort y brillait. Elle visait Rebeke !

Ki agit la première avec une rapidité qui surpassait les talents de Dresh pour la commander. Avec la peur qui naît de la terreur, elle lança l'œuf bleu en direction de la tête de Grielea.

Le cri d'avertissement que lançait Dresh à l'intention de Rebeke se transforma en cri d'horreur lorsque l'œuf heurta la tête encapuchonnée de Grielea. Il traversa son visage et son crâne comme une flèche perce un fruit trop mûr. Des morceaux de chair et des esquilles d'os semblèrent flotter dans les airs devant les yeux stupéfaits de Ki. Puis l'œuf frappa le mur derrière le corps qui s'effondrait. Le mur s'évanouit dans un rugissement de flammes bleues.

Le corps sans vie de Grielea chuta à travers le trou dans le mur, s'éloignant d'eux en tombant dans le vide qui s'étendait au-delà de la pièce. Alors que Ki regardait Grielea flotter au loin comme une poupée abandonnée, elle sentit qu'elle-même glissait en tourbillonnant vers le vide. Un vent impitoyable l'emporta, ainsi que le torse de Dresh qui agitait inutilement les bras. Elle sentit la nausée lui monter aux lèvres tandis que le corps l'agrippait dans une étreinte maladroite. Les mains s'étaient accrochées à l'une des jambes du corps. Elle tenait toujours la tête de Dresh entre ses bras lorsqu'ils furent emportés dans les ténèbres. Ki conserva une dernière image de Rebeke, les fixant avec un mélange de stupéfaction et de douleur. Puis les murs de la pièce percée se reformèrent derrière eux. Rebeke disparut de leur vue. Ki et Dresh s'enfoncèrent ensemble dans le vide. Elle réalisa qu'elle ne respirait plus mais ce ne fut qu'une gêne passagère dans la somnolence qui s'emparait de ses pensées. Elle avait déjà fait ce rêve auparavant. Les points de lumière étaient revenus. Une nouvelle fois, ses cheveux s'agitèrent légèrement contre son visage bien qu'elle ne sente aucun souffle sur sa peau. Elle ne ressentait aucune panique, pas même un intérêt pour sa situation. Elle dérivait dans un vide infini, une tête de magicien dans les bras, le corps de ce même magicien enlaçant le sien. Le futur ne l'inquiétait pas. Elle n'avait pas de passé par rapport auquel l'analyser, et pas de présent à partir duquel y songer. Elle était satisfaite de dériver sans faire d'effort, sans respirer, sans penser, sans exister. La tête entre ses mains se débattait avec l'esprit de Ki, tentant d'imposer ses inquiétudes sur son âme sans tâche. Ki n'en voulait pas. Elle laissait ses pensées se défaire aussi vite qu'il les tissait. Elle laissa son esprit sombrer dans le silence.

CHAPITRE 16

L'attelage de Vandien était tel qu'il l'avait laissé. Il regarda les skeel ronfler dans la poussière comme une portée de chiots. C'étaient les bêtes les plus bizarres auxquelles il avait jamais eu affaire. Il espérait qu'il pourrait les faire se lever lorsque le moment serait venu. Il haussa les épaules avec un soupir avant de se tourner vers la taverne. Un petit-déjeuner serait le bienvenu. Il n'avait pas l'habitude de se lever si tôt, surtout le ventre vide.

La Ventchanteuse se tenait solidement plantée au centre de la venelle ; un vent léger agitait ses robes bleu pâle. Elle avait les yeux fixés sur Vandien. Son capuchon bleu enserrait son visage en une forme ovale et donnait l'impression que ses yeux étaient plus grands. La lumière diffuse du matin lui conférait une apparence plus juvénile que jamais. À cette distance, les fines écailles de son visage étaient invisibles. Ses mains semblaient petites, qui dépassaient de ses manches amples. Elle évoquait une enfant habillée des vêtements de sa mère, songea Vandien en souriant.

Son visage à elle ne souriait pas tandis qu'elle le fixait. Elle fit un mouvement contrarié de la main et le vent cessa.

Avec ce geste, elle cessa d'être une jeune fille et apparut pour ce qu'elle était, une Ventchanteuse. Vandien sentit son estomac effectuer lentement un tour sur lui-même. L'avait-il comparée à une enfant un instant auparavant ? Quel idiot de se laisser ainsi abuser par un doux visage.

— C'est une belle matinée, charretier. Les cieux sont vides et, depuis le haut des collines, on peut voir le paysage à des kilomètres à la ronde.

Sa voix musicale était pleine de charme mais son visage ne reflétait pas la cordialité de son salut.

— C'est vrai, admit laconiquement Vandien.

Il avança dans sa direction avec l'intention de la dépasser. Moins il verrait cette Ventchanteuse, plus il se sentirait en sécurité. Mais juste au moment où il allait passer à côté d'elle, elle se décala rapidement pour se retrouver face à lui. Il devait s'arrêter ou lui rentrer dedans. Vandien s'immobilisa, mal à l'aise, trop près d'elle à son goût.

— Que voulez-vous ?

Il avait posé la question d'une voix basse et neutre qui ne s'embarrassait pas de courtoisie. C'était une Ventchanteuse. Il n'avait aucun désir de la mettre en colère mais il n'avait pas non plus l'intention de ramper devant elle.

— J'ai arpenté le sommet des collines ce matin, charretier. Ai-je mentionné que l'on peut voir à des kilomètres de là-haut ? reprit-elle d'une voix chantante. Et que pensez-vous que j'aie vu dans cette belle lumière claire ? Un petit bateau sur la mer. Un petit bateau flottant au-dessus des ruines d'un temple consacré uniquement aux Ventchanteuses. Pendant un moment, charretier, j'ai songé à déclencher une rafale de vent. J'aurais pu emporter ce petit bateau à des kilomètres du rivage, bien au-delà de votre capacité ou de celle de cette fille de vous ramener à la rame. Imaginez, charretier. Imaginez. Mais je me suis montrée généreuse. Je n'ai rien fait. J'attendrai ce soir, lorsque la marée commencera à descendre, et alors nous nous mesurerons l'un à l'autre. J'attends cela avec impatience.

— Est-ce tout ce dont vous êtes venue me parler, Ventchanteuse ?

Une vague répugnance était visible dans les grands yeux gris de la Ventchanteuse et déformait sa bouche sculpturale.

— Le festival est une ancienne tradition ici, charretier. Je vous recommanderais de ne pas trop forcer en retournant de lourdes pierres dans la mer en furie. Donnez-leur un beau spectacle, bien sûr. Nous autres Ventchanteuses comprenons le besoin de traditions de la populace. Qu'ils se libèrent ainsi de leurs petites hostilités et nous aurons des ouailles plus heureuses pendant le reste de l'année. Nous ne leur reprochons rien. Nous envoyons même une représentante à chaque Reflux pour opposer une résistance de pure forme à leurs risibles efforts. Ce genre d'exutoire est très sain pour eux, charretier. Mais, tout comme une vache nerveuse ne donne pas le meilleur lait, des individus un peu trop excités ne récoltent pas aussi bien qu'ils le pourraient. Ils deviennent agités et posent problème aux moments où l'on ne s'y attend pas. Ce n'est bon ni pour eux, ni pour nous. Et particulièrement mauvais pour vous, charretier. Les chansons qui ont été chantées hier, charretier... cela nous a déplu de les entendre chantées de cette façon.

— Vous avez terminé ? intervint Vandien tout en sachant très bien que ce n'était pas le cas.

La trépidation qu'il ressentait de se trouver menacé sans subtilité par un être aux pouvoirs indéterminés se manifestait sous forme de colère. Le sang lui montait au visage et palpitait à travers sa cicatrice. Il refusait d'être effrayé. Il serrait si fort les dents que les coins de sa mâchoire lui faisaient mal. Il aurait aimé qu'il y ait plus de monde dans les rues, pour qu'ils puissent voir leur gentille Ventchanteuse, à présent. Mais tous dormaient en ce matin de fête. Il était seul.

Elle se rit de lui.

— Terminé ? Alors, vous voudriez me faire taire avant que je ne vous révèle la chose la plus amusante de toutes. Mais puisque vous êtes si impatient, j'irai à l'essentiel et vous laisserai vaquer à vos urgentes occupations.

Son sourire disparut.

— Nous savons qui vous êtes, charretier. Nous voyons en compagnie de qui vous vous plaisez. On ne nous traite pas à la légère. Nous pensons que vous devriez dès à présent vous rendre compte que vous vous êtes aventuré trop loin. Vous n'avez pas à en parler à qui que ce soit. Montrez-vous convaincant, ce soir. Montrez de l'entrain. Et demain, reprenez votre route en sifflotant, accompagné par un vent agréable. Vous n'aurez déçu personne. Certains pourront même vous apprécier plus qu'avant. Faites preuve de sagesse tardivement plutôt que pas du tout, et vous pourrez protéger vos amis de sérieuses tempêtes.

La Ventchanteuse se tourna lentement. Elle avait fait deux pas avant que Vandien ne retrouve sa voix.

— Ventchanteuse Killian !

Elle se tourna pour le fixer froidement.

— Quelque chose à dire, charretier ? Je croyais que vous aviez hâte d'en avoir fini ?

— Soyez claire avec moi. Qui menacez-vous ? (Les yeux de Vandien étaient durs.) Ma compagne de ce matin n'était qu'une enfant, rendue amère par une vie entière passée à être déconsidérée par les siens. Elle ne trame rien dans votre dos. Sa colère n'est même pas dirigée contre les Vent-chanteuses mais contre son propre peuple. Elle n'est pas à la recherche de vos secrets pour tenter de vous faire du tort mais seulement pour se racheter aux yeux des pêcheurs. Êtes-vous en train de dire que si je cherche ce coffre demain, votre colère retombera sur Janie ? C'est une menace stupide. Janie continuerait à chercher et à rêver de votre secret même si je quittais le village ce soir sans jamais m'aventurer dans votre temple. Elle l'a cherché pendant chacun des Reflux du Temple qui ont eu lieu depuis le début de sa courte vie. Allez-vous prétendre que cette année, votre colère s'abattra soudain sur elle si je cherche moi aussi ? Vous me flattez, mais je ne suis pas convaincu.

Killian lui sourit de haut. Vandien n'avait aucune idée de la façon dont elle s'y prenait puisqu'ils étaient de la même taille, mais elle y arrivait très bien.

— Janie ! (Elle eut un reniflement de dédain.) Jetez une poignée de poussière dans le vent, charretier, et elle ne fera que vous retomber dans les yeux. De Janie, nous savons tout. Pour vous, elle n'est rien d'autre qu'une fille rencontrée hier. Vous pouvez nous la jeter en pâture mais cela ne nous apaisera pas plus que cela ne nous trompera. Non, charretier, je parle de Srolan, qui vous a amené ici. Et je parle de la Romni qui s'immisce dans des affaires qui la dépassent. Inutile de me lancer des regards interrogateurs et de prendre l'air innocent ! Je vous dirai clairement que Ki ne nous a causé que des désagréments. Pas plus, et nous l'avons laissée passer indemne. Mais si vous continuez à fureter et à vous mêler de ce qui ne vous concerne pas, petit homme...

— Bluff et effets de manche, tout comme les vents pour lesquels vous chantez, Killian. La détermination de Srolan n'a rien à voir avec moi. Même si je fuyais, elle continuerait à « fureter et à se mêler » toute seule. Vous ne pouvez pas me mettre sur le dos les persécutions que vous lui feriez subir. Et Ki ? Une âme libre, elle aussi. Si vous l'aviez en votre pouvoir, vous ne me menaceriez pas, vous l'agiteriez devant moi. Non, tout ce que vous avez de Ki, c'est son nom. Alors, qui menacez-vous ?

La colère le rendait audacieux. Il refusait de lui montrer que le simple fait qu'elle connût le nom de Ki était suffisant pour lui glacer le sang.

— Je constate que la subtilité ne mène à rien ici. Goûtez à ceci, Vandien, et décidez de qui je menace.

Sa petite main se leva vivement pour s'agiter devant ses yeux. Vandien s'écarta pour éviter la gifle. Mais ses doigts ne le touchèrent pas. Au lieu de cela, un vent hurlant fouetta la venelle en projetant la poussière du sol au visage de Vandien, jusque dans ses yeux. Killian avait disparu. Il plissa les yeux pour se protéger du brusque mouvement d'air. Un souffle glacé le frappa soudain et le fit reculer dans la venelle, les bras levés pour se protéger le visage. Il heurta brutalement la rambarde et s'écroula par-dessus ses bêtes blotties les unes contre les autres.

Il cracha de la poussière et tenta de reprendre son souffle en respirant à travers sa manche. Le froid perçant brûlait sa cicatrice comme un tison et engourdissait le bout de ses doigts. Il chancela contre le vent et s'étala violemment contre le mur de l'auberge. Il força ses yeux à s'ouvrir en deux fentes minuscules. Des larmes coulaient sur ses joues. Le vent le jeta à genoux. Il rampa devant lui comme il ne l'avait pas fait devant Killian.

Le rugissement dans ses oreilles était assourdissant. Il inspira à plusieurs reprises avant de réaliser que ce n'était plus le vent qu'il entendait mais seulement le bourdonnement de son propre sang. Le vent s'était arrêté. Les rayons blafards du soleil d'automne tombaient sur lui et tentaient, en guise d'excuse, de le réchauffer. Battu et engourdi, il se releva lentement en s'appuyant sur les pierres rugueuses du bâtiment. Appuyé contre le mur, il fit cligner ses cils pleins de poussière pour éclaircir sa vision. La vue qui l'accueillit lui donna le frisson. La rue était paisible. Pas une seule planche n'avait été dérangée, pas une seule enseigne arrachée. Les bannières du Reflux du Temple pendaient mollement dans l'air. C'était une rue calme et endormie, une rue de matinée fériée. Le vent dans la venelle avait été un vent très particulier, un vent pour Vandien, pour lui seul. Killian lui avait offert un aperçu de son talent. Elle n'avait pas de raison de déranger les pêcheurs, juste de discipliner le charretier qui menaçait de semer la discorde dans un troupeau docile. Les choses étaient comme elle l'avait dit. Tout ce qu'il avait à faire était de changer d'idée. Personne d'autre ne le saurait et personne ne lui en tiendrait rigueur.

Ki ? La Ventchanteuse avait dit qu'elle se mêlait de leurs affaires. Dans l'état de confusion où il se trouvait, les mots de Killian ne voulaient toujours rien dire. Ki s'était toujours tenue largement à l'écart des Ventchanteuses. Il agita ses mains. Le flux sanguin et la chaleur commençaient à revenir dans ses doigts. Ki. Il pouvait faire confiance à Ki pour se mettre dans le pétrin alors qu'il se débattait déjà avec ses propres problèmes. Il se passa une main sur le visage pour se débarrasser de la poussière dont il était couvert. Que devait-il faire ? Abandonner sa tâche à Faux-Havre et partir à la recherche de Ki ? Mais la Ventchanteuse avait dit qu'il ne lui était rien arrivé. Il grimaça en imaginant la réaction de Ki s'il arrivait en fonçant tête baissée « à la rescousse ». Non, Ki avait dit qu'elle le retrouverait ici. Elle s'attendrait à ce qu'il soit ici et viendrait à Faux-Havre si elle avait réellement des ennuis. Il ferait mieux de rester là où elle pouvait le trouver.

Il entra en trébuchant dans la salle commune et jeta un regard circulaire sur les bancs déserts. Le même garçon était en train de vider le foyer et la même fille de huiler les tables. Il se demanda où était Janie. Personne ne lui adressa la parole tandis qu'il montait lentement les marches de l'escalier pour rejoindre sa chambre. L'eau dans l'aiguière était tiède mais elle lui permit de laver la poussière qui lui collait au visage. Il se laissa tomber dans son lit froissé. Allongé sur le dos, il massa doucement les contours de la cicatrice sur son visage. La douleur concentrée à l'intérieur commença à diminuer. Il appréhendait déjà la soirée à venir : le froid et l'humidité de la mer allaient plisser douloureusement la cicatrice. Si Killian se trouvait sur les hauteurs pour le frapper à l'aide de ses vents, comment pouvait-il espérer rester debout dans cette eau, et encore moins creuser à la recherche du coffre ?

La détresse et le découragement s'emparèrent de lui. Ça ne valait même pas la peine d'essayer. Il ne ferait que se ridiculiser. Mais s'il ne tentait rien, la Ventchanteuse penserait l'avoir maté ; et il perdrait toutes ses chances de voir la cicatrice disparaître de son visage. Du bout des doigts, il se massa le visage pour en atténuer la raideur. Vandien imaginait parfois que la cicatrice était une chose vivante qui s'était insinuée dans son visage à coups de dents et qui finirait par se frayer un chemin jusqu'aux os de son crâne et par dévorer sa vie. Il laissa retomber ses mains et s'immobilisa. Détendez-vous, détendez-vous, supplia-t-il mentalement, et les muscles de son visage obéirent petit à petit. La douleur s'atténua.

La chaleur était en train de revenir dans le reste de son corps. Le froid qui s'était noué autour de sa colonne vertébrale commençait à se défaire. Le trajet en bateau au petit matin l'avait laissé déjà bien frigorifié avant que les vents ne le frappent et ne dissipent ses dernières réserves de chaleur corporelle. Il tâtonna autour de lui et remonta un coin de couverture. Son esprit commença à se vider et son corps à rechercher le sommeil.

— Vandien, debout !

Son esprit se balança sur le fil du rasoir, entre le sommeil et l'éveil, il entrouvrit les paupières pour fixer d'un air rêveur le visage de Srolan qui planait au-dessus de lui.

— Non.

Il commença à fermer les yeux.

— Si ! insista-t-elle en le secouant.

Il poussa un soupir et s'assit sur le lit, au pied duquel elle se percha immédiatement. Il fut obligé de s'émerveiller devant son apparence. Une immense cape était passée sur ses épaules, dont le capuchon bleu était repoussé en arrière sans coquetterie. Le baiser coloré du vent sur ses joues montrait qu'elle n'était rentrée que depuis peu de temps. Elle repoussa ses cheveux noirs défaits en arrière et plaça ses mains entre ses cuisses pour les réchauffer. Ses yeux luisaient comme des gemmes et c'est d'un ton à la fois amer et excité qu'elle lui lança :

— Tu as réveillé un vrai nid de guêpes !

— Moi ?

Vandien était incrédule.

— Je suis venu dans ce village en honnête charretier à la recherche d'un travail vite fait et rapportant de l'argent facile. Au lieu de quoi je me retrouve mêlé à des intrigues vieilles de plusieurs siècles et impliqué dans un imbroglio à trois voix entre un aubergiste qui veut distraire les foules, une jeune femme qui aimerait humilier le village comme elle a été humiliée et une vieille folle qui...

— Veut que justice soit enfin faite ! l'interrompit Srolan.

Elle eut un rire joyeux, le rire séducteur d'une jeune femme. Vandien se surprit à la regarder de près. Il y avait un magnétisme en elle, une vitalité qui interpellait chacun de ses instincts. Il n'était pas inaccoutumé aux brusques désirs qu'une femme vive et en bonne santé pouvait réveiller en lui. Au temps de sa jeunesse, il se serait lissé les plumes, aurait secoué ses boucles brunes, se serait redressé de toute sa taille en bombant le torse. Mais il était un homme accompli, à présent, avec une cicatrice au milieu du visage, plus guère enclin à faire le beau.

Et cette femme ? Elle était assez âgée pour être sa grand-mère, voire son arrière-grand-mère. Mais auprès d'elle, sa peau le picotait et ses oreilles sonnaient. Elle le remplissait de désirs, mais aucun n'était physique. Il désirait... Vandien avait du mal à comprendre son propre esprit. Il voulait se tenir glorieux devant elle, obtenir son respect. Il voulait que ses yeux noirs brillent en le voyant. Il voulait qu'elle l'identifie dans une pièce pleine de monde comme le seul homme méritant de lui faire la conversation. Il ressentait soudain un besoin dévorant d'obtenir son amitié et sa confiance.

Elle lut en lui.

— Je t'ai bien choisi. (Sa voix était chaleureuse.) Il y a des hommes plus profonds, des hommes de plus forte stature, ou dotés d'une plus grande force. Il y a de meilleurs charretiers, et d'autres plus prudents. Mais Vandien, tu es capable de ressentir. Et tes sensations te mènent à accomplir des choses. Tu es aussi généreux dans tes amours que dans tes haines. Parmi un millier d'autres, tu es celui qu'il me faut.

Le sang de Vandien se fit brûlant de fierté. Il se surprit à sourire sans avoir vraiment compris le sens de ce qu'elle disait. Les doutes qui l'avaient tracassé au sujet de Srolan depuis sa conversation avec Janie étaient apaisés. Elle s'approcha et prit ses mains dans les siennes.

— Que t'a-t-elle dit, Janie ?

— L'histoire de son grand-père. Elle l'a récitée comme une litanie, avec ses mots à lui. Et, j'en jurerais, sa voix aussi. Quel poids à faire peser sur les épaules d'une enfant... !

— Les gens âgés sont souvent plus justes que gentils. Et cette histoire t'a-t-elle été d'une quelconque utilité ?

Vandien haussa les épaules. Les mains de Srolan étaient chaudes et ses yeux ne voyaient que lui.

— Je chercherai dans le coin sud-ouest du temple. Le coffre n'est pas très grand mais il est lourd au point de nécessiter deux hommes forts pour le soulever. Et je ne laisserai pas mon pied glisser entre deux rochers. (Il soupira.) Et je sais clairement que si je le trouve, je pourrais le payer de ma vie. Mais cette information m'est venue de Killian et non de Janie.

Srolan hocha la tête.

— J'avais bien cru sentir le picotement de la magie du vent dans l'air ce matin. C'est bon signe, Vandien. Elles te craignent et tentent de t'effrayer pour que tu partes. Mais c'est uniquement parce qu'elles craignent que tu réussisses là où les autres ont échoué. Car tu as suffisamment de volonté pour réussir.

Srolan se leva brusquement en lâchant ses mains. Elle se mit à faire les cent pas autour de la pièce, l'énergie de ses mouvements faisait tournoyer sa cape bleue autour d'elle. Lorsqu'elle s'arrêta, ce fut soudain, et elle le perça d'un regard qui cherchait à découvrir ses secrets.

— Il y a autre chose que notre petite quête qui agite les Ventchanteuses, Vandien. Je me suis aventurée loin ce matin. Les vents révèlent des secrets à ceux qui savent comment écouter. J'ai écouté, très attentivement. L'esprit des Ventchanteuses s'est détourné de nous pour se focaliser sur quelque chose beaucoup plus proche de leur domaine. Killian a peur car elle sait qu'elle est seule face à toi. Elle ne pourra recevoir aucun renfort. Ton entêtement l'effraie. Crois-moi lorsque je te dis que sa petite démonstration en ton honneur ce matin lui a coûté cher. Invoquer le vent n'a rien de trivial. Elle va devoir se reposer à présent et rassembler ses forces pour ce soir. Ma suggestion est la suivante : n'attends pas qu'elle soit prête.

Vandien se surprit à hocher la tête. À travers la fenêtre ouverte lui parvenaient les sons matinaux d'un village qui se réveille pour un festival et non pour une journée de labeur. Des conversations anodines et des rires se faisaient entendre. À l'étage en dessous, les planches de l'auberge tremblaient au rythme d'un va-et-vient précoce. Des voix commandaient du vin épicé ou un bol de soupe de poisson chaude. Dans la chambre de Vandien, cependant, on ne préparait pas de réjouissances, mais une bataille.

— Janie a suggéré que je suive une vieille coutume. Elle m'a dit de suivre la marée descendante et non d'attendre pour sortir que l'eau se soit retirée. La différence paraît mineure.

— La marée qui descend révèle des choses, Vandien. Elle t'a donné là un sage conseil. Pendant que l'eau se retirera du temple, tu pourras apercevoir quelque chose révélé par les déplacements du sable. Si tu le repères à ce moment et que tu l'encordes, tu auras ensuite tout le temps de la marée pour le ramener. J'ai de la corde pour toi, d'ailleurs.

— J'imaginais qu'un village de pêcheurs en aurait plus qu'en suffisance.

— Pas comme celle-ci. Les nœuds de celle-ci ne se déferont pas, pas plus qu'elle ne s'étirera une fois mouillée.

Srolan sortit un rouleau de corde de dessous sa volumineuse cape. Vandien le fixa avec consternation. Le cordage n'était pas plus épais que son doigt. Elle le lui lança et le rouleau atterrit lourdement sur ses genoux. Il caressa la surface grise, douce au toucher. Il tordit la corde sur elle-même sans toutefois réussir à détacher un seul brin.

— Faite par les kerugi, répondit Srolan devant son air interrogateur. Un ami me l'a envoyée. De la belle ouvrage. Ces doigts minuscules peuvent tisser les fibres les plus fines pour former un tout compact. Tu peux lui faire confiance, Vandien. Ainsi qu'à moi.

Elle s'approcha à grands pas de la fenêtre et jeta un œil dans la venelle et la rue en contrebas.

— Les jongleurs sont venus. C'est bien. Je dois y aller à présent. Tu ferais bien de prendre autant de repos que possible car ta marée sera tard ce soir. Mais pour moi, la fête commence en bas. Il y aura les gâteaux du festival et des boissons rares. Des histoires, aussi, et des chansons. Malgré mon âge, je suis comme une enfant pour ces choses-là. Peu importe à quel point cela peut me fatiguer, je ne peux m'en passer. Repose-toi bien.

— Et Janie ?

La voix de Vandien l'avait arrêtée près de la porte.

— Janie ? Je ne doute pas qu'elle soit éveillée et en train de s'activer en bas. Elle travaille un peu pour Helti, vois-tu, car il s'occupe de sa petite sœur durant la journée.

— Je veux dire, quand ceci sera terminé, qu'adviendra-t-il de Janie ?

Les épaules de Srolan retombèrent. Ses pas se firent lents tandis qu'elle revenait se pencher sur le pied du lit.

— Janie. Dommage que nous ne puissions pas tout arranger, faire que tout se termine de façon heureuse comme dans les vieux contes. Eh bien, si tu réussis, son histoire sera enfin justifiée. Elle sera la petite-fille d'un héros. Pendant un jour ou deux, en tout cas. Et puis Janie s'apercevra que les actions de nos ancêtres n'ont guère de poids aujourd'hui. Elle s'apercevra qu'elle est toujours Janie, la fille d'une épave ivrogne. Elle ne sera pas traitée différemment. En fait, cela pourrait faire empirer les choses. Lorsque vous êtes la petite-fille d'un héros, les gens attendent plus de vous que lorsque vous êtes la petite-fille d'un menteur.

— Et si j'échoue ?

— Tu n'échoueras pas.

— Mais si ça arrivait ? insista-t-il avec entêtement.

— Alors ce ne serait qu'une année de plus. On la taquinerait encore quelques jours après le Reflux du Temple et puis on l'oublierait. Dans quelques années, sa sœur sera assez âgée pour l'aider avec le doris et elles gagneront mieux leur vie. Elle aura de l'argent à elle et plus nombreux seront les jeunes gens à la regarder et à se dire qu'ils pourraient tomber sur pire. Non pas que je pense que Janie acceptera un seul d'entre eux. Elle a trop bonne mémoire, cette fille-là. Elle pourrait te faire la liste de toutes les moqueries qu'elle a reçues depuis qu'elle est enfant. C'est l'un des problèmes d'un village aussi petit. Tous les enfants grandissent en étant compagnons de jeux. Je doute qu'il y ait un homme dans ce village qui ne se soit jamais moqué d'elle.

— Excepté Collie.

— Collie. (Srolan pinça pensivement les lèvres.) C'est exact. Il était trop occupé à se défendre pour avoir le temps de se moquer de quelqu'un d'autre. Elle pourrait bien prendre Collie.

— Pourrait-elle quitter Faux-Havre ?

— J'en doute. Rares sont ceux nés ici qui le font. Regarde-moi. Je suis née ici.

Elle s'approcha et son ombre tomba sur lui. Sa voix s'était soudain faite apaisante. Vandien ne sursauta pas lorsqu'elle toucha son front du bout des doigts. Ses pensées étaient confuses.

— Repose-toi à présent. Tu ne peux rien pour Janie. Elle était là avant que tu n'arrives à Faux-Havre et elle y sera encore lorsque tu partiras. Laisse-la tisser les propres fils de son destin. Va dormir, Vandien. Nous aurons besoin de toutes tes forces. Je ferai en sorte que l'on t'appelle largement assez tôt pour dîner, avant que tu n'ailles suivre la marée.

Elle lissa l'oreiller près de son visage. Il sentit les à-coups experts qu'elle donnait sur les couvertures pour le border. C'était étrange mais il ne se souvenait pas s'être allongé sur le lit.

— Dors, lui répéta-t-elle.

Et elle disparut. Il crut entendre le son d'une porte qui se fermait, puis le sommeil l'emporta.

CHAPITRE 17

Les points de lumière chatoyaient. Cela ne dérangeait pas Ki. Fixer des lumières immobiles ou chatoyantes, c'était du pareil au même pour elle. Elles auraient pu toutes s'éteindre d'un coup qu'elle serait restée tout aussi calme. Un vaste corps translucide était en train de s'intercaler entre elle et les lueurs. Cela ne l'inquiétait pas. Plus il approchait de Ki, plus il étouffait de lueurs. Après une éternité passée à l'observer, il finit par remplir totalement le champ de vision de Ki. Les lueurs chatoyantes étaient toutes étouffées à présent. La chose avait enflé ou s'était approchée. Pour Ki, tout cela revenait au même, jusqu'au moment où la chose l'engloutit.

Avec le réveil vint la terreur. Ki hurla et revint à la vie au son de sa propre peur. Elle n'avait aucune idée du temps ou de l'espace ; seul comptait le fait qu'elle était en vie et qu'elle souhaitait le rester. Elle était assaillie par les sensations. Elle avait froid. Elle était recouverte d'un liquide écœurant. Des cloches sonnaient près de ses tympans. Elle était frappée par des sables qui lui arrachaient la peau. Des lumières brillantes lui tiraient les yeux hors des orbites, les brûlaient jusqu'à la cécité. Elle se trouva plongée dans une obscurité si intense que des étincelles pastel dansaient sur sa cervelle.

Ce supplice durait-il depuis des secondes ou des jours ? Ki l'ignorait. Mais elle savait que la douleur était la vie et elle s'y accrochait autant qu'elle la combattait. La tête sur son bras ne cessait de jacasser pour elle-même mais elle ne lui prêta aucune attention.

L'univers se déchira comme un sac de toile pourri et Ki s'en échappa en tombant à travers la lumière et l'air frais. Elle atterrit brutalement et l'air fut éjecté hors de ses poumons. Sa tête rebondit contre le sol en terre battue. Le corps du magicien s'écroula lourdement sur elle. Sa tête était prise entre eux.

Avec un grognement et un frisson, Ki les repoussa. Elle ne pouvait plus supporter ce contact. Elle s'éloigna d'eux à tâtons pour s'écrouler sur le ventre. Des brins d'herbes, oh ! si doux, vinrent chatouiller son visage tandis que la terre précieuse appuyait sur ses mains. Un flot de jurons étouffés jaillit derrière elle. Elle roula plus loin encore, sur le dos. Ses yeux s'embuèrent tandis qu'elle fixait avec gratitude le pâle soleil matinal qui commençait à flamboyer dans un ciel rose et bleu. Elle inspira profondément l'odeur de la terre, de l'herbe et de l'eau de la rivière. Quelque part, un cheval émit un reniflement bruyant. Ki laissa échapper un cri de joie silencieux en reconnaissant le bruit. Elle entendit qu'on appelait son nom. Elle tourna la tête dans la direction du cri, un sourire idiot sur le visage.

Le corps de Dresh avait péniblement réussi à s'asseoir. Ses bras sans mains fouillaient maladroitement les alentours à la recherche de sa tête. Celle-ci avait glissé dans l'herbe sèche, nez contre terre, lorsque Ki l'avait repoussée. L'herbe étouffait ses cris. Plus par chance qu'autre chose, l'un des blocs qui remplaçaient ses mains entra en contact avec la tête. Par une série de poussées judicieuses, le corps parvint à remettre la tête droite sur son socle de pierre. Ki regardait, fascinée.

Les yeux gris de Dresh flamboyaient tandis qu'il recrachait la terre qui lui était entrée dans la bouche. Telles des chiots aveugles à la recherche de chaleur, les mains rampaient sur le tronc du corps en tirant derrière elles leur socle commun. Ki n'arrivait pas à ressentir de la stupéfaction à cette vue ; cela semblait juste légèrement comique, une plaisanterie de clown aux premières lueurs du matin par rapport à la magie bien plus sombre à laquelle elle venait de survivre.

Lorsqu'elle fut parvenue à se maîtriser, elle reprit une profonde goulée d'air frais.

— Êtes-vous en vie ? demanda-t-elle bêtement en ignorant le flot d'invectives qu'elle interrompait.

— Pas grâce à toi, mais je suis vivant ! rétorqua Dresh avec acidité.

— Moi aussi. C'est une bonne chose, j'imagine.

Elle n'arrivait pas à rassembler ses esprits. Un millier de questions bouillonnaient au milieu de ses pensées. Aucune ne semblait urgente à présent. Elle les posa au hasard.

— Qu'est-ce qui nous a amenés ici ? Comment l'avez-vous invoqué ?

Dresh la fixait, les yeux humides. Il toussa et cracha un peu plus de terre. Sa voix était enrouée.

— Invoquer celui-ci est au-delà de mes compétences, charretier. Il y en a qui prétendent que seule une Maîtresse des Vents des Ventchanteuses dispose d'une voix capable d'appeler l'un de ceux-là. Et cela consomme trop d'énergie pour qu'elles jugent que cela mérite de s'y consacrer. Il ne fait aucun doute que nous ne devons qu'à notre chance d'avoir croisé son chemin.

— Aucun doute, marmonna Ki tandis qu'elle se relevait en époussetant les feuilles et la poussière de ses vêtements.

Elle avait à peine entendu ce qu'il disait, trop d'autres choses accaparaient son attention. Elle s'étira en profitant du plaisir de posséder son propre corps et ses propres perceptions. Cela lui semblait à présent un luxe incroyable. Et ce monde qui était le sien ! Avait-il jamais existé un endroit plus adorable ? La perfection des feuilles d'automne dressées contre le ciel bleu, le subtil mélange des arômes dans l'air frais ! Il y avait un chariot tiré sous le couvert des arbres. C'était le sien. Des traînées de poussière salissaient les panneaux peints de couleurs vives de la cabine. La zone de transport était fendue et usée par des milliers de chargements. Jamais elle ne l'avait vu aussi clairement et avec autant de gratitude. Non loin, un grand cheval broutait dans l'herbe. Son harnais avait marqué sa robe grise. Tirerait-elle encore un jour sur les rênes sans se souvenir de la façon dont Dresh avait utilisé son corps et sa volonté ? Une culpabilité qu'elle n'avait jamais ressentie se fit jour au sein de son âme. Mais avant qu'elle ne puisse prendre corps, la voix de Dresh rompit le fil de ses pensées.

— Ki. (Sa voix était fatiguée, presque triste.) Mes pouvoirs diminuent à chacune des respirations que je prends sous cette forme. Cela m'a épuisé plus que ce à quoi je m'attendais. Je ne peux plus me reformer sans aide. Je dois me rendre au Manoir de Karn à Bitters, avec ses convergences adaptées et mes serviteurs pour m'assister. Et nous devons faire vite. Rebeke a peut-être abandonné mais il y a d'autres Ventchanteuses. Prends mes mains, si tu veux bien.

Comme pour se moquer de ses paroles, une brise soudaine se leva depuis la rivière. Ki sentit les cheveux de sa nuque se dresser. Elle se releva en hâte, ramassa les mains dans leur bloc de pierre et plaça la tête sur son bras. Le corps la suivit lourdement tandis qu'elle courait vers le chariot.

Elle déposa les mains sur le lit, à l'intérieur de la cabine et la tête sur le siège du conducteur. Le corps dut être tiré et poussé maladroitement à l'intérieur. Il manqua de s'écrouler en entrant dans la cabine. Elle eut un tremblement en le voyant avancer, bras tendus devant lui, et s'installer sur son lit, l'air de rien.

— À présent les chevaux ! Oublie le reste, nous n'avons pas le temps ! Coupe les cordes, inutile de les détacher. Ki !

Elle ignora les ordres de Dresh et tira promptement les chevaux à leur place. Les boucles et les lanières résistaient sous ses doigts fatigués.

— Ki, la magie du vent sera sur nous dans un instant ! Je n'aurai pas la force de la dissiper ! Laisse ces babioles et allons-y !

Si la tête avait possédé des poumons pour lui donner de la voix, elle aurait été en train de rugir. Mais Ki fit la sourde oreille tandis qu'elle rassemblait ses chopes et sa bouilloire et les rangeaient pêle-mêle dans le coffre à vaisselle attaché au flanc du chariot.

— Des babioles pour vous, expliqua-t-elle d'un trait tandis qu'elle grimpait souplement sur le siège. Mais pour moi, ce sont les attributs mêmes de mon existence. Je ne les abandonnerai pas. Allez, vous deux !

Elle s'était adressée à son attelage. Les bêtes se mirent à tirer sur le harnais tandis qu'une nouvelle rafale de vent venait frapper le flanc du chariot. Des nuages sortirent de nulle part en tourbillonnant pour obscurcir le ciel bleu. Le chariot rebondit et oscilla tandis que Ki forçait l'attelage à rejoindre la piste principale. À cause des nids-de-poule et des racines, se dit-elle sans y croire. Mais elle savait que c'était à cause du vent violent qui frappait les panneaux carrés des flancs du chariot romni.

— Mets-moi à l'intérieur !

La voix de Dresh avait fini par atteindre les oreilles de Ki malgré le bruit du vent. Elle jeta un œil sur le côté pour constater que la tête sur son socle de pierre avait glissé dangereusement près du bord du siège. Une secousse supplémentaire l'aurait fait basculer par-dessus bord. Tenant les rênes d'une main, elle tendit le bras pour ramener la tête à ses côtés.

— Ne prenez-vous donc aucun plaisir à parcourir les routes par une belle journée comme celle-ci, Dresh ? demanda-t-elle innocemment. Après tout, ce spectacle est en votre honneur.

Les rafales de vent semblaient changer de direction à chaque minute. Les cheveux de Ki balayaient son visage et lui fouettaient les yeux. Les chevaux tiraient comme des fous contre leur harnais pour combattre la soudaine tempête. Le ciel était devenu gris, le matin transformé en crépuscule.

— Si nous rencontrons quelqu'un sur la route, le spectacle sera pour toi ! s'époumona Dresh par-dessus le rugissement de la tempête. Je suppose que tu préfères te faire lyncher comme sorcière plutôt que subir la colère des Ventchanteuses ?

— Ni l'un ni l'autre ne m'attirent, admit Ki.

Elle ralentit ses animaux juste le temps de faire coulisser la porte de la cabine et de placer Dresh à l'intérieur, sans douceur. Un sourire amer flotta sur ses lèvres tandis qu'elle refermait la porte sur ses protestations et reprenait les rênes. Voilà ce qu'apportait de côtoyer trop longtemps la sorcellerie. Elle n'avait même pas réfléchi à la façon dont serait perçue une charretière solitaire voyageant avec la tête d'un magicien sur le siège à ses côtés. Un crépitement de feuilles vert jaune arrachées précocement des arbres lui rappela le danger immédiat. Elle apostropha l'attelage qui reprit son allure normale.

Elle traversa la rivière en prenant de grands risques ; elle cherchait le chemin le plus court, pas le plus sûr. L'attelage plongea à plusieurs reprises dans les flots gris. Les grandes roues rebondirent sur les galets arrondis de la rivière. Les larges sabots glissèrent et manquèrent de perdre pied. Le vent lançait des vagues d'eau blanche à l'assaut du chariot avant de projeter l'écume au visage de Ki. Elle fut trempée jusqu'aux os, après quoi le vent se fit glacial. Il lui rougit les mains et son corps fut parcouru de frissons.

De l'autre côté de la rivière, la piste s'élargit et se fit plus droite. L'attelage peina à tirer le lourd chariot sur la rive glissante. Cela sembla leur prendre des siècles. Lorsqu'ils furent enfin sur la piste, Ki n'osa pas faire une halte pour les laisser reprendre leur souffle. Elle avait envie de les fouetter pour qu'ils s'élancent au galop et dévalent la piste, loin de cette maudite forêt, de cette rivière et de la magie qu'elles semblaient receler. Le vent ne cessait de s'abattre sur elle et de la menacer. Elle se força à se calmer. Ses animaux pesants ne pouvaient pas galoper bien longtemps ; il ne servirait à rien de gâcher ainsi leur force.

Un son étrange et haut perché se mêla bientôt au vent. Il n'avait aucune similitude avec le son de l'air sifflant entre les arbres. Soudain, les chevaux ne montrèrent plus aucune envie de revenir à leur trot habituel. Ki regarda leurs quatre oreilles s'agiter nerveusement. Le vent incessant continuait de souffler sur le chariot et ils avançaient, ballottés, sur la piste peu fréquentée.

La puanteur les frappa avec la rafale de vent suivante.

Sigurd hennit et força sur son harnais, tirant Sigmund dans son effort. Ki n'arrivait pas à les contenir. Elle tenta de maintenir fermement les rênes pour leur faire sentir un certain contrôle mais elle savait qu'ils agissaient à présent pour eux-mêmes. Le chariot tressautait et grondait de façon alarmante. Elle entendit des cris et des jurons étouffés provenant de la cabine. Dresh n'appréciait pas le traitement qu'il subissait.

Mais Ki ne pouvait pas quitter la piste des yeux ou se soucier de lui. Guider l'attelage tandis qu'ils carénaient le long de la piste réclamait tout son talent. Elle les maintenait, du mieux qu'elle pouvait, au centre de la piste. Leurs larges sabots arrachaient des mottes de terre et leurs dos était couvert d'écume. Elle pria pour qu'ils ne rencontrent personne venant de la direction opposée. Elle tenta de ne pas imaginer ce qui se passerait si son équipage rentrait en collision avec un autre chariot.

Mais ce n'était ni un équipage ni un chariot auquel ils furent soudain confrontés. C'était une créature sur laquelle Ki n'aurait pas su mettre un nom, et la source de la terrible puanteur. Elle piqua depuis le ciel pour flotter devant eux au milieu des vents contre nature. Ses ailes évoquaient des voiles déchiquetées, à la fois de ce monde et d'un autre univers. Son corps n'était qu'yeux et griffes. Les chevaux lancés à vive allure ruèrent soudain et tentèrent de s'arrêter mais l'élan du chariot les poussa en avant. Ki entendit les crissements de protestation du bois devant le changement brutal d'attitude des bêtes effrayées avant que celles-ci ne se remettent à courir, terrifiées, au moment où le chariot les rattrapait. La créature plana au-dessus d'eux en poussant un hurlement où se mêlait cri strident et ricanement. Ki la vit replier ses horribles ailes. Elle se mit à piquer vers eux et allait s'abattre directement sur le dos des chevaux paniqués. Elle faisait deux fois la taille de Ki, avec des ailes. Le vent se mit à hululer autour de Ki, fouettant son visage de ses cheveux, l'étouffant dans la puanteur de la bête et ajoutant son rugissement aux cris de détresse des chevaux.

Mais au moment où la créature hurlante déployait ses griffes pour atterrir, une nouvelle et soudaine rafale de vent la frappa sur le côté.

Le parfum du vent chaud transperça la puanteur du monstre. Il tourbillonna contre le vent glacé qui assaillait le chariot de Ki pour la placer, elle et son équipage, dans l'œil d'un cyclone de chaleur et d'arômes.

L'infortunée créature fut aspirée à l'intérieur, jetée dans les airs et emportée dans un tourbillon. Ses ailes déchiquetées s'agitaient comme les guenilles d'un mendiant des rues tandis qu'elle se retrouvait victime du vent soudain devenu hostile. Ki bataillait pour maîtriser son attelage et les maintenir sur la piste. Ils n'avaient plus besoin d'encouragement pour courir à présent et elle n'avait plus aucune envie de les retenir. Elle envoyait des secousses le long des rênes des chevaux gris tandis que leurs immenses pattes s'agitaient en rythme, arrachant des longueurs de piste pour les rejeter derrière eux. Les arbres des deux côtés de la piste étaient flagellés jusqu'à la dernière feuille par les vents qui s'affrontaient. Mais eux voyageaient dans un tunnel de silence, se déplaçant dans l'œil du cyclone qui bougeait avec eux, protégés par un écran de chaleur parfumée.

Elle entendit des cris sauvages et des craquements de branchages au moment où la créature se retrouvait agrippée par le vent chaud et lancée à la rencontre de son destin dans les branches levées des arbres. Ki comprit qu'elle se déplaçait au centre d'un immense affrontement de volontés. Elle ne se sentait pas protégée mais possédée.

Ces vents s'affrontaient pour elle et son chariot, et plus encore pour le contenu de celui-ci. Peu importe qui l'emportait, elle ne pouvait attendre de clémence. Pourtant, espérant contre tout espoir n'être réclamée par aucun des partis, elle continuait de pousser son attelage jusqu'à l'épuisement.

Elle ne sentit pas la pluie. Le vent chaud ne la laissa pas passer pour la bombarder de ses poings glacés. Mais il ne put l'empêcher de détremper la route devant eux, transformant la surface dure en boue glissante. Les sabots de Sigmund et Sigurd se mirent à glisser et à trébucher et le chariot commença à osciller dangereusement derrière eux. Ki se prit à souhaiter vainement n'avoir pas perdu sa cargaison de pierre et de terre empaquetée. Le chariot vide était trop léger pour voyager à cette vitesse sur la terre humide ; un chariot plus lourd aurait permis de contrôler les chevaux frénétiques. Ils continuaient à galoper, leurs dos se levant et retombant en cadence sous les yeux paniqués de Ki. Si l'un d'entre eux ne glissait pas et ne se brisait pas la patte, ils courraient jusqu'à en mourir.

La forêt se fit plus clairsemée. Ils dépassèrent deux petites fermes dans des clairières sur l'un des côtés de la piste ; celle-ci s'élargit, montrant des signes d'une utilisation plus fréquente. Ki et sa tempête de destruction venaient de pénétrer dans une zone agricole. Elle regarda les champs ployer sous les assauts de la tempête qu'elle apportait. Le vent récoltait les céréales ; le bétail s'écroulait sous la grêle. Ni humains ni dené n'étaient visibles à l'extérieur des fermes. Tous avaient sans aucun doute fui les champs pour s'abriter de ce temps contre-nature. Ki doutait qu'ils aient même perçu le grondement du passage de son chariot au milieu des bruits du tonnerre qui se levait pour s'opposer à elle.

L'attelage était en train de ralentir. De l'écume souillait le harnais de cuir et coulait sur leurs flancs. Ki pouvait les entendre souffler même au milieu du tourbillon des vents. Elle en souffrait pour eux. Ils couraient vers leur mort et ce n'était même pas leur combat. Elle ne pouvait pas les sauver.

Soudain, elle sentit Dresh qui se joignait à sa vision. Elle ne put expliquer comment elle savait que lui aussi voyait par ses yeux, mais elle sentit l'épuisement du sorcier la gagner et devina qu'il était en train de puiser dans son endurance autant que dans la sienne. Ki sentit la colère enfler en elle puis s'éteindre lorsqu'elle réalisa que cela ne servait à rien. Il l'utilisait comme elle utilisait son attelage. Elle ignorait pourquoi il voulait se servir de ses yeux jusqu'à ce qu'elle sente une force soudaine envahir ses bras. Elle se retrouva en train d'affronter l'attelage, debout pour tirer durement sur les rênes. L'écume sur les mors se teinta de rose et elle fit bifurquer le chariot sur une route abandonnée, pleine d'ornières. Le Manoir de Karn, elle le comprit tout de suite, était au bout du chemin. La destination de sa cargaison était plus proche qu'elle ne s'en était doutée.

Les vents s'entrechoquaient plus furieusement que jamais. Par deux fois le tourbillon glacial et désespéré se fraya un chemin jusqu'à Ki, dont une fois avec suffisamment de force pour la projeter contre la porte de la cabine. La circonférence de l'œil du cyclone se réduisit. Les chevaux sentirent les rafales glaciales leur frôler le museau. Ki entendit le claquement de la grêle qui s'abattait sur l'arrière vide du chariot. Elle supposa que Dresh devait maintenant être épuisé. Qu'allait-il se passer ? Elle n'osait pas se poser la question.

La piste fit un virage et soudain le Manoir de Karn se dressa devant elle comme une dent brisée sur un crâne recouvert de mousse. Ses pierres blanches étaient teintées de vert, attestant d'un manque de soin ; les rebords de fenêtres en pierre dans la tour supérieure s'effritaient. Des mauvaises herbes et des buissons avaient pris possession de la cour et les arbres s'amassaient autour des murs. Leurs branches restaient immobiles. Aucun vent ne les agitait. Comme un soudain plongeon dans une eau calme, l'attelage pénétra dans le cercle magique qui entourait ces murs. Le vent et la tempête moururent derrière eux. Soudain, Ki sentit monter en elle la force d'arrêter l'attelage. Ils étaient trop épuisés pour s'opposer à elle. Ils ralentirent, se mirent à trotter avec difficulté puis s'arrêtèrent, leurs larges têtes retombant sur des genoux tremblants. Ki laissa les rênes humides quitter ses mains couvertes de zébrures. Elle tremblait autant que ses chevaux. Se repliant sur elle-même, elle posa sa tête sur ses genoux relevés. Un silence béni l'enveloppa. Même le son de la tempête qui continuait de faire rage à l'extérieur ne pouvait pas l'atteindre ici.

Lorsqu'elle releva finalement la tête pour regarder autour d'elle, elle vit la tempête déclinante s'éloigner, vaincue. Les arbres du Manoir de Karn étaient toujours debout mais à l'extérieur de la sphère d'influence de Dresh, ils n'étaient plus que de misérables troncs battus pleurant des feuilles dans un sillage de désolation. Ki eut l'impression de percevoir une trace de parfum dans l'air. Avant qu'elle n'ait pu l'identifier, l'odeur avait disparu.

Elle descendit à terre en tremblant. Ses doigts raides eurent toutes les peines du monde à défaire les boucles des harnais. Le cuir était chaud et humide, le métal rendu glissant par l'écume. Elle laissa le harnais tomber aux pieds des animaux exténués. Les chevaux ne bougèrent pas. Des bruits sourds et étouffés parvinrent à ses oreilles. Elle revint lentement jusqu'au chariot, grimpa péniblement sur le siège et fit coulisser la porte de la cabine. C'était le corps de Dresh, frappant la porte à l'aide de l'une des extrémités pierreuses de ses bras. La tête gisait au sol à la suite d'une chute causée par la frénésie de leur fuite. Du sang s'écoulait de l'une de ses aristocratiques narines. Les yeux de Dresh étaient voilés et son teint grisâtre.

— Dis aux gens dans la maison de venir me chercher, murmura-t-il.

Le bout de sa langue s'aventura entre ses lèvres sèches. Elle remarqua qu'un éclat s'était détaché du coin de l'un des socles de pierre pour tomber sur le sol de la cabine.

— Inutile, Maître !

Ki était trop épuisée pour sursauter en entendant la voix d'Œil-d'Oiseau juste dans son dos. Elle s'écarta du passage de la vieille femme qui se frayait un chemin jusque dans la cabine. Ki se laissa tomber sans grâce du chariot jusqu'au sol. Elle ouvrit la bouche pour mettre en garde le garçon d'étable qui s'approchait de son attelage avec des chiffons mais Sigurd, habituellement hargneux, reçut docilement les soins qui lui étaient offerts.

— Et c'est là la magie la plus étrange dont j'ai été témoin jusqu'à présent ! murmura Ki pour elle-même.

La porte du manoir avait été laissée entrouverte. Elle s'avança jusqu'à elle en jetant des coups d'œil en arrière vers le chariot où plusieurs serviteurs étaient apparus et déchargeaient les différentes parties du corps de Dresh sous le regard acéré d'Œil-d'Oiseau. En temps ordinaire, la vue d'inconnus grouillant dans son chariot l'aurait mise en colère. À présent, elle ne ressentait que du soulagement.

De l'autre côté de la porte, un grand feu brûlant au sein d'un immense foyer l'attirait. Elle entra dans la pénombre fraîche du hall d'entrée et passa une seconde porte entrouverte jusque dans un salon. Une table basse recouverte de nourriture et de boissons était entourée de coussins moelleux et de peaux finement tannées. Tout cela attirait Ki comme la flamme attire le papillon de nuit. Elle se laissa tomber dans les coussins et se versa du vin dans un verre en cristal. Elle y goûta et sentit la chaleur envahir son corps exténué. Depuis combien de temps n'avait-elle pas dormi ? Un instant seulement, elle ferma les yeux et laissa sa tête reposer sur les coussins.

— Et elle a dormi là, comme un chien errant et sale, au milieu de la meilleure chambre, depuis hier après-midi ! Maître, elle a agi comme si...

Ki n'entendit pas la réponse, prononcée d'une voix basse. Elle ouvrit les yeux et leva sa tête lourde pour découvrir de larges jupes noires disparaissant par la porte, hors de sa vue. Dresh se tenait seul dans l'entrée. Il avait l'air étonnamment grand aux yeux de Ki, avec sa tête montée au sommet de son corps. Il lui décocha un sourire moqueur tandis qu'il levait les mains et se frottait doucement les poignets avant d'agiter les doigts.

— Tout est en état de marche !

— Je vois ça.

Ki s'assit péniblement et tenta de rassembler ses pensées dispersées.

— Mon attelage va bien ?

Dresh fronça légèrement les sourcils, comme s'il trouvait déplacé son souci pour ses bêtes à ce moment précis. Mais il répondit :

— Ils se reposent confortablement, tout comme tu l'as fait, et il ne leur est rien arrivé de sérieux. Je regrette d'avoir dû les forcer à une telle allure mais ils n'ont subi aucun dommage permanent.

— Je me doutais que vous aviez quelque chose à voir avec leur regain d'énergie. Quant aux dommages... (Ki se rappela soudain ses manières et calma sa voix.) Merci pour l'hospitalité dont vous avez fait preuve envers mes chevaux et moi.

— Je t'en prie, c'est un plaisir. Et avais-je raison ?

— À quel sujet ?

— Que je suis bel homme lorsque je suis tout d'une pièce.

Sa voix était confiante. Il arborait son sourire contagieux, qui était plus attirant une fois sa tête réunie avec son corps. Elle s'aperçut soudain qu'il était bel homme. Son justaucorps marron sans manches faisait ressortir sa peau couleur d'olive et ses bras lisses. Son ventre était plat, et ce sans effort apparent ; ses hanches étaient d'une étroitesse des plus flatteuses.

Elle conserva un ton dégagé.

— Aussi bien fait que beaucoup d'autres que j'ai rencontrés.

— Merci ! répondit-il d'un air imperturbable.

Il traversa la pièce d'un pas alerte et se laissa tomber dans les coussins auprès d'elle. Il appuya son coude sur une table basse et rapprocha ses yeux gris de ceux, verts, de Ki.

— Il y a une très jolie chambre à l'étage, avec une baignoire remplie d'eau chaude, ainsi qu'un large choix d'huiles parfumées et deux coffres remplis de robes douces de couleurs variées, décorées de dentelle kerugi. Tu pourrais prendre un bain, te changer et revenir pour dîner avec moi. Nous aurons tout le temps après dîner pour régler nos... hum... comptes.

Fascinée, elle regarda ses dents, fines et régulières, mordre dans un morceau de fromage qu'il venait de saisir sur la table. Le bain était tentant. Malgré le repos, son corps était encore épuisé. L'eau chaude soulagerait ses muscles meurtris et douloureux. Elle avait bien mérité une pause pour se relaxer après les épreuves des derniers jours... Mais ne s'agissait-il que de quelques jours ?

— J'aimerais bien, Dresh, mais j'ai un rendez-vous à honorer, se souvint-elle tardivement. Je dois retrouver quelqu'un à Faux-Havre demain ou le jour suivant.

— Qu'il attende, suggéra Dresh. Tu es déjà en retard, tu sais. Ou bien ne le sais-tu pas ? Réalises-tu exactement combien de temps notre petit détour nous aura pris ? Dès ce soir tard, j'imagine que Vandien sera dans l'eau glacée jusqu'au nez pour tenter de repêcher ce coffre. Non pas que j'aie le moindre espoir qu'il y parvienne. Néanmoins, cela semblait une idée amusante sur le moment, et qui sait ?

Ki se redressa au milieu des coussins. Son estomac s'était soudain noué sous le coup de l'effroi.

— Qu'avez-vous à voir avec la quête de Vandien à Faux-Havre ?

— Moi ? sourit Dresh d'un air suffisant. Mais, qui donc crois-tu qui ait dirigé Srolan jusqu'à lui ? Qui d'autre que Dresh aurait pu lui dire de quelle manière ferrer le poisson ? Un coup d'œil à Vandien et j'ai vu ce pourquoi il risquerait tout : débarrasser son visage de cette cicatrice. C'était si évident pour moi et pourtant elle n'y aurait jamais songé.

Ki restait muette et le fixait, les yeux écarquillés. Dresh sourit, ravi de l'impressionner à ce point.

— Tu n'avais jamais deviné ? Comment as-tu pu ne pas le voir ? Ne l'as-tu pas vu assis ainsi, la main devant son visage ?

Dresh prit une pose que Ki connaissait bien. Vandien s'asseyait bel et bien de cette façon, le pouce sur la mâchoire inférieure, l'index tendu sur le côté de son nez pour toucher le centre de son front, les autres doigts recroquevillés devant sa bouche. C'était une pose qu'il adoptait lorsqu'il était plongé dans ses pensées ou exceptionnellement fatigué, de la même façon qu'un autre homme aurait pu laisser reposer son menton sur ses poings. Il ne lui était jamais apparu que ce geste couvrait presque entièrement sa cicatrice. Mais à présent, c'était évident. Apercevoir le sourire matois de Dresh derrière sa main levée tandis qu'il imitait Vandien était plus qu'elle n'en pouvait supporter.

— Ça suffit ! grogna-t-elle.

Dresh se lança en arrière dans les coussins en riant.

— J'ai su la première fois que je l'ai vu. Je l'avais repéré dès son arrivée à Dyal et je savais que tu ne serais pas loin derrière. Je m'étais, euh, disons arrangé pour qu'une course te mène là-bas. Pourquoi Ki, pourrais-tu demander ? Un ami t'a décrite comme la discrétion même et t'a recommandée à moi ; quelque chose à voir avec un livre scellé que tu aurais transporté pour son compte il y a plusieurs années, dans des circonstances plutôt délicates. Donc, des faveurs m'étant dues, Ki s'est vu offrir une cargaison de haricots qui la mènerait jusqu'à Dyal. Mais subsistait la question de ce Vandien. Il constituait une inconnue dans mon équation. Je ne pouvais tolérer cela. Il pouvait être un voleur, ou pire. Alors je me suis arrangé pour qu'il soit occupé ailleurs et j'ai fait en sorte d'être certain que tu serais réceptive à une offre généreuse pour une tâche simple. Plus de la moitié de mon talent de magicien, Ki, provient de ma capacité à obtenir des gens ce que je désire tout en les laissant convaincus qu'ils suivent en réalité leur propre jugement. Donc, pendant que nous empruntions notre petit détour, Vandien dirigeait ses pas vers Faux-Havre, dans l'espoir d'être débarrassé de cette cicatrice. Je ne doute pas qu'il donnera tout ce qu'il a demain pour ramener ce coffre mythique. Mais nous n'avons pas à nous en soucier. Pour l'instant, allons... Ki !

Ki s'était levée. Son cœur battait et des larmes lui piquaient les yeux. La peine dans son cœur se traduisait par une douleur physique dans sa poitrine. C'était cela qu'il ne lui avait pas dit ; c'était ça qui lui avait été offert en plus d'espèces sonnantes et trébuchantes. C'était ce qui l'avait poussé à engager son attelage à elle et à outrepasser les limites soigneusement délimitées de leur amitié. Elle se détesta soudain d'avoir laissé ces limites prendre forme, d'avoir été aussi prudente sur « ce qui est à moi » et « ce qui est à toi ». Vandien portait cette cicatrice à sa place, il avait encaissé le coup de griffe de la harpie qui était destiné à Ki. Il n'avait pas pris le temps de se demander s'il allait interférer avec sa vie, il n'avait pas évalué les mérites de son visage par rapport à la mort de Ki. Mais lorsqu'elle aurait dû faire preuve de générosité... Elle avait la sensation d'étouffer. Le fait qu'il ne lui ait même pas dit était comme du sel jeté sur la blessure. Qu'il soit mille fois maudit pour les mots qu'il avait dissimulés derrière son sourire en coin ! Et qu'elle soit maudite dix mille fois pour ne pas avoir vu ce que ce petit magicien retors lui jetait à présent au visage. Elle se tourna vers Dresh.

— Sorcier, j'ai un rendez-vous à honorer. Je dois partir.

Elle maudit sa voix tremblante.

— Qu'il patiente, répéta Dresh. Nous avons nos comptes à terminer.

— Ils attendront ! grogna-t-elle.

Le chariot était encore suffisamment approvisionné ; elle aurait le temps plus tard de se soucier de l'argent.

— Non. Ils n'attendront pas. (Dresh souriait avec insistance.) Les robes attendront, le dîner attendra ; même le bain peut attendre. Mais je désire régler nos comptes tout de suite.

La porte devant Ki se ferma sans un bruit. Même avant de poser la main dessus, elle sut qu'elle ne bougerait pas.

Tournoyant sur elle-même, elle s'avança sur Dresh, habitée par la colère.

— J'en ai assez de vos démonstrations de magie. Ouvrez cette porte !

Dresh lui sourit.

— Certainement.

Le battant s'ouvrit. Elle se tourna vers la porte mais, tandis qu'elle s'avançait vers elle, celle-ci se referma à nouveau.

— Soyez maudit, Dresh ! Ce n'est pas un jeu !

— Vraiment ?

Il riait.

Ki aurait aimé écraser ce sourire, déchiqueter ces lèvres grimaçantes. Elle ravala sa fureur.

— Que voulez-vous de moi ? grinça-t-elle.

— Régler nos comptes, expliqua-t-il d'une voix calme. Comme je l'ai déjà dit. Si tu voulais bien t'asseoir et écouter...

— J'écoute très bien debout.

Dresh soupira.

— Le célèbre entêtement des Romni. Écoute, alors, Ki. Écoute bien. Viens ici, Ki.

Jamais auparavant son nom n'avait résonné ainsi. Elle s'avança vers lui, puis s'arrêta, le front plissé. Mais elle ne pouvait pas s'arrêter. Elle tenta de s'écarter mais ne fit qu'avancer vers lui en cercles concentriques. Il la regardait avec amusement. Tel le fer attiré par l'aimant, elle ne cessait de s'approcher de lui, quels que soient ses efforts pour modifier le cap. Elle sentait les martèlements de son cœur jusque dans sa gorge. Aucun mot ne lui vint. Pourquoi n'avait-elle jamais remarqué l'absence d'âme dans les yeux de Dresh ? Elle ralentit, elle se débattit, mais elle finit par se trouver debout devant lui. Elle baissa les yeux vers un visage qui lui adressait un sourire sans joie.

— C'est mieux. Assieds-toi près de moi, Ki.

Sa voix douce semblait entourer Ki.

Ses jambes tremblèrent sous elle. Ses genoux fléchirent pour obéir aux ordres de Dresh plutôt qu'aux siens. Elle reprit son équilibre avec raideur tandis qu'elle se laissait aller dans les coussins près de lui. Elle se retrouva à s'appuyer contre Dresh et à se relaxer dans les bras qui l'attendaient. Tandis que son esprit se débattait comme une pouliche sauvage à qui l'on vient de mettre une longe, elle se retrouva en train de goûter à ses lèvres fines et à faire courir le bout de sa langue contre ses dents blanches. Elle sentit le goût des herbes funéraires. Sa bouche était humide et froide. Le dégoût et la fureur flamboyèrent en elle tandis que ses mains traîtresses glissaient derrière les épaules de Dresh. La colère libéra sa langue.

— Vous n'avez pas le droit ! gronda-t-elle à travers ses mâchoires serrées. Dresh éloigna suffisamment son visage pour lui sourire.

— Ah non ? J'ai dit que nous avions des comptes à régler. De quelle autre façon proposes-tu de rembourser la portion de l'avance dont nous étions convenus ? Je sais que tu ne possèdes pas la moindre piécette. Et comme je te l'ai dit, du fait de notre petit détour, tu as une journée entière de retard dans la livraison de ton fret. Et celui-ci n'est pas vraiment en parfaite condition, ajouterais-je. Par quel autre moyen puis-je réclamer ce que tu me dois ?

Il lui décocha un sourire condescendant. Ki sentit les muscles de ses bras se tendre pour attirer Dresh contre elle. Il appuya sa tête contre son sein.

— Je trouverai un moyen de vous tuer ! promit Ki d'une voix brûlante.

— Y a-t-il jamais eu de conquête si plaisamment épicée par la résistance ? demanda Dresh en riant.

Le corps de Dresh fit basculer le sien en arrière. Les mains de Ki, qui jouaient sur le dos de Dresh, se glissèrent sous le tissu pour sentir la chaleur de sa chair. Ki fut parcourue d'un tremblement intérieur. Son esprit tournait en tous sens, cherchant une porte de sortie, un moyen de se défendre. Le désespoir s'empara d'elle tandis qu'elle lui crachait des mots à la figure.

— Vous jouiez à ce petit jeu avec Rebeke, Dresh ? C'est ça qui l'a conduite chez les Ventchanteuses ? Vous l'avez utilisée comme un jouet, fait d'elle moins qu'une bête ! Humiliée, brisée ! Pas étonnant qu'elle vous ait fui ! Ce qui est étonnant, c'est qu'elle a envoyé son vent et nous a protégés jusqu'à ce que nous atteignions le Manoir de Karn. Un vent au parfum de fleurs, au parfum d'anémones !

Ki atterrit sur les coussins de l'autre côté de la table comme une poupée jetée au loin, repoussée par Dresh aussi aisément qu'il l'avait attirée. La colère et la douleur marquaient son visage. Elle sut qu'elle était allée trop loin.

— Elle ne l'a fait que pour me faire honte ! Pour m'humilier par sa clémence ! Parce qu'elle savait...

Sa bouche tenta de prononcer des mots indicibles, puis ses lèvres devinrent blanches.

— En êtes-vous certain, Dresh ? risqua Ki en reprenant le contrôle d'elle-même. Que pensez-vous que les Ventchanteuses sont en train de lui faire à présent, tandis que vous vous laissez aller ? Parlez-moi de ça, Dresh. Pourquoi ne pas vous distraire plus avant en listant les tourments qu'elle endure pendant que vous passez le temps avec moi ?

Dresh était muet, étranglé. Ses yeux étaient âgés de milliers d'années mais c'étaient les yeux d'un enfant affligé. Puis un masque d'amusement plein de froideur prit soudain le contrôle de son visage. Il se leva, remit son justaucorps d'aplomb et eut un haussement d'épaules accompagné d'un petit soupir sarcastique.

— Tu es bien décevante. J'avais espéré que tu te laisserais gracieusement convaincre. J'avais également espéré que tu commencerais par prendre un bain. Nous aurions pu passer un moment distrayant. Tu manques là une chance d'apprendre beaucoup de choses. Ah, tant pis. Il y a de plus jolies marionnettes que toi, charretière romni.

La porte était entrouverte. Il l'avait oubliée.

— Sans aucun doute, répondit Ki avec témérité. Mais les marionnettes ne vous suffiront pas, Dresh.

Elle commença à reculer vers la porte, tout en parlant.

— Ma dernière petite faiblesse, admit-il dédaigneusement.

Elle n'aimait pas la façon dont il souriait en la voyant faire retraite.

— Lorsque je m'en serai débarrassé, alors j'aurai atteint le faîte de ma puissance. Cette attention idiote que j'ai pour l'esprit humain, cette compassion sentimentale...

— Constitue votre dernière trace d'humanité, Dresh. Comme Rebeke. Accrochez-vous-y, Dresh. Je salue votre faiblesse !

Elle sentit le montant de la porte derrière elle. Une traction suivie d'un bond et elle était de l'autre côté, courant à travers le hall d'entrée. Elle tira et s'échina sauvagement sur la porte d'entrée terriblement lente à s'ouvrir du manoir. La lumière matinale l'aveugla tandis qu'elle se faufilait dans la cour et fonçait le long des pierres pavées recouvertes de poussière.

Une porte claqua derrière elle. Elle fit volte-face, perdit l'équilibre et se retrouva assise par terre dans la poussière. Elle s'immobilisa, son cœur battant la chamade. Puis ses épaules tendues se décontractèrent et s'affaissèrent d'étonnement.

Il n'y avait aucune poursuite. La grande porte avait été refermée derrière elle.

Son chariot était prêt, au centre de la cour. Les chevaux étaient déjà harnachés. Ils avaient l'air fatigués mais pas brisés. Ki fronça les sourcils. Dresh était prêt à ce qu'elle parte. Il avait préparé son chariot, comme s'il s'y attendait. Elle se releva et s'épousseta en secouant la tête devant cette dernière énigme. Il était inutile d'essayer de comprendre les magiciens. Elle cracha pour se débarrasser du goût qu'il avait laissé dans sa bouche. Elle ne perdit pas une seconde pour rejoindre son chez-elle et escalader l'une des hautes roues du chariot pour grimper sur son siège.

Elle agrippa les rênes. Sigurd se retourna pour lui décocher un regard désapprobateur. L'attelage était fatigué, ils avaient tout donné le jour précédent. Ils ne s'étaient pas reposés plus longtemps qu'elle et elle savait bien à quel point elle avait encore mal partout. Ce n'était pas juste de leur faire cela. Mais il y avait Vandien. Il n'y avait pas de bonnes réponses à son dilemme mais la pire option était de le laisser affronter sa tâche seul. Elle mit son attelage en route, heureuse de laisser le Manoir de Karn derrière elle.

— Je vous enverrai les satanées pièces que je vous dois pour la livraison, promit-elle aux murs de pierre dans un murmure venimeux. Oui, et avec un serpent dans le sac comme cadeau supplémentaire !

Deux jours pour atteindre Faux-Havre, c'était bien ça ? Ils y seraient cette nuit, ou demain à l'aube. Si elle n'était pas là pour l'aider, elle voulait au moins qu'il voie qu'elle avait été de tout cœur avec lui. Vandien. Secouant la tête, elle incita les chevaux à accélérer le pas tout en gardant les yeux fixés sur le ciel.

Dresh fit un pas en arrière depuis la fenêtre de la tour. Il arborait son sourire habituel.

— Elle ira à présent, comme une flèche fonçant droit sur la cible.

Œil-d'Oiseau gloussa.

CHAPITRE 18

Vandien s'attaqua au nœud sur la balustrade. La longe se défit entre ses mains et il se déplaça jusqu'à se trouver derrière son équipage endormi. Son ventre était gelé par la peur ; le découragement l'avait épuisé avant même de commencer. Rien ne lui faisait plus envie que de remonter à l'étage pour s'écrouler dans son lit. Peut-être pourrait-il dormir pendant les heures qui le séparaient du lendemain et se réveiller dans une vie différente en étant une personne différente. Comme il en rêvait !

Il avait dormi et s'était levé pour manger. Helti en personne l'avait servi. Bien qu'il ait regardé autour de lui dans l'espoir d'apercevoir Janie, il ne l'avait pas vue. La pièce commune s'était avérée pleine de vie, avec des groupes opposés qui chantaient chacun des chansons différentes. De petits cakes collants garnis de tranches de fruits confits lui avaient été proposés. Des gens s'étaient arrêtés près de sa table pour lui offrir des morceaux de poisson mariné, à l'amertume tellement prononcée qu'ils semblaient empoisonnés. Vandien les avait regardés, médusé, dévorer de larges portions de ce plat douteux, accompagnées de morceaux d'un fromage blanc découpé en formes de cloches, de lunes et d'étoiles. Ils avaient ri à gorge déployée devant son inaptitude à avaler le poisson et avaient tenté d'apaiser ses sentiments à coups de chopes d'une boisson puissante. Il s'était montré affable. C'était le festival et les pêcheurs étaient déterminés à ce que tous en profitent. Lorsque Vandien avait répondu à un signe de Srolan et s'était levé de sa table, rares étaient ceux qui lui avaient demandé où il allait. Et lorsqu'il leur avait expliqué, aucun ne l'avait suivi. « Trop tôt », avaient-ils dit. Le festival battait encore son plein dans la pièce commune de la taverne. Lorsqu'ils auraient le ventre plein et un bon mal de crâne, alors ils viendraient regarder le charretier patauger dans l'eau. Ils l'avaient pressé de rester et de boire avec eux. Il allait manquer la meilleure partie de la fête. N'avait-il pas envie d'entendre à nouveau la harpe de Collie ? Bientôt on danserait, et il y aurait des concours de bras de fer. Avait-il déjà vu les jongleurs ? Ne voulait-il pas rester ? Non ? Alors ils lui avaient souhaité bonne chance et avaient affirmé qu'ils iraient le voir sous peu. Vandien avait quitté les lieux.

Il secoua la longe et son équipage se releva en se dépliant. Il s'aperçut alors qu'il avait espéré qu'ils refuseraient de bouger. Il aurait préféré devoir batailler contre eux ici dans la venelle sous le soleil du milieu d'après-midi. Mais ils étiraient leurs corps sinueux et arquaient leurs cous aussi laids que courts tandis que leurs queues s'enroulaient et se déroulaient comme des ressorts.

Leurs museaux émirent des bruits de tranchoir et, sans prévenir, ils se mirent à dévaler la rue, Vandien derrière eux.

Il avait tout juste le temps de répondre aux salutations des passants.

— Qui s'attelle tôt à la tâche revient toujours les filets pleins ! cria quelqu'un.

— Suivons-le, suggéra une femme.

Mais l'homme à ses côtés désigna la taverne du doigt et dit quelque chose que Vandien n'entendit pas. Un sourire dur s'installa sur son visage tandis qu'une joie perverse s'emparait de son âme. Attelons-nous à la tâche, puisque c'est ainsi. Va te noyer s'il le faut, mais fais-le avec style. Il jeta un coup d'œil vers la piste qui descendait la paroi de la falaise. Il se languissait de voir arriver un chariot aux grandes roues jaunes mais il savait qu'il ne devait pas compter dessus. Le chariot n'était pas là. Il était seul et la Lune seule savait où Ki pouvait bien se trouver. Il était peut-être en train de sceller son destin à elle autant que le sien. Il en doutait, cependant. Il avait l'impression qu'elle avait déjà délimité ses batailles avec les Ventchanteuses. Eh bien, il tenait à présent l'occasion de trancher une question que lui et Ki discutaient depuis longtemps. Se ridiculisait-il plus lorsqu'il était avec elle ou lorsqu'il était seul ?

Son attelage avançait rapidement d'un bord à l'autre de la route, limité dans ses errances par les trottoirs de bois présents sur la plupart des routes et poussé en avant par le bruit des pas de Vandien derrière eux. Il avait enroulé le cordage de Srolan autour de son épaule. La baguette pour guider les skeel était passée à sa ceinture. L'air venu de la mer était frais mais pas froid. C'était une belle journée pour les festivités. Helti lui avait indiqué du doigt le promontoire sur lequel la Ventchanteuse du festival se tenait traditionnellement. Vandien ne vit nul signe de la présence de robes bleues. Peut-être Srolan et lui avaient-ils réussi à se montrer plus habiles que la Ventchanteuse. Elle ne s'attendrait pas à ce qu'il se hâte ainsi à sa rencontre, pas après l'avoir battu à plate couture le matin même.

Les trottoirs de bois et les chaumières bien entretenues laissèrent place à des baraquements à outils assemblés à partir de ce que la mer rejetait. Les pierres sur la route se firent plus grosses, les flaques plus profondes tandis que la voie passait de l'état de route à celui de simple sentier. Le sentier lui-même s'élargit ensuite jusqu'à se disperser sur les rivages de galets. Vandien avait une bonne vue de la baie à présent. Les seules structures restantes étaient les hangars à bateaux et les pontons qui se tenaient debout sur leurs hautes pattes, loin au-dessus du niveau de la marée en train de descendre. Les piliers étaient noirs, incrustés de bernacles et recouverts d'algues.

Les skeel se mirent soudain à renifler en avançant et à tirer avidement sur leur harnais. Il se plaça entre eux et la mer et cala son pas sur le leur tandis qu'ils continuaient d'avancer, dépassant une jetée qui sortait de l'eau comme la colonne vertébrale rocheuse d'une bête morte depuis fort longtemps. Ils semblaient devenir plus impatients à chaque pas. Leurs larges pattes frappaient la plage de galets, des pierres rondes humides et exposées par la retraite de la mer. Vandien marcha sur un filet d'algue, glissa et fut remis sur ses pieds par la traction de la longe de cuir sur laquelle était refermé son poing. Les skeel allaient vers la mer. Par-dessus le mouvement de leurs têtes, Vandien pouvait apercevoir les murs et les cheminées tronquées de l'ancien village émergeant de l'eau. Au-delà, il distinguait une forme plus sombre tapie sous les vagues. Le temple des Ventchanteuses était toujours recouvert.

Seize pattes s'élancèrent dans l'eau en pataugeant. Dès qu'il sentit l'humidité, le skeel arrière-gauche se laissa tomber sur le ventre et tenta de rester allongé, immobile. Le reste de l'équipage s'agitait autour de lui. Les autres voulaient continuer mais n'arrivaient pas à décrocher leur compère. Vandien vit qu'il tentait d'enfoncer ses pieds plats plus profondément au milieu des graviers et du sable. Les trois autres couinaient et luttaient pour reprendre leur route. Juste au moment où Vandien se penchait pour donner un coup sec sur la croupe de l'animal au sol, l'un de ses frères le fouetta de sa queue. Une zébrure apparut immédiatement sur le cuir tacheté et le skeel récalcitrant lança un cri perçant et se releva. L'attelage s'enfonça dans les vagues qui faisaient retraite. Vandien les suivit.

L'eau était froide mais pas au point de l'engourdir. Elle s'élevait à présent au-dessus de ses bottes de pêcheur. Ses pantalons larges claquèrent autour de ses chevilles puis devinrent plus lourds en s'imbibant d'eau, mais la laine conservait sa chaleur. Vandien en fut rapidement reconnaissant. Les skeel étaient plus pressés d'avancer que la marée de reculer. Vandien les cadrait d'une main ferme, mais il se retrouva bien vite avec des vagues jusqu'aux hanches. Il planta ses pieds dans le sol et utilisa sa baguette pour faire faire une halte temporaire à ses bêtes. Ils s'arrêtèrent mais la tension sur la longe ne diminua guère. Dès qu'il céderait, ils repartiraient de plus belle.

Vandien s'arrêta un instant pour reprendre son souffle et s'interroger quant à l'utilité de son attelage. Ils ne nageaient pas. Ils s'étaient élancés vers l'eau ventre à terre et avaient continué d'avancer en ignorant les eaux qui grimpaient jusqu'à recouvrir leurs corps trapus et leurs horribles têtes. Vandien cherchait des bulles d'air du regard mais soit il n'y en avait pas, soit le mouvement des vagues les rendait invisibles. Son équipage était entièrement dissimulé sous l'eau et tirait sur la laisse. Bon, au moins semblaient-ils désireux de tirer.

Lentement, le village englouti se fit jour autour d'eux. Des murs s'élevaient au milieu des eaux descendantes. Il ne restait pas grand-chose. De solides murs de pierre s'étaient usés jusqu'à ne plus atteindre que la hauteur des genoux de Vandien. Les petits objets typiques du village de pêcheurs avaient disparu depuis longtemps, soit récupérés par les survivants, soit enterrés et dévorés par l'océan. Les pièces étaient recouvertes de sable fin. Les bernacles s'incrustaient jusque dans les cheminées. Des crabes se mettaient à couvert à l'angle d'un seuil à demi écroulé. Peu de choses avaient survécu à l'exception des murs et des foyers. Tout ce qui était en bois avait depuis longtemps été rongé par la mer. Les objets en métal comme les broches à rôtir installées dans l'âtre avaient été érodés jusqu'à ne plus laisser que des restes squelettiques. Vandien se demanda combien de temps il faudrait avant que même les murs aient disparu, combien de temps avant qu'il ne reste même pas une pierre au-dessus d'une autre. Lorsque viendrait ce moment, les gens de Faux-Havre continueraient-ils à célébrer le Reflux du Temple et se souviendraient-ils encore pourquoi ?

Il relâcha sa poigne sur l'attelage et les animaux s'élancèrent promptement en avant. Il était difficile de les guider à présent car tout ce qu'il voyait était la longe qui les suivait comme une baguette de sourcier. Le soleil commençait à descendre dans le ciel. Sa lumière se réfléchissait dans l'eau, manquant d'aveugler Vandien. Le vent qui soufflait n'était qu'un vent marin ordinaire. Il trébucha sur les pierres de murs tombés depuis longtemps tandis que son équipage l'attirait vers des eaux plus profondes. Les rênes s'accrochèrent au coin d'un bâtiment englouti et la traction exercée par l'attelage tira brutalement Vandien de l'autre côté. Il s'écorchait les tibias sur des obstacles invisibles, trébuchait et se rattrapait. L'eau lui arrivait à présent jusqu'à la poitrine. Il devait combattre à la fois la traction de ses bêtes et sa propre propension à flotter. S'ils arrivaient à lui soulever les pieds de terre, il ne pourrait pas faire grand-chose pour y remédier.

Il plissa les yeux face aux oranges et aux roses violents du coucher de soleil. La lumière fondait le ciel et l'eau en une seule étendue devant lui. Tandis que les skeel le tiraient inexorablement vers les profondeurs, le froid de l'eau commençait à se resserrer sur son corps. La laine épaisse faisait bouclier, pressant sa chaleur corporelle contre lui, mais son poids commençait à être effrayant. Même si cela lui permettait de garder ses pieds au fond pendant que les skeel tiraient, il aurait beaucoup de mal à se relever s'il coulait avec ce poids sur le corps.

— Donc, je ne vais pas couler.

Il sourit niaisement au son de sa propre voix. Les vagues murmurantes et les cris tragiques des oiseaux de mer créaient un silence très particulier qui n'était pas supposé être brisé par la voix d'un simple humain.

Devant lui, une vague se couronna soudain de blanc au milieu de l'uniformité verte de ses voisines. Encore, et encore, apparut une lueur de blanc au milieu du vert lumineux. Puis une dent noire entama une lente montée depuis les profondeurs. Le sommet des murs survivants du temple était en train d'émerger, traçant les contours de leurs antiques fondations. Le temple était aussi déchiqueté qu'une molaire cariée en os noir. L'eau de mer piégée à l'intérieur tourbillonnait rageusement à la recherche d'une sortie. Vandien entendit le bruit de la pierre contre la pierre. Les murs entêtés résistaient à la traction de la marée. Frustrée, l'eau bouillonnait à l'intérieur du temple.

L'océan n'avait pas imposé sa loi au temple. Celui-ci avait été bâti dans les temps anciens et selon des méthodes antiques. Quelles puissances avaient soulevé et agencé ces blocs de pierre noire ? On ne voyait nul mortier mais comme de fines jointures d'un noir plus sombre entre les pierres. Aucune algue n'osait s'y accrocher, même les bernacles se réduisaient à une poignée de points blancs sur les parois. Il n'y avait pas plusieurs générations de bernacles accrochées aux dos de leurs parents comme c'était le cas sur les murs du village immergé. La pierre noire semblait immunisée contre leur empiétement.

Plus Vandien approchait du temple, plus celui-ci apparaissait comme monstrueux. Ce n'est qu'un bâtiment englouti, se rappela-t-il tandis que l'ombre inquiétante de la bâtisse s'abattait sur lui, protégeant ses yeux des rayons aveuglants du soleil couchant. Le temple était à ciel ouvert, son plafond en voûte ayant disparu depuis longtemps. S'il s'était jamais enorgueilli d'un clocher, celui-ci aussi s'était écroulé. Vandien s'interrogea brièvement sur les légendes concernant les tintements de la cloche. Quelles étaient les chances pour qu'une cloche soit placée dans un cellier ? Peut-être y avait-il eu un clocher qui était resté debout après que le temple avait été englouti. Peut-être la cloche avait-elle sonné sous l'eau, glaçant le sang des villageois longtemps après la chute du temple. Une telle blessure ne serait pas oubliée en une génération, ni même en trois. Cela importait guère que la cloche ne retentisse plus ; si elle avait sonné ne serait-ce qu'une seule fois avant de tomber, cela aurait été suffisant pour créer un mythe.

Les skeel s'arrêtèrent. Le mur de pierre noire bloquait leur progression. Ils ne pouvaient pas l'escalader et tirer Vandien derrière eux. Celui-ci se trouvait immergé jusqu'au torse dans l'eau froide, les yeux levés. Les pierres noires s'élevaient plus haut qu'il ne pouvait lever les bras. Son attelage se mit à tirer à gauche, puis à droite, à la recherche d'un chemin pour contourner l'obstacle. Vandien réalisa avec découragement qu'il ne savait pas où se trouvait l'entrée. Il avait supposé que les murs avaient été érodés jusqu'à tomber en ruine, comme les chaumières du village. Comment allait-il pénétrer dans l'endroit pour chercher le coffre ? Si l'entrée n'était pas de ce côté, elle était à l'opposé, toujours immergée. Le temple était immense. En faire le tour, même une fois, allait requérir un temps précieux. La lumière se retirait aussi rapidement que les eaux. Le courage de Vandien prenait le même chemin.

Une pointe de lumière et une éclaboussure de blanc lui firent tourner la tête. La lumière et le blanc revinrent un instant. L'eau qui s'écoulait hors du temple en se retirant était accompagnée par un son. Le niveau de l'eau en baisse révélait à présent le portail du temple. Un rai de lumière était visible à présent au-dessus de l'eau. Les vagues allaient et venaient hors du temple qui se vidait, créant un courant et des remous. Certaines vagues se précipitaient à l'intérieur pour ressortir presque immédiatement. En attendant le bon moment, Vandien examina le linteau ciselé. Une rangée de Ventchanteuses y était représentée. Leurs bras tendus étaient reliés les uns aux autres, leurs robes flottaient au gré d'un vent gravé dans la roche. Leurs lèvres étaient largement ouvertes, elles chantaient. C'était une scène tout à fait habituelle dans un tel lieu mais Vandien la trouvait dérangeante. Quelque chose n'allait pas. Il ne voyait le linteau que lorsqu'il était illuminé par les mêmes rayons de soleil qui l'avaient aveuglé. Mais les bouches des Ventchanteuses n'étaient-elles pas ouvertes bien trop largement, et leurs yeux froncés d'une manière inhumaine ? Les humains n'étaient pas la seule espèce à devenir des Ventchanteuses, se rappela-t-il. Peut-être celles-ci étaient-elles d'une autre race. Leurs bras étaient longs et sinueux des épaules jusqu'au coude mais courts et épais du coude au poignet. Leurs robes dissimulaient le reste de leurs corps aux yeux de Vandien. Il continua de les fixer.

— Le sculpteur ne devait pas être très doué, fit-il remarquer à son attelage d'un ton rassurant.

La lumière du coucher de soleil qui traversait le portail était plus diffuse à présent. Bientôt, le soleil aurait complètement disparu et il devrait travailler au toucher. Il ne souhaitait pas gâcher le peu de lumière qu'il aurait. Il pouvait passer sans risque la porte du temple, maintenant, s'il n'y avait pas de marches s'enfonçant dans les profondeurs.

Ses pieds hésitants entrèrent en contact avec l'attelage. Les animaux s'éloignèrent de lui en longeant le mur du temple. Dès qu'ils atteignirent le portail, ils se précipitèrent à l'intérieur. Vandien n'apercevait aucun signe de ses bêtes à l'exception d'un son aigu provenant de l'eau. La longe les suivait. L'eau se fit plus profonde, à hauteur d'épaule. Avant qu'il n'ait pu les contrôler, les skeel le tirèrent derrière eux. L'eau salée vint lécher les poils de barbe de son menton tandis que les Ventchanteuses dansaient au-dessus de sa tête. Il trébucha mais ne put se rattraper. Sa main libre fouetta l'eau, mais la longe enroulée autour de son poignet le tira impitoyablement. Vandien se retrouva entièrement immergé. Ses vêtements détrempés l'attirèrent vers le fond tandis que son attelage continuait à le tracter vers les profondeurs.

L'eau amortit l'impact de son torse contre les marches de pierre qui s'élevaient juste après le seuil du temple. Vandien se remit sur pied, crachant de l'eau. D'un mouvement de la tête, il écarta les boucles humides qui tombaient sur son visage trempé. Il inspira l'air avec gratitude. L'attelage s'était arrêté. Il se tenait à l'intérieur du temple des Ventchanteuses.

Des murs noirs et déchiquetés formaient une coupe qui recueillait le ciel orange du soleil mourant. Le temple s'était écroulé à la fois à l'intérieur et à l'extérieur de ces murs ; d'énormes pierres pointaient hors de l'eau tourbillonnante. Le son de l'eau était amplifié à cet endroit tandis que la mer inspirait et expirait à travers la porte du temple. Vandien pouvait sentir le mouvement des eaux à chaque passage. Le temple s'étendait devant lui, immense et menaçant, lieu glorieux tombé en décrépitude. Des figures en bas-relief avaient autrefois arpenté ces murs, mais la plupart de leurs visages s'étaient écroulés avec la partie supérieure des parois. Leurs ornements dorés s'étaient écaillés et avaient disparu, ne laissant que quelques traces aux coins de leurs bouches ou une larme brillante au coin d'un œil. Aucune bernacle ni aucune plante marine ne s'étaient aventurées à l'intérieur du temple. Les vagues qui se retiraient laissaient les murs noirs et dénudés. Les pierres renversées auraient très bien pu dissimuler des milliers de coffres à des centaines de chasseurs de trésors. C'était de la folie.

Explorant le sol du bout des pieds, Vandien descendit quatre marches. En avançant le pied, il trouva un sol plat sous ses pas. L'eau n'arrivait qu'au bas de ses côtes. Il se trouvait soit au sommet des marches, soit sur une petite plate-forme intermédiaire. Son équipage immobile était invisible sous l'eau. Il avait cessé de se demander s'ils avaient besoin d'air. Leurs grands pieds les feraient remonter à la surface s'ils ressentaient l'envie de respirer. Pour l'instant, plus ils se tenaient tranquilles, mieux il se portait.

Il fit glisser le rouleau de corde de ses épaules et s'accroupit pour en nouer l'extrémité à l'anneau central du harnais. Les skeel s'étaient installés. Il avait l'intention d'explorer le temple et il n'avait pas envie de voir les rênes endommagées par des pierres dissimulées. Les bêtes restèrent tranquilles tandis qu'il s'éloignait d'elles. Il déroula lentement la corde grise tout en grimpant et pataugeant jusqu'au coin sud-ouest du temple. Il ne s'y trouvait rien pour l'inciter à chercher là plutôt qu'ailleurs, rien si ce n'était l'histoire de Janie. Aux yeux de Vandien, une zone de pierres renversées en valait bien une autre. L'eau entrait et sortait du temple mais le niveau continuait à descendre graduellement. Le sol submergé du temple était jonché de morceaux de pierres dont la taille variait entre celles qui lui écorchaient les chevilles et celles qu'il devait escalader. Il avançait lentement en faisant attention à l'endroit où il posait les pieds. S'il y avait des marches à l'intérieur du temple, alors l'histoire de Janie concernant des pièces à un niveau inférieur était sans doute vraie et il n'avait aucun désir de plonger soudain dans les profondeurs. Mais la pierre sous ses pas était aussi solide et tenace que les murs.

La lumière sur l'eau était un problème. Il n'arrivait pas à distinguer quoi que ce soit sous l'eau. Tout, à l'intérieur du temple, luisait de la même noirceur humide. Le temps continuait de s'écouler tandis qu'il se déplaçait lentement dans l'édifice, testant le sol du pied et se baissant occasionnellement pour toucher de ses doigts les objets qu'il rencontrait. Il trouva de nombreux rochers, dont certains de formes plus ou moins rectangulaires et qui, au toucher de ses pieds chaussés et de ses mains glacées, ressemblaient assez à des coffres métalliques. Il souleva par trois fois de tels objets pour ne recevoir pour toute récompense qu'un bloc de pierre cubique. Combien de fois ce temple avait-il été fouillé depuis l'époque du grand-père de Janie ? Combien de fois ces pierres avaient-elles été soulevées puis relâchées ? Ce que le vieil homme avait trouvé ici pouvait très bien avoir été enterré plus profondément encore par les chercheurs qui avaient suivi. Dans les coins du temple, la danse sans fin des vagues avait empilé du sable et des galets. Le coffre pouvait y être enfoui, son métal attaqué par l'eau de mer et son contenu éparpillé. C'était une tâche sans espoir. Et la lumière déclinait.

L'eau n'était plus qu'au niveau de sa taille à présent. Vandien en sortit complètement pour un moment et s'assit sur une pile de pierres penchées qui saillaient hors de l'eau. Leur surface dure et sombre n'apportait aucun réconfort à son corps frigorifié. La peau de ses mains et de ses doigts était creusée de sillons sensibles. Des cales formaient des zones dures et jaunies sur la surface de ses mains. À l'intérieur des bottes détrempées, ses pieds étaient douloureux. L'immersion constante avait assoupli sa peau au point que la moindre abrasion donnait l'impression d'une blessure. Il avait perdu le compte du nombre de fois où ses doigts de pieds avaient raclé contre des pierres immobiles sous la surface de l'eau. Le poids de ses vêtements de laine le tirait vers le bas. L'énergie de Vandien, maintenue à flots durant toute la journée par une pointe d'humour noir, s'enfonçait à présent dans les profondeurs de l'eau froide.

Une voix s'éleva dans un hymne de solitude. Plus aiguë qu'un chant d'oiseau, plus pure que le sifflement du vent, elle s'éleva vers le ciel grisonnant et y resta, suspendue. La note s'étira, sans interruption, impossible, un son remplissant les cieux. Elle appela les étoiles qui se mirent soudain à luire. La nuit mit ses mains en coupe au-dessus du monde. Les murs du temple étaient d'une noirceur sans étoile découpée contre le ciel constellé. Puis la voix chuta soudain, redescendant dans les octaves, une musique tourbillonnante dans le ciel nocturne. Le vent se leva. Plus haut remonta la voix, plus aiguë, et les vents la suivirent en se précipitant pour suivre son envol parfait. Killian laissa sa voix retomber et les vents fondirent vers le sol comme des pierres en chute libre.

L'eau s'agitait autour de Vandien, piquetée de blanc dans l'obscurité. La corde qui le reliait à son attelage se raidit. Elle glissa entre ses doigts ridés par l'eau. Il raffermit sa prise mais la corde continua de filer en lui brûlant les paumes. Il se leva, pieds bien campés, tenant des deux mains la corde qui, malgré tous ses efforts, filait en lui déchirant les doigts. Puis, avec un choc similaire à celui d'un essieu qui se brise, le nœud qui marquait l'extrémité de la corde se prit à l'arrière de ses poings. Il fut arraché à sa pile de roches et tracté de force jusque dans l'eau. Son corps se coinça entre deux rochers dressés vers le ciel. Vandien réussit à se relever tout en luttant contre la traction de la corde et s'appuya contre les deux blocs de pierre. La corde se raidit entre ses mains. Elle donnait l'impression de s'étirer sous la tension. Les mains de Vandien le brûlaient et son épaule émit un craquement de protestation. Vandien montrait les dents, il n'avait pas l'intention de lâcher prise. La corde pouvait se rompre ou ses mains être soudain arrachées à ses poignets, mais personne ne pourrait dire qu'il avait lâché.

Aussi soudainement que la corde s'était mise à tirer, elle se détendit. Il tomba en arrière dans l'eau froide mais se rattrapa avant de perdre pied une nouvelle fois. Le temple brillait, noir et argent, dans la lumière des étoiles. La voix continuait de chanter.

Le vent chassa ses cheveux détrempés de ses yeux. Vandien lutta pour avancer dans les eaux agitées de l'intérieur du temple. De l'écume jaillissait à chaque fois que l'eau heurtait un rocher. Le sel lui piquait les yeux et s'insinuait dans sa bouche aux lèvres serrées. Sa cicatrice se contractait et tirait sur son visage. La vieille douleur commença à mordre dans sa chair et à irradier les os de son crâne de spasmes d'agonie. Et la Ventchanteuse continuait à chanter sans s'arrêter pour reprendre sa respiration, s'élevant incroyablement haut avant de retomber en averses de son pur. Le chant rendait le vent frénétique et le vent frappait les vagues jusqu'à les rendre blanches d'écume. Le froid s'installa.

Ce n'était pas la fraîcheur de l'automne mais la morsure glacée de l'hiver, venue tout droit du cœur froid de la lune. Vandien se mit à trembler sous ses assauts. Les embruns salés fouettaient son visage et l'aveuglaient. Il était ballotté par le vent dont même le rugissement qui lui emplissait les oreilles ne pouvait masquer les notes argentées de la chanteuse lointaine. Vandien s'appuya sur un rocher, aspirant l'air à travers ses dents serrées.

— Vandien !

Une voix de femme criait son nom à travers les hurlements du vent et le chant de la Ventchanteuse. Il n'était pas capable d'en dire plus. L'espoir renaquit en lui aussi vite qu'il avait disparu. Il plissa les yeux pour tenter de percer les ténèbres et la tempête.

— Ki ! Par ici, Ki !

Il grimpa sur un rocher en agitant les bras sans se soucier de son équilibre.

— Mon satané équipage s'est enfui mais j'ai une corde qui me relie à eux. Ils sont quelque part dans ce chaos.

Il sauta au bas de son rocher sans attendre sa réponse et se mit à enrouler la corde. Il était difficile de suivre son trajet emmêlé au milieu des roches dans l'obscurité, mais il n'avait pas l'intention de lui laisser voir à quel point il avait perdu le contrôle de la situation.

Il y eut un bruit de bois frottant contre la pierre. Une lanterne aveugle fut partiellement découverte ; sa lumière jaune brillait de façon vive dans les ténèbres. Janie était assise sur un radeau de fortune, la lanterne fermement attachée en son centre. Ses vêtements détrempés montraient qu'elle avait poussé le radeau jusqu'au temple au milieu de la marée descendante. Elle récupérait, à présent, une main agrippée à une pointe rocheuse. Ses yeux étaient aussi durs que les murs du temple, et aussi froids. Ses cheveux blonds évoquaient une flamme décolorée s'ébattant autour de son visage. La lanterne n'illuminait pas grand-chose d'autre qu'elle. Elle criait pour se faire entendre.

— J'ai pensé que vous méritiez au moins une spectatrice, pour votre sincérité. (Elle marqua une pause.) Les autres sont trop occupés à chanter et à boire, voyez-vous. Killian a déclenché une tempête trop forte pour rendre distrayant le spectacle de votre tentative. Il n'y en a eu qu'une poignée à venir voir le charretier l'année dernière. Peut-être que dans quelques années le terme « charretier » sera un titre honorifique donné aux ménestrels ou aux clowns qu'ils pourront trouver pour venir les amuser pendant la nuit du festival.

Elle baissa les yeux sur le visage de Vandien. Ses boucles avaient perdu leur ressort et pendaient, froides et humides, sur le pourtour de son crâne et dans son cou. Le froid avait rougi son visage, à l'exception du stigmate blanc de sa cicatrice. Ses vêtements détrempés pendouillaient sur sa silhouette mince. Ses yeux étaient des puits sombres, sa bouche une simple ligne.

— En vérité, j'avais oublié de m'attendre à un public, dit-il.

— Pourtant vous avez semblé heureux en attendant mon appel. J'ai cru un moment que vous aviez trouvé le coffre.

— Je vous ai prise pour une autre. Une de mes amies qui avait dit qu'elle essayerait de venir pour m'aider dans cette tâche.

— Eh bien, j'imagine que vous ne m'appellerez pas votre amie mais je suis venue vous aider.

— Janie. Ce n'est pas ce que je voulais dire.

— Vous vous expliquerez plus tard, le coupa-t-elle brusquement. La chanteuse donne toute sa voix maintenant et nous n'avons pas beaucoup de temps avant que la marée ne s'inverse. Difficile à croire que c'est la petite Killian là-haut, n'est-ce pas ? Qui aurait pu deviner qu'il y avait de tels poumons dans une si délicate silhouette ?

— Il y a bien des couleurs différentes dans le mot « amie », Janie.

— Et aucune d'entre elles ne me va. Oubliez ça, charretier. On a du travail ici. Un signe du coffre ?

— Aucun !

Le vent lui avait arraché sa réponse mais elle lut son expression.

— Laissez-moi remettre la main sur mon attelage, rugit-il à son attention.

Elle hocha la tête.

Elle s'assit jambes croisées sur le radeau qui oscillait et le regarda enrouler sa corde tandis qu'il suivait son tracé en zigzag à travers le temple. Par deux fois, il fut forcé de plonger dans l'eau noire et agitée pour décrocher la corde des obstacles dans lesquels elle s'était emmêlée. Il finit par atteindre le nœud qui l'attachait à l'anneau. Il faillit marcher sur les skeel blottis dans un coin du temple, non loin de l'endroit par où il était entré.

— Et maintenant ? demanda-t-il à Janie.

Cela faisait du bien de hurler ces mots à quelqu'un. Elle l'entendrait par-dessus le bruit des vagues et du vent. C'était un moyen de canaliser en partie sa frustration.

Elle haussa les épaules.

— Retournez des pierres ! répondit-elle en criant. En commençant dans le coin de mon grand-père !

— Pourquoi pas ? Allez l'attelage !

Vandien se baissa sous l'eau et pinça l'une des queues enroulées. L'attelage s'éloigna sur le côté et il les mena jusqu'au coin sud-ouest.

— Choisis un rocher ! cria-t-il d'un ton jovial.

Janie repoussa des deux mains les cheveux qui lui tombaient sur le visage. L'eau salée projetée par les vents avait déjà détrempé sa chevelure. De fines mèches s'accrochaient à son front et ses joues.

— Celui-là !

Elle pointa vers le plus grand, un rocher étroit à l'arête déchiquetée qui faisait penser à un doigt tordu pointant vers le ciel.

— D'accord !

Il garda sa prise sur la corde près de l'anneau et lança l'autre extrémité à Janie.

— Je suis le charretier, lui rappela-t-il, et toi la femme pêcheur et le monde entier se tourne vers les pêcheurs lorsqu'il s'agit d'obtenir un nœud solide. Accroche-la au rocher que tu as choisi et voyons ce qu'on va pouvoir trouver.

Son sourire de guingois n'était pas du genre que l'on peut refuser. Un sourire empreint d'ironie apparut sur le visage habituellement maussade de Janie et elle se laissa volontairement tomber dans l'eau glacée. Vandien la regarda enrouler la corde à plusieurs reprises autour de la pierre et la nouer avec autant d'aisance qu'il racontait ses histoires avec sa cordelette à histoires. Elle leva les bras pour indiquer qu'elle avait terminé et s'éloigna du rocher.

Vandien s'avança dans la direction de son attelage et se baissa pour chercher leurs queues à tâtons. Mais avant qu'il n'en ait trouvé une, la corde se tendit brutalement, le brûlant à la hanche en fouettant l'air juste à côté de lui. Son déplacement avait été suffisant pour effrayer l'attelage. Il s'écarta de la corde vibrante et leva son bras pour se protéger le visage. La corde d'un gris argenté tremblait sous l'intensité de la traction. Mais la pierre ne bougea pas. Le vent sifflait tout autour d'eux tandis que la voix de Killian s'élevait et retombait. L'eau froide tourbillonna tandis que les skeel continuaient de tirer. Mais la pierre était inébranlable.

— Essayons-en une autre ! suggéra Vandien à haute voix.

Janie acquiesça avec une grimace. Elle était visiblement peu impressionnée par ses efforts. Mais Vandien n'avait pas l'intention de blâmer ses bêtes. La corde tendue jusqu'à vibrer était la preuve de la stabilité de leurs efforts. Il doutait que des mules ou des chevaux puissent faire mieux, étant donné les circonstances. Il n'arrivait même pas à imaginer les grands chevaux gris de Ki debout au milieu de ces rochers ; ils n'auraient pas eu assez d'espace pour prendre l'élan nécessaire pour tirer. Il s'avança vers les skeel avec l'intention d'utiliser sa baguette pour les faire s'immobiliser afin que Janie puisse défaire ses nœuds. Les remous dans l'eau attestèrent de l'agitation des skeel à son approche. Avant de pouvoir les calmer, il entendit le cri d'avertissement de Janie.

La pierre arrivait sur lui. Elle tombait silencieusement, comme un géant soudainement assommé. Vandien lâcha un cri rauque et tenta de s'écarter de sa trajectoire. Ses efforts frénétiques furent réduits à néant par la mer qui s'agrippait à lui de toute part. L'eau l'accueillit lorsqu'il tomba en arrière. La corde ne se relâcha pas. L'attelage la maintenait rigide en s'éloignant à grandes enjambées de la pierre qui chutait. Vandien vit la corde s'immiscer entre deux pierres levées avant que l'eau noire ne se referme au-dessus de sa tête. Un mur liquide s'étala sur lui en le poussant vers le fond.

Un siècle plus tard, il remonta hors des ténèbres. Il accueillit le souffle glacial du vent sur son visage douloureux comme une bénédiction tandis qu'il crachait, toussait et reniflait. Il pouvait entendre Janie hurler son nom mais n'avait pas assez de souffle pour lui répondre. De l'eau dégoulinait sur son visage depuis son bonnet et ses cheveux détrempés et remplissait son nez et sa bouche d'eau salée à chaque fois qu'il tentait d'inspirer. Il faisait nuit noire à présent, toutes traces de la soirée avaient disparues pendant le temps qu'il avait passé sous l'eau.

Ses yeux trouvèrent d'abord la lanterne de Janie, petite lueur de lumière jaune dans la noirceur. Elle était accroupie au-dessus, saine et sauve. La haute pierre qu'ils avaient mise à bas était étendue là où il l'avait vue la dernière fois, partiellement visible au-dessus de la surface des eaux. Il vit qu'un tour de corde y était toujours attaché.

— Janie ! rugit-il, et elle l'entendit enfin.

La lumière de la lanterne captura la largeur de ses yeux écarquillés tandis qu'elle se tournait vers lui. Elle sauta dans l'eau depuis son radeau et pataugea jusqu'à lui. Une main agrippait l'un des rondins du radeau pour le tirer derrière elle.

— J'ai cru que vous étiez mort ! cria-t-elle d'une voix aiguë. J'ai cru qu'elle vous était tombée dessus.

Son visage était livide, la peur déformait ses lèvres. Elle tendit le bras vers lui et lâcha son radeau pour l'étreindre convulsivement. Vandien fut stupéfait de la force de ses bras tandis qu'elle l'agrippait.

— Vous êtes resté sous l'eau si longtemps, murmura-t-elle à son oreille.

Son corps tremblait contre le sien.

— Juste assez longtemps pour comprendre à quel point j'ai été stupide de forcer sur la pierre de cette façon. (Il lui donna une légère tape sur l'épaule.) Tout va bien. Personne n'a rien.

Janie se raidit et s'écarta immédiatement de lui, l'enfant terrifiée avalée par la femme outragée.

— Et pas grâce à vous, espèce de paysan stupide !

Vandien laissa le vent emporter ces paroles.

— Tu as vu mon attelage ? demanda-t-il.

Elle secoua la tête, encore sous l'emprise d'émotions conflictuelles. Elle se détourna de lui et se hâta vers l'endroit où la pierre s'était tenue pour explorer diligemment les eaux. Vandien s'avança dans l'eau jusqu'à l'endroit où la corde était encore attachée à la pierre abattue. Il réussit à passer ses doigts sous la corde et la suivit sur toute la longueur du géant abattu. La corde était tendue sous ses doigts mais pas au point de vibrer comme auparavant. Il grimaça dans l'obscurité, ce qui plissa douloureusement sa balafre. Malgré leur laideur, il était devenu plus tolérant envers les skeel. Il espérait qu'ils n'avaient rien.

Il escalada la pierre terrassée pour suivre la corde qui filait entre deux piliers encore debout. Il fit un pas et se retrouva soudain avec de l'eau jusqu'au menton. La corde continuait à descendre. Vandien fit glisser son pied botté en avant et ne rencontra que le vide. Ses doigts de pieds glissèrent sur une arête de pierre droite. La réponse lui apparut clairement. Il se tenait sur la première marche d'un escalier descendant. Il recula en fixant l'étendue d'eau noire devant lui. Les animaux avaient descendu en hâte les escaliers submergés et emporté la corde avec eux. Il tira dessus et sentit une traction qui y répondait. Au moins étaient-ils vivants. Il les imaginait blottissant leurs corps à plat contre le fond en creusant le sol de leurs larges pattes. Quatre bêtes capables de tirer cette pierre levée ne pourraient être délogées par ses efforts. Il les avait perdues.

Janie barbota jusqu'à lui. Les vagues dissimulaient et révélaient alternativement ses seins sous sa tunique détrempée. Vandien réalisa soudain que l'eau était plus haute qu'elle ne l'était auparavant. La marée avait fait demi-tour et elle avançait sur eux. Il serait facile pour eux de se retrouver piégés. La voix de la Ventchanteuse avait donné à la marée une énergie nouvelle. Chaque vague qui passait la porte du temple s'élevait plus haut que la précédente. Une fois la porte recouverte par les eaux, ils seraient épuisés bien avant que la mer ne recouvre les murs noirs. Ils se noieraient comme des rats dans un puits. La notion d'urgence que contenait l'histoire racontée par Janie lui revint en mémoire. Partir ou mourir. Cela avait été leurs options, à ce moment-là.

Il regarda le radeau de Janie, avec sa lanterne. S'il abandonnait ses bêtes, ils pourraient s'y accrocher. Ce n'était rien d'autre que quelques rondins assemblés à la hâte mais ils pourraient s'y agripper et survivre. Il s'imagina l'eau qui montait et les soulevait lentement dans les hauteurs jusqu'à ce qu'ils flottent, libres, au-dessus du temple. Et qu'ils se retrouvent probablement emportés en haute mer, toujours accrochés à leur radeau, pour s'y noyer. Ce n'était guère mieux que de se noyer dans le temple.

— Il n'y avait rien en dessous ! lui cria Janie dans l'oreille. Nous allons devoir en essayer une autre. Faites reculer l'attelage. Mon nœud est coincé sous la pierre mais avec un peu de jeu, je devrais pouvoir le défaire. Sinon nous serons obligés de couper la corde.

Il la fixa sans rien dire. Un rire naquit en lui mais sans trouver de voix pour le porter. Le vent projetait de l'eau salée entre ses lèvres et dans sa gorge. Tout était perdu, à présent : sa chance de retrouver son visage, d'empocher l'or, de gagner le respect de Srolan, d'apaiser les malheurs de Janie et même l'horrible attelage qu'il avait emprunté. Il avait tout perdu et cette enfant ne le comprenait même pas. Janie prit son silence pour un assentiment. Elle se détourna de lui, tirant toujours son radeau derrière elle, et progressa péniblement le long de la pierre abattue. Elle se pencha sur la corde puis secoua la tête.

— Faites-les reculer. J'ai besoin d'avoir du mou.

— Ils ont descendu l'escalier.

Vandien avait parlé à voix basse mais elle l'entendit malgré tout.

— Ils n'ont pas pu. Nous l'avons bouché il y a des années ! (Janie était incrédule.) J'étais une petite fille à l'époque mais j'en avais entendu parler. Ils l'avaient recouvert parce que quelqu'un était tombé dedans et avait failli se noyer durant le Reflux du Temple. Tout le monde était si occupé à regarder le charretier que personne n'avait vu le danger jusqu'à ce qu'il soit presque trop tard.

— Eh bien, à présent il n'est plus bouché. Et mon attelage est descendu là-dessous.

Janie s'avança en pataugeant pour regarder l'étendue d'eau en face de Vandien.

— J'imagine que ça vous fait une porte de sortie facile, dit-elle d'une voix soudain pleine d'amertume. Il n'y a encore jamais eu un charretier prêt à mettre du cœur à l'ouvrage. Pourquoi seriez-vous différent ? Gardez votre balafre, bon sang ! Retournez à l'auberge pour rire et boire ! Soyez maudit, maudit, maudit !

Sa voix s'était faite de plus en plus stridente et véhémente, tranchant à travers le vent pour venir le frapper.

Agrippant la corde d'une main, il prit une profonde inspiration et descendit d'un pas. L'eau lui arrivait au menton. Il rassembla son courage et descendit de nouveau. Ses yeux étaient inutiles à présent. Son corps voulait remonter en flottant jusqu'à la surface mais il maintint sa prise sur la corde. Il irait au moins voir jusqu'à quelle profondeur ces marches descendaient. Il tendit l'autre main et s'accrocha à la corde pour tirer son corps vers le bas. Ses jambes quittèrent les escaliers. Il avança dans l'eau et sentit ses pieds qui raclaient en rebondissant les marches d'escalier. Ses poumons commençaient à enfler dans sa poitrine. Il résolut de faire un pas de plus. Il avança sa main libre, empoigna solidement la corde et s'enfonça plus profondément dans l'eau noire.

Le mouvement puissant de l'attelage l'attira plus loin encore avant de lui arracher la corde des mains. L'eau salée piquait la peau écorchée de ses mains assouplies par leur immersion prolongée. Cela lui prit un moment avant de réaliser que la corde avait disparu. Les à-coups qu'il lui avait imprimés avaient effrayé l'attelage. Il allait devoir retrouver la corde et recommencer. Mais d'abord, il lui fallait de l'air. Ses poumons sur le point d'éclater l'incitèrent à donner de puissantes ruades pour remonter à l'air libre. Ses mains tendues rencontrèrent de la pierre lisse. Il s'avança dans le noir en espérant que son sens de l'orientation était juste. L'ouverture du sommet des escaliers devait être tout près, au-dessus de sa tête, à moins que les skeel ne l'aient tiré plus loin qu'il ne le pensait. À moins que... Une bulle s'échappa entre ses lèvres.

CHAPITRE 19

Arrivée au bas de la colline, Ki débloqua le frein du chariot. Elle était stupéfaite de voir qu'il avait tenu. Elle laissa l'attelage reprendre son souffle pendant un petit moment. Les flancs des chevaux palpitaient au rythme de leur respiration. Sigmund baissa la tête presque au niveau de ses genoux ; la lourde crinière de Sigurd retombait comme en larges touffes sur son cou. La chevelure de Ki était rassemblée en une grosse tresse et coincée sous son capuchon. Elle se pencha sur son siège pour regarder derrière elle la falaise qu'ils venaient de descendre au milieu des rugissements du vent. Celui-ci donnait toujours l'impression qu'il allait renverser son chariot. Mais si cela devait arriver, au moins ne rebondirait-il pas contre la façade d'une falaise. La voix de la Ventchanteuse était comme un fil de son pur mêlé au tissage grossier des vents.

Ki plissa les yeux contre les bourrasques et reprit les rênes. Deux lourdes claques furent nécessaires avant que les chevaux n'acceptent, de mauvaise grâce, de se remettre en route. L'attelage était presque à bout de forces, et Ki également. Mais elle devait atteindre les lumières de Faux-Havre et leur trouver un abri pour la nuit. L'attelage avait besoin d'une étable sèche et protégée du vent, et Ki d'un bon bain et d'un repas chaud. Malgré son peu de goût pour les auberges, elle serait heureuse d'en trouver une cette nuit.

Elle continua sa route. Le vent était une chose vivante dotée d'un appétit féroce, une bête déterminée à détruire tout ce qui s'opposerait à sa volonté. Il s'accrochait à ses vêtements et faisait voler la crinière et la queue des chevaux. Ki serrait les dents. Elle savait qu'il y aurait un vent invoqué ici cette nuit. Après sa récente confrontation avec les Ventchanteuses, elles les craignaient plus et les respectaient moins qu'auparavant. Les vents n'étaient qu'une extension de leurs humeurs inconstantes sujettes à tous les caprices dictés par l'orgueil et à toutes les distractions liées aux luttes de pouvoir personnelles. Elles arracheraient ce petit village à ses fondations pour l'envoyer voler dans les flots sans plus de remords qu'elle n'en avait en conduisant son chariot par-dessus une fourmilière. Et quelque part, cette nuit, Vandien s'opposait à la volonté des Ventchanteuses et risquait de subir leurs foudres. Elle se maudit à nouveau. Elle aurait dû l'en dissuader. Elle aurait dû lui proposer d'utiliser son attelage. Mais elle lui avait dit que ce n'était qu'une plaisanterie, une charade. Ce vent n'avait rien d'une plaisanterie.

Ki n'arrivait pas à oublier l'appât qui l'avait attiré jusqu'ici. Faire disparaître la cicatrice de son visage ! Une chose impossible, une offre que seul un imbécile aurait prise au sérieux. Mais Vandien n'était pas un imbécile ; il n'était qu'un homme piégé qui pouvait agir comme un imbécile en suivant un désir caché : retrouver son vrai visage.

Elle tenta de se souvenir à quoi il ressemblait avant de recevoir cette balafre. L'image était vague. Elle avait un souvenir confus de la nuit où il avait débarqué dans son campement pour tenter de lui voler ses chevaux. Il était si affamé et affaibli qu'elle l'avait aisément jeté à terre. Elle se souvenait avoir songé qu'il était beau à sa manière mais elle n'avait pas ressenti d'attirance pour lui. Elle ne voulait pas d'un homme à l'époque, n'avait plus d'amour à donner depuis que les harpies avaient pris la vie de son mari adoré et de ses enfants avant de venir réclamer la sienne. Elle avait donné à contrecœur son accord pour que Vandien accompagne l'attelage dans les étendues montagneuses près de la Passe des Sœurs. Lorsque les harpies l'avaient enfin rattrapée, c'était Vandien et non Ki qui était tombé sous leurs terribles coups ; Vandien qui gardait les cicatrices physiques de cette terrible bataille. Elle n'avait jamais réellement vu ce que cela lui avait fait ; pas jusqu'à maintenant. Il avait fallu attendre que Dresh le lui jette à la figure.

Elle s'était montrée plus qu'insensible. Elle avait été sans cœur. Elle s'était sentie coupable face à la douleur que la cicatrice lui valait durant les jours les plus froids. Elle avait regretté de la voir, rappel si visible de cette bataille. Mais cela n'avait guère compté pour elle. Cela n'avait pas affecté ses sentiments pour lui, ne l'avait jamais amenée à le considérer comme moins que Vandien. La cicatrice qui lui scindait le visage en deux n'était rien de plus pour elle qu'une éclaboussure de boue sur sa cape ou un accroc dans le cuir de ses bottes. C'était un détail mineur qui ne retirait rien à la valeur de l'homme. Mais comment cela lui apparaissait-il, à lui ? Ki le voyait à présent, via son regard intérieur. Une déchirure irrégulière le long de son visage, toujours plus pâle ou plus rouge que le reste de sa figure. Elle songea aux aubergistes et aux valets d'écurie qui, avec désinvolture, l'appelaient « le Balafré » de la même manière qu'ils appelaient Ki « la Charretière ». Plus d'une fois, elle avait remarqué des enfants qui levaient vers lui de grands yeux curieux sans toutefois oser l'interroger au sujet de l'étrange marque sur son visage. Il avait toujours le même esprit vif qu'auparavant mais son humour avait-il toujours eu cette pointe de noirceur ? Elle n'avait aucun moyen de le savoir. Que le visage de Vandien soit balafré par sa faute était déjà assez pénible comme ça. Qu'en plus sa vie s'en trouve marquée à jamais était insupportable.

Ki trouva l'auberge grâce à ses lumières et aux sons joyeux qui s'en échappaient plutôt qu'à l'enseigne qui oscillait dans le vent. Des morceaux de chansons et des éclats de rires lui parvenaient à travers le rugissement du vent. Elle fit tourner son attelage dans la venelle qui longeait le bâtiment. L'auberge les protégeait du gros du vent. L'arrêt de son rugissement constant lui fit le même effet que si elle se réveillait brusquement. Ses joues, irritées par le vent, étaient douloureuses. Elle trouva sa lanterne et parvint à l'allumer.

Le cuir raide et les boucles épaisses résistèrent à ses doigts gourds mais le harnais finit par se détacher des chevaux. Derrière l'auberge se trouvait une bâtisse qui évoquait plus une remise qu'une étable. Une vache solitaire lui jeta un regard désapprobateur lorsqu'elle ouvrit la porte pour faire entrer ses chevaux en même temps que les rafales de vent. Elle suspendit sa lanterne au crochet et laissa son attelage s'avancer librement dans la remise. L'endroit n'avait pas été conçu pour des animaux aussi massifs. Il n'y avait pas de stalles mais une large quantité de foin était empilée dans un grenier. Elle en fit tomber pour eux et les laissa s'installer dans la remise tandis qu'elle reprenait le chemin de l'auberge.

Les bruits se turent lorsqu'elle entra. Ki crut tout d'abord que c'était dû à la rafale de vent qui s'était engouffrée à l'intérieur avec elle. Mais après que les regards l'eurent scrutée et se furent détournés, les conversations reprirent.

— Ce n'est pas encore le charretier, entendit-elle une femme remarquer. Il faudra bien avouer qu'il aura vraiment fait de son mieux, Berni, même s'il n'est pas très impressionnant à regarder.

Ces mots entendus par hasard serrèrent le cœur de Ki. *Pas très impressionnant à regarder.* Une lente colère prenait vie en elle tandis qu'elle se frayait un chemin vers le feu. Le pire dans tout ça, songea-t-elle, était que cette histoire la faisait un peu trop gamberger.

Sa relation avec Vandien était quelque chose qui était arrivé naturellement, une forme de plaisir acceptée avec la même plaisante décontraction que de l'eau fraîche ou un temps clément. Les choses s'étaient mises en place toutes seules, les soucis et les restrictions amenées par la relation étant contrebalancées par la camaraderie et le partage entre eux. Tout cela avait désormais disparu. Elle se demandait à présent ce que cette relation avait coûté à Vandien et elle se retrouvait à réfléchir aux dettes de chacun. Même les plus beaux bijoux montrent leurs défauts si on les regarde de suffisamment près. Une fois qu'elle aurait trouvé chaque petite entaille, chaque petite imperfection de leur partenariat, pourrait-elle encore y prendre simplement plaisir ?

L'homme qui s'avançait à travers la foule devait être l'aubergiste. Il baissa les yeux sur Ki et elle leva le regard vers lui. Les poils sombres sur ses bras étaient de la même nature que les rares cheveux peignés sur le haut de son crâne. Ses yeux bleu gris semblaient sincèrement dubitatifs face à elle.

— Nous n'attendions pas d'étrangers cette nuit. Rares sont ceux qui viennent ici lorsque souffle le vent du Reflux du Temple. Que puis-je vous apporter à boire ?

Ki trouva un sourire et se composa un masque avenant sur le visage.

— N'importe quelle boisson bien chaude que vous ayez, aubergiste. J'ai déjà pris la liberté de mettre mon attelage dans votre remise pour le protéger de cette tempête. J'espère que ça ne vous dérange pas. En fait, je suis venue à la recherche d'un de mes amis que je devais retrouver ici. Vandien ?

L'aubergiste leva les sourcils.

— Vandien. Ce doit être notre charretier. À peu près haut comme ça, avec une cicatrice descendant au milieu du visage, c'est ça ?

Helti vit le visage de la femme se tordre dans un spasme comme sous l'emprise d'une douleur soudaine.

— Oui. Il est là ?

Helti sourit.

— Il ne devrait pas tarder. Personne ne peut tenir bien longtemps dans une tempête comme celle-ci. Killian nous a tous surpris. Penser qu'un petit bout de Ventchanteuse comme elle puisse déclencher une tempête pareille. Nous n'avons pas vu un Vent du Reflux pareil depuis... oh, ça doit bien faire cinq Reflux du Temple. Un petit bout de femme si gaie et amicale, si semblable à une humaine qu'on pourrait oublier ce qu'elle est. Et puis elle chante une tempête comme celle-là ! Elle nous a tous surpris, et le charretier encore plus, je parie.

— Sans doute, acquiesça Ki d'un air sombre. Où le trouverai-je alors ?

— Dans le temple englouti des Ventchanteuses, mais vous ne pouvez ressortir avec un vent pareil. Ni n'avez envie de le faire, j'imagine. La marée remonte. Le niveau de l'eau va monter et ils reviendront. Vous n'avez pas à vous inquiéter qu'il puisse oublier le danger de la marée. Il sera plus que prêt à revenir, à présent, et Janie est avec lui. Janie est une femme pêcheur avant tout et elle n'oubliera pas la marée. Elle sait que l'eau galope à toute vitesse lorsqu'elle revient. Je serais surpris qu'ils ne soient pas déjà en train de patauger sur le chemin du retour. Ça va leur prendre un peu de temps, avec ce vent. Asseyez-vous un moment, prenez une chope de vin épicé et attendez-les. La cuisinière nous a préparé des mets exceptionnels ce soir. Aussi copieux que les douceurs du festival. Si vous etes l'amie du charretier, je mettrai vos dépenses sur son compte et ni l'un ni l'autre n'aurez quoi que ce soit à payer demain. Que je sois maudit s'il ne nous a pas tous surpris par son cran. Et il ne nous a pas demandé grand-chose. Nous serons généreux avec son amie s'il ne nous laisse pas l'être avec lui. Asseyez-vous, je vous en prie.

Une odeur de vin épicé émanait de l'aubergiste. Une sorte d'auto-suffisance le rendait prompt à se montrer généreux en mots et en nature envers les autres.

Ki se frotta le visage, fatiguée. La chaleur du feu commençait juste à faire son effet sur elle. Ses vêtements lui semblaient humides contre sa peau. Elle pouvait simplement rester là et l'attendre. Elle n'avait pas besoin de retourner dehors dans cette tempête. Agir ainsi n'apporterait rien à Vandien. Mais elle avait envie de faire quelque chose pour lui ce soir. Et Vandien pourrait bien apprécier le geste.

— Je vais prendre un verre de vin épicé, aubergiste. Mais ensuite, je pense que j'irai retrouver Vandien.

— Bon, si vous insistez, j'imagine que vous faites comme vous voulez.

— J'imagine que c'est ce que je vais faire, acquiesça Ki.

Le vin brûlant lui réchauffa les mains, puis le corps tout entier. Les instructions de Helti étaient faciles à suivre. Les autres villageois étaient trop accaparés par les festivités pour prêter attention à l'étrangère. Ki ouvrit la porte contre le vent et s'aventura au gré des rues étroites, malmenée par la tempête. Ses bottes accrochaient la moindre fissure, le moindre nid-de-poule. Elle souhaita en vain avoir une lanterne qui resterait allumée dans cette tempête.

La route inconnue se perdait dans les ténèbres. Elle pouvait entendre le choc répété des vagues impatientes de reconquérir la plage. Le vent sifflait dans ses oreilles et la Ventchanteuse continuait de chanter. Elle arriva en vue de la plage. Des vagues bordées de blanc s'élançaient à l'assaut des sables noirs avant de se retirer au milieu d'une dentelle d'écume. L'eau montait rapidement. Ki s'avança jusqu'à la limite des flots conquérants.

— Vandien ! cria-t-elle.

Le vent emporta ses mots vers l'intérieur des terres. Elle plissa les yeux pour apercevoir la silhouette sombre du temple des Ventchanteuses.

— Vandien ! cria-t-elle à nouveau.

Elle posa une botte dans l'eau. Une vague s'empara, menaçante, de son pied et fit glisser sa main froide sur son mollet. Le sable était glissant sous ses pas. Si froid et si humide.

— Et si têtu ! hurla-t-elle en direction de Vandien, où qu'il puisse se trouver.

Elle se mit à patauger avec colère en direction du temple, se démenant au milieu de la marée montante. L'eau s'éleva jusqu'au-dessus de ses genoux, froide et familière, puis jusqu'à ses hanches, jusqu'à sa poitrine. Pourtant elle continuait d'avancer. La forme du temple prit celle de murs déchiquetés se découpant contre le ciel. L'eau grimpait le long des côtes de Ki. Chaque vague qu'elle rencontrait menaçait de lui faire perdre pied. Le vent cinglant lui projetait de l'eau de mer au visage. Son capuchon dégouttait d'eau sur ses joues et jusque dans son cou.

— Vandien ! hurla-t-elle, sans attendre de réponse.

— Vandien !

C'était soit un écho, soit quelqu'un qui l'imitait pour se moquer d'elle à l'intérieur du temple. Ki n'était pas certaine d'avoir bien entendu ; peut-être n'était-ce qu'un tour que lui jouait le vent soufflant dans les ruines. Elle reprit sa progression, difficile, nageant à moitié dans les vagues qui se succédaient. Le mur en ruine du temple s'élevait au-dessus d'elle lorsqu'elle aperçut soudain une lueur venue de l'intérieur ; ce n'était qu'un flash mais cela lui montra l'emplacement du portail du temple. Malheureusement, le fond semblait s'enfoncer dans les profondeurs entre elle et le portail. Elle serra les dents et plongea dans l'eau. Ses vêtements la gênaient, elle aurait dû laisser ses bottes sur le rivage. Mais au moins avait-elle fini par entrer dans le temple. Elle essaya de reprendre pied dans l'eau mais ses bottes raclèrent soudain contre un sol de pierre. Grâce soit rendue à la lune, le sol du temple était plus haut à l'intérieur qu'à l'extérieur. Elle pouvait à nouveau se tenir debout, même si les allers-retours de l'eau à travers le portail menaçaient en permanence de la déséquilibrer. La lumière qu'elle avait entraperçue avait disparu.

À nouveau, elle entendit une voix.

— Vandien !

Un flash de faible lumière apparut au-delà de deux piliers encore debout.

— Vandien ! lança Ki en écho avant de plonger vers la lumière.

Une enfant complètement trempée était accroupie, tremblante, sur un radeau de fortune. Une lanterne finissait de se consumer à ses côtés. Ses cheveux décolorés étaient lissés sur son crâne et de l'eau dégouttait de ses vêtements. En entendant l'appel de Ki, elle tourna un visage surpris dans sa direction. Une expression qui ressemblait presque à de la colère, ou de la jalousie, passa sur son visage. Elle redressa les épaules devant Ki, révélant la forme de ses jeunes seins pointus contre sa tunique. Ki s'interrogea sur les raisons de sa présence en ces lieux, mais elle n'avait guère le temps de s'en soucier.

— Où est-il ? demanda-t-elle en avançant dans l'eau tourbillonnante.

— Qui êtes-vous ? rétorqua la femme sur le radeau.

— Ki. Où est Vandien ?

Janie lui jeta un regard sombre.

— Il a plongé là-dessous.

Elle était parvenue à donner à son cri une humeur maussade.

Ki suivit des yeux la direction qu'elle indiquait. Des eaux sombres rencontrèrent son regard. Elle sentit la peur se refermer sur elle, plus froide que la mer tout autour. De la colère surgit au fond d'elle contre cette femme qui pointait si froidement le doigt vers l'eau en disant que Vandien était là-dessous. Elle avait envie de l'agripper et de lui faire hurler quand, pourquoi et ce que diable il faisait dans ces profondeurs, mais elle n'en avait pas le temps. L'eau froide se moquait d'elle, s'accrochant à ses membres tandis qu'elle tentait de rejoindre en hâte l'endroit indiqué par la fille. Lorsque l'une de ses bottes ne rencontra soudain que de l'eau, Ki eut un mouvement de recul et frissonna. Janie s'assombrit devant le regard que Ki lui lançait.

— Il est descendu en suivant la corde ! Son attelage est descendu là-dessous ! ajouta-t-elle soudainement.

Ses yeux niaient toute culpabilité.

— Son attelage ?

Cela n'avait aucun sens, mais ça n'avait pas d'importance. Il était là-dessous depuis trop longtemps. Ki tâtonna le long de la pierre écroulée en suivant la corde. Celle-ci était tendue sous ses doigts. Il devait toujours être au bout. Avec un frisson d'horreur et de peur, elle prit une inspiration tremblante et se laissa couler dans l'eau noire.

Le froid se pressait contre ses oreilles, tentait de s'insinuer dans son nez. Elle regardait droit devant elle, sans rien voir dans les ténèbres liquides. Elle se força à descendre une nouvelle marche. Rien ne changea. Agrippant la corde des deux mains, elle fit un troisième pas vers les profondeurs.

Quelque chose heurta en rebondissant le côté de son crâne. Elle tituba sous l'impact et faillit vider ses poumons mais continua d'agripper la corde. Elle tenta de ne pas se demander ce qui se trouvait dans cette noirceur avec elle. Un poisson carnivore, peut-être ? Elle n'y pouvait rien changer. Elle tira fortement sur la corde, dans l'espoir de recevoir une traction en réponse, mais la corde restait tendue. Elle pouvait être coincée par quelque chose en bas. Ki ne pensait pas que Vandien puisse la tenir aussi fermement, pas après avoir passé autant de temps sous l'eau. Elle ne pouvait ni le voir ni l'appeler. Si Vandien avait choisi de descendre par ici, c'était le dernier choix qu'il avait jamais fait. L'eau salée brûlait les yeux de Ki. Elle fit un pas en arrière.

Elle sentit de nouveau une turbulence dans l'eau et quelque chose frôla son épaule. Mais le mouvement était moins puissant à présent. À son passage, elle sentit un morceau de tissu glisser sur sa joue. Ki l'agrippa.

Elle quitta les marches mais pas la corde. Elle n'avait aucune intention de lâcher prise. La jambe qu'elle saisit donna un faible coup de pied avant de s'immobiliser. Une main se prit dans le tissu de son capuchon. Dans les ténèbres, elle coinça la jambe entre son bras et sa poitrine puis raffermit sa prise à deux mains sur la corde. La jambe pressée contre elle était flasque mais la main maintenait sa prise. Reste avec moi, songea-t-elle désespérément tandis que l'air tentait de forcer le barrage de ses lèvres. Tiens bon. Elle se débattit pour remonter vers la surface le long de la corde.

Elle sentit le poids de Vandien sur son dos et puis une main agrippa sa charge tandis qu'elle émergeait hors de l'eau. Janie maintenait une prise maladroite sur son épaule et tirait sans grande efficacité sur son corps flasque. Ki agrippa les hanches de Vandien et le fit basculer sur le radeau, ce qui faillit faire tomber à l'eau la lanterne et fit plonger le sommet du radeau. De l'eau s'écoulait de tout son corps. Il expira en recrachant de l'eau salée. Il renifla et toussota faiblement sans même assez d'énergie pour vider sa bouche de l'eau qu'elle contenait. Janie était paralysée. Ki lui décocha un regard furieux mais elle ne s'en rendit pas compte. Elle fixait Vandien comme s'il s'agissait d'un poisson inconnu. Ki tendit le bras et agrippa l'une des épaules de Vandien pour le faire rouler vers elle. Elle ne trouvait pas les mots pour parler ni le souffle pour les dire. Elle aspirait goulée après goulée. Vandien postillonna de nouveau et se mit à tousser, cette fois avec plus d'énergie. L'une de ses paupières s'entrouvrit. Il jeta à Ki un regard misérable.

— J'ai failli me noyer là en bas.

Sa voix calme atteignait à peine Ki. Il aurait employé le même ton pour se plaindre d'une route pleine d'ornières.

— J'ai remarqué ça, s'entendit-elle répondre sur le ton de la conversation.

Les lèvres de Vandien se plissèrent et elle crut qu'il allait s'étrangler à nouveau. Mais après un ou deux halètements, il se mit à rire. Il tenta de s'asseoir, mais sans y arriver. Son rire était entrecoupé de toux. Ki se surprit à sourire tandis qu'elle agrippait ses épaules par sa blouse trop large. Janie les fixait sans comprendre que la survie était la source d'amusement la plus basique de toutes. Lorsqu'il n'en put plus de rire, il resta allongé immobile sur le radeau, en continuant à sourire et à tousser par intermittence. Ki leva les yeux en direction de la jeune femme à l'air solennel.

— Partons d'ici, suggéra-t-elle.

Elle pesa de tout son poids contre le radeau pour le pousser en direction du portail.

— Non, on ne peut pas !

La voix de Janie était haut perchée, écorchée.

Le regard de Ki se tourna instantanément vers le portail mais il restait encore un espace suffisant pour passer. Le radeau risquait de racler un peu contre la pierre de l'arche et Janie serait obligée de se baisser. Mais ils y arriveraient.

— Nous n'avons pas terminé ! se révolta Janie. Nous ne pouvons pas encore partir. Nous n'avons pas trouvé le coffre des Ventchanteuses.

Ki accueillit ses mots d'un regard froid. Elle continua de pousser sur le radeau.

Janie se tourna vers Vandien.

— Si nous partons maintenant, charretier, tu auras échoué. Tu n'auras pas gagné ta récompense et tu auras perdu ton attelage. Penses-y Vandien ! Pas d'attelage ! Pas d'argent ! Et tu porteras cette balafre jusqu'à la fin de tes jours ! Pour toujours !

— Ce serait le cas de toute façon. (Ki parlait d'une voix basse mais qui portait, malgré le vent.) Pourquoi offrir une récompense impossible pour une tâche qui ne l'est pas moins ? Peut-être qu'au prochain Reflux du Temple, ce sera une montagne d'or.

— Ce n'est pas impossible ! Pas impossible !

Janie agrippa Vandien et le secoua. Il était incapable de résister. Les secousses le faisaient tressauter comme une poupée de chiffon.

— Srolan n'offrirait jamais quelque chose d'impossible ! Et le coffre est ici ! Ici ! Mon grand-père l'a vu. Il l'a tenu dans ses propres mains.

— Laissez-le tranquille ! rugit Ki.

Ses yeux verts brillaient lorsqu'elle donna un coup du revers de la main pour repousser les bras de Janie loin de son ami.

— Le noyer à moitié ne vous a pas suffi ? Vous devez en plus continuer à le tourmenter en lui offrant ce qui ne peut l'être ? Pas fini ici ? Vous êtes passé bien près d'en finir définitivement avec lui !

Même dans la faible lumière de la lanterne, Ki put voir l'afflux de sang sur le visage de Janie. Ses yeux s'élargirent, ses mains devinrent des griffes. Ki ne cilla pas mais elle raidit ses muscles en vue de l'attaque qui allait suivre. Mais elle ne fut assaillie que par des mots durs, hurlés par une voix plus stridente que le vent.

— Vous savez ce que c'est, Vandien ? Elle ne veut pas que la cicatrice soit levée de votre visage. Cela vous marque comme le signe que vous lui appartenez, à elle. Elle sait que tant que vous la portez, elle n'a nulle rivale à craindre, car aucune autre femme ne vous regardera. Elle est venue ici pour vous arrêter !

Ki se sentit malade. Vandien redressa son corps entre elles et s'accroupit péniblement. Ses cheveux noirs pendaient mollement sur son front. La lumière jaune lui donnait un teint cireux. Sa cicatrice ressortait comme un marquage au tison et sa bouche évoquait une coupure plissée. Il tourna des yeux accusateurs vers Ki. Pendant un terrible instant, elle songea qu'il croyait les accusations de Janie.

— Peux pas abandonner mon attelage ! haleta-t-il.

Il secoua la tête, projetant des gouttes d'eau salée dans le vent.

— Doit sortir ces skeel de là, Ki ! Y en a quatre, et c'est quatre de plus que ce que je peux payer.

— Des skeel ? (Ki paraissait incrédule.) Tu as amené un attelage de skeel au milieu de l'eau de mer ?

— Oui, pourquoi ?

Vandien avait visiblement l'air de récupérer. Il se tenait entre Janie et Ki, utilisant son corps pour bloquer la tension qui vibrait entre elles.

— Ils avaient l'air de bien aimer l'eau douce.

Ki se mit à rire. Elle rit à gorge déployée avant de reprendre ses efforts pour pousser le radeau vers le portail du temple. Vandien toussa et la regarda. Janie était silencieuse, maussade. Un sourire intrigué se fit lentement jour sur les lèvres de Vandien.

— Parle ! exigea-t-il. Par l'enfer, qu'est-ce qu'il y a de si drôle ?

— Skeel ! (Ki avait éructé le mot.) Dans l'eau douce ils se gorgent de réserves. Ça les rend frétillants et leur donne une sacrée endurance. Mais dans l'eau salée...

Elle ne put s'empêcher de rire à nouveau. Vandien se pencha en avant, son visage à la peau sombre au même niveau que celui de Ki. Il tentait de garder un visage impassible et solennel mais un sourire s'obstinait à déformer les coins de sa bouche.

— Dans l'eau salée, haleta enfin Ki, ils entrent en rut. Ils s'enfoncent aussi profondément qu'ils peuvent, s'enroulent les uns autour des autres aussi serrés qu'un nœud et s'accouplent. Pendant des heures ! Des jours, parfois ! Ils ne s'arrêtent qu'après s'être mutuellement fertilisés. Alors ils remontent et prennent la direction du large.

Elle se laissa aller à un nouvel éclat de rire.

— Ne t'inquiète pas pour eux, Vandien. Tout ira bien. En fait, ils vont même prendre beaucoup de plaisir. La plupart des attelages ont rarement l'opportunité de s'accoupler.

Vandien grimaça faiblement avant de passer les jambes par-dessus le radeau.

— Je n'ai pas besoin d'aide, protesta Ki.

Mais il se contenta de désigner le portail d'un mouvement de tête. Une vague qui entrait souleva Ki et lui fit perdre pied en remplissant un instant tout l'espace du portail. Tandis que les vagues ressortaient, l'eau aspira le radeau. Vandien et Ki s'arc-boutèrent pour ne pas se trouver emportés par le tourbillon liquide.

— Saute à l'eau, Janie ! cria Vandien. Nous allons tous être mouillés en passant ce portail.

Janie ne bougea pas. Elle releva la tête, les yeux plissés.

— Je ne pars pas. Et vous n'emporterez pas mon radeau, ni ma lanterne. Vous n'avez peut-être pas le courage d'aller jusqu'au bout, mais moi si. Je ne partirai pas avant d'avoir récupéré le coffre des Ventchanteuses.

— Ou d'être morte ? demanda Vandien.

— C'est ça.

Janie avait parlé pendant une accalmie passagère des vents et sa voix était catégorique.

— Laisse-la, suggéra Ki.

Son entêtement évoquait pour elle les caprices d'une enfant gâtée et Ki n'avait pas l'intention d'y répondre.

— Attends, intercéda Vandien.

Mais Ki pointa le doigt vers le portail. À présent, le linteau disparaissait entièrement au point culminant des vagues. Lorsque l'eau se retirait, il ne restait qu'un tout petit espace.

— Le temps et la marée n'attendent personne, Vandien. Nager jusqu'au rivage serait long et froid. Je ne crois pas que tu y arriverais. Notre seul espoir est de sortir d'ici avant que l'eau ne devienne trop profonde.

Vandien hocha la tête vers Ki tout en lui faisant signe de rester silencieuse. Il se tourna vers Janie.

— Nous partons, Janie. Il n'y a aucune chance de trouver le coffre à présent. L'eau est trop profonde et il fait trop sombre. Donc tu vas rester et mourir et ta légende mourra avec toi. Le village se souviendra de ta famille comme étant des ivrognes et des menteurs et de toi comme une idiote. Il y a ta petite sœur, bien sûr, mais elle pourra grandir en nettoyant les cendres de la cheminée de Helti. Elle survivra. Bien des enfants grandissent avec moins que ça. Et à chaque Reflux du Temple, venir ici aura de moins en moins de sens. « Charretier » deviendra bel et bien un titre purement honorifique. Le Reflux sera le moment où les jongleurs viennent pour amuser les foules et où une Ventchanteuse chante gracieusement pour ton village. Cela pourrait être une bonne chose. Peut-être est-il temps de mettre fin à cette coutume ridicule. Le village serait plus avisé d'oublier le passé et de se tourner vers d'autres choses. Ta mort pourrait bien être une très bonne chose.

Au milieu de son discours, le visage de Janie s'était froissé mais Vandien avait continué, inexorable. Le vernis de féminité se craquela ; les yeux de l'enfant laissèrent tomber des larmes de colère qui se mélangèrent aux embruns salés sur son visage. Sans une parole, elle sauta par-dessus bord et les rejoignit sur le côté du radeau. Ki s'apprêta à lancer une remarque sarcastique mais le regard de Vandien la retint.

— Allons-y, dit-il, sa voix profonde se frayant un chemin à travers le vent pour arriver jusqu'à elles.

Ils s'arc-boutèrent un instant contre la vague entrante. Au moment où elle se retirait et où l'eau tourbillonnante aspirait le radeau, ils poussèrent de toutes leurs forces. Le radeau fut emporté comme un bouchon qui se libère. Leurs pieds pédalèrent dans l'eau sans trouver d'appui. Le radeau fonça vers le portail du temple et s'y coinça. L'arche au sommet n'était pas assez large pour lui permettre de passer.

— Mettons du poids dessus ! cria Vandien, dans l'espoir de le faire couler suffisamment pour pouvoir traverser.

Mais il était trop tard. Une nouvelle vague surgit à l'intérieur du temple et ils se cramponnèrent au radeau qui fut repoussé loin de la porte. Ils tourbillonnèrent, leurs pieds ne trouvant plus le fond. Le vent ricanait à leurs oreilles.

— C'est trop tard.

La voix de Janie était faible et désespérée. Le portail n'était plus visible. L'eau continuait d'entrer et de refluer à l'intérieur du temple mais l'espace par lequel elle entrait était submergé. Comme par solidarité avec leurs espoirs brisés, la lanterne clignota une dernière fois avant de s'éteindre définitivement. Ki se sentit mal.

— Trop loin pour nager. Trop froid, murmura-t-elle.

Les autres ne pouvaient pas l'entendre. Mais ils savaient.

Vandien se tira jusque sur le radeau. Ki ne l'en blâmait pas. Elle n'était pas ici depuis aussi longtemps que lui et n'avait pas non plus été à moitié noyée. Mais ses forces déclinaient et Vandien devait être épuisé.

Le ciel noir parsemé d'étoiles se raillait d'eux. L'écume luisait, blanche, à l'intérieur du temple mais c'était à peu près tout ce qu'ils pouvaient voir. Ki s'accrochait aux rondins glissants du radeau. Elle pouvait sentir Janie à ses côtés. Aucune d'entre elles n'agitait plus les jambes. Elles préserveraient leurs forces jusqu'au moment où elles auraient une bonne raison de se battre.

— Que fais-tu ? demanda Ki tandis que Vandien se voûtait sur lui-même au centre du radeau. Des vibrations parcoururent les rondins, mais avant qu'il n'ait répondu, le radeau se disloqua brusquement.

— Agrippez le rondin ! entendit-elle Vandien crier avant de s'enfoncer sous l'eau.

Elle remonta en crachant de l'eau dans les ténèbres froides. La chance lui fit heurter un rondin de l'épaule et la panique l'aida à s'y cramponner.

— Vandien ! Janie ! cria-t-elle.

Les ténèbres se pressaient autour d'elle.

— Ici, lui parvint une voix à l'autre extrémité du rondin. Celui-ci s'agita tandis que Janie émergeait à ses côtés. Une corde qu'on lui jetait gifla Ki. Elle arriva à l'agripper avant qu'elle ne retombe dans l'eau.

— Nous devrions pouvoir faire passer de force un rondin à travers le portail ! cria Vandien. Si nous restons encordés, nous devrions réussir à rejoindre le rivage.

— Si nous trouvons le portail ! répondit Janie.

Ki acquiesça silencieusement. Sa plongée soudaine l'avait désorientée et les tourbillons dans l'eau avaient fini le travail. Elle n'était même pas sûre de savoir sur quel mur s'ouvrait le portail.

— Suivez-moi ! lança Vandien.

Il n'en dit pas plus et commença à pousser le rondin. Ki tenta d'agiter les jambes dans la même direction. Pendant un moment, Janie se contenta de glisser dans l'eau à ses côtés. Puis Ki sentit qu'elle aussi agitait les jambes.

L'eau tournoyait et tourbillonnait. Ki n'arrivait pas à voir où ils se trouvaient. Le vent les retenait dans un rire hurlant. Elle ne parvenait plus à séparer le son du vent de la voix de la Ventchanteuse. Les deux étaient pleins de puissance et de froide moquerie. Brusquement, le rondin heurta un mur.

— Je peux sentir la porte avec mon pied ! cria Vandien.

Ki le sentait bouger mais n'aurait pas su dire ce qu'il faisait.

— J'ai accroché la corde au rondin, lança-t-il. Je vais plonger et passer le portail en emportant une extrémité de la corde avec moi. Lorsque vous me sentirez tirer, enfoncez le bout du rondin dans l'eau et j'essayerai de le faire passer. Mais gardez l'une des extrémités de la corde avec vous. Lorsque le rondin sera passé, plongez et suivez-le. Gardez une prise sur la corde.

Ki hocha bêtement la tête puis s'arrêta lorsqu'elle réalisa que personne ne pouvait la voir.

— Fais bien attention ! lui cria-t-elle.

— Il est parti, dit Janie.

Les deux femmes se cramponnèrent au rondin au milieu des tourbillons liquides. Ki s'efforçait de sentir une traction qui aurait pu provenir de Vandien et pas seulement du mouvement de l'eau. De longs moments passèrent où elle ne sentit rien.

— Il doit être passé à présent, cria-t-elle à Janie.

La traction survint comme celle d'un poisson qui mord à l'hameçon sur une ligne de pêche. L'extrémité du rondin oscilla. Janie et Ki se déplacèrent ensemble pour peser dessus, pour le pousser sous la surface jusqu'à ce qu'elles sentent qu'il était tiré loin d'elles.

Vandien combattait les frissons qui tentaient de convulser son corps. On ne pouvait pas à la fois trembler et nager. Il tenta d'oublier la douleur sur son visage qui engourdissait son nez et le brûlait entre les yeux. Il appuya les pieds contre le mur extérieur du temple et tira sur la corde. Il sentit d'abord la résistance du rondin et puis son raclement contre la pierre tandis qu'il passait péniblement le portail. Vandien retomba dans l'eau tandis que le rondin surgissait soudain, libéré, jaillissant des flots presque à la verticale de Vandien. Il remonta à la nage et s'agrippa au bois en attendant que les femmes le rejoignent en nageant.

Janie creva rapidement la surface de l'eau, suivie de Ki. Elles se cramponnèrent au rondin en haletant. À l'extérieur des murs du temple, le vent soufflait de toute sa force. Mais au moins les vagues étaient avec eux, à présent. La marée avançait à toute vitesse sur les étendues plates du fond marin. Cela les aida pour pousser leur rondin jusqu'au rivage. Vandien se força à relever la tête et battit faiblement des pieds. Personne n'avait la force de parler mais il sentit les efforts de Ki et Janie se joindre aux siens. Au loin, les rares lumières du village brillaient comme des étoiles jaunes. Il se demanda si un seul villageois s'interrogeait à son sujet et à celui de Janie, dehors au milieu de la mer et du vent. Qu'espéraient-ils ? Que tous les deux se noieraient et que cela réglerait le sort de cette fille à problèmes ? Quelqu'un d'autre que Srolan espérait-il qu'il reviendrait avec le coffre ? Il fallait mieux que ce ne soit pas le cas. Il y aurait moins de déception.

Ki poussa un cri étouffé, puis les pieds de Vandien rencontrèrent à leur tour le fond. Quelques coups de pieds supplémentaires et ils furent en mesure de se planter dans le sable. Seule Janie n'émettait pas le moindre son de soulagement.

— Ta sœur sera heureuse de te voir en vie ! lui dit Vandien pour tenter de la réconforter.

— Helti l'aura envoyée au lit il y a des heures, répondit-elle sourdement.

Ils atteignirent le rivage en titubant. Vandien s'écroula sur le sol pour reprendre des forces. Mais le vent continuait à hurler impitoyablement ; il ne leur pardonnait pas d'avoir échappé à la mer. La froideur de leurs vêtements s'insinua jusque dans leurs os. Vandien sentit peser sur lui le poids de l'eau et de la laine imbibée lorsqu'il se releva. Ki s'avança jusqu'à lui et s'emboîta confortablement sous son bras. Il rit doucement en sentant son contact solide contre lui. Ils s'en étaient sortis vivants une nouvelle fois. Il tendit le bras vers Janie pour une étreinte mais elle repoussa sa main. De sombres sentiments émanaient d'elle. Elle ne voulait rien d'eux, pas même le confort de leur compagnie. Elle se remit sur pieds et s'éloigna d'eux en boitant. Ki et lui réussirent à la suivre du regard jusqu'à ce qu'elle passe la porte d'une chaumière plongée dans l'obscurité, plus petite que la plupart des autres. La porte en bois claqua derrière elle.

— Vandien ? commença Ki d'une voix douce.

— Cela prendrait plus d'une soirée pour tout expliquer, dit-il.

Ki laissa tomber.

Le vent était moins violent à l'intérieur de la ville, parmi les maisons. L'obscurité continuait de se presser autour d'eux et le froid à leur dérober furtivement la chaleur même de leurs corps. Une autre forme de froid prenait naissance en Vandien à présent, jusqu'à l'envahir. Janie était partie ; lui et Ki n'étaient plus que deux, comme ils l'avaient si souvent été auparavant. Mais il y avait une différence. Les mots coléreux de Janie dans le temple semblaient avoir pris corps et palpiter sombrement entre eux. Ki savait pourquoi il avait tout risqué dans cette quête ridicule. Il n'était pas sûr de savoir ce qu'il ressentait face à ses propres actes mais il pouvait imaginer une bonne douzaine de réactions que Ki pourrait avoir. Aucune d'entre elles n'était agréable.

— Comment est ton visage ? demanda-t-elle, soudainement mais d'une voix douce.

— Laid, répondit-il, faisant passer dans ces mots des choses qu'il n'avait jamais exprimées auparavant.

Ils ne dirent pas un mot de plus durant tout le trajet jusqu'à l'auberge, mais le bras de Ki se glissa autour de sa taille et le soutint fermement.

Ki ouvrit la porte de l'auberge en luttant contre le vent. Elle se referma en claquant derrière eux. Ils furent accueillis par une chaleur et un silence inattendus. Les pêcheurs étaient affalés sur des bancs et des tabourets. Des chopes à moitié vides étaient posées sur les tables auprès d'eux. Sur les plats s'entassaient miettes, croûtes et autres morceaux en tas épars. Helti réchauffait son large dos près de la cheminée. Il trouva enfin ses mots.

— Alors t'es revenu vivant !

Son ton était amical, quoique ivre.

— Oui. Et Janie également.

Vandien avait laissé tomber ces mots dans le silence, s'adressant plus à Collie et sa harpe muette qu'à qui que ce soit d'autre. Peut-être Collie opina-t-il légèrement du chef, ou peut-être résistait-il simplement au sommeil.

— Oui, Janie c'est sûr. Il faudrait plus qu'une Ventchanteuse et une tempête pour la refroidir. Elle ferait une excellente femme si ses actions étaient à la hauteur de ses paroles.

Vandien se mordit les lèvres pour ravaler une réponse amère. Cela n'apporterait rien de bon. Le bruit des conversations commençait à gagner en volume. La plupart des clients avaient trop bu pour être très intéressés par son retour. Mais Berni réclama bruyamment un verre :

— Pour le charretier et son amie !

— Et fais-nous le récit de cette nuit ! surenchérit quelqu'un, depuis l'une des tables du fond.

Un jeune pêcheur assis près du feu fit la même requête. Les pêcheurs débarrassèrent un banc à leur intention. Vandien s'assit avec gratitude. Il tendit la main et saisit le poignet de Ki, qu'il tira vers lui pour qu'elle s'asseye à ses côtés. Il la sentit mal à l'aise. Livrée à elle-même, elle serait retournée à son chariot ou serait directement montée dans sa chambre à l'étage. Les auberges et les inconnus ne l'avaient jamais attirée. Ce soir, c'était plus vrai que jamais.

Lorsqu'ils furent assis, de l'eau se mit à dégoutter de leurs vêtements trempés sur le banc et sur le sol. Les pêcheurs n'y prêtèrent aucune attention. Ki frissonna et se rapprocha de Vandien, autant pour le confort de sa présence que pour sa chaleur. Il repoussa ses mèches bouclées en arrière et réussit à former un sourire. Celui-ci envoya des ondes de douleur à travers sa cicatrice mais il le maintint en place sur son visage. Helti plaça deux godets de ragoût chaud devant eux.

— Bien, vous m'avez bien payé, par votre hospitalité et vos chansons. Je ne vous ai pas rapporté le coffre des Ventchanteuses. Le moins que je puisse faire à présent est de vous raconter la façon dont j'ai échoué. N'est-ce pas, Ki ?

Il lui donna un petit coup de coude.

— Sûr ! répondit-elle avec un sourire venimeux à son intention.

Il savait qu'il avait intérêt à faire court. Ki avait bien des choses à lui dire. Plus il lui donnerait de temps, plus elle aiguiserait ses propos. Elle saisit son godet et but une longue gorgée. Vandien porta une main à sa gorge. Guidé par la force de l'habitude, il retira la cordelette à histoire qui se trouvait autour de son cou et la noua autour de ses doigts. Peu importait que ces gens ne puissent pas comprendre les symboles qu'il allait former tout en parlant. Il ne pouvait pas plus raconter une histoire sans faire danser les nœuds de sa cordelette que Ki ne pouvait regarder un cheval sans en deviner le prix. Il baissa les yeux vers ses mains, vers la forme que ses doigts avaient nouée et fronça les sourcils. Elle était là, la forme tordue qui signifiait cicatrice, mutiler, défigurer, ruine. Un claquement de doigts rendit à la cordelette sa forme normale. Il tendit la main et but longuement à son godet. Le liquide lui piqua les narines et réchauffa son gosier.

— Allez, charretier ! lança quelqu'un.

Vandien adressa un sourire à toute l'assemblée. Ils pensaient donc qu'il restait silencieux pour les intriguer afin qu'ils lui prêtent attention. Autant les laisser penser ça.

— Par où puis-je commencer ? demanda-t-il de manière rhétorique.

Il jeta un coup d'œil à Ki qui levait son godet pour une deuxième ration.

— Laissez-moi d'abord vous poser une question. Saviez-vous à quel point les skeel sont des animaux amoureux ? Saviez-vous qu'il y avait un escalier dissimulé dans le temple des Ventchanteuses ? Aviez-vous remarqué comment la Ventchanteuse agenouillée devant l'autel brisé vous regarde avec une larme au coin des yeux ? Et comment ses mains semblent monter et descendre au rythme du baiser des vagues ?

Il les tenait. Avec quelques questions, Vandien les avaient rendus silencieux, suspendus à ses lèvres et à son histoire, comme si le temple dont il parlait n'était pas juste à côté de chez eux mais un endroit mystique, une légende lointaine. Ki l'écouta et regarda ses doigts agiles tisser pour eux une histoire pleine de présage et de malchance, épicée ici et là par un rire de connivence. Vandien endossait le rôle de l'idiot, du charretier qui était arrivé sans savoir à quel point la tâche était délicate. À Janie, il offrit le rôle de la courageuse fille du village qui sauve le charretier idiot au tout dernier moment. Ki écouta en silence tandis qu'il donnait à chaque information la tournure nécessaire pour satisfaire au mieux la vanité du village. Ils les présentaient sous leur meilleur jour, un peuple vaillant qui bravait les mers traîtresses, éveillant stupéfaction et admiration chez l'humble charretier qu'il était. Même Ki se surprit à sourire devant la façon dont il racontait que son propre attelage avait failli l'emporter sous l'eau vers la mort. Et s'il présenta Janie comme celle qui l'avait tiré des griffes de la mer déchaînée, Ki ne lui en voulut pas. Elle savait ce qu'il essayait de faire et qu'il ne pourrait pas y arriver. Le village ne verrait jamais Janie comme une jeune femme pleine de cran, quelle que soit la manière dont Vandien tournerait son histoire. Il pourrait bien atténuer temporairement leurs sentiments négatifs envers elle mais il ne pourrait pas changer la façon dont ils la percevaient.

— Et donc me voici, vivant mais trempé ! (Il était sur le point de conclure.) Et si cela ne m'a pas rapporté l'or escompté, j'ai au moins acquis de l'expérience. Je n'écouterai plus jamais un homme me dire que les pêcheurs ont la belle vie sans songer qu'il n'a jamais bravé les dangers de la mer. Et c'est là une connaissance de valeur pour n'importe quel homme, aussi utile qu'une bourse remplie de pièces.

Avec un large sourire, Vandien redonna à sa cordelette une forme circulaire. Il la remit autour de son cou et but une nouvelle gorgée du godet qui refroidissait.

— Un autre verre ! cria Berni.

Mais Vandien secoua la tête.

— Nous sommes bons pour aller au lit, répliqua-t-il en se levant lentement.

— Que la femme reste ! cria une voix gutturale depuis le fond de la salle. Elle ne devrait pas avoir à grimper avec toi avant que les lumières soient éteintes, charretier !

Cela déclencha l'hilarité générale. Ki plissa ses yeux verts et ouvrit la bouche pour répondre mais Vandien posa une main sur son épaule et la serra d'une façon qui la fit renoncer.

Avec un sourire entendu, il retourna la plaisanterie en disant :

— Pas Ki. C'est une femme avisée et elle sait que l'homme séduisant est celui qui agit comme tel.

— Et je parierais que les femmes de pêcheurs le savent aussi, ajouta sèchement Ki. Car je constate que tu bois seul, l'ami !

Les rires prirent pour cible l'homme à la table du fond et le son les suivit jusqu'au pied de l'escalier qui s'ouvrait devant eux. Cela leur prit un temps démesuré pour grimper les marches. L'allure et le sens de l'équilibre de Vandien étaient aussi compromis que ceux de fêtards en contrebas. Ki glissa une main sous son bras. Elle vit qu'il tremblait de fatigue et de froid mais il s'écarta d'elle. Ils atteignirent le palier au sommet de l'escalier. Vandien se tourna vers elle avec un sourire qui faisait plisser sa cicatrice mais qui ne montait pas jusqu'à ses yeux.

Ils se tinrent là, comme des inconnus, dans la pénombre du palier. Tous les mots que Ki avaient répétés depuis que Dresh lui avait dit comment Vandien avait été appâté jusqu'à Faux-Havre se transformèrent soudain en cendres sur sa langue. Elle repensa aux journées et aux kilomètres qu'ils avaient parcourus ensemble, les moments où Vandien semblait connaître ses pensées avant qu'elle ne les exprime. Elle avait trouvé du réconfort dans leurs longs silences. Elle avait cru que Vandien partageait ce bien-être. Durant ces longues soirées où ils avaient roulé en silence sans autres bruits que celui des sabots sur la route, lorsque Ki avait regardé les sapins passer du vert au pourpre devant le ciel qui allait s'assombrissant, à quoi pensait Vandien ? Lorsqu'ils oscillaient tous les deux sur le siège dur, leurs épaules se frottant agréablement l'une contre l'autre, ses pensées étaient-elles tournées vers son visage marqué en se demandant pourquoi c'était ainsi ? Le souvenir d'une nuit d'hiver lui revint. Elle s'était réveillée dans l'obscurité de la cabine, tirée de son sommeil par un rêve dont elle ne pouvait supporter l'issue. Lorsqu'elle avait ouvert les yeux, la lune brillait à travers la petite fenêtre. Sa lumière pâle frôlait les objets dans la cabine sans toutefois permettre de percevoir les détails d'aucun d'entre eux. Vandien avait roulé loin d'elle et dormait, étendu sur le dos. La lune décorait la peau de son visage de reflets argentés et lui donnait l'air d'une antique sculpture en ivoire jauni. Les contours fiers de sa mâchoire et la ligne droite de son nez étaient clairement délimités mais le creux de ses yeux était rempli d'ombres. Ses traits immobiles évoquaient un masque dénué d'yeux, une chose froide et moqueuse déposée dans son lit pour rappeler à Ki sa solitude. Sa moitié du lit lui paraissait froide et vide mais elle ne put se résoudre à se rapprocher du corps chaud de Vandien. Et si sa chaleur n'était pas là, si son profil n'était qu'une illusion glacée, une tromperie monstrueuse née d'une magie d'origine inconnue... ?

Elle avait frissonné alors comme elle frissonnait à présent, un frisson causé par autre chose que le froid, par cette peur soudaine et enfantine que les choses qu'elle connaissait le mieux puissent s'avérer totalement inconnues. Tandis qu'elle avait frissonné cette nuit-là dans son lit, il avait bougé et tourné son visage vers elle et l'avait silencieusement tirée vers sa chaleur et son odeur masculine. Il l'avait tenue contre lui et avait rendu le monde à sa réalité. Elle ne s'était pas demandé, à l'époque, s'il était réveillé. Mais à présent, elle s'interrogeait. Quelles sombres pensées avait-il ressassées tandis qu'il était étendu sur le dos dans la lumière lunaire, les yeux fixés sur le plafond de la cabine ?

Elle le regarda s'éloigner d'elle. Ses épaules étaient affaissées. Le petit couloir sombre se refermait sur lui et l'emportait loin d'elle dans ses profondeurs. Ki sentit soudain les larmes, si longtemps étrangères, lui monter aux yeux. Elle se redressa et prit une profonde inspiration.

Je suis seulement fatiguée, se dit-elle, et je laisse mes émotions courir comme des poulains indisciplinés.

Vandien ouvrit une porte d'un coup de pied. La lumière jaune d'une lampe se projeta en un large rectangle sur le sol et le mur opposé. Ki se hâta de suivre Vandien mais il se tenait sur le seuil, sans entrer dans la pièce.

— J'ai échoué dans votre quête, Srolan.

Ses mots étaient lents et graves, comme s'il était ivre. Ki s'avança pour regarder par-dessus son épaule.

Une femme était assise sur le lit. L'empreinte de son corps était visible sur les couvertures et les oreillers. Un tourbillon d'émotions envahit Ki, colère, surprise, jalousie, avant de se dissiper lorsqu'elle réalisa l'âge qu'avait la femme. Ses cheveux d'un noir de jais étaient tirés en arrière pour retomber en cascade sur son dos, ses yeux noirs brillaient mais sa bouche était cernée de rides. Des pattes d'oie encadraient ses yeux. La peau plissée de ses pommettes était tombée, abandonnant l'ossature fière de son visage. Ki pouvait voir la beauté qu'elle avait été, mais la jeunesse avait fui ce visage en ne laissant que l'ombre de son souvenir et ses lignes fières

Ki jeta un œil à Vandien. Il se tenait sur le seuil, le front plissé, le regard fixé sur elle comme s'il n'en croyait pas ses yeux. La femme baissa le regard.

— Ainsi tu me vois. Juste une vieille femme à présent. C'est un enchantement difficile à maintenir. Et qui devient plus dur chaque année qui passe, particulièrement devant des yeux aussi observateurs que les tiens. Tu m'as tentée comme je ne l'avais pas été depuis des années, Vandien. Tu aimes, tu hais, tu espères avec un tel abandon, avec une telle plénitude d'émotion. Je pouvais te sentir brûler d'envie d'atteindre mon but à ma place. Tu étais tel un faucon à mon poing ; j'aurais pu t'envoyer chercher le soleil et tu l'aurais fait. Tu devrais m'être reconnaissante, petite. (Elle s'adressait à présent à Ki.) J'aurais pu l'avoir, vois-tu, corps et âme. J'aurais pu le faire se consumer pour moi comme je l'entendais. Mais je ne l'ai pas fait. J'ai encore suffisamment d'honneur en moi. Comme tu l'as dit, tu as échoué et il n'y a plus de raison de te tromper plus longtemps. Tout va bien pour Janie ?

— Elle est en vie, si c'est ce que vous voulez dire. Tout est loin d'aller bien pour elle, et cela n'arrivera jamais à mon avis. Ce soir, elle a utilisé jusqu'à la moindre réserve de son courage. J'ignore comment elle fera face aux gens du village après ça. L'amertume devrait peut-être faire l'affaire.

— Bien. Elle est plus que bien pourvue en la matière. Tout comme toi, charretier. Ne me juge pas trop durement, car je ne suis pas aussi froide que j'en ai l'air. Seulement vieille, déçue et fatiguée. Tu as fait un effort, charretier. C'est plus qu'il n'était arrivé depuis des années.

— Mais pas suffisant. Vous garderez votre or et moi ma cicatrice.

— Oui. Mais emporte mes vœux avec toi en partant. Ce n'est pas une mauvaise chose avec laquelle quitter cet endroit.

— Et ça ne m'aura coûté que quatre skeel et une quasi-noyade.

— J'ai entendu parler de marchés moins avantageux. Ce n'est pas comme si tout ceci n'avait été fait que par amusement, Vandien. Penses-tu être le seul déçu cette nuit ? Tu ne peux imaginer ce que j'ai perdu. J'ai cru que tu pourrais le faire, Vandien. J'ai regardé en toi. Tu es un homme dont les sentiments l'amènent à accomplir l'impossible. C'est pourquoi je t'ai embauché. Et pourquoi j'ai ouvert grand la porte de ma cage à rêves... et je les retrouve à présent par terre, morts. Je suis trop vieille pour réessayer. Et j'ai tant de regrets. Si seulement je t'avais connu il y a des années ; si seulement elles avaient laissé la jeune Killian chanter le vent au lieu de faire venir cette Maîtresse des Vents ; si seulement j'étais assez jeune pour avoir une chance supplémentaire.

Srolan se leva lentement pour sortir, une vieille femme soulevant ses os fatigués. Son corps se mouvait au rythme de sa respiration hachée. Vandien s'écarta du passage. Mais pas Ki. Maîtresse des Vents. Ses lèvres formèrent le mot mais elle n'arrivait pas à le prononcer. Rebeke ? Qui d'autre ? Son opposition aux Ventchanteuses avait causé la défaite de Vandien. Elle avait attiré leur attention sur elle et son ami.

— Combien ? demanda-t-elle soudainement.

Vandien et Srolan furent rappelés à sa présence. Ki ne s'écarta pas de la porte. Son capuchon trempé lui pendait dans le dos. Des cheveux brun terne encadraient son visage étroit.

— Combien ? répéta-t-elle avec insistance.

Une note de colère s'était insinuée dans la question.

— Combien... de quoi ?

Srolan était confuse, cherchant à partir mais bloquée par Ki.

— Combien pour enlever cette cicatrice... si vous pouvez le faire.

— Ce n'est pas une chose qui se monnaye.

— Maudite ! Ce n'est pas une réponse ! Vous ne pourriez pas le faire, même s'il vous avait ramené le temple tout entier ! Admettez-le !

Srolan fixa Ki. Ki savait que la femme la jaugeait. Un pouvoir glacé était à l'œuvre. Mais Ki était trop en colère pour s'inquiéter.

— Elle a raison, Vandien. Je ne pourrais pas lever la cicatrice. Mais si j'avais le coffre en ma possession, il en est qui pourrait être convaincu de le faire en échange d'un simple regard à l'intérieur du coffre. J'aurais rempli ma part du marché si tu avais rempli la tienne. Mais tu ne l'as pas fait.

— Ce n'était pas le seul marché possible au monde. Qui est donc cet individu qui peut faire disparaître une cicatrice du visage d'un homme ?

Ki ne criait pas. Un cri aurait été plus plaisant que l'éraillement glacé de sa voix.

Srolan la fixa d'un air entendu et les coins de sa bouche fripée se redressèrent en une parodie de sourire.

— As-tu vraiment besoin de poser la question, Ki ?

Ki fut incapable de trouver les mots pour répondre. Elle se sentait honteuse devant le regard de Srolan sans pouvoir imaginer ce que celle-ci savait, ou croyait savoir, à son sujet. Aucun des actes passés de Ki ne pouvait être aussi détestable que son ton le laissait entendre. Mais Ki se surprit à s'écarter pour laisser passer Srolan. Un vent glacé semblait la suivre, qui fit frissonner Ki jusqu'à ce que ses dents s'entrechoquent. Elle serra les mâchoires pour tenter d'y remédier avant de jeter un regard dans le couloir. Mais Srolan était déjà partie. Ki se retourna vers Vandien.

Il se tenait au milieu de la pièce et se déshabillait avec précision en déposant ses vêtements détrempés dans la baignoire. Ki entra, tirant la porte derrière elle. Elle le regarda se déshabiller. Ses pieds étaient ridés et rougis par leur longue immersion. Lorsqu'il fit passer sa tunique par-dessus sa tête, son cou forma une courbe gracieuse, dévoilant la forme menue d'un faucon imprimé sur sa nuque. La tunique de laine rejoignit le reste des vêtements avec un bruit mouillé.

Il se tint debout quelques instants, se frottant le visage des deux mains. Plaçant une main de chaque côté de sa figure, il appuya fermement. Sa cicatrice se fit plus étroite et cessa de tirer sur son œil. Mais lorsque ses mains retombèrent, son visage reprit sa configuration habituelle. Il fut surpris de découvrir Ki en train de le regarder.

— Ça te fait tout le temps mal, n'est-ce pas ? demanda-t-elle avec douceur.

— Non, nia-t-il sèchement. Seulement quand il fait froid. Le reste du temps, c'est juste une raideur, un endroit insensible. Vraiment, ça ne me gêne pas tant que ça, Ki. C'était juste une opportunité de m'en débarrasser, en plus d'une bourse pleine de pièces. N'importe qui aurait saisi cette chance.

— Sûrement. Même moi, si quelqu'un avait pris le temps de me dire ce qui était en jeu.

Il avait l'air profondément mal à l'aise. Vandien se détourna d'elle et monta sur le lit pour se glisser sous les couvertures.

— Vandien...

Ki avait du mal à trouver ses mots.

— Je n'ai jamais pris le temps de réfléchir au poids que cette cicatrice devait représenter pour toi. Mais maintenant que je sais... (Elle s'empêtrait.) Allons voir Srolan demain matin. Découvrons qui serait capable de te retirer ta balafre et allons voir...

— Comme d'amener une bouilloire au rétameur. « Voilà, mon gars, répare-moi ça et je te paierai au temps passé. » Enfin, Ki, c'est mon visage. Je ne veux pas te voir payer pour l'arranger. Est-ce vraiment nécessaire de remuer tout ça pour en discuter maintenant ? J'ai froid et je suis épuisé.

— Moi aussi.

Ki se laissa tomber sur le tabouret et se mit à tirer sur ses bottes. Le silence dura un temps. Les bottes tombèrent au sol et elle se leva pour retirer son capuchon et sa tunique. Sa voix lui parvint, étouffée et lugubre, à travers les plis mouillés de ses vêtements.

— Puisque j'ai mis cette cicatrice là où elle est, pourquoi ne pourrais-je pas aider à la retirer ?

— Est-ce que cette satanée chose va s'interposer entre moi et toutes les personnes qui croiseront mon existence ? demanda Vandien d'un ton irrité. Je préférerais que tu continues à l'ignorer, Ki. Tu n'as pas mis cette cicatrice sur mon visage. C'est une harpie qui a fait ça. Tu n'y étais pour rien. Tu ne m'as jamais appelé au secours. Jusqu'à ce moment, tu n'avais même pas envie de ma compagnie.

— Un jour, tu m'as proposé un marché, se rappela Ki.

Elle avait défait sa natte et se passait les doigts dans les cheveux.

— Tu as proposé qu'il n'y ait pas de dettes entre nous, que rien ne soit donné qui ne le soit librement. C'est ainsi que je te fais cette proposition. Quel mal peut-il y avoir à passer quelques jours sur cette question pour voir ce qui peut être fait exactement ?

— Le même genre de problèmes que ce qui se passe actuellement ?

— Créer des problèmes ! (Ki ravala un rire amer.) C'est ce en quoi j'excelle. Tu aurais pu réussir si elles n'avaient pas fait venir une Maîtresse des Vents pour chanter. N'est-ce pas ce que Srolan a dit ?

— J'ignore ce qu'elle voulait dire.

Vandien s'installa plus profondément dans le lit.

— Moi, j'ai peur de comprendre. Tu ne m'as pas demandé ce qui m'avait retenue loin de Faux-Havre.

— Tu n'as pas à me présenter d'excuses.

— Pas habituellement, fit Ki d'un ton grave. Mais je crains d'avoir attiré les Ventchanteuses sur toi. T'avais-je conseillé à Dyal de ne pas t'attirer leur animosité ? J'aurais dû suivre mon propre conseil. J'ai fait plus qu'attirer leur colère. Je dois la vie à une dénommée Rebeke, Maîtresse des Vents. Elle m'a gardé en vie, mais je doute qu'elle ressente une quelconque bienveillance envers moi. Ou envers mon ami.

Vandien se redressa sur le coude. Ses yeux sombres rencontrèrent ceux de Ki. Il fit un effort pour alléger un peu l'atmosphère.

— On dirait une histoire qui mérite d'être racontée, mais une de celles qui méritent un feu de camp sous les étoiles. Attends un peu, Ki. Et rappelle-toi qu'on ne peut changer ce qui est fait. Même s'il n'y avait pas eu de Ventchanteuse, je doute que j'aurais pu trouver ce coffre. La nuit était trop sombre et l'eau trop profonde. De plus, sourit-il, je ne peux pas te laisser voler la seule chose que Srolan ait jetée en pâture à mon ego. Laisse-moi penser que la Ventchanteuse Killian savait qu'elle ne pouvait rivaliser avec moi et qu'elle s'est sentie obligée d'appeler du renfort.

Vandien se laissa aller en arrière pour fixer le plafond. Ki se pencha pour souffler la flamme de la lampe. Elle retrouva le lit dans les ténèbres froides et se glissa à l'intérieur. Elle s'allongea à ses côtés sans que leurs corps ne se touchent tout à fait. Elle ne voyait rien dans l'obscurité causée par les volets fermés. Incertaine, elle tendit le bras pour poser sa main sur la poitrine de Vandien. Elle sentit ses poils ployer doucement sous ses doigts et encore sur lui la froideur de l'océan. Il n'émit aucun son et elle poussa l'audace jusqu'à se blottir contre lui, en lovant son corps contre le sien. Elle posa doucement sa tête contre son épaule jusqu'à sentir la caresse des poils de sa barbe contre son front.

— Tu as cru ce que Janie... commença-t-elle prudemment sans pouvoir terminer.

Vandien se tourna. Sa main se déplaça pour ébouriffer les cheveux de Ki. Elle resta posée sur sa tête, la pressant doucement contre sa poitrine. Lorsqu'il prit la parole, sa voix fatiguée était toute proche de son oreille, habitée d'un soupçon de son vieil humour.

— Ce que Janie a dit là-bas dans le temple ? Que tu aimerais que je reste balafré ? Dès qu'elle l'a dit, j'ai su que ça allait te titiller. C'est exactement le type de suggestion insidieuse que tu ne peux pas tolérer.

Il se tut. Ki attendit. Vandien poussa un profond soupir. Il pencha la tête et elle sentit la caresse de sa moustache tandis qu'il lui embrassait doucement le front. Son corps se décontractait sous l'effet du sommeil qui s'emparait de lui.

— Je t'ai demandé si tu l'avais crue ! lui rappela-t-elle d'une voix exaspérée.

Elle ponctua sa phrase d'un léger coup de coude dans les côtes.

Il bondit et émit un gloussement exaspérant. Ki savait qu'il lui avait tendu un piège pour qu'elle répète sa question. Un peu de la tension accumulée se dissipa. S'il pouvait encore rire et plaisanter, alors leur relation pourrait survivre à la folie de cette journée.

— Ça t'ennuie à ce point, hein ? Voilà la vérité. Chaque personne cache en elle un petit morceau de laideur. Peut-être Janie se sent-elle moins méchante et égoïste si elle peut s'imaginer que tu n'es pas meilleure qu'elle. As-tu remarqué Collie, le harpiste muet ?

Ki hocha la tête contre sa poitrine. Leurs corps commençaient à réchauffer le lit. Elle aimait la façon dont la poitrine de Vandien vibrait contre son oreille lorsqu'il parlait.

— Janie le préfère muet. S'il avait une autre voix que sa harpe, il pourrait se moquer d'elle comme les autres hommes du village. Alors elle serait contrainte de ricaner à son encontre et de le rejeter, comme elle le fait avec les autres. Mais tant qu'il est muet, elle peut avoir des sentiments pour lui, dans les profondeurs de sa petite âme saccagée, tout en étant assurée qu'aucune autre femme ne le trouvera très attirant. Je doute qu'elle ait mis des mots sur ses sentiments, même pour elle-même. Mais il y a quelque chose en elle qui sait, et son sentiment de culpabilité sera un peu moins fort si elle peut penser que tu partages le même genre de sentiment à mon égard.

— Oh !

Ki roula sur le côté et se releva sur ses coudes de manière à pouvoir regarder Vandien dans les yeux. Elle n'y voyait guère mais elle n'avait pas besoin de ses yeux. Elle fit doucement glisser la pointe de ses doigts le long de ses traits. Les rides de son front s'estompaient sous sa caresse. Elle repoussa les boucles humides loin de son visage et passa un doigt prudent sur la raideur de sa cicatrice. Un léger contact lui apprit que ses yeux étaient fermés. Elle caressa son visage.

— Est-ce que ça fait moins mal quand je touche ton visage comme ceci ?

Vandien soupira et repoussa gentiment ses mains.

— Cela atténue la douleur physique de la cicatrice. Mais à chaque fois que tu la touches, cela me rappelle qu'elle est là. Ki. Nous avons exigé très peu de chose l'un de l'autre. Mais à présent je te demande quelque chose. Oublie ça. Entre nous, n'en parlons plus, n'y touchons plus, ne la laissons plus avoir la moindre importance. Je me suis bien ridiculisé ces derniers jours. Je n'ai pas reçu une pièce en échange et j'ai un attelage plongé dans les profondeurs de ce temple. Aide-moi à récupérer l'attelage et à le rendre à son propriétaire. Ensuite, trouvons-nous une cargaison pour ton chariot qui nous rapportera un peu d'argent et me fera travailler dur. Quant au reste de ma folie ici... me laisseras-tu l'oublier ? Tu es la seule pour laquelle ma cicatrice n'a rien changé. Et pourtant, c'est toi dont j'aimerais que tu puisses me regarder et ne pas la voir.

Son corps s'était tendu contre celui de Ki. Aussi proche qu'elle puisse être, elle avait l'impression qu'elle ne pourrait pas le réchauffer. Elle se déplaça pour bercer son corps contre le sien. Elle se demanda s'il était même conscient de son contact. Elle chuchota :

— Entre nous, il n'y a rien que l'on ne puisse demander à l'autre. Dors, Van, car une tâche froide et humide nous attend demain.

— Vandien. Je m'appelle Vandien.

— Vandien, corrigea-t-elle doucement.

Il demeura silencieux et Ki resta immobile près de lui. Elle aurait voulu s'endormir mais le sommeil fut long à venir.

CHAPITRE 20

Ki était assise à l'arrière de son chariot et se demandait si les choses pouvaient encore empirer. Ses vêtements étaient trempés et lui collaient au corps. C'était devenu la routine.

Sigurd et Sigmund, séchés et enveloppés dans leurs couvertures, examinaient d'un air dégoûté l'herbe rugueuse et salée qui poussait en marge de la plage. Ki allait devoir les emmener vers de meilleurs pâturages et les y attacher après s'être changée et avoir fait un feu, si elle arrivait à rassembler assez d'énergie pour tout cela.

La nuit passée, elle avait raconté à Vandien son histoire avec Dresh et Rebeke. Il l'avait écoutée attentivement. Les événements qu'elle relatait semblaient irréels à Ki elle-même. Les efforts physiques intenses des derniers jours l'avaient épuisée et rendaient les souvenirs des jours précédents plutôt vagues. La mort de Medie lui apparaissait comme des plus monstrueuses et elle regrettait d'y avoir pris part. Le plus difficile était de parler de la dette qu'elle avait contractée. Rebeke l'avait sauvée, peut-être sans songer plus à Ki qu'aux chevaux, mais sauvée néanmoins. Ki avait terminé son récit par :

— Je déteste avoir une dette que je ne peux pas régler.

— N'est-ce pas notre cas à tous ? avait répondu Vandien, les yeux plongés dans les flammes.

Et elle sut qu'il songeait à la façon dont Dresh l'avait envoyé à Faux-Havre.

Elle en était venue à détester l'endroit. L'eau glacée au-dessus du temple englouti et de ses secrets les déconcertait tous les deux. Et Vandien allait et venait d'une manière étrangement embarrassée, honteux d'avoir à reconnaître ses espoirs à présent révolus. Cet endroit avait le don de réveiller de vieilles douleurs.

Une autre marée était descendue puis remontée. Ils n'étaient pas plus proches qu'ils ne l'avaient été avant de récupérer les skeel de Vandien. Ki se demanda en secret s'ils étaient toujours au bout de la corde. Peut-être l'avaient-ils emmêlée autour d'une prise quelconque dans la crypte engloutie avant de s'enfuir et de disparaître. Peut-être Vandien et elle avaient-ils passé les deux jours précédents à tenter de faire remonter le fond du temple par son propre escalier. Elle était découragée, son attelage boudeur et fatigué, et Vandien s'était découvert un humour plus noir que jamais.

Elle fit courir son regard sur la plage. Vandien était debout, fixant les vagues au-dessus du temple. Les flots gris se roulaient à ses pieds avant de repartir vers la mer. Il devrait bouger très bientôt, sans quoi la mer grimperait le long de ses jambes. Il tenait à la main le rouleau de corde dont l'extrémité disparaissait sous la surface des eaux.

Lors de la première marée basse qui avait suivi le Reflux du Temple, ils avaient été en mesure de retrouver l'extrémité de la corde que Vandien avait laissée nouée autour d'une pierre. Janie avait assuré un transport maussade à bord de son doris et Vandien, contre l'avis de Ki, avait plongé lui-même pour libérer la corde d'un coup de couteau et y attacher une longueur de corde neuve. Il y avait eu une seconde plongée pour descendre et faire passer le nouveau cordage à travers la porte du temple. Car Vandien maintenait que l'attelage de Ki serait peut-être capable de déloger les skeel du fond mais qu'il ne pourrait pas en plus les soulever par-dessus les murs déchiquetés du temple. Ki avait échangé des fruits séchés et des saucisses contre trois longueurs de corde supplémentaires. Celles-ci suffisaient pour atteindre le rivage et être rattaché à son attelage.

Les chevaux avaient tiré depuis le rivage durant la marée haute et la marée basse, ainsi qu'au changement de marée. Ki avait mené l'attelage jusque dans l'écume des vagues en approchant le temple à marée basse afin de tirer à partir de là. Tout cela en vain. Si les skeel étaient toujours au bout de cette corde argentée, ils étaient fermement enfoncés et resteraient probablement sous l'eau aussi longtemps que durerait leur rut.

— Vandien !

Il se tourna à son appel et s'avança péniblement dans sa direction, ses épaules serrées contre le froid du vent marin. Il portait toujours ses larges vêtements de pêcheur. Ils pendaient, lâches, sur sa silhouette mince. Ses yeux sombres étaient plongés dans l'ombre. Il dévidait sa corde tout en avançant et s'arrêta pour nouer solidement l'extrémité à la langue du chariot.

— Je vais préparer le feu pendant que tu emmènes tes canassons brouter et que tu te changes, proposa-t-il en s'appuyant sur le chariot.

Mais Ki ne releva pas le mot « canassons ».

— Vandien, de deux choses l'une. Soit nous arrêtons de tirer sur cette corde et nous attendons tranquillement jusqu'à ce que ces sales bêtes arrêtent de copuler et ressortent à l'air libre. Soit, et c'est ce que je préfère, nous coupons la corde, nous rangeons nos affaires et nous partons. Nous n'avons plus beaucoup d'argent mais nous pourrions troquer des peaux et des couvertures ou autre chose au tchéria en échange de son attelage perdu. Nous pourrions même troquer ce qu'on peut ici contre du poisson salé, nous arranger avec le tchéria en chemin et transporter le poisson vers l'intérieur des terres jusqu'à un endroit où ce sera une denrée rare pour mieux l'échanger là-bas. J'ai de bons contacts du côté de Bois-Vert. Ce n'est qu'à quelques jours après Bitters.

— Non, répondit Vandien tandis qu'elle reprenait sa respiration. Je vais tirer ces skeel de là, d'une façon ou d'une autre, et les ramener à Carapace-en-Filet. Puisque j'ai réussi à faire rater tout le reste, laisse-moi au moins régler ça de façon correcte. Il m'a prêté son attelage de bonne foi ; je tiens à le lui restituer. Pourquoi ne mets-tu pas des vêtements secs pendant que j'emmène brouter tes canassons et que je prépare le feu ?

— Peut-être que si je continue à discuter un peu, tu me mettras des vêtements secs, en plus de t'occuper de mes canassons et de faire mon feu.

— Peut-être bien, en effet. Oublions donc les chevaux et le feu !

— Vantard. Tu es aussi épuisé que moi.

— Plus encore. C'est Janie, là-bas, qui descend vers nous ?

Ki se tourna pour suivre la direction indiquée par le menton de Vandien. Elle vit une silhouette vêtue d'une cape, accompagnée d'une seconde, plus petite. Les cheveux de la petite fille voletaient librement au vent et elle sautillait gaiement pour suivre l'allure plus rapide de sa sœur. Le vent leur apporta des extraits des paroles qu'elles échangeaient.

— Je ne vois pas qui d'autre ce serait, fit remarquer Ki. Le reste du village a été trop occupé à pêcher depuis le Reflux pour s'intéresser à nous.

Ils regardèrent silencieusement les deux filles approcher. Janie avançait d'un pas rapide et déterminé au-dessus du sable et des galets, les yeux fixés sur le chariot tandis que sa petite sœur bondissait à ses côtés, s'intéressant à chaque pierre et chaque coquillage qu'elles croisaient. Les cheveux de Janie étaient maintenus coincés sous son bonnet de laine. Sa large tunique était serrée à sa ceinture et le bas de ses pantalons glissé de manière sûre dans ses bottes.

La tunique de l'enfant était plus longue et sans ceinture, conformément à la coutume du village. L'ourlet était décoré d'une fine bande bleue. Ses pantalons étaient sortis de ses bottes et battaient joyeusement dans le vent à chacun de ses pas. Elles s'arrêtèrent juste avant d'arriver à portée de voix et Janie s'accroupit pour dire quelque chose à l'enfant, qui l'écoutait gravement.

— Surveille tes manières, ne parle que si on te parle et ne te comporte pas comme une petite peste, devina Vandien d'une voix solennelle.

— Et essuie-toi le nez ! ajouta Ki avec un rire de gorge.

Janie s'approcha d'eux. Dès qu'elle eut lâché la main de l'enfant, celle-ci se précipita vers le chariot de Ki. Elle commença à tracer du doigt les images aux couleurs vives peintes sur les panneaux surélevés de la cabine. Janie lui décocha un regard exaspéré et se tourna vers Ki et Vandien.

— Il y a un moyen facile de ramener votre attelage, annonça-t-elle sans préambule. J'étais de mauvaise humeur lorsque je vous ai emmenés jusqu'au temple pour nouer la nouvelle corde. Je pensais que je ne vous devais rien et que plus tôt vous abandonneriez et partiriez, plus tôt le village redeviendrait normal. Mais j'avais tort. J'ai entendu dire comment vous avez raconté l'histoire du Reflux du Temple. Je ne vous en remercie pas mais j'apprécie ce que vous avez essayé de faire. C'est aussi devenu évident que vous n'allez pas abandonner et partir. Autant vous aider à sortir l'attelage.

Janie était à cours de mots. Au moment où le silence se faisait inconfortable, l'enfant prit la parole :

— J'ai bu du thé romni, un jour, annonça-t-elle à haute voix sans s'adresser à quiconque en particulier.

Lorsqu'elle ne reçut pas de réponse, elle ajouta :

— J'ai beaucoup aimé ça.

— Sasha ! la réprimanda Janie.

Mais Vandien se mit à rire. Puis il fronça les sourcils et se tourna vers l'enfant.

— N'as-tu jamais entendu raconter comment les Romni donnent du thé qui fait dormir aux petites filles et puis les emportent avec eux dans la nuit ?

— Idiot, siffla Ki. Elle va te croire !

Se tournant vers l'enfant, elle expliqua :

— Le seul petit enfant que j'ai jamais volé est devenu cet homme à la langue bien mal pendue. Alors j'ai abandonné cette pratique. Mais si tu m'aides à rassembler quelques branches mortes et un ou deux morceaux de bois flotté, je te montrerai comment les Romni préparent leur thé sur le feu, près de leur chariot.

Tandis que Ki se levait, la petite fille descendit en courant sur la plage pour dégotter des morceaux tordus de bois flotté blanchi par les éléments. Ki eut un haussement d'épaules en direction de Vandien avant de la suivre. Vandien leva un sourcil interrogateur vers Janie. Il l'abaissa rapidement lorsqu'il réalisa qu'elle contemplait avec une fascination horrifiée le résultat de cette expression sur la façon dont la cicatrice déformait son visage.

— Bon. Tu sais comment ramener mon attelage.

— Tout le village le sait. Il y a même eu des paris à l'auberge pour savoir quand vous trouveriez comment faire par vous-mêmes.

— Et il ne fait pas de doute que le village te sera reconnaissant de m'avoir donné la solution.

— Et alors ? Peu importe ce que je fais, le village n'est jamais satisfait de moi.

— Je vois.

— Je ne crois pas que tu vois. Et ça n'a pas non plus d'importance. La chose est la suivante. Pour soulever quelque chose depuis le fond, on ne se bat pas contre la marée. On lui fait faire le travail.

Janie marqua une pause pour sourire devant l'air incrédule de Vandien.

— Votre attelage peut-il rivaliser de force avec la Lune elle-même ? Fabriquez-vous un assemblage de rondins solides attachés ensemble avec de la corde. Vous avez plein de corde. À la prochaine marée basse, emmenez le radeau jusqu'au temple. Au plus bas de la marée, nouez la corde tout droit sans qu'il y ait de mou entre l'attelage et les rondins.

— Et après ? l'interrogea Vandien, car Janie donnait l'impression d'avoir terminé.

Elle lui décocha un regard exaspéré.

— Et après attendez la marée haute, bien sûr. Les vagues vont lever le radeau et soit votre attelage s'arrachera du fond, soit la corde se brisera. Mais je sais quelle corde Srolan vous a donnée. Je pense que l'attelage remontera. Et lorsque vous les aurez arrachés du fond, même un enfant pourrait tirer le radeau jusqu'au rivage. Ils pourraient se coincer un peu contre les murs du temple, mais vous devriez pouvoir gérer ça.

— Je devrais pouvoir.

Vandien plissa les yeux pour regarder la plage en contrebas. Ki et Sasha étaient sur le chemin du retour, chacune chargée d'un petit paquet de bois.

Elles riaient et les cheveux bruns de Ki lui fouettaient le visage.

— Pourquoi ne venez-vous pas avec nous, Janie ?

— Juste comme ça ? Vous ne demandez rien à Ki mais vous nous proposez de vous accompagner ? Et vous vous attendez sans doute à ce que je dise que je vais abandonner ma chaumière et mon doris pour vous suivre ? Comment vivrions-nous ?

— Comme le font les Romni. En étant persuadés que la route prendra soin de vous, tant que vous ne vous en inquiétez pas. La bonne fortune des roues. Ki est une sorte d'hérétique, en fait, avec sa façon de transporter et de faire commerce de denrées. Les autres Romni que j'ai rencontrés font confiance à la bonne fortune des roues. Ce n'est pas une mauvaise façon de vivre, Janie. Je pense que Sasha aimerait ça.

— Probablement. (Janie parlait rapidement.) Mais cela ne veut pas dire que ce serait bon pour elle. Elle perdrait toute connaissance de qui elle est et d'où elle vient. Elle oublierait...

— Je sais. Et peut-être pourrais-tu oublier toi aussi. Devenir Janie, au lieu de la petite-fille de Duce.

Janie se raidit visiblement.

— Je suis venue ici pour vous dire comment lever votre attelage et vous proposer mon aide. Mais si vous avez l'intention de...

— Aucunement. Comment trouverons-nous les rondins ?

— Il y en a toujours qui se coincent du côté de Pointe-Roche. Nous devrons utiliser mon doris.

— Alors allons le chercher. Après que j'aurai emmené ces canassons vers une herbe meilleure.

La lune s'était emparée du ciel lorsqu'ils revinrent. Janie mena son doris jusqu'à la plage. Au moment où la quille du bateau raclait le fond, Vandien sauta dans l'eau jusqu'aux genoux et se mit à la tirer jusqu'à la plage. Janie le suivit pour l'assister.

Une lueur jaune brillait autour du chariot. Ki avait allumé son feu de l'autre côté afin que la masse du chariot fasse barrage au vent qui venait de la mer. En tournant au coin du chariot, Vandien constata que Ki avait fait tous les efforts possibles pour Sasha. Un campement traditionnel romni avait soudain pris vie à côté du chariot. Sasha trônait sur un gros coussin, enroulée dans un édredon. Ses cheveux étaient retenus en arrière par un foulard rouge décoré de glands d'un violet tapageur. Des coussins avaient été placés autour du feu comme si Sasha était l'hôte d'une douzaine d'invités. Elle tenait entre ses mains une tasse fumante. Vandien y jeta un œil en passant et vit un morceau de fruit séché d'une taille extravagante flottant à la surface du thé parfumé. Ki s'était changée. Elle portait une jupe traditionnelle et un chemisier bouffant, accompagnés d'une veste brodée et d'une ceinture où se mêlaient des fils d'argent et de minuscules clochettes. Vandien seul pouvait savoir qu'elle avait dû retourner la cabine sens dessus dessous pour trouver ce genre de vêtements. Elle avait libéré ses cheveux longs et portait même les boucles d'oreilles vernies et voyantes qu'il avait achetées pour elle un jour de marché il y a bien longtemps. Sasha se souviendrait de cette nuit, pas comme de la nuit où ils auraient ramené l'attelage, mais comme de la nuit où elle avait bu le thé et rompu le pain dans un vrai campement romni. Ki était complètement dans l'état d'esprit romni. De nombreux bracelets cliquetaient à ses poignets, jusqu'à la gêner dans sa cuisine.

— Un ragoût romni, à ce que je vois, dit Vandien en se penchant sur la casserole.

— Ainsi que du pain romni avec du fromage romni, ajouta Ki en laissant ses yeux verts briller d'une lueur mystique qui fit écarquiller les yeux de Sasha.

— Et un radeau non-romni, attaché par des nœuds non-romni à quatre skeel durant la marée basse, intervint Janie d'une voix qui brisa la magie fragile de l'instant.

Ki leva vers eux des yeux interrogateurs.

— Après avoir construit le radeau, il semblait idiot de laisser passer une nouvelle marée. Avant la fin de la nuit, la marée montante devrait arracher les skeel au fond du temple et nous les tirerons jusqu'ici.

— Par l'escalier, à travers les mélis-mélos des pierres retournées et puis...

— Par-dessus les murs du temple. Ça a été une quête infernale que de réarranger les cordages dans le noir. Mais ils seront tirés par-dessus les murs, pas à travers le portail, avec le radeau et tout le reste.

— Bon, ça devrait rendre les choses simples, lança Ki d'un ton sceptique.

— Je n'ai pas dit que ce serait facile, intervint Janie. Seulement que ce serait possible. Ce qui n'était pas le cas de vos méthodes.

— Je n'avais pas l'intention de diminuer l'importance de ton aide. Sasha et moi vous avons gardé de quoi manger, même si nous ne vous avons pas attendus pour le repas. Les bols sont dans ce coffre.

— Non. Merci. Que vous ayez nourri et distrait Sasha est déjà bien plus que ce à quoi je m'attendais. Je vous remercie également pour cela. Mais nous devons rentrer à la maison à présent, car le matin arrive vite pour les pêcheurs et pour les petites filles qui aident au travail à l'auberge.

Le visage illuminé de Sasha perdit soudain tout éclat mais elle ne protesta pas et se leva en retirant le foulard coloré.

— Non, garde-le, lui dit rapidement Ki.

Janie les remercia et leur souhaita bonne nuit d'un ton formel et s'apprêta à emmener Sasha. Mais l'enfant se libéra de sa prise pour sauter au cou de Ki et l'étreindre affectueusement avant de courir rejoindre sa grande sœur avant même que Ki ait pu reprendre son équilibre. Elles disparurent rapidement dans l'obscurité environnante. Ki commença à plier lentement l'édredon tandis que Vandien se servait en ragoût et se découpait une large tranche de pain dur.

— Je pourrais tout à fait m'habituer à avoir cette petite avec nous, murmura Ki sans s'adresser à quiconque en particulier.

— J'ai déjà demandé. Aucune chance. Janie pense qu'elle manquerait à ses responsabilités familiales si elle laissait Sasha grandir libre, heureuse et libérée du poids du passé.

— Mmm.

Ki se laissa tomber sur un coussin, l'édredon plié sur ses genoux. Vandien s'assit de l'autre côté du feu et commença à manger. Il tenait son bol d'une main et sa cuillère de l'autre, le pain habilement maintenu en équilibre sur son genou. Le front de Ki se plissa tandis qu'elle essayait de se rappeler à quoi il ressemblait la première fois qu'elle l'avait accueilli auprès du feu. Plus maigre sans aucun doute. Et plus dépenaillé qu'il ne l'avait jamais été par la suite. Ses cheveux avaient été longs et hirsutes, tombant jusqu'à ses épaules et son visage orné de favoris. Elle se souvenait de ces détails mais n'arrivait pas à se remémorer l'image de son apparence. Car tout ce qu'elle avait vu à l'époque était ses yeux d'un noir troublant, et affamés.

— Du thé ? lui proposa-t-elle, et ses yeux noirs se relevèrent brièvement pour rencontrer les siens tandis qu'il acquiesçait.

Ses yeux évoquaient toujours des puits sans fond, songea-t-elle, mais à présent elle comprenait la faim qu'elle y percevait. Vandien dévorait la vie et s'en gorgeait toujours mais sans être jamais rassasié. Le thé coula dans la tasse depuis la théière en terre cuite, aussi doré que la lumière des flammes et rendu sucré par les épices. La chaleur de la tasse repoussa le froid dans l'atmosphère et son parfum lui rappela des souvenirs du printemps. Elle tendit la tasse à Vandien et s'en resservit une pour elle-même.

— Combien de temps jusqu'à la marée haute ? demanda-t-elle pour remplir le silence.

— Pas avant l'aube. Mais elle sera suffisamment haute pour nous avant ça. C'est fou, Ki, depuis que je suis ici, j'ai appris plus de choses que je n'ai jamais voulu en savoir sur les marées et les cycles de lunes. Je serai plus qu'heureux de quitter la côte et d'oublier tout ça. La marée n'est jamais là au moment où on le voudrait. Elle sera bientôt assez haute pour nous. Trop tôt pour que je puisse m'allonger et dormir, mais pas assez pour que je me contente de rester assis à attendre sans rien faire, parce que je serais sûr de m'endormir et de la rater.

— Il y a les chevaux à ramener, suggéra Ki. Et il faut leur mettre leur harnais. La vaisselle à nettoyer et à ranger. Et la cabine à remettre en ordre pour reprendre la route. Parce que dès que nous aurons récupéré ton attelage, nous partirons. J'en ai assez de l'eau salée. Le moindre morceau de métal dans le chariot est devenu verdâtre.

— Pour ce qui est de partir tout de suite, ça me va. Pour le reste, il faudra que j'apprenne un jour à me taire lorsque tu es là et que j'ai un peu de temps libre.

— Si jamais j'ai du temps libre, je te le dirai, proposa Ki.

Elle récupéra le harnais dans le chariot et, à l'aide d'un chiffon et d'un peu d'huile, entreprit d'assouplir le cuir et de nettoyer le métal terni par l'air marin. Vandien la regarda faire, un sourire désabusé aux lèvres. Puis il se leva pour rassembler les bols et les cuillères.

Lorsque Ki put voir onduler les flammes sur la surface brillante des boucles du harnais, elle eut un hochement de tête satisfait et le remit à sa place. Vandien s'était rassis à sa place près du feu. Son regard était fixé sur les flammes, tandis qu'il faisait lentement courir un doigt le long de sa cicatrice. Ki le fixa sans sourire jusqu'à ce qu'il se rende compte qu'elle le regardait et relève les yeux vers elle. Sa main retomba sur ses genoux. Lorsqu'il sourit, c'était de son célèbre sourire. Un nuage s'était dissipé et Vandien était revenu. Ki ressentit un immense soulagement qu'elle ne put s'empêcher de montrer.

— C'était stupide, hein ? conclut Vandien. Maintenant que j'y ai bien réfléchi et que j'ai abandonné cette idée, je me sens en paix. Bizarre, non ? Jusqu'à ce que Srolan offre de m'enlever cette cicatrice, je n'y avais jamais pensé. Dès qu'elle me l'a eu proposé, j'ai tellement voulu que ce soit possible que j'ai souhaité que ce soit vrai. J'étais prêt à me ridiculiser et à t'attirer dans ce pétrin avec moi dans l'espoir d'un visage lisse. À présent que je reprends mes esprits et que je vois à quel point j'ai agi comme un idiot, je n'arrive pas à croire à tout ce que j'ai fait. C'est comme de se réveiller dessoûlé et de se remémorer tous les traits d'esprit de la soirée passée. Ils ne veulent plus rien dire.

Vandien secoua la tête comme pour s'excuser.

— Accepter la cicatrice comme faisant partie de mon visage pourrait bien être mon seul gain dans toute cette histoire.

— Accepte et grandis, disait mon père, acquiesça Ki.

— Accepte et meurs, disent les pêcheurs.

Janie s'avança dans la lumière du feu. Ki et Vandien sursautèrent tous les deux. Le bruit des vagues avait couvert celui de ses pas sur le sable et les galets.

— Où est Sasha ? demanda Ki.

L'expression combative de Janie s'atténua légèrement tandis qu'elle se réchauffait les mains près du feu.

— Endormie. (L'affection qu'elle ressentait adoucissait son visage.) Impossible d'aller dormir sans avoir d'abord entassé sur son lit toutes les couvertures et les coussins disponibles dans la maison. Avec sa poupée, une tasse et deux cuillères en bois, elle s'est endormie dans son chariot romni. Elle passera sans nul doute une nuit plus agréable que nous.

— Nous ? s'étonna Vandien.

— J'ai ramené mon doris. *La Dame des Pluies* est tirée au sec sur la plage. J'ai réfléchi aux pierres qui parsèment le temple et aux murs déchiquetés. La corde va s'y coincer.

Mais si Ki peut s'occuper de l'attelage ici à terre, je pourrai m'occuper du doris tandis que Vandien essaiera de libérer les cordages. J'ai apporté une gaffe pour lui.

— Nous te sommes reconnaissants pour ton aide.

— Je suis reconnaissante pour l'après-midi qu'a passée Sasha. Elle n'a parlé de rien d'autre. Elle n'a jamais été traitée ainsi, comme une invitée d'honneur et une enfant qu'on laisse agir comme telle. À cause de qui elle est, elle ne profite pas de la tolérance habituelle à l'égard des enfants. Sa curiosité est considérée comme malsaine et tout manquement aux bonnes manières est perçu comme une insolence et non comme une gentille coquinerie. Alors, pour qu'elle parle ainsi de son après-midi avec Ki...

Janie ne trouvait pas les mots.

— J'en viendrais à souhaiter être une enfant à nouveau pour que mes vieilles peines soient ainsi effacées par un après-midi comme celui-ci, finit-elle, mal à l'aise.

Il y avait un tressaillement dans sa voix, comme si elle s'attendait à ce que l'on se rit d'elle. Mais Vandien était occupé à découper un morceau de fruit pour la tasse de thé fumant que Ki avait servie. Janie s'enfonça confortablement dans le large coussin que Vandien lui désignait et prit la tasse entre ses mains.

Ils parlèrent peu après cela, et seulement de choses sans importance. Janie sirotait son thé. Ses yeux avaient perdu un peu de leur méfiance habituelle. Elle retira son bonnet de laine pour libérer ses cheveux clairs, ce qui incita Vandien à remarquer :

— Avec tes cheveux sur les épaules et tes yeux pleins de flammes, tu parais tout à fait à ta place autour d'un feu de camp romni.

— Une soirée comme celle-ci me fait apprécier cette idée, répondit Janie sans aucune trace de son acidité habituelle.

Le silence s'installa, troublé uniquement par les craquements du bois et les murmures des vagues qui remontaient lentement sur la plage. La mer respirait de manière rauque tandis que les vagues prenaient le sable d'assaut puis émettaient un ronflement à faire trembler les galets lorsque l'eau se retirait.

Janie s'éclaircit soudain la gorge.

— La marée est suffisamment haute, annonça-t-elle d'une voix sérieuse tout en s'activant pour rouler ses cheveux sous son bonnet.

Le moment de répit avait pris fin. Ki alla chercher les chevaux tandis que Vandien suivait placidement Janie jusqu'à l'endroit où le doris flottait, presque libre, sur les eaux montantes.

CHAPITRE 21

— Whoa ! Ne bougez pas !

La voix de Vandien n'était qu'un mince écho qui se brisait sur les vagues déferlantes. Ki relaya l'ordre à son attelage en tirant de manière continue sur les rênes. Les chevaux gris s'arrêtèrent. Ils agitaient leurs sabots d'un air misérable. Ils n'avaient aucun désir de tirer ainsi sur une corde en plein milieu de la nuit noire. Sigurd trépigna sur place avant de se mettre à peser contre son collier.

— On ne bouge pas ! lui rappela Ki, qui raffermit sa prise sur les rênes.

Elle se tourna pour contempler la couverture sombre et mouvante de la mer. Ses yeux n'arrivaient pas à percer l'obscurité nocturne. De là où elle était, les voix de Vandien et Janie sonnaient comme les cris lointains d'oiseaux marins inquiets. Au moins n'y avait-il pas de Ventchanteuse en train de chanter cette nuit. De cela elle était reconnaissante.

— Tirez !

Le cri de Vandien s'était transformé en murmure en voyageant au-dessus des vagues.

— Allez ! lança Ki à son attelage.

La corde se tendit lentement tandis que les chevaux progressaient sur le sable. Ki regarda en arrière et vit la ligne tendue à l'extrême s'élever au-dessus des vagues, dégoulinante d'eau. Elle tendit l'oreille pour percevoir l'ordre de Vandien de cesser de tirer. Il ne vint pas. Les chevaux continuaient à tracter, la corde fendant l'air de plus en plus haut à chacun de leurs pas. Ki sentit un à-coup dans leur effort et soudain la corde fut simplement tendue et non plus prête à craquer comme elle l'était un instant auparavant. Au même moment, Ki fut prise d'un profond vertige.

Elle trébucha dans le vide. Le sable semblait se déplacer sous ses pas. L'attelage se mit brusquement à vaciller devant elle, avec des reniflements inquiets. Une vibration secoua le sable et les galets ; un son qui provenait de la mer elle-même et en mouchetait la surface sombre comme si les vagues subissaient une soudaine averse de grêle. Les chevaux renâclèrent et agitèrent la tête, tirant sur les rênes entre les mains prises au dépourvu de Ki. Ils accélérèrent le pas, malgré les efforts de Ki pour les maintenir en place.

— Vandien ? Janie ? cria-t-elle.

Elle entendit un murmure de voix venues du village, qui enflait sur un ton interrogateur. La vibration s'arrêta un instant ; Ki se sentit plus stable sur ses jambes. Elle inspira pour appeler de nouveau le nom de Vandien mais son cri lui parvint en premier.

— La Cloche !

Sa voix humaine semblait un blasphème à la suite du glas inhumain qui venait de retentir. Comme pour confirmer ses dires, la voix grave et vibrante se fit de nouveau entendre, frémissant à travers le sable et les vagues jusqu'à faire trembler l'air nocturne. Ki se sentit glacée par le son. Mais le silence qui suivit lui sembla plus décourageant encore.

Les yeux de Ki passaient de l'attelage à la corde puis de la corde à la mer avant de revenir à l'attelage. Ils chargeraient ces skeel ce soir et partiraient, même si elle devait grimper cette maudite falaise dans l'obscurité. Son esprit suivit une nouvelle fois le chemin sinueux qui avait amené Vandien jusqu'ici. Elle grimaça en songeant au rôle qu'elle avait involontairement joué dans l'histoire. Maudits soient Dresh et tous les autres magiciens dans son genre ! Il avait lancé Vandien dans ce pétrin sans plus d'hésitation que s'il jetait au rebut les feuilles extérieures d'un chou. Mais le temps et l'éloignement guériraient tout cela ; ne l'avaient-ils pas fait pour tout le reste jusqu'à présent ?

— Whoa ! Stop !

La voix de Vandien lui parvint plus forte. Ki tira sur les rênes pour arrêter son attelage et attendit. Sa peau était chaude mais elle frissonnait. La cloche des Ventchanteuses... Ce n'était pas une légende mais un événement rare. Ki se demanda quelle tour la marée avait pu jouer pour la faire sonner ainsi. Elle entendit Vandien et Janie discuter à voix basse. Elle perçut de faibles bruits d'éclaboussures et sentit la corde vibrer sous l'effet de petites tractions répétées.

— Tirez ! ordonna Vandien.

Ki lança son attelage vers l'avant. Elle sentit immédiatement la différence. Ils ne tractaient plus quelque chose dans l'eau. Ce qu'ils tiraient à présent raclait contre le fond, car la corde vibrait et sautait à ses côtés tandis que les chevaux continuaient à tirer.

Ils laissèrent bientôt le point le plus haut de la plage derrière eux et s'avancèrent dans l'herbe parsemée de joncs d'un marais d'eau salée. La boue sentait mauvais et leurs larges sabots émettaient des bruits de succion à chaque pas. Ki songea un instant à tirer les chevaux en arrière pour s'assurer une meilleure prise sur la corde mais décida finalement de continuer à tirer en gardant la corde tendue. Les skeel avaient la réputation d'exploiter au maximum une longe détendue.

— Stop ! On les tient !

Ki émit un soupir de soulagement mais la tension en elle ne s'apaisa pas. Le son émis par cette cloche engloutie avait glacé son âme. Les Ventchanteuses avaient tendu le bras pour lui taper sur l'épaule, lui rappeler qu'elles connaissaient son nom. Elle fit faire demi-tour à son attelage et repartit en direction de la plage. Elle aurait bien le temps d'enrouler la corde plus tard. Qu'allait-elle bien pouvoir faire d'autant de cordages, d'ailleurs ? Les revendre dans la prochaine ville qu'ils croiseraient ?

Des cris excités lui parvinrent depuis la plage. Elle arrêta ses chevaux et se tint immobile dans l'obscurité, tous ses sens en alerte. Était-ce la voix de Vandien ? Et cette voix, à présent, ce devait être celle de Janie. Sa crainte se transforma en perplexité lorsqu'elle entendit leurs éclats de rires. Elle se remit en route au côté des chevaux, les sourcils froncés tandis qu'elle calquait son pas sur le leur. Qu'est-ce qui pouvait bien les faire rire de la sorte ? Elle pouvait comprendre que Vandien soit soulagé d'avoir récupéré son attelage, mais ils semblaient carrément hilares.

— Ki !

Vandien jaillit juste sous le nez des chevaux. Sigurd piaffa et tenta de le mordre tandis que Sigmund lui jetait un regard désapprobateur. Ses vêtements dégouttaient d'eau. Il saisit Ki dans une étreinte humide et la souleva dans les airs, plein d'excitation. Elle eut beaucoup de mal à garder le contrôle de l'attelage.

— Les skeel ont le coffre des Ventchanteuses ! Janie l'a vu ! Lorsque nous les avons tirés sur la plage, ils étaient tous emmêlés en un énorme nœud, aussi gros qu'une vache échouée. Des queues attachées par-ci, des museaux enfouis par-là, des pattes tellement emmêlées qu'on ne saurait dire s'il y a trois animaux ou six ! On s'est mis à les regarder en se demandant comment les séparer. Et puis Janie l'a vu. Il y a un coin, juste un coin, qui dépasse au milieu de la mêlée. Il devait être à côté d'eux lorsqu'ils ont décidé de s'accoupler. Il est coincé au milieu de leurs corps, tenu entre les pattes, les queues et les museaux. Mais c'est un coffre, pas d'erreur. Juste comme Janie l'avait décrit. On peut voir la courroie qui le maintient fermé. Elle brille comme de l'or, sans aucune trace de ternissure. Chaque fibre a l'air aussi fine qu'un cheveu de bébé mais est aussi dure que du métal au toucher. Allons-y ! Viens !

Il sautillait et dansait autour d'elle, jusqu'à finir par prendre son bras pour la tirer avec lui.

— Je ne peux pas laisser mon attelage ici, protesta-t-elle.

Mais Vandien se saisit avec audace des rênes de Sigmund et fit trotter le grand cheval derrière lui. Ki se hâta derrière eux, aussi stupéfaite que ses animaux.

— Nous allons atteler les chevaux et charger les skeel dans le chariot, décida-t-il tandis qu'ils courraient. Nous allons emmener cet enchevêtrement de skeel dans le village et, par la Lune ! le faire rouler jusque dans l'auberge. Janie aura son triomphe et moi mon or et mon nouveau visage !

Il se mit à rire, haletant. Ses yeux noirs captaient la lumière des étoiles pour la renvoyer vers Ki tandis qu'il laissait courir son imagination.

— Tes bonnes et belles bêtes auront toute la nourriture qu'ils pourront avaler ! Lorsque nous ramènerons les skeel à Bitters, il y a une échoppe sur le marché qui propose une cape de la couleur exacte de tes yeux. Nous l'achèterons.

Oui, et une rapière avec un fourreau car je pense qu'il te faut la tienne, ne serait-ce que pour m'aider à ne pas perdre la main. Et nous mangerons... oh, de tout sauf du poisson ! Et des cadeaux pour Sasha ! Nous devons trouver quelque chose pour Sasha, des robes folles et colorées, et une douzaine de bracelets tintants, et...

Ki écouta Vandien dépenser une douzaine de fois son argent, de façon toujours plus extravagante. Elle souriait en l'écoutant mais, au fond d'elle-même, n'arrivait pas à y croire. C'était trop beau pour être vrai. Elle n'avait pas confiance.

Mais le coin du coffre était bien là, dépassant de l'enchevêtrement de skeel. Ki le contempla sans oser toucher le métal sombre et froid. Les skeel eux-mêmes étaient surprenants à voir. Leurs longues queues similaires à des fouets étaient accrochées à l'extérieur de leurs corps et les maintenaient ensemble à la manière de plantes grimpantes. Leurs yeux semblaient fermés sous l'effet de l'extase. Les pattes s'emboîtaient les unes dans les autres et leurs museaux étaient soigneusement tournés vers l'intérieur. Les animaux entrelacés formaient une sphère aussi parfaite que le permettaient leurs corps trapus. Le plus surprenant de tout était l'éclat rosé qui émanait de leur peau auparavant mate et mouchetée.

Les chevaux se laissèrent atteler de mauvaise grâce. Ki enroula la corde à la longueur improbable tandis que Vandien et Janie faisaient rouler la boule de skeel vers l'arrière du chariot, sans s'arrêter de rire. Les charger demanda un effort commun. À plusieurs reprises, l'enchevêtrement de skeel leur échappa et retomba lourdement sur le sol. Cela ne semblait pas déranger les bêtes. Lorsque enfin l'étrange ballot animalier bascula par-dessus le rebord jusque dans le chariot, Ki se retrouva aussi affectée par le rire et le ridicule de la situation que les deux autres.

Ils quittèrent rapidement le camp, chargeant leurs affaires à la va-vite. La nuit n'était troublée que par la lumière de la lanterne sur le siège du chariot. Il y eut un moment où toutes les voix s'étaient tues, à l'exception de celle des vagues. Elles murmurèrent des secrets et des avertissements aux oreilles de Ki. Elle sentit son humeur badine s'évanouir. Mais...

— Direction l'auberge ! cria Vandien.

Les chevaux se mirent en route sur son ordre. Ki surveillait la route et tentait de leur faire contourner les plus gros amas de bois flotté et de cailloux.

— Enfin. Enfin, murmura doucement Janie sur le siège à côté d'elle. Ils vont devoir admettre que j'avais raison. Le coffre va tout confirmer, tout prouver. Les choses vont changer.

— J'ai une idée, lança Ki sans savoir ce qui lui prenait. N'allons pas à l'auberge. Passons prendre Sasha et continuons notre route. Nous rendrons les skeel et nous vendrons le coffre pour ce qu'on pourra en tirer à Bitters. Et puis nous regarderons vers l'avant, non en arrière, et nous partirons.

— Tu es folle ? demanda Vandien, incrédule. Par la Lune, pourquoi faire ça ? On nous versera de l'or pour ça, même si tu ne te préoccupes pas de mon visage.

— Devrais-je m'évanouir à la faveur de la nuit et les laisser se moquer de mon nom par la suite ? Devrais-je leur laisser croire que je me suis enfuie sous le coup de la honte ?

— Ce n'était qu'une idée, répondit Ki pour les apaiser.

Elle se tut, tout en souhaitant qu'ils aient accepté. Chaque enjambée des chevaux les rapprochait de la taverne, de la confrontation que Janie désirait tant et du paiement que Vandien espérait. Mais Ki ne voyait au-devant d'eux que l'obscurité nocturne qui faisait ressortir le jaune des fenêtres du village. Tout comme les ténèbres s'étaient abattues sur la ville, un sentiment de mélancolie s'abattit sur Ki.

L'enseigne de l'auberge oscillait dans le vent marin comme la corde d'un pendu. Le tohu-bohu dans l'auberge était audible depuis l'extérieur. Ki songea que la cloche avait dû réveiller le village et inciter les gens à quitter leurs lits pour le confort d'un verre et d'un peu de compagnie à l'auberge.

— Annonce-nous, Ki ! dit Vandien en riant tandis qu'il sautait au bas du chariot. Janie et moi les ferons rouler à l'intérieur.

Ki tira sur le frein. Elle entendit Janie et Vandien s'esclaffer comme des fous dans leurs efforts pour faire rouler les skeel jusqu'au sol. Elle ressentit une pointe de jalousie tandis qu'elle attachait ses chevaux au poteau prévu à cet effet. Elle ne partageait pas leur euphorie.

Avec un grognement et un bruit sourd, l'enchevêtrement de skeel toucha enfin terre. Vandien et Janie les poussèrent devant eux et les firent rouler sur la promenade. Ki tira les lourdes portes de l'auberge.

Lumières et bruits se répandirent dans la rue.

— Libérez le passage ! cria Ki d'une voix pleine d'autorité.

Tout le monde se tut à l'intérieur de la taverne. Les regards convergèrent vers la porte.

— Vous laissez entrer le vent ! protesta Helti avant de rester bouche bée devant la boule de skeel coincée dans l'embrasure de sa porte.

Vandien y imprima un coup d'épaule et, avec un cri, les skeel passèrent la porte et firent la moitié d'une rotation avant de s'arrêter. Les pêcheurs se levèrent pour examiner l'enchevêtrement.

— Qu'est-ce que c'est que ce truc-là ? demanda une voix.

D'autres lui firent écho.

— Est-ce qu'ils sont en train de faire ce à quoi je pense ? demanda Berni avec un soupçon d'amusement.

— Pas sur le sol propre de ma taverne ! s'exclama Helti, outragé. Faites-les sortir de là ! Un mauvais coup des gens de l'intérieur des terres, ça encore. Des plaisanteries de basse-cour ! Et je ne veux pas que mon établissement pue le musc et le rut ! Sors-les d'ici charretier. Tout de suite !

— Silence !

La voix de Srolan retentit, sans appel. Ses yeux noirs passèrent du visage souriant de Vandien à celui, lumineux, de Janie. Son dos se redressa lentement. Lorsqu'elle repoussa sa tête en arrière et laissa ses cheveux retomber librement, son rire éclata comme le tintement de multiples cloches.

— Vous ne comprenez donc pas ? demanda-t-elle aux villageois. Vous avez accouru ici en entendant la cloche. Vous ne voyez pas pourquoi elle a sonné ? Regardez.

Elle fit le tour de la boule de skeel. Sa main se posa en tremblant sur le coin exposé du coffre.

— Le coffre des Ventchanteuses ! Ils nous l'ont rapporté !

— Exactement comme mon grand-père l'avait dit !

Srolan fit un pas en arrière tandis que Janie s'avançait pour poser une main fière sur le coffre. Ses yeux n'avaient rien de timide tandis qu'elle parcourait la foule du regard jusqu'à s'arrêter sur Collie, près du feu.

Ki était tendue. Le silence dans la taverne était aussi inquiétant que celui des collines avant un orage. Certains baissaient les yeux dans leur chope. Helti était debout et s'essuyait les mains, encore et encore, le long du sac de toile noué sur son ventre. L'homme qui avait échangé des propos grossiers avec Ki la nuit du Reflux du Temple regardait fixement les skeel. Son capuchon laissait ses traits dans l'ombre mais Ki sentit sa peau se hérisser lorsqu'elle croisa son regard scrutateur.

— Le Reflux du Temple est passé, dit-il d'une voix gutturale.

Puis il leva sa chope et but, faisant mine de les ignorer.

— C'est exact, renchérit vigoureusement Helti.

— Tu l'as dit !

Un pêcheur âgé se leva lentement en direction du feu pour se réchauffer sans jeter plus qu'un regard aux skeel.

— Janie, pourquoi cherches-tu à nous créer ce genre de problèmes ?

Janie était bouche bée, les yeux écarquillés par l'incompréhension. Elle fronça les sourcils en cherchant ses mots. Mais Ki avait compris. Les villageois ne voulaient pas changer, ne voulaient pas perdre leur festival du fait d'un tel succès, ni verser de l'or à un étranger et encore moins admettre la véracité de l'histoire de Janie. Et ils ne le feraient pas. C'était aussi simple que ça. Peu importait quelles preuves ils pouvaient leur apporter, les villageois ne les accepteraient pas.

Le vieil homme qui se réchauffait les mains leva les yeux.

— Charretier, tu connaissais le contrat. L'or te serait versé en échange de ce coffre s'il nous était livré durant le Reflux du Temple. L'avoir fait cette nuit-là, au milieu de la tempête, ça oui, ça aurait été un sacré exploit, méritant de l'or et des honneurs. Mais ce que tu nous offres ici, ce n'est pas un exploit de héros, juste du bon travail de récupération, du genre que chacun d'entre nous pourrait accomplir. Un travail difficile, je ne cherche pas à dénigrer, mais pas de quoi s'émerveiller. Tu ne peux pas t'attendre à recevoir notre or pour ça.

Ki déglutit en voyant les yeux de Vandien se durcir. Seule une petite portion de son esprit prit note de l'expression outragée de Srolan.

— Bande de lâches et d'avares ! hurla-t-elle vers la foule. Des bêtes et des crétins, tous autant que vous êtes ! C'est le coffre qu'il a ramené ! Le coffre ! Et vous allez le renvoyer, comme s'il vendait des chiffons à un coin de rue ? Vous n'avez donc aucune mémoire, aucune fierté ? Cela vous étoufferait d'admettre que le grand-père de Janie disait vrai ? L'un d'entre vous était-il même là à l'époque ? Tout ce à quoi le conseil du village pense, c'est la somme qu'il leur faudra débourser pour agir en hommes d'honneur ! Vous me faites honte ! J'aimerais qu'il existe d'autres gens que je puisse appeler les miens ! Je ne vous laisserai pas me juger. Vandien ! Sache ceci : je tiendrai ma part du marché !

— Et de quelle part s'agit-il, Srolan ?

C'était l'homme à la voix rocailleuse assis à la table du coin de la salle.

— Le conseil te l'a dit, ils ne débourseront pas d'or pour un travail effectué tardivement.

Les yeux de Ki passaient d'un visage à l'autre. Vandien fixait Srolan, éperdu et inquiet. Dans son regard, le désir avait pris le pas sur le doute, laissant l'enfant plein d'espoir regarder à travers les yeux de l'homme aguerri. Ki sentit son cœur de serrer de compassion pour lui, car elle avait une certitude : ce qu'il désirait tant ne se produirait pas.

Janie ne caressait plus le coffre et son maintien n'était plus ni droit ni fier. Elle avait les bras croisés. Son visage était pincé et son corps semblait se recroqueviller sur lui-même. Un autre genre d'enfant regardait par ses yeux.

Srolan arracha son regard du visage de Vandien pour se retourner avec consternation vers l'homme encapuchonné dans le coin de la pièce. Pour la première fois, Ki nota qu'aucun autre pêcheur ne partageait sa table.

— Vous savez bien que je ne parle pas d'or ! grinça Srolan. Qu'est-ce que c'est que cette traîtrise, Dresh ?

— Ah, d'accord.

Dresh repoussa lentement son capuchon en arrière pour laisser la lumière des lampes éclairer son expression rusée.

Il émit un petit soupir et haussa les épaules en signe de feinte résignation.

— Je n'ai encore jamais pu me fier à la discrétion d'une femme. Mais devons-nous vraiment parler de tout ça en public, Srolan ? Nos arrangements sont entre vous et moi, non ?

— Il semble que je sois également concerné, gronda Vandien.

— Tu l'aurais été. Si le coffre avait été ramené durant le Reflux du Temple, et si j'avais eu accès à son contenu avant tout autre, alors j'aurais accompli deux faveurs mineures pour Srolan. Penses-tu qu'elle s'inquiète de ta cicatrice, charretier ? La vigueur de la jeunesse ne suffit pas à la contenter. Elle désire obtenir un corps jeune également. Mais je n'honore pas les accords qui sont remplis en retard. Si tu ne me crois pas, demande à Ki.

Srolan braqua sur Ki un regard plein de confusion. Ki leur décocha à tous les deux un regard furieux. Des souvenirs lui revinrent brutalement à l'esprit, telles des blessures récentes. Elle perçut soudain l'ensemble de la trame mise en place par Dresh. Les magiciens et les Ventchanteuses étaient des créatures faites de la même étoffe, viles et manipulatrices !

— C'est vrai, Srolan, dit Ki. Je n'ai jamais pu faire confiance à la parole d'un magicien. Et mon esprit ne peut s'abaisser au niveau tellement bas de leur fourberie ni se vautrer dans la même fange pour suivre le fil de leurs plans sournois. Était-ce juste pour vous amuser, Dresh, que vous avez arrangé cette mascarade pour nous ? Vous en avez fort bien écrit les rôles, et vous les avez répartis avec beaucoup de finesse ! C'est la meilleure représentation jamais organisée pour un Reflux du Temple. Peu importe le fait que la tragédie ne s'interrompe pas après que le rideau est retombé. Et vous ne jugez pas non plus utile de payer vos acteurs. Depuis le début, nous avons tous dansé au son de votre petite musique, Vandien et moi plus encore que les autres.

— Est-ce que la pièce se termine par un monologue ?

— Absolument, gronda Ki.

Son regard embrassa la pièce. Les pêcheurs restaient bouche bée, comme autant de carpes échouées. Ki ne perçut ni empathie, ni regret. Dresh et elle constituaient pour eux un spectacle, un dernier plaisir lié au Reflux du Temple, un divertissement inattendu. Parmi eux, seule Srolan avait perdu quelque chose. Elle semblait avoir vieilli dans les derniers instants.

— Dresh, je vous en prie ! coassa-t-elle, toute musicalité disparue de sa voix.

— Mes amis, dit lentement Ki, ma première idée était la meilleure. Sortons les skeel d'ici. Janie, cours chercher Sasha. Les Romni savent comment sont les choses : il y a toujours un autre acheteur au bout de la route.

Ki s'avança et poussa les skeel d'un coup d'épaule. Dresh se leva si soudainement qu'il manqua renverser sa table.

— Attends ! cria-t-il en s'avançant vers elle.

Il écarta Berni de son chemin comme un mouton paralysé et posa crânement une main sur le côté opposé du groupe de skeel. Ki sentit la résistance à ses efforts.

— Attends, charretier. Emmène tes skeel, je t'en prie. Mais pas le coffre des Ventchanteuses, car il ne t'appartient pas.

— Et tu prétendrais qu'il est à toi, magicien ?

Les mots de Vandien étaient poliment inquisiteurs. Mais ses yeux recelaient une menace et sa posture et ses traits une promesse. Le regard de Dresh se tourna vers lui. Dresh ne recula pas mais Ki vit dans ses yeux une brusque révision d'opinion. Pour la première fois, elle prit la mesure des deux hommes. Dresh aurait été le plus beau des deux, même si Vandien n'avait pas eu sa balafre. Mais il y avait quelque chose de déviant dans sa beauté qui mettait les gens sur leurs gardes et une froideur dans ses yeux qui abîmait son visage plus que n'importe quelle cicatrice. Si Vandien était un faucon, Dresh était un serpent venimeux aux écailles colorées aux motifs complexes. Et il était prêt à frapper.

— Vandien ! murmura Ki d'un ton incitant à la prudence.

Mais Vandien était au-delà de la prudence. Dresh avait tordu ses espoirs jusqu'à ce qu'ils se brisent violemment à la racine. Il sourit et Ki sentit son estomac se nouer.

— Il y a des usages, magicien. Les biens récupérés au fond des eaux appartiennent à celui qui les remonte. Moi.

— Tu te trompes, charretier, répondit doucement Dresh. Il embrassa les villageois du regard en leur souriant pour mieux les inclure dans le débat.

— C'est le village qui connaissait l'existence du coffre. C'est le village qui t'a envoyé à sa recherche.

Dresh fit une pause afin d'insérer un argument supplémentaire.

— Srolan mérite leurs remerciements pour t'avoir engagé. Peut-être pourrais-je aider le village à lui concocter une juste récompense.

Un espoir fanatique revint à la vie dans les yeux de Srolan. Dresh sourit devant son succès.

— Je pense que le coffre appartient au village. Si j'embauchais un charretier pour transporter mes biens d'un endroit à un autre et que le charretier était en retard, cela voudrait-il dire qu'il pourrait garder les biens ? Je ne crois pas.

À nouveau, son sourire fit le tour de la salle, mais il le fixa plus longuement sur Ki.

— C'est bien comme ça que ça se passe, admit prudemment Helti.

Ici et là, des pêcheurs hochèrent la tête avec hésitation. Même Srolan fixait Vandien, son cœur tout entier visible dans ses yeux, qui suppliait : « Laisse-le ici pour moi. C'est ma dernière chance. »

— Le coffre ne peut être emporté hors du village ! décréta Dresh. Il appartient au village ! S'ils ne t'en avaient pas parlé, tu ne l'aurais jamais récupéré. Qui t'a dit où et quoi chercher ? Seuls les villageois le savaient. De ce fait, il leur appartient.

— Il m'appartient à moi, alors !

La voix de Janie avait commencé comme un cri et s'était terminée en un murmure. Les yeux de Dresh se braquèrent sur elle, surpris.

— Je suis ton raisonnement, magicien ! Il est à moi ! Moi seule savais où il était ! Moi seule savais où chercher ! Et j'ai aidé à le remonter ! Il est à moi, magicien, et tu devras me tuer avant de pouvoir le toucher !

Les yeux de Janie avaient perdu toute rationalité. Elle avança vers Dresh sans manifester aucune peur et il recula. La folie est source de pouvoir et Janie maniait ce pouvoir.

Ses mains se posèrent sur le coin du coffre, telle une prêtresse bénissant des reliques.

— Janie. Allons, Janie, calme-toi. Écoute-moi...

— Tais-toi ! hurla sauvagement Janie, et Srolan resta coite devant sa colère.

Srolan tourna un regard inquiet vers Vandien.

— Fais quelque chose, plaida-t-elle. Montre-lui la voie de la raison.

— Faire quoi ? demanda Vandien. Il me semble que Janie a tout à fait raison. Je n'ai aucun désir de lui prendre le coffre.

— Il est à moi ! clama à nouveau Janie.

Elle jeta un regard noir à Dresh qui avait fait un pas en avant.

— Je n'ai aucun désir de te tuer, dit-il d'une voix raisonnable.

— Alors ne le fais pas ! gronda Vandien.

— Elle ne me laisse pas le choix ! s'emporta le magicien.

Ses doigts s'agitèrent sous le coup de l'emportement avant qu'ils ne ferment les poings.

Vandien grimaça.

— Prépare l'attelage, Ki. Janie, on charge tout ça ?

Mais les yeux qu'elle tourna vers lui ne le reconnaissaient pas.

— C'est à moi ! lança-t-elle comme un avertissement.

— Elle est brisée, fit Ki à voix basse. Ils ont fini par la briser.

— C'est à moi ! hurla Janie d'une voix inhumaine.

Un rugissement tout aussi inhumain lui répondit. Un froid glacial se répandit dans l'auberge, porté par les ailes d'un vent qui leur arracha leur souffle et éteignit non seulement les bougies mais aussi le feu dans l'âtre. Les cris effrayés des villageois furent noyés dans une immense vibration. C'était un vent aveuglant, engourdissant, qui paralysait tous les sens de Ki. Une lourde table de bois glissa sur le sol et la frappa à la hanche. Elle se retrouva à quatre pattes dans l'obscurité glaciale. Près d'elle, d'autres personnes tâtonnaient à l'aveuglette. Un pied s'abattit violemment sur sa main et un genou lui heurta les côtes. Elle s'éloigna en rampant au milieu de la confusion mais sans pouvoir trouver de refuge. Le rugissement du vent cessa mais l'auberge était toujours plongée dans les ténèbres. Des cris de confusion raisonnaient à travers la pièce.

— Vandien ! appela Ki.

Une réponse lui parvint depuis l'autre côté de la pièce. Elle s'avança dans sa direction dans le noir mais trébucha sur un banc retourné.

— Il est à moi ! cria la voix à peine reconnaissable de Janie.

— Il est à moi, répondit une autre voix.

La résonance de cette voix annulait tous les autres sons. On entendit encore quelques frottements, suivis d'un silence total. Ki écarta les mèches de cheveux qui lui tombaient dans les yeux et se releva. Des ténèbres jaillit une flamme jaune. Des mains fines et bien faites la tenaient en coupe. Elles déposèrent le feu sur l'une des bougies d'une des rares tables encore debout. La haute silhouette se redressa. La flamme sur la bougie se débattait et tirait sur la mèche pour tenter d'illuminer les ténèbres. Tous étaient figés dans l'attente. Puis une nouvelle flamme jaillit entre les doigts fuselés. L'auberge entière hoqueta lorsque les doigts l'envoyèrent voler au loin. La boule de feu suivit une trajectoire courbe dans les airs pour atterrir dans la cheminée et exploser en un brasier rugissant.

— Faites de la lumière avec ce feu, ordonna la voix.

Et ceux qui avaient trouvé des bougies s'avancèrent lentement pour les allumer.

L'auberge était dévastée. Les tables et les bancs étaient sens dessus dessous. Des débris de vaisselle brisée craquaient sous le pied tandis que l'odeur amère de la bière renversée se mélangeait à celle des éclaboussures de soupe de poisson. Une fois accoutumée à la pénombre, Ki vit les villageois serrés les uns contre les autres à la manière de moutons terrifiés. Ils parcouraient la pièce du regard, à la recherche de quelqu'un à blâmer. Une main serra l'épaule de Ki. Vandien se tenait debout près d'elle.

— Regarde Janie, murmura-t-il.

Les autres villageois s'étaient éloignés des skeel. Dresh n'était visible nulle part. Seule Janie se tenait debout devant les animaux, dans une attitude protectrice. L'une de ses mains agrippait le coffre de façon possessive tandis qu'elle dévisageait avec colère celle qui cherchait à lui prendre son trésor. Le défi et le désespoir occultaient toute prudence. Ses épaules étaient redressées pour défier la Ventchanteuse vêtue de bleu.

— Rebeke, souffla Ki, l'air apeuré.

— Je m'en doutais, répondit Vandien.

Rebeke les ignora. Les flammes dansantes faisaient miroiter les fines écailles de son visage. Ses mains n'agrippaient aucune arme mais reposaient paisiblement à ses côtés. Elle n'avait pas besoin d'utiliser la menace ; son visage rayonnait de pouvoir. Elle parcourut la pièce du regard et ses yeux s'arrêtèrent quelques instants sur Ki. Mais elle ne trouva nulle opposition. Les gens détournaient le regard ou restaient accroupis, têtes baissées. Même Srolan recula en tressaillant comme un chien qui vient de recevoir un coup de pied. Rebeke retourna lentement son regard vers Janie. Elle ne brisa pas le silence et personne d'autre n'osa la devancer. Elle fixa longuement la femme-enfant avec des yeux qui testaient, touchaient et agrippaient. La posture de Janie se détendit légèrement mais elle répéta de nouveau :

— C'est à moi.

Rebeke sourit comme une mère sourirait à une enfant curieuse.

— Oui, je vois ça. Mais c'est aussi à moi.

— Non !

Le cri plein de défi fit trembler la pièce et vibrer l'air lui-même. Les villageois se plaquèrent au sol, craignant le châtiment qui suivrait. Rebeke attendit que les échos aient cessé. Aucune trace de colère ne venait troubler la sérénité de son visage dénué de sourcils.

— Killian m'a parlé de toi. Car tu es certainement Janie.

Janie hésita puis hocha la tête de mauvaise grâce.

— Crois-tu que je te prendrai le coffre ? lui demanda Rebeke.

Le regard de Janie parcourut l'assemblée des villageois. Elle n'y trouva aucun soutien. Ses yeux rencontrèrent ceux de Vandien mais elle détourna hâtivement le regard. Il lui avait offert le seul témoignage d'amitié qu'elle avait jamais reçu. Elle n'allait pas l'impliquer dans cette histoire.

— Elle..., commença Vandien.

— Silence ! répliqua calmement Rebeke.

Rebeke ne fit aucun geste mais Ki sentit l'impact au moment où Vandien titubait contre elle sous l'effet d'un coup invisible. Personne d'autre n'avait rien remarqué.

— Vous dites que le coffre est à vous, dit Janie à Rebeke qui continuait de la fixer d'un air interrogateur.

— Et à toi. J'ai dit qu'il était également à toi. Ayant dit ça, penses-tu que je vais te l'arracher ? (Rebeke s'adressait à présent aux villageois.) Je suis venue pour le coffre. Mais je suis aussi venue pour Janie et Sasha. Va vite chercher ta sœur, Janie.

— Par le Faucon ! jura Vandien, mais sa voix ne s'éleva pas plus haut qu'un murmure brisé.

Janie regardait Rebeke sans bouger.

— Tu ne m'as pas entendue Janie ? répéta Rebeke avec un sourire bienveillant. Je suis venue vous emmener Sasha et toi. Vous n'êtes pas bien ici. N'importe quel idiot pourrait voir ça et je suis loin d'être idiote. Ton âme elle-même le sait. Le coffre t'appelait à cause de cela. Et seule une femme dotée de ton courage et de ta détermination aurait pu le remonter jusqu'ici. Car tu es une Ventchanteuse, Janie. Tu n'as jamais été destinée à tirer des poissons puants dans l'eau froide et à te pencher dos au vent pour découper leur chair humide. Tu es née pour trouver le pouvoir et le manier. Tu n'as jamais été destinée à faire partie de ce village. C'est en dessous de toi. Tu l'as su dès ton plus jeune âge. Et le village le savait également. N'ai-je pas raison ?

Les yeux de Janie étaient fixés sur le visage souriant de Rebeke. Elle était sur le fil du rasoir, car Rebeke s'adressait directement aux désirs enfouis dans son cœur. Le seul qui aurait pu avoir le souhait de la retenir était muet.

— Pourquoi hésiter ? Qu'est-ce qui te retient ici, ma sœur ?

Cette simple notion de parenté fit pencher la balance.

— Je dois aller chercher Sasha, dit Janie d'une voix hésitante.

— N'est-ce pas ce que je viens de dire ?

Le rire de Rebeke était aussi chaleureux qu'un vent d'été.

— Hâte-toi car nous avons une longue route ce soir. Ne perds pas de temps à faire des bagages. Apporte juste l'enfant. Nous avons préparé tout le reste pour vous.

— Préparé...

La voix de Janie était stupéfaite. Le sous-entendu indiquant qu'elles étaient bienvenues lui fit monter le rouge aux joues. Ses yeux s'allumèrent, pleins de vie, et son visage s'anima.

— Vous m'attendrez ? demanda-t-elle, inquiète.

— Dépêche-toi, l'admonesta Rebeke avec un sourire.

Ki contempla le visage éclatant de Janie. Elle était la jeune paysanne des contes qui découvrait qu'elle était en réalité la fille d'une reine. Un sourire tordit ses lèvres tandis qu'elle regardait de haut les villageois prosternés dans le noir devant son mentor. Ses yeux s'arrêtèrent sur Collie, mais le silence qui l'avait empêché de se moquer d'elle lui interdisait à présent de lui demander de rester.

— Dépêche-toi, l'avertit de nouveau Rebeke.

Janie se détacha du regard de Collie avec un petit rire.

— Janie, pars avec nous et reste humaine ! coassa Vandien.

Le claquement de la porte fut sa seule réponse.

Rebeke tourna vers lui un regard de reproche. Elle l'examina, ainsi que la façon dont Ki et lui se tenaient debout ensemble, à l'écart des villageois.

— Je ne pensais pas te trouver ici, Ki, remarqua-t-elle. Mais les Romni ont la réputation d'avoir la tête dure. Peut-être cela signifie-t-il que lorsque tu apprendras à respecter les Ventchanteuses, tu l'apprendras d'une façon telle que tu ne pourras jamais l'oublier.

Ses yeux froids jaugèrent Vandien. Ki frissonna. Puis Rebeke sourit.

— Votre posture reflète votre amitié. Cet homme est prêt à me défier, à me prendre non seulement le coffre mais également Janie. Sait-il que tu as une dette envers moi, Ki ? Killian ne lui a-t-elle pas fait savoir que tu voyageais dans mon ombre, et seulement parce que je le tolérais ? Mais puisqu'il fréquente les Romni, peut-être est-il aussi têtu qu'eux ? J'ai choisi de la laisser vivre, Vandien. Le meurtre me déplaît mais j'avais d'autres options. J'ai malgré tout choisi de la laisser revenir vers toi. En faisant ce choix, certains diraient que j'ai trahi mes propres intérêts. Mais je ne vois pas les choses ainsi. Cependant, en agissant ainsi, j'encours la colère de certaines, colère qui pourrait être apaisée par ce coffre. Je pourrai utiliser le coffre comme une justification pour avoir laissé la vie sauve à Ki. D'un autre côté... d'autres Maîtresses des Vents pourraient considérer comme une négligence de ma part d'avoir laissé Ki en vie si nous n'avions rien à produire en échange. Elles pourraient même vouloir remédier à la situation.

— Vandien ne partage pas mes dettes ! lança Ki avec colère. Demandez-moi ce que vous voulez en échange de ma vie mais ne...

— Tu n'as rien que je désire, répondit Rebeke d'un ton catégorique. Et il n'est pas vraiment en position de négocier. Comme je l'ai dit, l'idée de meurtre me déplaît. Vandien pourra simplement dire « La Ventchanteuse et moi avons conclu un accord » ou il pourra me résister lorsque je prendrai le coffre, et mourir.

Vandien eut un rire sinistre qui attira tous les regards.

— Prenez-le ! coassa-t-il. Prenez-le, avec mes compliments. Puisque le village ne me paiera pas, pourquoi le garderais-je ? Mais pas en échange de la vie de Ki ; aucun d'entre nous ne voudrait vivre avec un tel poids sur les épaules. Considérez les choses ainsi : je rends le coffre à ses propriétaires d'origine, comme le ferait tout honnête homme.

— En ne réclamant aucune récompense ? s'étonna sèchement Rebeke.

Vandien lui offrit un hochement de tête poli.

— Dans ce cas, je vais détacher ton attelage de ma propriété.

Rebeke fit lentement le tour des skeel, le front plissé tandis qu'elle les examinait. Elle ne prêtait pas plus d'attention aux villageois qu'elle ne l'aurait fait à une nuée d'oiseaux curieux. Après avoir fait trois fois le tour des skeel, elle fit un pas en arrière en se frottant les mains. Elle les fixa pendant quelques instants avant de faire claquer ses doigts en direction du coffre. Une étincelle éphémère jaillit de ses doigts. Le coffre se mit instantanément à luire, passant du rouge mat au blanc aveuglant en l'espace de deux battements de cœur avant de reprendre sa couleur noire d'origine tout aussi rapidement. Les skeel n'avaient même pas bronché.

— Je n'aime pas me montrer trop dure, marmonna Rebeke, consternée.

Elle joignit les mains et les tendit devant elle. Ses pouces étaient raidis et pointés en direction du coffre. L'étincelle dura plus longtemps et le coffre devint blanc par trois fois. Rebeke baissa les bras et fixa sans rien dire les skeel toujours enroulés autour du coffre. Elle jeta à Vandien un regard d'excuses et fit mine de lever une nouvelle fois les mains. Mais les skeel commencèrent à se dénouer. Tels de la cire fondue, ils se mirent à glisser jusqu'à former une flaque de chair flasque autour du coffre. Un clignement d'œil indiqua qu'ils étaient toujours en vie, mais ils se tenaient dans des positions qu'aucun skeel n'avait jamais adoptées auparavant. Une langue rétractile sortit paresseusement d'une gueule avant de se rétracter lentement. De fait, les skeel n'avaient pas l'air assommés mais rassasiés.

Les yeux de Ki remontèrent en direction du coffre noir. Elle eut un coup au cœur en découvrant les fissures qui s'élargissaient sur ses parois. Même les mains de Rebeke étaient serrées contre sa poitrine. Ses lèvres écailleuses étaient pincées. L'un des villageois poussa un cri et nombre d'entre eux détournèrent leur visage. Mais Ki ne pouvait pas résister à l'horrible tentation de savoir ce pourquoi tant de risques avaient été pris. Les morceaux de métal noirs tombèrent les uns après les autres, évoquant une fleur qui perdrait ses pétales.

La chose à l'intérieur était blanche, un blanc mortuaire sans éclat ni nuance. Elle n'était pas plus haute que Sasha mais une sensation d'extrême ancienneté émanait d'elle. Et de malignité, songea Ki pour elle-même, non... pas de la malignité, mais une sagesse tellement au-delà de ce que les hommes pouvaient atteindre qu'il n'était pas possible qu'elle leur parût bonne. Son haut front protubérant s'élevait au-dessus d'un faciès écailleux sans nez ni lèvres. Sa bouche s'étendait jusqu'aux limites de sa mâchoire. Le corps mince et asexué était accroupi, ses genoux remontés jusqu'à sa poitrine osseuse. Ses bras croisés reposaient sur ses genoux, presque humains mais disposant de trop d'articulations, dont la plupart se pliaient dans le mauvais sens. Ses yeux étaient ouverts, ronds et blancs. Une crinière impossible à décrire, ni os ni poil, cascadait dans son dos.

— Qu'est-ce que c'est ? demanda Helti, visiblement écœuré.

Ki fut soudain emplie d'un sentiment de compréhension.

— C'est une Ventchanteuse ! cria Dresh.

Il bondit depuis la table derrière laquelle il se cachait, près de la porte. Repoussant son capuchon en arrière, elle laissa un petit cube de craie brune lui échapper des mains.

— Et cette chose trois fois maudite est à moi !

— Dresh !

Les lèvres de Rebeke avaient formé le mot mais aucun son n'en sortit. Elle ne bougeait plus. Un éclat brun émanait de la rune de terre soigneusement tracée à la craie sur le sol. Ki sentit la peur l'envahir lorsqu'elle réalisa que Rebeke ne pouvait plus bouger, qu'elle était tombée sous l'emprise de Dresh. Ki se remémora la façon dont il avait pris le contrôle de sa volonté. Le malaise l'envahit à l'idée de la façon dont Dresh allait s'en prendre à Rebeke. Ki n'avait été qu'une source d'amusement désinvolte pour lui. Le désir de vengeance allait être son moteur dans le cas de Rebeke. Depuis toujours, Ki craignait et détestait les Ventchanteuses. Ces sentiments n'avaient pas disparu. Elle avait peur de Rebeke et frissonnait au souvenir de la façon dont Janie avait été attirée loin de son humanité même. Mais un sentiment de compassion se faisait jour en elle, prêt à inverser d'anciennes loyautés. Vandien lui décocha un regard interrogateur tandis qu'elle s'écartait lentement de lui. Son déplacement de côté se perdit dans le mouvement général des villageois qui s'approchaient, fascinés, pour découvrir la chose révélée par l'ouverture du coffre.

— Regardez-la ! jubila Dresh.

Il dépassa Rebeke pour poser des mains cupides sur la relique. Rebeke grimaça comme si ses doigts agités violaient sa propre personne.

— Vous voyez ici ce que personne dans ce monde n'a vu depuis tant de générations qu'il s'agit à présent d'une légende : une véritable Ventchanteuse. Ceci n'est pas une humaine transformée, ni une tchéria ou une dené, mais une Ventchanteuse sortie de son œuf et qui a grandi. Pas une statue non plus ! C'est ce qu'elles faisaient de leurs morts, elles les pliaient proprement et les rangeaient dans des coffres. Ce bâtiment n'était pas un temple mais un mausolée incroyablement ancien.

Les villageois l'écoutaient en silence, suspendus à ses lèvres. Ki s'éloigna lentement à travers la foule.

Dresh sourit à ses spectateurs.

— Voyez comme elle grimace en entendant mes propos ! C'est là ce que les Ventchanteuses ne veulent pas que vous sachiez, qu'elles ne sont que des imposteurs, des caméléons qui ont pris la forme et les pouvoirs d'une race plus ancienne. Le contrôle des vents ne leur a jamais été donné ; elles s'en sont emparées ! Et comment ? Par un procédé aussi épouvantable et malsain qu'elles le sont elles-mêmes. Ce corps peut être broyé en poudre et ingéré par le nez ou la bouche. Alors la transformation commence. Imaginez ces petites filles, emportées loin de chez elles, à qui l'on sert secrètement une mesure de cette abomination, mêlée à leur nourriture. Une fois que la transmutation a commencé, il n'y a aucun moyen de l'arrêter. Les enfants n'ont jamais le choix !

Aucune larme ne coulait sur le visage de Rebeke mais il était déformé par la douleur. Ses yeux reniaient les affirmations de Dresh mais ses lèvres restaient silencieuses. Dresh sourit devant sa douleur.

— Savez-vous pourquoi elles veulent tellement ceci ? Voilà pourquoi : elles ne manquent pas de cette poudre, car les membres de cette race étaient innombrables et leurs lieux de sépultures, quoique dissimulés dans des endroits inaccessibles, sont supposés être nombreux. Mais rares sont les corps intacts, et aucun n'est aussi parfait que celui-ci. C'est cela dont elles ont besoin. Car si la poudre entame la transformation, c'est l'esprit qui doit la diriger. Les Ventchanteuses en devenir doivent focaliser leur esprit sur la forme que doit prendre leur corps, pour le guider durant le changement. Plus elles pourront approcher la véritable forme d'une Ventchanteuse, plus elles auront de pouvoir. Mais lorsque leur temple a coulé, le dernier véritable corps a coulé avec lui. Le tremblement de terre n'était pas le fait des Ventchanteuses, comme vous le croyez, mais la vengeance de la Lune elle-même, courroucée que les Ventchanteuses s'emparent des pouvoirs dont elle avait doté cette race ancienne uniquement. Pendant bien des générations de Ventchanteuses, il n'y a pas eu d'image pour guider l'apparence des plus jeunes sœurs. Elles ont dû se référer aux plus anciennes Ventchanteuses, s'éloignant encore plus de la forme originale. Leurs pouvoirs s'amenuisent lentement de ce fait. Ce cadavre leur aurait permis de restaurer leur puissance perdue. Mais à présent, il m'appartient.

Dresh tourna toute son attention vers Rebeke. Il se pencha tout près d'elle, sans la toucher.

— À moi, Rebeke. Espérais-tu pouvoir l'emporter ? Tu n'es pas passée loin lorsque tu t'es emparée de mon corps. Mais tu m'as laissé partir ! Et lorsque j'ai fait danser mes marionnettes devant toi, tu n'as eu d'yeux que pour elles. Tu as regardé un crétin balafré et une charretière romni danser tandis que leur maître s'avançait dans ton dos. C'est amusant, n'est-ce pas ? Tu en perçois l'humour, je suis sûr. Souris pour moi, ma douce.

Les sourcils de Dresh se froncèrent légèrement sous l'effet de la concentration. Un sourire prit forme sur le visage de Rebeke et déforma sa bouche, contredisant la révulsion qui habitait son regard. La foule poussa des hoquets de stupéfaction, suivis de rires cruels.

Les têtes se tournèrent vers la porte qui s'ouvrait. Janie se trouvait sur le seuil, découpée sur la noirceur de la nuit. La lumière tamisée des bougies vint éclairer ses traits emplis de confusion et tracer les contours du visage ensommeillé de la petite Sasha qui se tenait emmitouflée devant elle.

— Non ! gémit Janie en découvrant l'impuissance qu'exprimait le regard de Rebeke.

— Traîtresses ! cria quelqu'un.

La foule s'avança vers elles.

— Courez ! rugit Vandien en poussant un banc dans les jambes des villageois les plus proches.

Les runes brunes luisantes brûlèrent le pied de Ki tandis qu'elle étalait la craie du bout de sa botte. Elle se mit à trembler de façon incontrôlable sous leur emprise, son corps se contorsionnant violemment hors de tout contrôle. Des images floues s'imprimèrent dans son esprit : Vandien jeté à terre par une vague de villageois, la bouche de Sasha rouge et hurlante, les yeux écarquillés de Dresh qui se retournait vers elle, les mains de Rebeke bougeant enfin, ses doigts traçant des symboles dans l'air.

— Ki.

Elle ouvrit les yeux, en se demandant quand elle les avait fermés. Son visage la démangeait à l'endroit où sa joue frottait contre une étoffe de laine. Vandien la regardait depuis les hauteurs. Une coulure sombre et brillante ruisselait depuis une coupure sur le bord de sa cicatrice. Lorsqu'il prononça son nom, elle vit du sang sur ses dents.

Réaliser que sa tête reposait sur les genoux de Vandien lui éclaircit l'esprit. Avec son aide, elle se releva en position assise et parcourut l'auberge du regard.

Les pêcheurs avaient été regroupés à l'une des extrémités de la pièce. Ceux qui se trouvaient à l'extérieur du groupe tentaient de se glisser vers le centre. Ils se pressaient contre le mur. Helti se trouvait allongé au milieu de la pièce, gémissant à voix basse. Les pieds de quelqu'un d'autre dépassaient de sous une table.

— Sasha ? demanda Ki.

Vandien la lui indiqua du doigt. L'enfant levait des yeux pleins de curiosité vers le visage de Rebeke, observant la bouche dénuée de lèvres qui lui souriait. La rune de vent bleutée flottait, brillante, dans les airs, menaçant de brûler les yeux de Ki si elle y portait le regard. Dresh paraissait plus petit qu'auparavant tandis qu'il se tenait près de la porte, les mains repliées dans son dos. Rebeke lui avait laissé la capacité de bouger les yeux et ceux-ci s'agitaient désespérément à la recherche d'un allié. Personne ne rencontra son regard.

— Elle va bien ? demanda Rebeke.

— Tu vas bien ? transmit Vandien.

Ki réalisa qu'ils parlaient d'elle et réussit à hocher la tête.

— Bien, dit Rebeke. Nous devons nous en aller à présent. Il y aura une tempête après mon départ. Vous feriez mieux tous de rester dans ses murs. Je suis sûr que vous aurez beaucoup de choses à vous dire. Si des bateaux sont endommagés, vous devrez vous rappeler que vous vous êtes vous-mêmes attiré des ennuis. Ce sera un vent comme on n'en a jamais vu auparavant. Lorsqu'il soufflera, il ne restera pas une pierre de notre temple que vous puissiez fouiller et piller. Cela aurait dû être fait il y a bien longtemps mais nous avions toujours chéri l'espoir que ceci serait retrouvé. Maintenant que nous l'avons, il n'y a plus de raison de laisser la moindre trace du temple.

Ki fixait Rebeke tandis qu'elle parlait. Ses traits s'étaient fondus les uns dans les autres. Son nez patricien n'était plus qu'une bosse lisse au centre de son visage. Sa bouche aux lèvres fines s'était étendue jusqu'aux joues. Et la fluidité des mouvements de ses mains rappelait à Ki les flexions sinueuses d'une queue de skeel.

— C'était donc vrai ! s'exclama Ki. Janie, tu ne dois pas partir. Pense à Sasha !

— Elle pense à Sasha. Sasha sera aimée et chérie comme jamais auparavant. Elles partent avec moi, répondit Rebeke à la place des deux filles. « Vrai », dis-tu ? Aussi vrai qu'une rumeur et un reliquat de commérage reliés ensemble par des conjectures et filtrés par la bouche d'un imbécile. Te faire comprendre la vérité me prendrait plus de temps que je n'en ai. De tels secrets ne sont de toute façon pas pour les humains. Nous partons.

Rebeke fit un pas vers la porte puis marqua un temps d'arrêt.

— Je réalise que je ne vous fais pas une faveur en vous laissant ici. Partez immédiatement, si vous le souhaitez, et la tempête ne commencera que lorsque votre chariot aura atteint le sommet de la route de la falaise.

Vandien jeta un coup d'œil au groupe de villageois.

— Allons-y, suggéra-t-il en remettant Ki sur pieds.

— Attendez ! supplia Ki en s'appuyant sur l'épaule de Vandien après avoir retrouvé son équilibre. Rebeke ! Qu'arrivera-t-il à Dresh ?

— Le fait que tu poses la question te fait chuter dans mon estime, Ki. Mais je vais te répondre, en l'honneur de notre dette mutuelle. Je vais le placer dans un endroit où il sera stoppé. Pas tué, car je refuse même son sang. Je pense que tu sais où il sera. Sa vie connaîtra une pause, une pause qui s'étirera à l'infini.

Ki fut prise de vertige en repensant au vide dénué d'air de ce néant.

— Laissez-le ! supplia-t-elle, se surprenant elle-même.

Devant l'outrage qui envahissait les yeux de Rebeke, elle tenta de trouver une raison :

— Lui est toujours humain, au moins.

Rebeke parcourut du regard les villageois rassemblés au fond de la taverne.

— Et c'est quelque chose dont il faut être fier ? demanda-t-elle d'un ton méprisant. Ki, tu ignores ce que tu me demandes. Il s'est aventuré sur un chemin qui le corrompra. Son corps pourra conserver la même apparence mais il ne sera pas plus humain que je ne le suis. Les petites gens comme vous auront à subir sa domination plus souvent que ceux qui peuvent rivaliser avec ses pouvoirs. Infligerais-tu cela aux tiens ?

Ki regarda Vandien et se força à prononcer ces mots :

— J'ai une raison égoïste. On m'a dit qu'il pouvait faire disparaître la cicatrice du visage de mon ami.

— Mensonge, répondit catégoriquement Rebeke. Il prétend avoir plus de pouvoirs qu'il n'en a vraiment. (Un étrange sourire déforma sa bouche immense.) Je ne peux accéder à ta requête, Ki. Mais je me souviendrai de l'annulation de cette rune de terre.

— Moi aussi, répondit Ki d'un air têtu. Cela fait deux fois que je vous offre une revanche qui vous laisse les mains propres.

— Je m'en souviens également, répliqua Rebeke d'un ton glacial. Je refuse toujours d'accéder à ta requête. Pars à présent, charretière romni, et sans un mot si tu ne veux pas que j'oublie ma promesse de retenir les vents jusqu'à ce que ton chariot soit loin. Faites confiance à une Romni pour tenter de négocier avec une Ventchanteuse. A-t-il jamais existé un peuple plus borné ? Emporte avec toi, non ma faveur mais pas non plus mon ressentiment. Pars à présent, sachant que je me souviens de ce qui existe entre nous. Mais ne prononce pas un mot.

— Nous partons ! intervint Vandien en adressant à Ki un regard d'avertissement et un léger coup de coude.

Il ne put s'empêcher de se tourner vers le fond de la pièce.

— Adieu, amis pêcheurs. J'espère que ce Reflux du Temple vous a bien divertis, même si je ne sais pas jongler.

Il se pencha et saisit les pattes arrière de l'un des bienheureux skeel. Avec un soupir exaspéré, Ki agrippa les pattes avant et ils tirèrent la bête à l'extérieur jusqu'à son chariot.

Les vents commençaient déjà à souffler et ils se hâtèrent de charger les skeel. Alors qu'ils transportaient le dernier, Sasha prit la parole.

— Au revoir, Ki ! lança-t-elle avec audace.

Elle leva les yeux vers le visage étranger de Rebeke puis les braqua de nouveau sur Ki.

— Même lorsque je serai une Ventchanteuse et bizarre à tes yeux, tu me reconnaîtras à mon écharpe romni ! Je me souviendrai de toi !

— Par la Lune ! hoqueta Ki, tandis que l'enfant agitait gaiement l'écharpe dans sa direction.

— Essaye de ne pas penser aux implications, suggéra Vandien tandis qu'ils chargeaient le skeel à l'arrière du chariot.

— Partez ! leur ordonna Rebeke depuis le seuil.

L'attelage s'ébranla avant que Ki et Vandien ne se soient assis.

— Je suis désolée qu'il doive conserver sa cicatrice, lâcha rêveusement Janie tandis que le chariot disparaissait dans l'obscurité. Il s'est montré bon avec nous.

Rebeke leva la main et le vent se mit à souffler plus fort. Ses robes bleues commencèrent à tourbillonner autour d'elle. Le sourire sans lèvres qu'elle offrit à Janie lui plissa profondément les joues.

— Sans doute est-ce dommage.

Elle leva les yeux vers la route remontant la falaise. Son regard était plein d'indulgence lorsqu'elle le retourna vers Janie.

— Laissons-le faire preuve de patience pendant un an environ, suggéra-t-elle. Qu'il soit surpris de voir à quel point son corps guérit de lui-même.

— Merci, murmura Janie.

— Viens, Dresh, ordonna Rebeke.

Elle ne semblait pas avoir entendu les remerciements de Janie. Le magicien s'avança sur des jambes raides tandis qu'un cri non formé faisait gonfler ses joues. Le vent referma violemment la porte derrière eux.

CHAPITRE 22

Les rafales de vent poussaient contre les panneaux supérieurs du chariot qui oscillait doucement. Ki était allongée, éveillée, écoutant les petits craquements de la cabine. Un large rayon gris de la lumière de l'aube filtrait à travers le volet fendu. Elle batailla pour se lever au milieu du fatras de couvertures et de fourrures et, penchée en équilibre précaire sur le rebord de la literie, jeta un œil à l'extérieur par la petite fenêtre. Les grands chevaux gris opposaient leurs larges croupes aux vents qui agitaient leurs queues et leurs crinières épaisses. Ils paissaient paisiblement au milieu de la tempête, en tondant l'herbe savoureuse des collines arrondies.

— Le jour est levé, dit Ki en retournant se pelotonner dans les couvertures.

— Et alors ? grogna Vandien.

— Nous n'avons pas un sou à nous deux, juste un chargement de skeel engrossés.

— Est-ce qu'une seule de ces données va changer d'ici à midi ? demanda Vandien.

— Non.

Ki se rendit à l'appel du lit et de ses muscles endoloris. Le corps de Vandien était chaud contre le sien. Une idée germa lentement dans son esprit.

— Ta cicatrice, commença-t-elle paresseusement. Tu souhaiterais vraiment que je ne puisse pas la voir ?

— Ki, grogna Vandien en signe de protestation. Oublie ça. J'ai été stupide. Faisons semblant d'oublier tout ça. Peut-on continuer comme si le Reflux du Temple n'avait jamais eu lieu ?

— Non. (Ki fit lentement courir son doigt sur la poitrine de Vandien.) Car je connais un moyen de te la faire oublier. Un moyen pour que je ne la voie pas.

Vandien se laissa aller à un silence maussade devant le ton désinvolte qu'elle prenait. Un instant plus tard, il expirait bruyamment l'air de ses poumons tandis que Ki atterrissait directement sur lui. Il se retrouva nez à nez avec elle. Il cligna des paupières mais ses yeux n'étaient pas capables de voir d'aussi près. Un unique œil vert semblait fixer les siens.

— Lorsque nous sommes dans cette position, fit Ki sur le ton de la conversation, je ne peux pas voir ta cicatrice.

Le vent murmurait entre les essieux du chariot, remplissant le long silence qui suivit.

— Une cicatrice ? demanda Vandien à haute voix.

Le vent ébranla le chariot.

8445

Composition PCA
Achevé d'imprimer en France (La Flèche)
par Brodard et Taupin
le 20 août 2007. 43212
Dépôt légal août 2007. EAN 9782290348703

Éditions J'ai lu
87, quai Panhard-et-Levassor, 75013 Paris
Diffusion France et étranger : Flammarion